ÁGUA-MÃE

JOSÉ LINS DO REGO
ÁGUA-MÃE

Apresentação
Bernardo Buarque de Hollanda

São Paulo
2022

© **Herdeiros de José Lins do Rego**
13ª Edição, José Olympio, Rio de Janeiro 2012
14ª Edição, Global Editora, São Paulo 2022

Jefferson L. Alves – diretor editorial
Gustavo Henrique Tuna – gerente editorial
Flávio Samuel – gerente de produção
Vanessa Oliveira – coordenadora editorial
Juliana Tomasello – assistente editorial
Flavio Baggio e Adriana Bairrada – revisão
Mauricio Negro – capa e ilustração
Valmir S. Santos – diagramação

Dados Internacionais de Catalogação na Publicação (CIP)
(Câmara Brasileira do Livro, SP, Brasil)

Rego, José Lins do, 1901-1957
Água-mãe / José Lins do Rego ; apresentação Bernardo Buarque de Hollanda.
– 14. ed. – São Paulo, SP : Global Editora, 2022.

ISBN 978-65-5612-312-7

1. Romance brasileiro I. Hollanda, Bernardo Buarque de. II. Título.

22-110221   CDD-B869.3

Índices para catálogo sistemático:
1. Romances : Literatura brasileira   B869.3
Eliete Marques da Silva - Bibliotecária - CRB-8/9380

Obra atualizada conforme o
NOVO ACORDO ORTOGRÁFICO DA LÍNGUA PORTUGUESA

Global Editora e Distribuidora Ltda.
Rua Pirapitingui, 111 — Liberdade
CEP 01508-020 — São Paulo — SP
Tel.: (11) 3277-7999
e-mail: global@globaleditora.com.br

 globaleditora.com.br   @globaleditora
 /globaleditora   @globaleditora
 /globaleditora   /globaleditora
 blog.grupoeditorialglobal.com.br

 Direitos reservados.
Colabore com a produção científica e cultural.
Proibida a reprodução total ou parcial desta
obra sem a autorização do editor.

Nº de Catálogo: **4467**

Sumário

O moleque e o sonho: Joca, jogador de futebol, *Bernardo Buarque de Hollanda*....7

PRIMEIRA PARTE
A Casa Azul...27

SEGUNDA PARTE
Os Mafra..97

Cronologia...375

O moleque e o sonho:
Joca, jogador de futebol

Bernardo Buarque de Hollanda

> "Os caminhos da ficção que nos legou passam pelo eito dos engenhos de cana da várzea do Paraíba, da mesma forma que pelos vestiários dos clubes de futebol."
>
> EDILBERTO COUTINHO

Romance "independente"? Narrativa romanesca e recepção crítica

Entre 1941, ano de lançamento de *Água-mãe*, e 2022, quando da décima quarta e mais nova edição do livro, transcorreram-se mais de oitenta anos. Catorze edições parece um número significativo para os padrões do mercado editorial brasileiro, mas se comparado, por exemplo, ao premiado *Menino de engenho*, com mais de 110 reedições até o momento, o número mostra o alcance diminuto que teve *Água-mãe* na comunidade letrada e no conjunto do legado da obra de José Lins do Rego ao longo das décadas.

Trata-se, no entanto, de um romance que também teve reconhecimento à época de seu surgimento, com a outorga do Prêmio Felipe D'Oliveira, título literário de prestígio naquele período, ao lado dos concedidos pela Fundação Graça Aranha e pelo Prêmio Fábio Prado. Não seria o momento de entrar em pormenores daquela conjuntura e perguntar se a conquista da láurea se deveu à fama então angariada pelo literato ou às qualidades inerentes ao livro, importa, isso sim, assinalar que o romance não passou em brancas nuvens na esteira de sua aparição.

Água-mãe foi marcado também por certo ar novidadeiro em vista da mudança paisagística, que acompanha o deslocamento do escritor do Nordeste para o Rio de Janeiro, capital da República, cidade em que se radicara em 1935, vindo de Maceió com sua família. Assim como o eixo nordestino se mostrava fluido na literatura reguiana, transitando entre o sertão e o engenho, entre a região do massapê, com sua faixa litorânea, e o emergente Recife urbano-industrial dos anos 1910 e 1920, a paisagem do Rio de Janeiro aparece na obra do autor de forma igualmente realística e semovente, com idas e vindas narrativas entre o perímetro urbano do populoso Distrito Federal, então com cerca de 1,5 milhão de habitantes, e zonas mais afastadas do interior fluminense, em particular a Região dos Lagos.

Há um dado biográfico que ajuda a explicar a entrada do estado do Rio de Janeiro no cenário romanesco. Bacharel em Direito, José Lins trabalhava como funcionário público em Niterói, então capital do estado fluminense. Seu ofício era o de fiscal do imposto de consumo e com esse cargo fora transferido da capital alagoana ao Rio de Janeiro em 1935. Nessa condição, é deslocado de tempos em tempos a atuar no interior, em cidades como Valença, um dos caminhos históricos das plantações de café do Vale do Paraíba, no século XIX. Em 1939, José Lins recebe nova missão em suas funções burocráticas e muda sua residência da capital carioca para a Região dos Lagos, mais precisamente para a cidade de Cabo Frio, onde passa uma temporada.

Tal qual o bairro litorâneo de *Riacho Doce*[1] (1939), seu oitavo romance, ambientado na capital de Alagoas, a estadia obrigatória na região praiana das salinas de Cabo Frio, das lagoas de Araruama e de Arraial do Cabo serve-lhe de inspiração para que, dois anos depois, já de volta à cidade do Rio, escreva e publique *Água-mãe*. Outras cidades do interior fluminense pontificam na geografia do enredo, a exemplo de Maricá, Bacaxá e Iguaba.

O eixo central da trama gravita em torno de mistérios de uma casa mal-assombrada, existente nas franjas da lagoa, na região povoada por uma humilde comunidade de pescadores e barqueiros. Conforme dito anteriormente, o livro apresenta, à primeira vista, algumas novidades temáticas, paisagísticas e sociais em relação às obras anteriores: 1) não se filia aparentemente a nenhum dos seus ciclos de romance – nem ao "ciclo da cana-de-açúcar" nem ao "ciclo do cangaço, do misticismo e da seca"; 2) não se passa no Nordeste nem explora a paisagem da cor local nordestina; e 3) tenta retratar na ficção famílias pertencentes às três esferas da sociedade, das classes populares às classes remediadas e destas às classes altas do Rio de Janeiro da primeira metade do século XX.

Se há a constatação dessas singularidades, há quem, como o jornalista e crítico Manuel da Costa Pinto[2] (2013), sustente que apenas de forma aparente este livro se distancia dos demais da lavra do escritor. Apreciado em forma e conteúdo, o romance publicado em 1941 pouco difere das oito ficções antecessoras, publicadas por seu turno de maneira

---

[1] REGO, José Lins do. *Riacho Doce*. São Paulo: Global Editora, 2021.
[2] PINTO, Manuel da Costa. [Orelha do livro]. *In*: REGO, José Lins do. *Água-mãe*. Rio de Janeiro: José Olympio, 2012.

ininterrupta durante a década de 1930. Senão vejamos: em termos de extensão, *Água-mãe* é tão caudaloso quanto os anteriores, com mais de trezentas e cinquenta páginas, em sua última edição. À maneira dos predecessores e dos sucessores, estrutura-se em duas partes principais, formato bipartite, em que a primeira constitui uma espécie de preâmbulo, sendo sucedido pela segunda e principal seção da trama narrativa. O ponto sugerido por Pinto, e com o qual concordamos, é que a diferença na nova ambiência ficcional e a introdução de novos personagens tampouco modificam aspectos centrais da técnica narrativa e dos motivos elaborados pela imaginação literária do escritor. É, pois, mais continuidade que ruptura, apesar do notável esforço do romancista de mostrar independência de sua região natal, em meio ao afã de superar uma observação recorrente na pena e no crivo dos críticos de então, segundo a qual se tratava de autor monotemático e repetitivo, a fazer documentários, não propriamente ficção.

O poeta Lêdo Ivo vai ao encontro do argumento de Pinto e arremata em conferência sobre *Riacho Doce*, ao salientar como o componente "marítimo" desdobra-se do telúrico na ficção seguinte: "é um romance praieiro, belíssimo, de um escritor que nasceu num engenho, no agreste paraibano, de modo que é curioso que ele tenha tido esse sentimento do mar, que se repete em *Água-mãe*, romance desenrolado em Cabo Frio" (2001).

Deve-se ainda desbaratar a argumentação em torno da "independência" de *Água-mãe* mediante a apreciação feita por um literato contemporâneo, quando do lançamento do nono romance de José Lins. Trata-se do mineiro Afonso Arinos de Melo Franco que, em 22 de março de 1942, publica o ensaio "O espelho das águas", no jornal *Diário de Notícias*. Nele explora o "sentimento poético" do romancista em sua relação com as águas. Estas se materializam seja no Rio Paraíba de *Menino de engenho*, seja no mar oceânico de *Riacho Doce*. A continuidade tem prolongamento na lagoa de Araruama, de *Água-mãe*, assim retratada:

> [...] as suas cores tão delicadas como as de um quadro de Vermeer, refletindo nas águas a graça de um céu manso e servindo, no entanto, de palco a cenas de ferocidade e a paixões que se chocam com a sua paz e que sopram sobre ela como vendavais. Água de rio, de açude, de poço, de lagoa, de mar. À beira dela, José Lins do Rego faz viver e sofrer os bonecos por vezes tão falsos dos seus romances, portadores das taras e das injustiças de nossa formação. É triste, é sofredora a imagem do povo cuja face vemos refletida no espelho destas águas. (FRANCO, 1942, p. 5)[3]

Por fim, a pesquisadora Isabella Rechtenthal[4] (2014) expõe em sua dissertação de mestrado em Letras pela Unesp a demonstração mais cabal e sistemática do argumento do paralelismo da atmosfera de decadência e de transformação de *Água-mãe* com os ciclos regionalistas de José Lins do Rego na década de 1930. A fim de corroborar sua hipótese, elege *Fogo morto*[5], romance seguinte (1943), para cotejo entre personagens e situações assemelhadas, a despeito das diferenças espaciais entre as paisagens nordestina e fluminense.

---

[3] FRANCO, Afonso Arinos de Melo. O espelho das águas. *Diário de Notícias*, Rio de Janeiro, p. 5, 22 mar. 1942. Terceira seção.
[4] RECHTENTHAL, Isabella Unterrichter. *Água-mãe na produção romanesca de José Lins do Rego*. 2014. Dissertação (Mestrado em Letras) – Unesp, Araraquara, 2014, p. 7.
[5] REGO, José Lins do. *Fogo morto*. São Paulo: Global Editora, 2021.

Água-mãe tem sua primeira parte intitulada "A Casa Azul", a qual se subdivide em oito capítulos. Já a segunda parte, bem mais ampla, intitula-se "Os Mafra" e conta com 29 seções. A capa da primeira edição traz desenho de seu conterrâneo paraibano Tomás Santa Rosa, enquanto as ilustrações de Luís Jardim se sucedem em algumas das edições seguintes. De modo semelhante aos livros anteriores, o livro vem com dedicatória a três amigos. São eles Antiógenes Chaves, político pernambucano; Daniel Pereira, irmão de José Olympio e seu braço direito na editora; e Roberto Alvim Corrêa, belga de nascimento, radicado no Rio, onde se torna amigo de José Lins do Rego, além de professor de francês.

O enredo versa sobre a história de três famílias, que representam por sua vez três camadas sociais diferentes: rica, média e pobre. Independentemente das classes de origem, a narrativa envolve seres humanos que desejam fugir das suas condições naturais e que procuram se desligar dos seus círculos sociais. A protagonista da primeira parte é a própria Casa Azul, a misteriosa casa-grande. Situada às margens da lagoa de Araruama, é um espaço abandonado, envolto em matagal e animais selvagens, cercado de lendas e mistérios.

As personagens de dois núcleos familiares aparecem nessa primeira parte. São elas: a família de dona Mocinha, mãe de Lúcia, Luís e Laura, filhos criados com o auxílio de uma tutora, que vivem na salina Maravilha; e a de cabo Candinho, pescador de camarão e pai de Joca, protagonista do futebol no romance, conforme trataremos a seguir. Candinho, que fora do Exército e lutara na Guerra do Contestado, é casado com sinhá Antônia, vendedora de verduras em Cabo Frio, e filho da tia Filipa, uma contadora de histórias, personagem análoga à nordestina velha Totônia, que figura nos romances anteriores do escritor.

O cotidiano da vida nas casas desses trabalhadores é alterado quando a família Mafra, sob a liderança do patriarca, o doutor Eugênio Mafra, compra a casa sombria. A despeito das crendices locais em torno do sobrenatural, o industrial adquire a residência e a reforma inteiramente. Residente na capital da República, mais precisamente na rua São Clemente, em Botafogo, os Mafra utilizam o casarão colonial da Casa Azul como refúgio de férias, vivenda de veraneio, com direito a passeio em veleiros, iates e lanchas imponentes. Eugênio, por sua vez, é casado com dona Luísa e pai de três filhos: Luisinha, Marta e Paulo. Este último configura o protótipo do escritor e intelectual, espécie de *alter ego* do próprio José Lins do Rego, conquanto o personagem se encontra imerso e seduzido por ideias autoritárias, típicas da época, quando da crise do liberalismo e ascensão dos totalitarismos no mundo dos anos 1930.

Não cabe nesta apresentação nos delongarmos nas peripécias do enredo, que entrecruzará as trajetórias das três famílias. Consideremos tão somente alguns apontamentos assinalados pela recepção ao livro. Segundo um dos eminentes críticos literários da época, Álvaro Lins[6] (1956), o "destino" é o grande personagem do romance, com todos os protagonistas marcados pela fatalidade. Já o escritor juiz-forano Silva Melo[7] comenta em tom laudatório: "Se tivesse lido este livro, verdadeiro manancial de sabedoria, há mais tempo, muito teria tirado da vida que sinto ter perdido para sempre. Este livro

---

[6] LINS, Álvaro. Memória e imaginação. *In*: REGO, José Lins do. *Água-mãe*. 4. ed. Rio de Janeiro: José Olympio, 1956.

[7] MELO, Antônio da Silva. [Orelha do livro]. *In*: REGO, José Lins do. *Água-mãe*. 4. ed. Rio de Janeiro: José Olympio, 1956.

que trata da morte, dá roteiros de vida; é uma mensagem de amor à humanidade" (1956).

Junto aos elogios, o romancista recebe críticas formais do próprio Álvaro Lins, que sugere o aumento do número de diálogos, para dar ao personagem uma maior sensação de vida. A sugestão de ordem técnica também compreende variações do movimento da narrativa, pois Lins considera a obra uniforme, com a repetição um tanto monótona dos personagens e das cenas. A seu juízo faltam-lhe paciência, concentração e composição do romance. A propósito, antes de passarmos à próxima seção, sublinhe-se que tudo indica o efeito positivo de tais críticas. No limite, pode-se especular, ou intuir, que José Lins foi receptivo à observação de Álvaro Lins, pois o próprio assim reconhece na apresentação do romance seguinte, *Fogo morto* (1943), seu livro mais consagrado, tido como sua obra-prima por críticos do porte de Antonio Candido, além do prefácio do imigrante austríaco Otto Maria Carpeaux. Enquanto Carpeaux prefacia o livro recém-lançado do "brasileiríssimo" José Lins, Candido, já em janeiro de 1944, publica um artigo para o jornal *Folha da Manhã*, texto elogioso intitulado "Um romancista da decadência", que figura na coletânea *Brigada ligeira* (1945).

O jogador de futebol e o drama da fama

Uma das maiores surpresas de *Água-mãe* consiste na inclusão do futebol no corpo da narrativa, fato praticamente inédito na ficção naqueles princípios dos anos 1940. Há quem reivindique a condição de primeiro romance a incorporar o tema do futebol na história da literatura brasileira, mas não se pode olvidar que um ano antes, em 1940, o cronista ítalo-paulistano Thomaz Mazzoni publicara *Flô, o goleiro "melhor do mundo"*. Em que pese a antecedência cronológica deste, tem-se a favor de José Lins do Rego uma reputação prévia obtida no meio literário, condição jamais postulada e alcançada por Mazzoni. Ademais, a densidade, a qualidade e a consistência ficcional presentes em *Água-mãe* tornam discrepantes e assimétricas uma comparação entre os dois.

Um dado circunstancial deve ser evocado: quando surgiu *Água-mãe*, José Lins do Rego ainda vivia sob o impacto da Copa do Mundo de 1938, que também afetara, como é sabido, seu amigo e sociólogo Gilberto Freyre. O desempenho de Leônidas da Silva naquele torneio tem um significado especial para José Lins. A performance do atleta galvaniza as atenções da população e dos torcedores, o que não passará despercebido pelo escritor. Assim, o memorialismo associado ao romancista assinala que o Mundial da França é seu *leitmotiv*, a arrebatá-lo para o futebol e, em seguida, para o Clube de Regatas do Flamengo.

Dessa feita, entre as várias histórias que se interpenetram em *Água-mãe*, José Lins constrói a personagem do jogador de futebol. Joca, um modesto filho de pescadores, no caso, de Candinho, sonha o estrelato em um clube de futebol profissional do Rio de Janeiro, como tantos aspirantes de sua geração. Saído de um clube pequeno, amador, do interior, o Tamoios, Joca vai jogar no Fluminense e daí em diante ganha projeção na capital do país.

A glória do jogador, contudo, não impede uma crítica que subjaz contida na narrativa. José Lins mostra a notoriedade extraordinária e o caráter inebriante da celebridade alcançada pelo futebolista em um momento histórico, no qual esta modalidade esportiva era recém-profissionalizada. Sem embargo, realça também a fugacidade da trajetória de um jogador, em especial o drama de um atleta oriundo das classes populares nos esportes, algo, diga-se de passagem, tão verossímil à época quanto parte do senso comum ainda hoje, para quem acompanha a realidade do jogador brasileiro em seu dia a dia e vai além do imaginário de sucesso que favorece alguns poucos deles.

O filho de cabo Candinho, pescador de crustáceos, é, bem-entendido, um personagem coadjuvante do enredo geral da ficção. Não obstante, são vários os momentos em que Joca ganha relevo e é descrito com mais detalhes durante a trama romanesca. Na primeira parte, ele aparece de forma diluída nos capítulos, ao passo que, na segunda, são diversos os momentos, em especial nos capítulos 4, 6, 9, 14, 19 e 23. Ou seja, o romance volta-se à narração da ambiência do futebol em ao menos sete capítulos do livro.

Joca, então com 17 anos, é o melhor jogador de futebol de Cabo Frio e atua como centroavante do Tamoios, o clube amador da localidade. Seu desempenho chama a atenção dos observadores, até que recebe proposta do doutor Lourival, o filho da família rica, para jogar em um grande e tradicional clube do Rio de Janeiro. O convite deixa de início a mãe, sinhá Antônia, desesperada, mas ao final Joca muda-se para a capital e vai jogar no Fluminense.

No clube das Laranjeiras, o jovem interiorano faz sucesso rapidamente, torna-se cobiçado entre os cartolas e a imprensa e é venerado pela torcida. Posa para foto a cores em revistas e é reconhecido como um craque autêntico, egresso de um clube do interior e a grande sensação da temporada, segundo avaliação dos cronistas especializados. José Lins instila na narrativa a descrição de um Flamengo e Fluminense e narra com acuidade literária o gol de Joca na partida. O futebolista torna-se em pouco tempo famoso na cidade, sendo perfilado de corpo e alma por José Lins. Dali em diante, seu nome provoca frenesi na torcida tricolor e reverbera nos demais torcedores e na opinião pública.

Entrementes, Joca não se esquece de suas origens familiares. Morando na cidade do Rio, envia cartas à mãe de tempos em tempos. A família se mobiliza em prol de Joca. O irmão Julinho ouve as partidas pelo rádio. Este aparelho sonoro de transmissão é o principal meio de comunicação de massas à época e permite que o sucesso do rapaz se espraie logo a toda a família e atinja toda a região natal. Já Lourdes prepara o enxoval de casamento sob os auspícios do irmão famoso. Em formato de missiva, o romance chega mesmo a transcrever a mensagem do ídolo à figura materna a certa altura do enredo.

O prestígio de Joca cresce ainda mais e o craque do Fluminense consegue enfim uma vaga na Seleção Brasileira. De início, como reserva de Zezé. Logo, porém, o filho de Candinho passa a ser aclamado como o maior centroavante do Brasil. José Lins do Rego inclui um fato verídico na trama, com remissão à disputa da Taça Rio Branco, em Montevidéu, 1932, vencida pela seleção contra os temíveis uruguaios.

Dois anos depois de lançar *Água-mãe*, em 1943, José Lins voltará a escrever sobre o torneio e prefacia o livro do amigo e jornalista Mário Filho, *Copa Rio Branco, 32*. Seu prefácio intitula-se "Biografia de uma vitória" e nele refere-se em tom de elogio à "democracia social" que impera na composição da equipe nacional. Por sua vez, na ficção, a escalação de Joca, grande esperança nacional, é reconstituída no trajeto à capital uruguaia.

O vocabulário do futebol em inglês – *team*, *match* e *scratch* –, consignado no jornalismo esportivo de então, lado a lado com termos abrasileirados, foi mantido na primeira edição do romance. Da mesma forma, a descrição das partidas é relatada amiúde, com vistas a reproduzir em palavras a emoção e a intensidade de uma transmissão radiofônica, como dito, grande meio de comunicação da época, também chamada de Era do Rádio. Descreve-se o entusiasmo dos torcedores pelo futebol e amplifica-se o fervor de jornais, de estações de rádio e de revistas, que reverenciam o nome de Joca, a atingir fama nacional. O jovem, outrora estivador nas salinas cabo-frienses, com o penoso cotidiano e a dura sina de carregar pesadas cargas de sal às costas, encanta-se com a glória e com a popularidade ensejada pelo futebol. Em contrapartida, promete à família comprar-lhe um sobrado e tirá-la da pobreza.

A ascensão contagiante de Joca na carreira continua. Em determinado momento, ele vai disputar uma partida pela seleção na Argentina. Em Cabo Frio, o jogo é irradiado em praça pública e reúne uma multidão em torno do jogo. Para incrementar, uma banda de música leva festa à praça, com a população a comemorar mais uma vitória de Joca pela seleção. Em retribuição, na volta, o jogador pega o trem de Maricá e vai à casa dos pais rever a pobre família, reencontrar os amigos de estima e saudar os moradores locais.

Se o futebol é o emblema da cultura de massas e da paixão popular, personificada na ascensão das classes sociais por meio da figura emergente de Joca, José Lins contrasta tal imaginário esportivo com o ambiente "burguês" das corridas de cavalo. Estas surgem no enredo pela personagem do imponente Paulo Mafra, representante da alta burguesia carioca, frequentador do distinto Jockey Club e apreciador das competições do turfe, vistas aqui sob as lentes de um requintado, que não perde o Grande Prêmio Brasil. Outra modalidade esportiva mencionada na ficção realista e sempre atenta à verossimilhança é o automobilismo, em particular o circuito de corridas de carros da Gávea, existente na cidade desde 1934, a projetar o ídolo Chico Landi.

Todavia, as peripécias futeboleiras do craque Joca não terminam com um, por assim dizer, final feliz. Ao fim e ao cabo, o escritor opta por acentuar à trama um tom crítico, endossando o hiato entre o sonho e a realidade da carreira do jogador. Após toda a notoriedade e todas as conquistas, assiste-se a uma inflexão trágica. Uma contusão, decorrente de uma jogada fortuita, acomete Joca em uma partida. Ao fim de três meses, após tentativas sucessivas de reabilitação, o "astro" se vê afastado inelutavelmente dos campos. As consequências da lesão são maiores que as esperadas e o jogador é instado, de maneira precoce, a abandonar em definitivo a carreira.

O "destino", para retomar a observação de Álvaro Lins, comparece de forma cruel e inapelável, com a decadência e o rápido esquecimento do ídolo, logo substituído por outro futebolista. De volta à dura realidade do torrão natal, o outrora atleta definha, esquecido, "na flor da idade". Com o agravamento de sua saúde, acaba por falecer em frente à lagoa de suas origens.

A fim de encerrar essa seção, recorremos novamente à recepção da crítica sobre o livro, tal qual ela aparece nos anos 1950. Nessa década, o jovem Glauber Rocha, então um iniciante na crítica cultural na Bahia, se encantou com a obra de José Lins do Rego. O cineasta baiano leu a obra do romancista paraibano na íntegra, inclusive *Água-mãe*, e resumiu a parte em que José Lins aborda a carreira do jogador. Tratava-se de mais um personagem frustrado, galeria dos demais tipos sociais descritos pelo autor: o senhor de engenho, o bacharel, o literato, o cangaceiro, o contador de histórias. Eis seu comentário:

Joca, o jogador de futebol, é a manifestação em nosso romance desse ídolo nacional. José Lins, grande entusiasta e entendedor desse esporte, exibe seus conhecimentos com descrições de pelejas na melhor linha da crônica esportiva. Por outro lado, ultrapassando o devaneio, traça rápida, mas profundamente, o roteiro geral do jogador de futebol: sua ascensão, seu auge na seleção nacional, sua queda brusca, sua morte na humildade e no esquecimento de onde veio. Joca morre ali mesmo, sentado na porta de casa, olhando tristemente a lagoa.[8]

Mesmo com qualidades literárias e narrativas notáveis, pouco a pouco, durante a segunda metade do século XX, *Água-mãe* dissolveu-se na fortuna crítica do escritor, secundarizado, quando não menoscabado, esquecido. Não cabem aprofundamentos nas razões pelas quais os julgamentos de valor relegaram o livro ao ostracismo. Sob a ótica dos historiadores, chama a atenção que, junto a critérios estéticos, há sempre processos históricos, sociais, editoriais e sociológicos intervenientes que explicam tal esquecimento no conjunto da obra do escritor e mesmo no plano mais geral e canônico da história do romance social e do modernismo brasileiro como um todo.

Convite à leitura da nova edição

Para concluir esta apresentação e convidar o leitor a ler o livro, pode-se retomar a discussão inicial a respeito do

---

[8] GOMES, João Carlos Teixeira. *Glauber Rocha, esse vulcão*. Rio de Janeiro: Nova Fronteira, 1998, p. 578.

contexto biográfico do autor, com a informação segundo a qual a estada de José Lins em Cabo Frio não se prolongou.

Já no início da década de 1940, o escritor regressa de sua temporada interiorana à capital, onde passaria a morar na rua General Garzon, número 10, no bairro do Jardim Botânico, nas proximidades do Leblon e da Lagoa Rodrigo de Freitas. O futebol continuará a motivar de corpo e alma o cotidiano do escritor, como o fizera desde 1938, quando acompanhou a performance de Leônidas da Silva na Copa do Mundo da França, transmitida pelo rádio.

Em seu perfil biográfico, no livro *ABC de José Lins do Rego*[9], consta que a admiração do escritor pelo craque se estende ao clube carioca pelo qual atuava, o Flamengo. O ídolo ficará no time rubro-negro até 1942, um ano depois do lançamento de *Água-mãe*, quando se transfere, após desentendimentos com os dirigentes de então, em transação milionária segundo os padrões da época, para o São Paulo Futebol Clube. Outros ídolos clubísticos surgem e se sucedem, como Biguá e Zizinho, e ocupariam a atenção da produção cronística do escritor em sua coluna "Esporte e vida", no *Jornal dos Sports*, de 1945 em diante.

Se os ídolos do clube passam, a flama pelo clube do Flamengo perdurará até o fim da vida do escritor, quando falece em 1957, com menos de 60 anos. No decurso do decênio de 1940, como dito, José Lins torna-se não só cronista, mas também dirigente esportivo. Sob tal condição, assume postos de entidades estatais, como o Conselho Nacional de Desportos (CND), vinculado ao Ministério de Educação e

---

[9] HOLLANDA, Bernardo Buarque de. *ABC de José Lins do Rego*. Rio de Janeiro: Record, 2012.

Saúde, e privadas, a exemplo da Confederação Brasileira de Desportos (CBD), de que é secretário-geral e até mesmo presidente interino no contexto da Copa do Mundo de 1950.

Nesse sentido, o futebol não desaparece nem de seu dia a dia, nem de sua ficção, ainda que sua presença romanesca se dê de forma menos expressiva e mais incidental. Isso porque o tema reaparece em *Eurídice* (1947), também ambientado no Rio de Janeiro, por meio de outro personagem coadjuvante. Desta feita, trata-se de Jayme, que faz as vezes de torcedor rubro-negro, não por coincidência homônimo do então chefe da torcida, a Charanga do Flamengo, Jaime de Carvalho, de quem o escritor também era próximo e com quem convivia nos estádios, nos bares da cidade e nas dependências do clube.

Assim, à sombra da lagoa de *Água-mãe*, a trajetória do verídico Leônidas e do fictício Joca são, pois, duas faces ambíguas da redenção e do fracasso futebolísticos, experienciados por inúmeros jogadores ao longo do século XX, e que naqueles idos dos anos 1940 impactaram tanto a vida quanto a obra de José Lins do Rego.

Vamos ao mais importante: à leitura de *Água-mãe*, leitor!

ÁGUA-MÃE

Para os meus amigos
Antiógenes Chaves,
Daniel Pereira e
Roberto Alvim Corrêa

# PRIMEIRA PARTE

A Casa Azul

1

O MAR FICAVA ALÉM da restinga, mas a lagoa mansa estava ali a dois passos. Da Casa Azul, ouvia-se o bater das ondas na praia, o gemer fundo do mar que nas noites escuras era soturno. A lagoa falava baixinho, cantava mais que gemia. O vento encrespava as suas águas, soprava o nordeste com toda a sua violência e o mais que ela fazia era cantar mais alto, dar tudo o que podia de seu peito franzino de mulher. Da Casa Azul via-se a lagoa de lado a lado. Nos dias de enchente, quando a maré crescia, nas luas novas, a água verde subia até a figueira gigante, a espuma branca deixava os seus flocos alvos pelas raízes descobertas. A Araruama só nos dias de chuva entristecia, perdia as cores, mas quando o céu era azul, o verde de suas águas espelhava ao sol e uma vela branca de barco dava àquela tranquilidade de deserto uma palpitação de vida, agitando as coisas inanimadas. O silêncio envolvia a Casa Azul por todos os lados. Não se ouvia por ali um grito de gente, um urrar de bicho. Só os cata-ventos das salinas falavam alto por aquelas bandas. Quem passasse pela estrada via a casa silenciosa cercada de casuarinas, com aquela figueira enorme plantada na frente, de galhos agigantados como uma defesa contra as ventanias de agosto. A casa triste, o casarão de sete janelas de frente, fechado, com as manchas do tempo borrando o azul desbotado das paredes. O mato crescia em derredor. E mesmo assim, naquele abandono, valia a pena olhar para a Casa Azul, como todos por ali a chamavam. Era triste, mas, apesar de sua tristeza, agradava, tinha o seu encanto especial, uns restos de vida pelos seus alpendres, qualquer coisa de humano nas guilhotinas pintadas de verde, nas cornijas cor-de-rosa, no branco dos pilares. Não era uma casa morta, era um corpo onde ainda palpitava vida e que respirava. Faltavam-lhe apenas os movimentos. Um dia voltaria a ser o que fora, luzes ainda se acenderiam pelas suas salas, vozes se elevariam de todos os recantos, calor de gente viva animaria o corpo anquilosado. Agora a Casa Azul era triste. Tinha uma história que contavam em voz baixa como se falassem de uma desgraça de família. Os que passavam pela estrada que cortava a lagoa olhavam a velha casa e uma recordação lhes passaria pela mente. Ali sucederam coisas que não se contavam sem medo, sem constrangimento. Os meninos fugiam das árvores do pomar e as mulheres viravam o rosto quando se aproximavam de lá. A história devia ser de muita pena, de muita dor. A figueira-brava estendia os seus galhos enormes e o vento gemia neles e as casuarinas soluçavam, viviam no pranto. O silêncio do ermo dava relevo a todos estes movimentos de vida. Sentia-se tudo, os menores rumores estremeciam como grande ruído. Quem perguntasse pelos donos da Casa Azul teria uma resposta evasiva. Não moravam mais por ali. Se foram para muito longe. É uma gente rica do Rio, pertence a uma viúva que pouco se importa com a casa.

Mais para longe, para perto do mar, havia uma tapera de palha. Lá morava um homem que tomava conta do sítio esquecido. Diziam que viera de fora, pois gente das redondezas não teria coragem para tanto. E ao pobre sucederam desgraças sobre desgraças: um filho se afogara na lagoa, a mulher morrera de maleita-brava e os outros dois filhos haviam fugido num navio de sal que passara por lá, e agora vivia o pobre homem amarelo, de barriga grande, como uma sombra no meio de tantas sombras, olhado pela gente da terra como um pestilento. Era o homem da Casa Azul e todos fugiam dele.

Que história seria essa da Casa Azul? Melhor seria não falar dela, deixá-la no seu canto, não indagar. Mas os que vinham de fora se sentiam atraídos. Era bela no seu recolhimento, digna, cheia de um certo ar de superioridade, sobre tudo, sobre os homens, sobre as outras casas. Para um lado ficava a salina da viúva dona Mocinha, com os moinhos de asas azuis e vermelhas e a casa branca, de alpendres largos. Por lá tudo era vida, agitação. As tulhas de sal, ao sol, espelhavam na sua alvura de neve e os cata-ventos falavam alto. Os canais cortavam a propriedade de lado a lado, e via-se gente no trabalho da colheita, homens de pés no chão, carregando sal, outros trabalhando a água azul, como se lavrassem a terra. O vento soprava sobre os quadrantes, ondulava a água na evaporação e o grão de sal ia aparecendo de vez em quando, com o sol tirando faísca como sobre pedrarias. O vento era o mestre de tudo, a boa máquina mandada por Deus. Os homens falavam no trabalho e as barcaças paravam ao longe esperando a carga, com o pessoal de bordo estirado como em sestas, cantando. Outros barcos passavam, pejados de mercadorias, de velas abertas, descendo para o porto. Os barcaceiros quase sempre cantavam. Uma vida fácil corria pelas águas azuis da Araruama e a salina de dona Mocinha, a Maravilha, se não era das maiores do lugar, era das mais bem organizadas. Tudo lá corria bem, com sal de primeira ordem; nunca atravessara dificuldades sérias. Fora dos antigos da família, gente que se fizera no trabalho duro. A viúva botara as coisas para diante, embora os tempos andassem ruins para todos. O marido lhe deixara as contas em dia, pequeno saldo no banco e a propriedade sem gravame, e a fazenda do outro lado da Araruama, com gado gordo. Os filhos pequenos não lhe deram grande trabalho, foram crescendo protegidos por Deus, sem doença, até que chegara o tempo do colégio. Agora crescidos, estudavam em Niterói. Os tempos pioraram. O sal chegara a um quase nada. Tiveram que ceder a fazenda mas, apesar de tudo, não passaram necessidades. Dona Mocinha dirigia tudo, punha as suas vistas em cima de tudo. Os trabalhadores respeitavam-na como a um chefe, como a um homem de coragem. Tudo passava por suas mãos. O marido morrera com ela ainda bem moça. A princípio lutou, teve que aprender, que vencer dificuldades, mas venceu tudo, não precisou se casar. Tinha os seus filhos e por eles chegaria a todos os sacrifícios. Os parentes quiseram arranjar-lhe um casamento. Recusou. Era dos filhos, era somente de seus filhos e foi aprendendo a ser o chefe de sua casa, a resolver as coisas por si só. Do alpendre de sua casa, dona Mocinha via as terras abandonadas, os canais entupidos da grande salina que fora dos seus vizinhos de muitos anos. O mato da restinga lá chegava até as proximidades da lagoa e os bálsamos plantados para cerca se espalhavam, se multiplicavam abundantemente e enchiam as terras, com o verde-escuro de suas folhas. Dona Mocinha devia saber muita coisa a respeito da Casa Azul. As salinas, ali, tinham perdido o nome, se tinham acabado para que só restasse aquela casa, enchendo tudo com a sua figura misteriosa. Os cata-ventos enferrujados, as águas podres dos velhos canais e, dominando tudo, a Casa Azul, velha, ninho de morcegos, fazendo medo à gente da terra, com a sua vida desconcertante e os seus poderes maléficos. Dona Mocinha sabia de tudo, mas quando lhe perguntavam alguma coisa, quando algum filho lhe indagava pela Casa Azul, mudava de conversa ou cortava o assunto com uma palavra seca. Os meninos guardavam uma impressão de quase pavor e quando algum se aproximava de lá, se metia pelo sítio atrás de passarinhos ou de fruto maduro, corria o outro para contar à mãe, porque era proibido e perigoso penetrar naquele recanto. Só a lagoa não ia com essas prevenções. Ali mesmo quase na porta da Casa Azul, ela abria uma curva de praia branca e as suas águas batiam de leve, de manso nas pedras do pequeno cais em ruínas. A lagoa era mais bela justamente defronte da Casa Azul. Os barqueiros, que cortavam a Araruama em demanda das salinas distantes, passavam mais de longe, mal avistavam a figueira gigante e manobravam o leme para uma volta. Vinha da casa para eles um vento que não era bom, qualquer coisa que empestava, que conduzia à desgraça. Paravam de cantar e ficavam sombrios temendo uma surpresa desagradável. Contava-se de um mestre de barcaça que dera para passar por ali insistentemente e o seu barco estava hoje no fundo do canal e dele nunca mais souberam notícias. Procuraram-no por todos os recantos, mergulharam e nada de se encontrar vestígios de mestre Luís. Depois de algum tempo, deu para aparecer alma penada na pedra do canal. Gente chorando alto, como em tortura. E só com muita reza na igrejinha do farol, só com muita vela queimada, a alma do velho Luís deixou de gritar nas noites de escuro e os pescadores de camarão voltaram outra vez ao canal. Mas há ainda quem escute lá de baixo, da barcaça afundada, um gemido abafado. Os barqueiros que de noite passam por cima da *Estrela Matutina*, dizem que, bem no fundo das águas, vem para os ouvidos deles um chamado esquisito. Precisavam passar por ali a todo pano. A alma do velho Luís deixou de gritar, mas ainda geme.

A salina Maravilha sabia de tudo. Os seus cata-ventos puxavam água da lagoa, o seu sal branquejava o solo, mas o mundo da salina morta, de lodo verde nos canais, de lodo podre nos tanques, perturbava a vida da gente. Dona Mocinha por mais de uma vez recusara negócios com a Casa Azul. A ela ofereceram por baixo preço os despojos da vizinha. Não quisera. As terras, a casa, os armazéns, os canais, o sítio, tudo seria para a Maravilha uma aquisição esplêndida. Mas não lhe interessava. Era como se lhe viessem oferecer uma casa velha, onde houvesse morrido gente de peste. A Maravilha vivera sem contato algum com a Casa Azul e a casa-grande resistira a tudo, a todos os ódios. Até as árvores, as fruteiras se deixaram cobrir de erva-de-passarinho, sugadas pelas parasitas, no meio do mato, com os arbustos da restinga tomando conta da terra. O antigo pomar era uma capoeira, por onde as preás e as cobras andavam livres. Os bichos domésticos que chegavam ali corriam perigo de vida. Por mais de uma vez porcos e bois, picados por cobras, haviam morrido nas terras malditas. O povo temia pelas suas crias que fugiam de casa e quando descobria que estavam pelos matos da velha salina, corria à pressa para enxotá-las. Era um ninho de cobras. Mas as casuarinas e a figueira-brava enchiam de beleza o recanto perigoso. Quem vinha de longe, pelo lado de terra ou pela lagoa, se deixava, à primeira vista, encantar pela Casa Azul. Ninguém diria que aquele casarão, cercado de árvores tão belas, fosse o que era. Pelo contrário, a Casa Azul convidava o viajante a um pouso. Os alpendres largos, os pilares grossos falavam de segurança e de paz. Vista do barco, com a praia branca, com a curva mansa da lagoa, era um abrigo, um convite à vida descansada. A figueira-brava acolhia nos seus galhos enormes ninhos de todos os pássaros. Os meninos deixavam em paz a passarada da Casa Azul. Por ali cantavam canários e galos-de--campina e as rolinhas desciam em bando pelos terreiros. Era um refúgio. As espingardas dos caçadores não estrondavam por aqueles ermos.

Terras abandonadas, água podre, céu azul, beijo da brisa macia nas árvores, carícia boa da lagoa nas pedras e o mistério cobrindo tudo isso de desgraça, de maus fados.

2

OS PESCADORES DE CAMARÃO, nas noites de escuro, iluminavam a lagoa com suas tochas e candeeiros e na água mansa deitavam as redes, furavam a terra com varas, faziam rumor, e no silêncio e na paz da noite escura pareciam uma multidão de guerreiros. Às vezes conversavam, cantavam e o sacudir das redes na lagoa ecoava surdamente até longe. A noite inteira na pescaria monótona, sem os grandes rasgos do alto-mar, a luta com os peixes grandes e as ondas bravias. Ali era no manso. Quando a lagoa se encrespava e o vento cortava forte, deixavam o trabalho para a outra noite. Nos tempos de frio aguentavam quase despidos a crueldade do sudoeste. Mas ficavam até o clarear do dia, no duro, manobrando as redes, sofrendo horrores. Só queriam a lagoa quieta, sem água revolta. Os pescadores de largo curso olhavam para eles com certo desprezo. Aquilo era serviço de mulher. Aonde a coragem de se meter no mar alto, de se deixar cercar pelos tubarões, de lutar braço a braço com os peixes gigantes, os meros de dentes afiados, os cações de três braças e vencer, e sangrar os bichos, retalhar as carnes e trazer os troféus sangrentos, marcas de dentadas, cortes fundos dos combates. Pescar camarão de lamparina acesa, ficar ali horas como se estivessem em velório de defunto, bebendo cachaça no descanso, para matar o frio, dormir até em cima das canoas, tudo aquilo era mesmo para gente mofina, sem disposição ao perigo. E, no entanto, os pescadores de camarão sabiam que não era fácil assim o seu trabalho, que as dificuldades do seu ofício não eram tão maneiras. O vento da noite cortava-lhes o lombo, atravessava-lhes a carne até os ossos. O céu estrelado, a escuridão da noite, os terrores das histórias de almas penadas, as dores, tudo ficava com eles, no silêncio prolongado. Às vezes cantavam. Cantavam tristes, vozes conduzidas pelo pavor da escuridão, vozes que se elevavam de dentro dos seus corações, como se estivessem chamando gente em socorro. Não era um cantar de trabalho festivo, era mais um lamento. As barcaças que desciam para o porto passavam a horas mortas por eles, e, um grito de boa-noite, um dito de camaradagem, era como se todo o mundo se aproximasse para aconchegá-los. Caras tristes, corpos marcados de fome e insônia, curtidos pela cachaça. De manhã, chegavam ao mercado do peixe para negociar a presa da noite. E conversavam, falavam ainda, discutiam os preços com o cesto carregado da mercadoria que lhes custara a noite inteira, o sono e o medo das horas de solidão. Viam-se cercados pelos fregueses. Vinham cozinheiras, homens de importância da terra, para conversar, regatear. Respondiam às perguntas, recusavam ofertas, não cediam no preço. Pareciam quietos, de noite bem-dormida, mas a cara amarela, os lábios roxos, o olhar vivo diriam do esforço, da resistência contra o frio e o sono. O velho caboclo, chamado cabo Candinho, estava ali todas as manhãs, de chapéu de palha e olhos fundos, com as calças arregaçadas, o corpo ainda encardido de lama, com o seu cesto cheio de camarão, à espera da freguesia. Era o mais importante de todos. Tinha duas canoas e levava os filhos consigo, para o trabalho. O mais velho se fora para a estiva, mas os dois mais novos o acompanhavam nas pescarias. Moravam do outro lado da lagoa, num sítio por onde passava a estrada de ferro. Era seu o pedaço de terra onde vivia. A estrada de ferro cortava em dois o sítio que fora de seus pais. Mas apesar de tudo era seu, mandava nele, podia fazer dele o que quisesse. Do outro lado, avistava-se a Casa Azul, as árvores grandes, a enorme figueira-brava. A casa do cabo Candinho vinha quase que dentro da lagoa. As suas duas canoas se amarravam num esteio da cozinha. Nas grandes marés, as águas subiam até o batente. Em todo caso, ali não havia os perigos das enchentes, as violências dos rios, arrastando tudo na voragem. A Araruama dava o peixe, o camarão, os mariscos e era boa, não comia o que era dos pobres. Era mais que uma mãe, a lagoa azul. De dentro de suas águas vinha a abastança, do fundo de suas terras, as conchas que queimavam nas caieiras e o sal que enriquecia os grandes.

  A Casa Azul olhava para o casebre do cabo Candinho. E de seu lado, o pobre estendia a vista para o mundo e via as águas verdes que eram suas. Podia mexer nelas à vontade, tirar delas o que quisesse, eram de Deus e eram de todos. Lembrava-se do governo, mandando cortar os currais que os grandes haviam feito pelas margens da Araruama. Não podia, não tinham direito. O povo, já que não mandava nas terras, mandava nas águas. Em qualquer parte sacudia as suas redes, furava o fundo da lagoa atrás de conchas. A Casa Azul, porém, fazia medo. Mas, apesar de tudo, o que poderia ela contra eles? Fora-se o mestre Luís. Estaria no fundo chorando como menino novo no limbo, esperando a hora de Deus soltar a sua alma. De longe, a Casa Azul parecia tão boa, com o sol batendo nos vidros das janelas fechadas. O cabo Candinho sabia de histórias tristes, sabia de segredos, e se calava. Para que lembrar o passado, as desgraças do passado? Tinha sua mulher, a sua família, os filhos, as filhas, a mãe ainda viva, quase cega, e para que se lembrar da tristeza dos outros? Ali estava a lagoa, para separar o seu sítio da casa-grande; as águas verdes o livrariam de todos os malefícios que viessem de lá. Nunca que parasse com a sua canoa por perto das terras malvadas. Podiam chegar notícias de cardumes de peixes, de abundância de camarão, que por lá não sacudiria as suas redes. Dizia todos os dias aos filhos: com as coisas do diabo não se devia mexer. Deixassem para um canto, pois o diabo sabia com quem mexia. O mestre Luís chorava no fundo da água, como menino. Ele, o cabo Candinho, sabia o que era a vida. Sentara praça, fora do Exército, estivera nos combates do Contestado, sofrera horrores nos frios de Santa Catarina, ouvira bala cantar nos seus ouvidos. Mas a vida da lagoa nunca lhe saíra da cabeça. Fizera uma loucura, deixando a mulher e os filhos para sentar praça. Tudo estava tão ruim, o sal descera a nada, peixe era mesmo que lama, camarão ninguém queria e tudo estava tão ruim que só achou um jeito: sentar praça. Fora-se, andou por terras distantes, esteve com a morte a seu lado, viu gente morrendo, viu fome, viu os fanáticos cortados de facão, mas a lagoa dormia todas as noites ao seu lado. Quando via o sol se levantando nos acampamentos, via a Araruama coberta de luz, via as águas verdes, as barcaças de vela aberta, as canoas carregadas, os filhos tomando banho, a mulher, a velha mãe esperando por ele. Quando deu baixa chegou em casa mais velho, mais triste, mais homem. Todos agora o chamavam de cabo Candinho. Contou as suas histórias, encheu os ouvidos dos outros com os seus casos, mas o que ele queria era ser o que sempre fora, pescador de camarão, o homem do sono duro, de pele de jacaré, aguentando o frio e o sereno, sem que aquilo lhe tocasse a passarinha. Os filhos já podiam ir com ele às pescarias noturnas, já tinham lombo para aguentar o pesado. Quando desceu do trem em Maricá, na volta para casa, depois de três anos de soldado, ficou de coração batendo e veio a pé, de lá até a sua casa. Levou dois dias na viagem, mas quanto mais andava mais saudade tinha de seu povo. Quando avistou a Araruama os olhos se encheram de lágrimas. Estava ela mesmo num dia de grande, verde, se espichando pela baixada, boa, sem rompante, a boa lagoa de todos eles. Olhou para ela como se fosse para uma pessoa querida, viu as águas, viu as velas brancas, olhou o chão limpo das margens, viu as conchas de todas as cores. Tudo aquilo era dele. Ninguém podia tomar. Vinha de longe, vira o mar, vira terras, vira rios, ruas grandes, casas, palácios, guerra; a morte; e tudo não era mais nada para ele. Quando chegou em casa era de tardinha, o sol ia se pondo, mas dava luz ainda, para ele ver a sua casa na beira da água. Foi chegando com medo. De longe via as galinhas se agasalhando no pé da laranjeira velha. Teve medo de chegar. Uma agonia desesperada apertava o seu coração. Ouviu bem o grito de sua mulher, chamando pelo seu filho Júlio: "Entra pra dentro, Júlio". Ficou parado. Era aquela de fato a sua casa. Lá estava ela com as suas duas portas, as três janelas e o fogo da cozinha deitando fumaça. Sentia quase que a quentura da sua casa, mas tinha medo de chegar. Três anos por fora, três anos no mundo e ali, a cinquenta passos, estava a sua casa, pertinho do seu povo, da mãe cega, da mulher boa, dos filhos crescidos. O cabo Candinho chegava da guerra. Tinha atacado gente que era mesmo que fera na furna, tinha visto muita gente morrer, o sangue correr. E no silêncio da tarde se pondo, via sua casa outra vez e tinha medo. Um ventinho brando soprava, a lagoa se encrespava toda como se sentisse cócegas. Ouviu outra vez a voz de sua mulher. Aí não pôde se conter. Correu para dentro de casa como menino medroso. E foi a maior festa de sua vida. A mãe pareceu-lhe mais velha e a sua mulher, Antônia, sofrera o diabo com a ausência, tivera que trabalhar para sustentar os meninos, tivera que ceder as canoas para José Leite pescar de meia. O que lhe valia agora é que ele estava ali, outra vez em casa, dono do que era seu, senhor do seu sítio, de sua terrinha. Lembrava-se bem da primeira manhã do seu retorno. Acordara quase com a noite de pé, para ver tudo de muito perto. A lagoa no escuro da madrugada, ainda dormindo, luzes de pescadores acesas. Depois viu a madrugada chegando devagar, com a luz caindo sobre as águas e a terra, tudo surgindo para ele como uma grande flor se abrindo. Saiu para pisar na terra que era sua. Pisou no chão que era seu, apalpou as árvores; o tamarindo que o avô plantara se esgalhava quase que cobrindo a casa, as fruteiras, as duas casuarinas que choravam ao vento, com aquele choro sentido. E via a terra e tudo da terra se derramava em carinho. Três anos por fora, três anos no mundo e as suas coisas ali esperando por ele. Ganhou aquele nome de cabo Candinho. Fora tudo o que trouxera de longe, das viagens, das lutas. Entregara-se outra vez às pescarias. As coisas foram melhorando, os meninos crescendo. Prosperara. A mulher vendia as verduras que cultivava no quintal. A canoa em suas mãos rendia muito. Comprara novas redes. A cidade de Cabo Frio estava com obras no porto, o sal subia de preço e assim os seus camarões encontravam saída. O filho mais velho se metera na estiva e ganhava muito. É verdade que andava com gente ruim, dado a carraspanas; devia ser coisa de rapaz. A mulher falava-lhe muito do filho. Achava-o perdido, dormindo quase sempre nos armazéns de sal, fora de casa dia e noite. Restavam-lhe os dois outros filhos e as duas meninas. Dentro de casa, marchavam as coisas da melhor forma, todos lhe gabavam a sorte com a família, porque tinha com que passar e viviam bem, como pobres, é verdade, mas sem pedir nada a ninguém. João começava a dar aborrecimentos à mãe. Em breve melhoraria. Falavam dele na estiva. Por mais de uma vez, com alegria, ouviu gente falando em seu filho. "É o pai do Joca." O seu filho tinha nome, era considerado o melhor jogador de futebol de Cabo Frio. Ouvia os filhos mais moços gabando as bondades do irmão e Joca merecia atenções dos grandes da terra. Uma vez o major Sales parou para falar com ele na rua. Pensou que fosse para coisa séria: "Cabo, preciso dar-lhe duas palavras. É o seguinte: o seu menino está nos Tamoios e nós estamos dando toda consideração ao rapaz, mas sucede que ele está metido em farras. Não comparece aos treinos do clube. O senhor precisa falar com ele."

Nunca quisera ver uma partida de futebol, nunca que deixasse a sua casa para assistir a uma leseira daquela. Homem sério não devia dar importância às vadiagens de moleque. E o major Sales, um homem sério, um homem daquele jeito, de posição, prefeito da terra, dono de salina, pedindo-lhe para falar com Joca, um fedelho de 17 anos. Em casa contou à mulher a história com uma ponta de orgulho.

— É a vida que ele quer – dissera-lhe ela. — Não pensa em coisa nenhuma, vive na vadiagem, no mau caminho. Deus queira que os outros não sigam o seu exemplo.

A mãe quase cega não dava palpite. O filho era o seu Deus, era sua providência. Cândido fazia tudo bem-feito. Mesmo quando saíra ele para o Exército não abriu a boca para o censurar. Tudo era por obra e graça de Nosso Senhor Jesus Cristo e tudo estaria bem-feito. Este amor de mãe animava o cabo. Sua casa repousava tranquilamente. Só as molecagens de Joca entristeciam o coração da mãe. Joca, porém, sabia consertar as mágoas. Lá um dia aparecia com um corte de chita:

— Mãe, trouxe isto para a senhora fazer um vestido.

Com pouco mais era dono de tudo. Sabia agradar. O cabo de longe apreciava as manobras do filho e, sem querer, sentia-se orgulhoso.

— Joca – dizia-lhe —, vamos amanhã a uma pescaria. Estou precisando de gente boa para um cerco.

— Pois não, meu pai, estou às suas ordens.

E a família se integrava outra vez na paz absoluta. Joca demorava-se uns dois dias, depois chegava navio de sal no porto, e ele se ia embora. E era outra vez o filho ingrato, sem coração, que não queria saber dos seus. Aos domingos, os irmãos voltavam da cidade, deslumbrados. Joca fizera gol. Joca assombrara, arrancara aplausos de todo o mundo. Os outros filhos, Júlio e André, ficavam com o pai nas pescarias. Deixaram a escola muito moços, pela precisão de viver. Podia ter conservado um deles no grupo escolar. Aquele pescador do Cabo estava formando um filho e não era em nada mais remediado do que ele. Mas para quê? Sucederia aquilo que aconteceu com o velho Leocádio, sapateiro no Cabo Frio. Mandara, com todo o sacrifício, um filho para os estudos, dera o que podia e o que não podia e no fim o cabra se danou no mundo, com o canudo de doutor e deixou o pobre só, vivendo de brisas, pensando no ingrato que nem uma carta lhe mandava. Melhor era que os seus ficassem ao seu lado, comendo do mesmo feijão, do mesmo peixe, sofrendo os mesmos frios. Seriam dele, não teriam vergonha do pai, não se esconderiam da mãe pobre, da avó cega. Nas noites de pescaria, isolado do mundo, pensava na família e sentia-se feliz. Para que grandezas em demasia, para que ouro, pedrarias, soberba, orgulho, se tudo a terra comia? Queria era a sua família, o que era seu, a sua terra, a sua lagoa. Os trens passavam pela porta de casa, apitavam, roncavam nos trilhos e ele nunca se lastimara de sua pobreza. Rico era aquele estrangeiro que morava na Barra de São João; tinha tudo, comia em prato de ouro e era aquela desgraça na família. As filhas correndo de homem em homem, os filhos dando até ataque de gota-serena, e de que lhe valiam os contos no banco, os luxos, as importâncias? Ali no Cabo Frio apareciam as filhas do homem rico em automóvel, quase nuas nas praias, com homens que não eram seus maridos. Ele, Candinho, tinha o seu sítio, manobrava a sua canoa, contava com os poderes de Deus e mandava na sua família. Ali, dentro de sua casa, só se fazia o que ele queria. Havia Joca. Mas este era bom, era manso. Tinha a certeza de que mandava no seu filho. E o rico da Barra? Que podia ele com os seus filhos? Diziam que as moças mandavam nos maridos à vontade e que nas barbas dos bestas faziam coisas do diabo. Melhor seria a sua pobreza. A lagoa podia minguar, as águas se turvavam, os camarões, os peixes fugiam de suas redes, mas o coração quieto ele tinha, alma tranquila era a sua. Antônia fazia suas promessas a santo Antônio. Tinha duas filhas para casar. Casariam bem. Haveria rapaz de bem, de bom proceder, para as duas. A Casa Azul, do outro lado, fora de grandes que se desgraçaram. Não queria nem pensar, nem imaginar nas histórias que soubera de seu pai. De nada valia pensar no que a Casa Azul pudesse fazer. Não temia. Deus não ia consentir que o diabo se soltasse outra vez por aquelas bandas.

3

SINHÁ ANTÔNIA CONHECIA a força dos filhos. Três anos estivera com eles, fazendo de mãe e de pai. Sabia o que valiam João, Júlio e André. As filhas, estas eram suas da cabeça aos pés, boazinhas, muito dóceis. Mas os filhos, sinhá Antônia via-os com o pai, ouvindo as ordens dele, fazendo somente o que o marido queria. Nunca dissera coisa nenhuma. Mulher era isto mesmo, para ouvir e calar. Cândido era bom, de gênio cordato, porém na raiva ninguém podia com ele. Nos começos do casamento sofrera algumas vezes arrancos do marido enfurecido. E se acostumara, sabendo se acomodar aos desejos dele. A sogra era aquilo que se via. Tudo o que viesse do filho era mesmo que ter saído de Nosso Senhor. A razão estava sempre com ele. Para que brigar, para que sofrer sem motivo? Cândido era dono de tudo. Quando saiu ele para sentar praça, chorou, se maldisse nos primeiros dias e a sogra lhe dizendo sempre:

— Isto foi para teu bem, menina. Candinho volta. E volta para melhorar a vida da família.

Três anos de luta, de trabalho de homem nas suas costas. Tinha menino ainda de peito e teve de fazer das tripas coração. Saía de casa todos os dias de manhã cedo para vender verduras em Cabo Frio. Teve que ouvir ditos de cabra atrevido e aguentar desaforo de fregueses aborrecidos. Apareceu gente doente em casa. A maleita caiu em cima dos meninos, com vontade de fazer anjo. Lutou contra a maleita com todas as suas forças. Trouxe quinino da farmácia, deu jurubeba, café de jurubeba e até a sogra arriou com as febres bravas. Foi um tempo dos diabos. Sozinha, tinha até vontade de chorar, tinha vontade de morrer de tanto aperreio, de tanta coisa ruim, uma em cima da outra. Lembrava-se de Candinho, lá longe, sem saber de nada. E os bichinhos batendo os dentes, de beiços roxos, amarelos, de olhos fundos, como quem ia morrer. Reagiu, botou as febres para fora de casa, teve que passar muitas noites em claro mas com os poderes de Deus e com as graças dos santos, todos estavam vivos. Naquele ano, dera muito anjo nos arredores. Só na casa do compadre Lourenço, do Arraial do Cabo, saíram três para o cemitério. A febre tinha aparecido mesmo com vontade de matar. De sua casa ela não arrastara ninguém. Julinho esteve vai não vai. Ainda vira o bichinho de nariz afilado, de cara triste. Viu a desgraça feita. Mas Deus e santo Antônio apareceram para salvar o seu filho. Depois ficara tão magro, de cortar o coração. Teve que dar água de marisco, comprar leite caro para aguentar os pobres. Criou uma cabra de corda. Fez tudo o que era possível fazer. Via os meninos no osso e sofria com aquilo. Tinha sido da febre. Todos diziam que melhorariam. Um filho do mestre da lancha do porto entisicara depois das febres. Pobre de seus filhos. Pareciam três pintinhos de tão encolhidos, tão tristes e tão magros. O tempo foi dando, o sol ajudando e com pouco mais estavam outra vez levados do diabo, fazendo-lhe medo com as traquinagens. Filho era bom, mas só Deus sabia o trabalho que dava. Cândido voltou e felizmente que encontrou a casa em ordem. Tudo passando bem, a mãe com aquela doença na vista, coisa de velho mesmo. A casa agora era dele, tomasse conta de tudo. Era feliz, bem feliz mesmo. O marido não jogava, não era de mulheres ruins, era só dos seus. Bebia nas pescarias, mas cachaça ali era como remédio. Como podiam eles aguentar a friagem das noites, sem esquentar o corpo por dentro? Cândido não era homem de andar de bodega em bodega como o compadre Lourenço, batendo boca, bebendo de manhã à noite, deixando a mulher em casa no serviço. Lá isto não. Tinha um marido de consciência, de bom coração. Bom filho. Quem era assim como ele, bom filho, merecia a proteção do Altíssimo. A velha Filipa só vivia a gabar o seu filho. Morrera-lhe o marido quando ele era rapaz de 17 anos. E tomou conta dela e fez tudo como se fosse pai e marido. Casou a irmã. Fez festa em casa, foi homem de bem. Também o pai, não era por ser seu marido: não fazia vergonha. Fora homem de palavra, de trabalho. Candinho tinha a quem puxar. Não invejava a riqueza de ninguém. Bastava-lhe o seu filhinho e o mundo era seu. Sinhá Antônia sofrera muito, nos começos do casamento, com as coisas da velha. Depois se foi acostumando. Aquilo era coisa de mãe coruja, de mãe cega pelo filho. Às vezes sofria com os exageros da velha Filipa. Nada podia dizer que não fosse para botar nas nuvens as coisas de Candinho. Não podia dizer nada. Quando o marido demorava mais um pouco, e ela reclamava, a velha vinha logo:

— Tem paciência, menina, teu marido sabe o que faz. Vai cuidar do teu serviço. Deixa Candinho em paz.

Teve até raiva da sogra, daquele abuso, daquela mania. Afinal de contas, ela era mulher de Candinho. Tinha ou não tinha direito de falar, de dizer alguma coisa? Uma ocasião, não aguentou e falou duro com a velha. E se arrependeu. Viu a pobre entristecer, ficar para um canto e quando foi chegando a hora do marido voltar, a velha chegou-se para ela:

— Menina, não vai dizer a Candinho que a gente brigou não, viu?

Teve vergonha de ser ruim, de ter feito a velha sofrer daquele jeito. Nunca mais que levantasse a voz para aquela santa. Todo o mundo lhe dizia, quando ela estava para casar:

— Você vai ter uma sogra que é uma santa. E era mesmo. Bondade daquela forma só de gente do céu. Lembrava-se do dia do casamento. A sogra chamou-a para um canto e deu-lhe tudo o que era seu: uns correntões e dois anéis de ouro que foram dos seus antigos. Pouca coisa, mas coisa de estimação. Cândido adorava a velha mãe. Havia momentos em que se impacientava com todos aqueles cuidados. E levantava a voz um pouco mais, para ela:

— Não sou menino, não, minha mãe. Para que esse cuidado todo?

A velha Filipa exercia sobre os netos um poder mágico. Ela contava histórias de Trancoso. Amansava-os com as suas histórias, seduzia-os, conseguia tudo o que queria dos meninos. Quando a mãe perdia a cabeça com as traquinadas, só ela tinha um jeito de dominar as situações:

— Deixa comigo, menina, deixa comigo. Para que isto, para que pancada?

E os netos corriam para o seu regaço, quando as coisas perigavam para eles:

— Mãe Filipa, mãe quer me dar.

— Corre para ali André, te esconde.

E falava com a nora, pedia, rogava, conquistava tudo.

— Mãe Filipa, conte aquela história da Moura-Torta.

Contava sempre, à boca da noite. Os meninos se juntavam pertinho dela. Lá fora o vento gemia nas águas da Araruama, choravam as casuarinas, o tamarindo grande se mexia, uma coruja cortava o céu com um pio desesperado, e a velha Filipa começava o seu conto, de voz mansa:

"Foi um dia uma princesa muito bonita, que tinha os cabelos louros e os olhos azuis, tão louros os cabelos que pareciam

Água-mãe • 47

de ouro de moeda, tão azuis os olhos como o azul do céu. Ia ela todos os dias se banhar na fonte de seu pai; quando a menina saía de casa, os passarinhos da corte voavam atrás dela, faziam nuvem no céu, para que o sol não doesse na sua cabeça e a princesa só pisava em flores cheirosas, só pisava em terras cobertas de rosas.

— Lá vem a princesa minha senhora — gritavam as moças correndo para ver, para beijar os pequenos pés da princesa real. — Lá vem ela, formosa como um mimo de Deus Nosso Senhor.

E tudo cantava e todos ficavam contentes, vendo a filha do rei, que se ia banhar nas águas do rio. Mas havia uma mulher feia que morava na beira do rio, uma mulher muito escura, que tinha os olhos gázeos e a boca caída. Era grande, era triste, tudo o que era menino corria dela, com medo.

— Lá vem a Moura-Torta — gritavam, quando a mulher escura vinha lavar roupa à beira do rio. — Lá vem ela — e todos corriam com medo.

A mulher feia maldizia os meninos e tinha raiva do mundo.

— Este rio é meu — gritava ela —, esta terra é minha. Quem vem lá, para bulir nas minhas coisas? Quem vem lá, para tomar banho nas minhas águas, sujar o rio que é meu, pisar nas minhas flores?

— É a princesa, a filha do rei, a dona do mundo, a senhora dos campos, das terras e do mar.

E quando a princesa passava, a Moura-Torta sorria, ia até a beira do caminho e beijava os seus pés, e dizia:

— Senhora minha princesa, como são lindos os vossos olhos, como são lindos os vossos cabelos, como são lindos os vossos pezinhos!

E a princesa sorria e passava contente. As damas diziam:

— Princesa minha senhora, toma cuidado com a Moura-Torta.

E a princesa sorria. O rio corria manso. As águas do rio eram da cor do céu, as damas cantavam para que todo o mundo soubesse que a princesa real se banhava, para que os homens cortassem caminho e se fossem para bem longe.

Aí, a princesa ouviu uma voz que era como uma música de igreja:

— Quem é que canta assim, minha dama? – perguntou ela.

— Saiba vossa alteza que é a Moura-Torta quem está cantando.

— Aquela velha feia da beira da estrada?

— Sim, minha princesa.

E a princesa escutava a Moura-Torta cantando. Era uma cantiga tristonha, de coração infeliz.

— Coitada da Moura-Torta – dizia a princesa —, ela é feia demais.

E parava para ouvir e ficava parada. Lá um dia, a princesa veio descendo para o banho. Vinha correndo pelo caminho, de tão contente. Estava tão bonita naquele dia, que, mal comparando, parecia uma imagem de Nossa Senhora. Com os cabelos soltos, era mesmo bonita. O mundo cheirava, de tanta flor aberta, e quando ela foi chegando perto do rio, lá estava a Moura-Torta. A princesa parou para falar com ela.

— Como é bonita a sua voz, minha boa velhinha.

E a Moura-Torta foi dizendo:

— Tudo o que eu tenho é de vossa alteza real. Minha senhora: como são lindos os vossos cabelos! Ah! Quem me dera que eu pudesse pentear os vossos lindos cabelos, minha princesa real.

As damas ficaram com medo e foram dizendo:
— Princesa, o sol queima as vossas faces e a água do rio está esquentando com o sol.
E a Moura-Torta falava:
— Quisera eu ser a vossa escrava, minha princesa. Quisera ser dona de tudo o que é da terra e do céu, para vos dar.
E as damas com medo:
— O sol queima as vossas faces, princesa, as águas do rio estão esquentando.
E a Moura-Torta falava:
— Quisera pentear os vossos cabelos.
— São todos os seus desejos, minha velhinha?
— São todos os meus desejos, minha real senhora.
Aí, a princesa sentou-se à beira do rio e a Moura-Torta, com um pente de ouro, começou a pentear os cabelos de ouro.
— Os vossos cabelos são macios como veludo e mais dourados do que uma moeda do reino.
E alisava sua cabeça. E a princesa sorria e as damas com medo, gritando:
— O sol está quente, minha princesa, as águas do rio estão quentes.
E a Moura cantando e a Moura alisando. Aí, a Moura--Torta começou a passar a mão pela cabeça real. Bem no meio da cabeça enfiou um alfinete comprido. E de repente, viu-se a princesa virar uma rolinha e voar para longe, para cima de um pé de pau que havia na ribanceira do rio. E a rolinha começou a cantar. E quando se viu, foi a Moura-Torta se sumir num redemoinho de vento. As damas deram para chorar tão alto que chegou gente do palácio. A princesa tinha virado passarinho. Tinha-se encantado a princesa real. O rei

mandou gente correr o mundo, andar por todos os reinos da terra, para ver se aparecia um feiticeiro que tirasse aquele encanto. Não houve jeito. Só se ouvia, de manhã, na beira do rio, uma rolinha cantando uma cantiga tão triste que fazia a gente chorar. Era a princesa com o encanto da Moura-Torta. A rainha morreu de desgosto e o príncipe que era o noivo vinha todas as manhãs, ouvir a rolinha cantando na beira do rio. E corriam os mensageiros à procura do feiticeiro para tirar o encanto da Moura-Torta. Lá um dia, numa casa de gente pobre, uns meninos brincavam no terreiro. E veio uma rolinha, tonta de sol e caiu no meio deles.

— Ela está encadeada com a luz do sol – dizia um.

— Vamos comê-la torrada – dizia outro.

— Não, ninguém vai comer a bichinha – disse uma menina loura, de cabelos grandes como os da princesa.

A menina pegou a rolinha, e foi agradando a bichinha, passando-lhe a mão pela cabeça. Aí sentiu o alfinete da Moura--Torta e puxou com força. E a princesa real apareceu no meio dos meninos pobres. E tudo o que era pequeno ali virou grande. A casa do pobre virou um palácio. E uma carruagem de rei, toda de ouro, com quatro cavalos brancos, parada, esperando pela princesa desencantada.

— Rei meu senhor vos mandou chamar, minha princesa real – disse um pajem. — O príncipe vosso noivo já está na igreja à vossa espera.

E foi assim que acabou o encanto da Moura-Torta. Houve festa no reino, durante dias e noites."

— E a Moura-Torta, mãe Filipa?

— A Moura-Torta? Ah! Ela se foi num redemoinho para as profundezas do inferno.

— Conta outra, mãe Filipa, conta a história da madrasta.
E a mãe Filipa ia contando até que o sono chegasse.
O cabo Candinho às vezes censurava os excessos de sua mãe. Os meninos se estavam perdendo com tanto dengo, tanta besteira. Sinhá Antônia, no fundo, gostava daquele desvelo da sogra. Agora, o pegadio maior da velha era com as moças. Lourdes e Maria das Dores viviam das cavilações da mãe Filipa. Estavam moças. Eram as mais novas da família. Haviam nascido após o regresso do cabo. A mais velha fazia renda e a mais nova bordava. Passavam o dia nas suas ocupações, conversando e ouvindo as histórias da avó. Não eram moças de festas, de danças. O cabo não queria filha sua metida com gente festeira. Por mais de uma vez tivera que recusar convite do compadre Lourenço do Cabo, que lhe chegava com chamados para bailes em sua casa. Não podia compreender o juízo de seu compadre. Era homem bom. Quando caía no mar era com coragem, passava noites e dias em cima de uma canoa, lutando, tirando do mar o que ninguém tirava. E no entanto, dava para passar dias, semanas na vadiação, bebericando nas bodegas, jogando pelas casas dos outros, sem se importar com a família. Por mais de uma vez lhe dissera:

— Compadre, família é família. Olha para as tuas filhas.

E ele falava sério, prometia mudar de vida e não mudava coisa nenhuma. Com ele era diferente. As filhas poderiam morrer de velhas, ficar para titias, que era o mesmo. Não sairiam de casa para festas, para se meter com gente safada, gente que só queria desfrutar moças e depois sair se gabando. Os rapazes do Cabo Frio, o pessoal do porto, embarcadiços sem respeito, moças namoradeiras, não eram companhias que lhe merecessem confiança. Muitas vezes sua mãe lhe dizia:

— Cândido, estas meninas estão mofando dentro de casa. Estas meninas precisam sair. Tudo o que é moça por aí vai a festa e vai a bailes e só estas aqui em casa, sem botar a cabeça para fora.

Calava-se, sabia que sua mãe falava pelo desejo das filhas, Deus o livrasse de saber que uma filha sua estava fazendo o que contavam das filhas do compadre Lourenço. Moça quando nascia para se casar se casava mesmo, nem que se escondesse em loca de camarão. Para que dar então o que falar à língua dos outros? O regime de sua casa era aquele mesmo. Os filhos davam tudo o que podiam. André e Julinho eram homens. Com 16 e 17 anos podiam, como qualquer pescador, tomar conta de sua canoa e voltar para casa com o serviço feito. Havia Joca na estiva. Este escapava de seu mando. Mas tinha certeza de que com dois gritos se acomodaria. Agora não ia era contrariar o rapaz. Estava ele no trabalho, fazendo tudo para ganhar o seu dinheiro, e para que tomar conta da vida do outro, andar de olho no que eram mesmo coisas de rapaz da sua idade? Antônia queria o filho preso ao cós da saia. Não podia ser, não devia ser assim. Até gostava de saber dos feitos do filho. Não dizia nada, mas gostava. No Hotel Paraíso, na cidade do Cabo, ouviu o doutor Lourenço, da empresa da luz, falando de Joca, gabando o rapaz, elogiando o jogo de Joca. Disse-lhe mesmo:

— Olha, cabo Candinho, esse seu filho no Rio faria figura. Nunca vi ninguém jogar como ele. Para um rapaz da idade dele é um assombro.

Calou-se, não disse nada. Aquilo lhe encheu a medida. Joca era um diabo, de ligeireza. Desde menino que reparara na facilidade com que ele se metia dentro d'água, mergulhava, virava o pau da rede, tinha fôlego de sete gatos. Que fôlego! Não havia pescador que aguentasse com ele no mergulho.

Sumia-se dentro d'água que até lhe metia medo. Menino desadorado. Agora estava fazendo estripulias no jogo de futebol. Os meninos da cidade quando o viam, com sua cesta de camarão na cabeça, falavam alto:

— Lá vai o pai de Joca.

Ria-se com os meninos e os moleques cercavam a sua cesta para fazer perguntas e saber da vida de Joca. Um dia viu o retrato do filho num jornal de Niterói, no meio de outros rapazes, vestido de camisa de meia. Tinham ido à cidade de Vassouras e lá o clube de Joca fizera o diabo. Viu o retrato do filho e teve vontade de levar para casa. Teve medo de contrariar a mulher. Talvez Antônia não gostasse daquilo. Era melhor não dizer nada. Mas se a sua mãe pudesse ver, ficaria no céu. A velha tinha um dengo especial por seu neto mais velho e o menino fazia tudo para agradá-la, tinha jeito, sabia encontrar as palavras que eram boas mesmo para tocar o coração dos outros. Se a sua mãe pudesse ver aquele retrato de Joca, ficaria num pé e noutro de contente. Quando chegou em casa não aguentou:

— Olhe, minha mãe, não diga nada a Antônia, saiu o retrato de Joca numa folha de Niterói.

E a velha não se conteve:

— Menino, saiu mesmo? Que menino danado. Eu bem que dizia todos os dias a Antônia: "Este teu filho vai longe".

4

A FAMÍLIA DA MARAVILHA não seria menos feliz. Viviam bem, embora na grande crise do sal tivessem que se desfazer da fazenda de gado do outro lado. Muitos achavam que dona Mocinha devia ter-se desfeito da salina e ido morar na fazenda. Mas ela não concordou. Tinha filhos e levá-los para aquele fim de mundo, longe de tudo, de todos os recursos, sujeitos a doenças, a febres, sem médico, sem comunicação rápida com a cidade, era perigoso. E aguentou a crise, fez o que estava nas suas posses, resistiu o mais que pode. Felizmente naquele tempo os filhos não precisavam gastar o que hoje gastavam. Eram pequenos e as despesas podiam se restringir sem sacrifícios deles. O sal desceu a nada. Desciam barcaças carregadas que às vezes os comissários nem aceitavam para descarga. Foi a maior crise do produto. Fossem as coisas agora e teria sido a sua desgraça. O tempo passou e ia tudo bem agora, de verdade. Dona Mocinha merecia atenções dos parentes do marido, gente rica de Maricá. O sogro, velho comerciante, enriquecera no Brasil e embora a fortuna tivesse sofrido com a crise, era homem tido e havido como rico. O comendador Felizardo desfrutava de prestígio em toda a zona. Morto o filho, quis tomar conta dos negócios dele, mandar na família órfã, como coisa sua. Encontrou resistência na nora. Insistiu, e a moça, que lhe parecia tão frágil, incapaz de ação decisiva, rebelou-se contra as suas ordens. Sabia se orientar por si mesma. Faria o que fosse do interesse de seus filhos. E o comendador resolveu deixá-la de mão. Sentiu-se ofendido. Estava acostumado a mandar como déspota nos negócios de sua gente e vinha aquela mulher, de veneta, dando opiniões pessoais. Esfriou na amizade, chegou até a se desinteressar da sorte dos netos. Durou pouco a zanga. Chegou-se às boas quando verificou que a nora era de fato uma mulher de verdade, com tino e coragem para dirigir. Dizia todos os dias em casa que se Deus lhe houvesse dado uma esposa daquelas estaria podre de rico. A mulher, brasileira de língua solta, dava-lhe respostas: se quisesse negra para lavar roupa, que se tivesse casado, como muitos dos seus patrícios, com as cozinheiras. E terminava sempre com o comendador lhe fazendo um agrado, gabando a sua rica patroa. Mas a figura de dona Mocinha cresceu para a família como um modelo de grande mulher. As cunhadas só se referiam a ela com respeito. Pediam-lhe conselhos. Iam a Maravilha para discutir propostas de casamentos e decidir-se sobre tudo. Os conselhos de dona Mocinha eram ouvidos e aceitos. O comendador gabava a sua nora, sem limites. Para ele era a maior cabeça que conhecera para contas. Se tivesse nascido homem, estaria no alto comércio. Fazia gosto verificar a educação que dona Mocinha ia dando a seus filhos. Ficara com três, duas moças e um rapaz. E hoje estavam nos estudos, crescidos, fazendo as vontades da mãe. Em pequenos tiveram professora dentro de casa. Já saíam da Maravilha para fazer a admissão e não lhe deram trabalho. A mãe passava sustos, fora com eles a Niterói, assistira aos exames, mas felizmente tudo correra bem. A mestra dona Maria, depois de cinco anos na Maravilha, não pôde mais sair de lá. Dona Mocinha pediu, rogou, e terminou ela por ceder a tantas gentilezas. Era hoje da família e para não ficar parada dentro de casa, continuava ensinando aos moleques das salinas de perto. Dava as suas aulas como se a isso fosse obrigada, com regularidade, observando horário, respeitando os feriados e os dias santos. Por várias vezes dona Mocinha lhe chamava atenção. Para que tanto trabalho, já estava em tempo de descanso. Dona Maria sentia-se mal em ficar parada. Então teria que procurar trabalho noutra parte. Em vista disso, não se falou mais em descanso para ela. E as suas aulas continuaram com a mesma assiduidade. Os moleques ficavam na sala pegada ao armazém grande e lá dona Maria tinha os seus bandos, o seu quadro-negro, a sua mesa de mestra. Ouvia-se a sua voz cortante, às vezes tinha que castigar os insubordinados, moleques taludos. Trancava-os na sala do depósito, no escuro, e ameaçava-os com a palmatória que nunca funcionava. Gritava, secava a garganta aos berros. Dona Mocinha tinha pena. Todos de casa achavam que ela se matava sem necessidade, mas não lhe falassem em acabar com a escola que seria um desespero. Os meninos eram todos muito bons e estavam aproveitando bem. Seria um crime deixá-los abandonados. A escola de dona Mocinha criou fama na redondeza. Até a aula pública, que ficava perto, na salina dos Coutos, não podia competir com a dela. As professoras diplomadas, que o governo pagava, não tinham nem a metade dos alunos de dona Maria. Aquilo enchia a todos de satisfação. E dona Mocinha acabou aceitando o esforço da amiga. Mas tinha pena do trabalho excessivo que lhe davam os moleques. A mestra de seus filhos era como se fosse de sua família. Que grande coração o desta estranha que lhe entrara de casa adentro, e que agora lhe parecia como se fosse de seu próprio sangue! Hoje não faria diferença de uma irmã, de uma cunhada. Pouco sabia da família da mestra. Era só, fora casada, mas tinha sido tão infeliz que nunca falara de sua vida a ninguém. Andara por este mundo de Deus, ensinando, fazendo companhia, arranjando trabalho para não ser pesada a pessoa alguma. Os seus parentes de Vassouras não lhe davam notícias. Fizera um casamento contra a vontade da família. Fora infeliz e nunca que voltasse atrás. Teria de aguentar com os gravames de seus erros. Tivera brasão na família, a sua gente morava em palácio, contavam grandezas de seu povo. Sabia de tudo, mas era o mesmo que não saber. Era culpada de sua vida fracassada e não podia se queixar. Até aquele dia Deus a tinha ajudado, com a saúde e a alegria que lhe dera. Não falava de seu casamento. Era um ponto morto na sua vida. Uma zona escura, onde não queria penetrar. Fracassara e tentar recordar não adiantava. Por mais de uma vez tivera vontade de contar a dona Mocinha o que fora a sua existência de casada, os dois anos trágicos do seu casamento e nem a ela tivera coragem de contar. Seria só dela aquela história. Afinal de contas tivera até sorte de no fim da vida encontrar aquela gente. Parecia que todos daquela casa eram seus, desde o começo de sua existência. Não parecia amizade de cinco anos, convivência de tão pouco tempo. Uma mulher como dona Mocinha, nunca vira no mundo. As duas filhas não lhe chegavam aos pés. Eram boas, tinham bom coração, mas com aquela têmpera de dona Mocinha, não havia. Também seria difícil encontrar uma mulher daquele jeito. Laura e Lúcia eram bem pequenas quando ela chegara a Maravilha. Laura, que era a mais velha, gostava de estudar. A outra sempre fora um pouco avoada, mais alegre, mais comunicativa, mais fácil de ser levada. Laura não. Às vezes chegava até a duvidar das qualidades morais da menina. Era quieta, estudava bem e num instante quando se obstinava em não querer qualquer coisa, era difícil arredá-la de sua vontade. Quando chegara a Maravilha, podia ela ter os seus sete anos, e já era uma menina de gênio, obediente e querendo aprender. Lúcia, com seis anos, era um encanto de menina, com os cabelos em trança, dócil, buliçosa, correndo das lições, só pensando em brincadeiras, fugindo sempre da sala de aula. Mas fazia gosto tê-la no colo. Era terna, com os seus cabelos castanhos, sempre pedindo para que lhe contasse histórias e sempre atenta aos contos. O rapaz, de nove anos, era um diabo vivo. Só temia mesmo a mãe. Corria livre pelo sítio e vivia metido na lagoa. No começo, lutara para o amansar, mas pegou gosto e foi logo adiante. Era inteligente, capaz de aprender com rapidez. No começo teve até vontade de abandonar a casa e ir embora, de tanto esforço despendido inutilmente com Luís. Aos poucos foi se habituando, criando gosto pelos meninos, e terminou querida de todos. Lúcia era a mais pegada com ela e Luís se chegara tanto que todos se admiravam do milagre. Laura sempre mais distante, mais atenta aos deveres. No fundo aquilo era de seu feitio. Dona Mocinha lhe dizia sempre:

— A senhora não precisa puxar muito por Laura, mas tome cuidado com Lúcia.

Ficaram com ela cinco anos. No quinto, eram seus filhos, tão ligados aos seus sentimentos, aos seus sonhos, às suas meditações sobre a vida, como se fossem de seu sangue. No último ano fora um sacrifício pensar que teria de deixá-los de vez. Tinha suas noites de insônia quando pensava nisso. Ali, vivia hoje como em sua própria casa. Sabia que era querida desde a negra Noca a dona Mocinha. Fizera o possível para chegar ao que era. Muitas vezes reprimira os seus ímpetos, dominara as suas raivas. Todos estariam pensando que era uma santa. Qual nada! Tinha sua vida, tinha sua história escondida, os seus momentos de pesar profundo. Se acreditasse em padre, teria desgarrado tudo nas confissões. Mas qual! Só a Deus contaria os seus pecados, os seus desejos, as suas vontades. Ouvia falar de si, ouvia elogios às suas paciências, às suas qualidades e ninguém sabia o sacrifício que tudo aquilo encobria. Teve que se submeter, que se fazer de humilde, ela que tinha um coração soberbo, uma natureza de dona. Lembrava-se dos seus dias de Vassouras. Morava naquela praça atrás da igreja, no casarão de seus pais. Viera tudo aquilo de parentes ricos, de avós ricos, de gente criada com o luxo do café e dos negros. Fora criada ouvindo histórias de grandeza, embora já dentro de casa o passado fosse somente nas recordações. O pai era pobre, tivera que aceitar um ofício de tabelião e mesmo assim ouvia sua mãe, cheia de orgulho, desfazendo dos ricos da terra, dos estranhos que haviam tomado conta de negócios, das melhores casas, gente sem família e sem modos. As festas de igreja tinham perdido para sua mãe a grandeza. Os novos padres, os vigários eram o que se via, estrangeiros, aparecendo por ali como os outros que vinham para o comércio. Ela, sim, que sabia o que fora Vassouras, a terra dos grandes do café e das fazendas que eram palácios de cidade. Via seu pai escrevendo papéis, recebendo ordens do juiz, tudo aquilo tão em contraste com as histórias de sua mãe. Sentia-se roubada por todo o mundo. Tudo fora de seus avós e agora tudo estava com os outros, com gente inferior, com aventureiros. Tinha irmãos e irmãs.

Para o orgulho de sua mãe não havia medida. Muitas vezes ouvia seu pai censurando, pedindo para que a mulher contivesse o seu gênio. Lembrava-se bem de uma briga com a senhora do juiz. O velho ficou aborrecido. Afinal de contas, era ele quem aguentaria as impertinências do chefe. E sucedera o que ele mais temia. A mulher fazer aquilo! Que culpa tinha a mulher do juiz de ser mulata? O que valia era a posição. Ele não passaria de um mero tabelião, de um pobre serventuário da Justiça, enquanto o outro mandava em tudo, era a primeira figura da comarca. O orgulho de sua mulher ainda o desgraçaria. Gritou em casa, tomaria providências. Que valiam os avós, os bisavós e aquelas histórias de grande família? A mulher, porém, não lhe dava ouvidos. Vieram os casamentos das irmãs de dona Maria. E o casamento dos irmãos. Lutas, brigas, discussões. E o orgulho da velha ferido. Melhor a morte, dizia ela, melhor fechar os olhos para sempre que suportar a desgraça, a humilhação de uma filha casada com filho de italiano. Melhor a morte de todos do que a vida. Sofria, definhava. Fazia pena vê-la dentro de casa, escondendo-se das visitas, fugindo dos olhos dos outros. Deixara até de ir à missa, com a igreja a dois passos de casa. O mundo estava acabado, não era mais nada. Mulher de escrivão, sogra de genros e noras sem categoria. Os retratos dos velhos barões pendiam das paredes, tristes, roídos pelo tempo, restos de uma grandeza. Ficou com dona Maria aquela dor de sua mãe. Morrera, fora-se com seu sofrimento. Ainda esteve com o pai uns três anos. Depois foi o casamento. Uma loucura. Felizmente sua mãe se fora antes, para não assistir à maior, à mais humilhante das provas. Até seu pai sofreu. Sentiu-se destruído com o seu ato. Mas não teve coragem para lhe resistir, vontade firme para reagir. Lembrara-se da mágoa que seria para a mãe o gesto que praticaria. Quisera encontrar razões para conter os seus desejos, fez tudo e no fim caiu, entregou-se. O seu casamento fora um escândalo. Era mais velha que o marido doze anos. Media essas coisas, tomava o pulso à situação, com análise impiedosa. Via-se uma velha para o marido moço. Devia acabar com aquilo, destruir aquele sonho. E depois, era um mulato e levara uma vida à toa, sem posição, sem recurso. Tudo fora inútil. Casou. O mais nem precisava contar. Não se arrependia. A dor de sua mãe crescera nela, aumentara no seu coração. Agora via tudo como se todos tivessem culpa de sua infelicidade. Andou passando necessidades, trabalhou, foi de casa em casa, ensinando, tomando conta de meninos. Fora até criada de servir. Baixara às últimas categorias. Por mais de uma vez se lembrou de voltar para a casa de seu pai. Nunca que fizesse isso. Encontrou a casa de dona Mocinha, depois de ter andado por quase todo o estado. Conheceu parentes ainda ricos e fez que não os conhecia. Uma ocasião, foi levada para servir num palacete no Rio de Janeiro. Queriam uma empregada para fazer companhia a uma menina doente. Aceitou o lugar e descobriu que era uma casa de gente de sua família. Fugiu de lá. A dor de sua mãe cresceu mais naquele dia. Era uma dor que crescia sempre. Os velhos retratos pendurados na parede, os olhos tristes dos velhos barões, as rendas e os decotes das baronesas bonitas, tudo isto cada vez mais se gravava no seu coração. Encontrara a Maravilha, como uma angra de águas mansas. Afinal a sua dor iria dormir. E se entregou àqueles meninos de corpo e alma. O que sabia lhes ensinou. O que aprendera passara para eles. Fizeram bons exames em Niterói. E dona Mocinha não queria que se fosse dali. Ficar? Fazendo o quê? Seria humilhante, seria uma esmola. E abriu aquela escola para os pobres. Faria benefício aos outros, dando alguma coisa aos pobres e não ficaria dentro de casa como uma intrusa. Sentia que não podia mais passar sem dona Mocinha. Nem dona Mocinha podia passar sem ela. Era em sua companhia que ela fazia as visitas, era ela quem lhe escrevia as cartas, quem lhe arranjava as contas. Trabalhava, não seria em absoluto um peso morto. A família inteira lhe dava atenção. O velho comendador, quando aparecia, a enchia de consideração. Uma vez perguntou-lhe por sua família, falou-lhe até de seu pai. O velho conhecera toda a sua gente. Foram os homens mais ricos do café. Haviam se desgraçado com a abolição. O barão de Burangi mandara em milhares de escravos. O café do estado era quase todo dele e dos Breves. Aquela referência encheu um pouco a sua vaidade, mas repeliu o seu orgulho. A dor da velha mãe se abriu outra vez. Era uma pobre e o comendador falara da grandeza dos avós, com alegria, dando detalhes, gozando a ruína da escravatura e dos cafezais. Dona Mocinha nunca lhe tocou neste assunto. Nunca lhe perguntou pela sua vida. Era uma mulher simples, que só pensava nos filhos. O mundo inteiro era a sua família. Agora, com os filhos fora de casa, levava o tempo pensando neles. Não poderia ser mais feliz do que era. E conversava com dona Maria sobre o futuro dos três filhos. Queria que o Luís fosse médico e que as duas filhas tivessem sempre juízo e que casassem com gente boa. Era toda a sua luta interior, o casamento das filhas. Homem sabia se arranjar, a mulher dependia de tanta coisa! Confiava em Deus e confiava nas suas filhas. Laura era mais quieta e Lúcia tinha aquela alegria, aquele jeito franco que poderia trazer-lhe mágoas.

    A casa-grande da Maravilha não tinha grandeza. Era simples, de gente sem luxo, com os donos e os servos vivendo sem muita distância uns dos outros. Os serviços das salinas não pediam muita gente. Moravam trabalhadores pelas terras que iam até a restinga. Não se plantava por ali. A não ser mais para longe do mar, as terras só prestavam para uma pequena agricultura. A lagoa era que dava tudo. A terra era maninha, incapaz de criar. Os cata-ventos puxavam as águas verdes da lagoa e o vento soprava para a evaporação. Deus dava água e vento para o desfruto do homem. Os homens cortavam os pés no sal, e o sal espelhava nas tulhas brancas, nos tabuleiros simétricos. Dona Mocinha tinha os seus filhos nos colégios caros e precisava muito da Araruama. A sua casa era feliz, bem feliz. Lá para os lados, a Casa Azul salientava-se dentro da verdura da mataria brava. Tinham medo da Casa Azul. Dona Maria mangava da superstição. Qual nada! Aquilo era só cisma. Mudavam de conversa. Para que falar de desgraça? Todos na Maravilha eram tão felizes!

5

O CABO CANDINHO CONHECERA o velho pai de dona Mocinha. Era o chamado capitão Noronha, de gente antiga do Cabo Frio. Homem de vontade, de arrojo, muito fizera pela terra, mas a política dera conta de todas as suas economias. Dispunha ele de eleitorado, mandava pela beira da lagoa, e o seu prestígio ia até a Barra de São João. Os pescadores do arraial só confiavam nele. Não era capaz de prometer e ficar nas encolhas. O pai do capitão Noronha tivera situação de grande lá para as bandas de Iguaba. Por muito tempo fora chefe na cidade de Araruama e por lá ninguém punha os pés sem o seu consentimento. Havia os filhos de um alemão e uns franceses ricos, mas o dono da terra, o verdadeiro senhor de tudo, era o major Ladislau da Iguaba Grande, o pai do capitão Noronha da Maravilha. Era um forte da Monarquia. Os pobres não tinham o que falar dele. O capitão Noronha puxava ao pai. Em dia de eleição, matava boi, vinha rês nova da fazenda e na Maravilha o almoço do eleitorado era de encher barriga. Depois começou a dar para trás. O partido dele caiu e o capitão Noronha envelheceu de repente. Falaram em doença da espinha. Casou a filha com um filho do comerciante mais rico de Maricá. O filho homem andava pelo Sul. E aos poucos, de todo aquele prestígio, foi ficando quase nada. Ninguém via o capitão. Andava dentro de casa escorado e ficou paralítico, perdeu a fala, perdeu o juízo, e morreu. O genro tomou conta da salina. Nem chegava aos pés do capitão. A gente nova não dava para a coisa. O moço de Maricá demorou pouco. Dona Mocinha valia por muito homem de pulso. A Maravilha só existe hoje por sua causa. Os pescadores, os salineiros, a gente rica e a gente pobre dos arredores, quando passavam pela Maravilha, sabiam que lá havia uma mulher de tino, de coragem. Cabo Candinho, por mais de uma vez, estivera ao lado da dona da Maravilha. Lembrava-se muito bem da noite em que vieram chamá-lo em casa. Que fosse correndo que o marido de dona Mocinha tinha tido um ataque e estava morrendo. Meteu o remo na canoa e chegou lá em tempo ainda de encontrar o homem com vida. A casa inteira num rebuliço medonho e cheia de gente. Tinha um doutor do Cabo Frio e o padre já estava com os seus adjutórios. Viu dona Mocinha tão nova, tão bonita, dando ordens com tanta calma que ficou com medo. Então aquela moça não sentia a morte do marido? Parecia o capitão Noronha num dia de eleição. Que fibra danada! No outro dia de manhã foi o enterro. Estavam lá o comendador, a mulher e as filhas num berreiro de cortar o coração. Muita gente de preto, a casa numa desordem enorme. Viu a viúva beijar o defunto, fechar o caixão e entregar tudo aos homens, que o carregaram para fora de casa. Só aí ela chorou e caiu para um canto dura, com um ataque. Os meninos estavam pegados com ela. Que mulher medonha! No outro dia, estava no serviço. E desde aquele instante a Maravilha anda na ordem, tudo no seu lugar. Levava os seus camarões de presente para ela, e quando pegava um peixe maior, era sempre de dona Mocinha. Tomara-a para madrinha de sua filha mais moça. De outra vez foi o caso do crime da Maravilha. Havia lá um administrador, homem sério e duro no trabalho. Tinha vindo ele das bandas de Macaé e trouxera a mulher e dois filhos. O homem entendia do serviço do sal, era um expedito. A mulher, porém, era uma desgraça. Mulher bonita, ainda moça, só queria trajar bem. Tudo o que José Marcos tinha, entregava para casa. Nunca fora visto em bebedeira, em safadeza de boca de rua. E a mulher dando trela a um e a outro. Falava-se do caso. Só o marido não sabia de nada. Dona Mocinha soube e chamou a tipa e deu uns conselhos. Mas foi o mesmo que não dar. Mulher, quando traz o diabo debaixo da saia, só se acomoda mesmo com a morte. Zé Marcos, se sabia da coisa, fazia que ignorava o sucedido. Aquilo já dava na vista de todo o mundo. Um cabra que descera de um navio de sal, um bicho que tocava violão e cantava, tomou conta dela. Não havia na lagoa quem não soubesse. Só o marido não sabia. E deu-se o que se podia esperar. José Marcos pegou o homem na faca, deu com ele no chão, com vinte rombos no corpo e a mulher correu para dentro da casa-grande, tremendo de medo. José Marcos atrás dela como uma fúria. Dona Mocinha gritou para ele. E o homem na porta da casa-grande, banhado em sangue, querendo entrar à força. Correu gente de perto. A mulher escondida lá nos fundos, e a gritaria de José Marcos ciscando, como doido, como uma onça acuada. Dona Mocinha se pôs na frente dele, com tal sangue-frio, com tamanha coragem, que a fera se entregou. Foi ela mesma quem lhe tirou a faca da mão. José Marcos chorou como uma criança, ficou um molambo. Apareceu uma praça de Cabo Frio e levaram o homem para a cadeia. Falou-se na coragem de dona Mocinha em todos os lugares. Tinha coração grande para os pobres. Ali estavam os pescadores e os trabalhadores de salina. Quem procurasse a ajuda de dona Mocinha encontrava na certa. E por isso Deus protegia o povo da Maravilha. As meninas eram duas belezas e o rapaz, forte, cheio de saúde, dando-se com todos. Os filhos do cabo Candinho vinham do outro lado, brincar com o seu Luís. Viviam de canoa nas pescarias de tainha, haviam crescido amigos, sem que a mãe do rico se importasse. Ela sabia que os filhos do cabo eram gente de estimação. Sinhá Antônia gostava de mandar as duas filhas levarem presentes à comadre Mocinha e elas voltavam sempre com as mãos cheias de agrado da madrinha. As meninas da Maravilha gostavam das amigas pobres. Quase todos os domingos se reuniam na casa-grande. Comiam juntas. Maria das Dores era a mais pegada com Laura e Lourdes mais amiga de Lúcia. Traziam bonecas velhas para consertar e quando a mãe Filipa ainda tinha vista, saía com elas de tardinha, em visita às meninas da Maravilha. Recebiam a velha com festas. E as histórias de Trancoso saíam da boca da mãe Filipa como os melhores presentes deste mundo. Caíam em êxtase ao ouvir falar de príncipes e de princesas que corriam em carruagem, que venciam as feiticeiras, as madrastas, venciam tudo. A mãe Filipa era adorada. A princípio a mesma dona Maria não gostava daquilo. Contar histórias a crianças era perigoso. Mas dona Mocinha achava graça e gostava de ouvir também as coisas da mãe Filipa. E a mestra acabou vencida. No começo, dona Maria desagradou aos pobres. Achavam que ela era um tanto soberba, falando por alto. Depois foram vendo que era boa mesmo, que tudo aquilo era de fora, não vinha do coração. Eles não precisavam de esmola. Eram pobres, mas não se sentiam desprotegidos da sorte. Deus lhes dera filhos com saúde e lagoa cheia de camarão e peixes e conchas. Tinham a sua casa, podiam pescar à vontade, queimar as suas caieiras quando quisessem. De que valia riqueza, de que valia a burra cheia de ouro se Deus não baixasse a mão protetora sobre o rico? O povo da Casa Azul, onde andava aquela gente que fora senhora de quase tudo o que era terra do estado? E a riqueza onde estava, a força da riqueza que não dera conta da força do demônio? Havia pobre feliz, havia pobre esquecido de Deus. Não era para falar, mas a gente do seu compadre Lourenço era uma gente esquecida de Deus. Doença ali era todo o dia. Pai dando para beber e até fome passavam e o mar pertinho dele, cheio de peixes. Deus, porém, não se lembrava do compadre Lourenço. Sinhá Antônia se gabava do juízo de suas filhas e só se preocupava com as maluquices de Joca. Vira crescer os filhos de dona Mocinha. Quando ia à salina, gostava de ficar olhando a senhora, no mando. Quando Candinho estivera no Exército, por mais de uma vez fora a dona Mocinha, socorrer-se dela, pedir doses para os filhos. Lembrava-se das suas palavras de ânimo:

— Seu marido volta, comadre Antônia, acaba voltando. Homem é assim mesmo. Precisa quebrar a cabeça por fora de casa, mas volta.

Mulher distinta. Como era diferente daquela outra da salina Diamante! Uma vez que fora lá, vender uns labirintos que a mãe Filipa fizera, conversara com a dona Matilde. A casa era cheia de luxo. Havia muita riqueza na casa. Faltava era uma dona como a sua comadre Mocinha. Trouxe de volta os labirintos. Tanta riqueza e tanta mesquinharia para com os pobres. E de que valia aquela miséria? O marido andado em mulheres, dando de comer, dando luxo a uma cabrita de Niterói. Cândido era chamado de quando em vez para fazer serviços na Maravilha. A comadre só confiava nele para certos mandados. Ninguém, a não ser Candinho, metia a mão nos cortiços de abelha. Só ele conhecia os segredos e os mistérios dos cortiços de dona Mocinha. E quando precisava ela de uma pessoa de confiança vinha um recado para o compadre Candinho. Lá havia administrador, outras pessoas. Candinho, porém, era o homem para o que a comadre queria. Houve até aborrecimentos por causa dessa escolha. E para Candinho, um chamado da comadre era uma ordem de Deus. Podia ter o serviço mais urgente para fazer, um chamado de dona Mocinha tinha preferência. Ficava de cara alegre dentro de casa.

— Antônia, a comadre me mandou chamar. Ela precisa de mim na Maravilha. Manda os meninos pegarem uma galinha gorda, que eu quero levar para a comadre Mocinha.

Saía contente, metia os remos nas águas da Araruama, com vontade de chegar depressa.

A velha Filipa, quando falava na gente da Maravilha, se benzia. Aquilo era gente de Deus, gente de coração de santo. Conhecera de perto o capitão Noronha, sabia de onde vinha a menina Mocinha. Vira-a pequena nos braços da mãe, vira-a moça feita, a moça mais bonita do Cabo Frio. Seu marido fora eleitor do capitão. Lembrava-se até de uma briga em São Pedro da Aldeia. O marido chegara em casa contando tudo. Gente do partido conservador quisera quebrar as urnas dentro da igreja e o capitão e os seus homens se tinham metido no meio dos cabras e as urnas ficaram guardadas, cercadas de homens, de homens dispostos a tudo. Quando o seu marido, Ludgero, estava para morrer, por mais de uma vez o capitão Noronha estivera na cabeceira de sua cama, tomara o seu café de pobre. A filha não tinha que ver o pai. A mulher do capitão morrera cedo, de um parto malsucedido e nunca mais que ele quisesse saber de casamento. Ficou com a filha pequena e criou-a daquele jeito. E a sua criação deu no que deu. Estava lá ela na Maravilha, a dona Mocinha de prumo, mandando nos homens e nas coisas, como o pai. Só queria ter olhos para ver de bem perto as duas filhas dela, de que tanto lhe falava a sua nora. Eram duas imagens. Deus lhe tirara a vista. Mas não se queixava. Tinha o filho, os netos e a nora que valia por filha. Sentava-se na beira da lagoa, sentia que a água estava ali pertinho e dava para recordar, para rever o passado, os homens, as mulheres, do seu tempo. Todos os seus tinham sido da lagoa, do camarão, do peixe e das conchas. Vira seu filho crescer dentro de uma canoa com o pai. Vira o menino entrar de noite adentro nas pescarias, tomando gosto pelo trabalho, fazendo-se de homem bem cedo. Perdera o marido e fora Candinho quem dera conta da família. Deus fora bom para com ela. Dera-lhe tudo o que mais pedira. Vida de paz para os seus. Candinho tinha mulher e filhos que eram bons, que não lhe davam desgostos. As histórias que ela sabia aprendera de uma tia que não se casara e tinha raiva dos homens. Vivia esta velha em sua casa, fazendo rezas e contando histórias até para gente grande. Era a tia Guilhermina, a mais antiga de sua gente e que sabia mais que os outros. A tia tinha força nas rezas, corriam para sua casa os que tinham menino doente, mulheres que pariam antes do tempo, os homens que voltavam das pescarias sem peixe. Com ela aprendera as histórias que sabia. Ouvia a mestra contar e a voz dela chegava a entrar de coração adentro. Voz macia como de lã, doce como guajeru maduro. Ela lhe falava dos antigos da terra, dos frades do convento, do navio carregado de ouro, que se afundara ali pertinho da costa. O navio vinha de longe, de terras do outro lado do mar. E quando chegou bem perto do Cabo, veio um vento de quebrar mastro e o ouro foi para o fundo do mar. Era ouro como de castelo de rei. Houve pescador que morreu, com a ambição de mergulhar atrás do que não devia. Contava-se a história de um velho do arraial, que perdera o juízo de tanto pensar no tesouro afundado. Veio gente de fora, parou navio grande para tomar medida e atirarem instrumento dentro d'água, atrás de descobrir o paradeiro do navio perdido. Apareceram estrangeiros em Cabo Frio, atrás do ouro. Contavam-se histórias e deu para aparecer assombração pela praia. Havia quem tivesse visto um comandante de cachimbo na boca, rondando por cima das pedras do Cabo, olhando o mar, de boné na cabeça. Quando chegava gente por perto dele, o homem se sumia. Diziam que era o comandante do navio de ouro. Ele vinha fugindo de mundo afora, com o ouro de um rei da terra e veio andando de mundo afora; o ouro era dele, não seria de mais ninguém. Os porões estavam abarrotados de barras e caixões enormes. Tudo era dele. Tinha o mar para fugir e não havia quem o pegasse, com as velas do seu navio cheias de vento. E andou os pontos da terra, correndo países, fugindo de navios de guerra, rompendo as tempestades. O ouro era dele. O rei mandou navio de guerra atrás do navio fugitivo. E nada. O vento dava nas velas do barco, e não havia quem pudesse pegar o comandante. Ele tinha ouro que daria para encher quartos e quartos. E os marinheiros passando fome lá dentro. Houve revolta, houve a morte do cabeça do motim. O ouro era dele. Venceu os mares de gelo, atravessou os mares de fogo e assim veio andando. O ouro pesava no fundo do barco, as velas foram ficando em farrapos, os homens ficando velhos e o comandante de boca murcha. O ouro era dele. Até que um dia o vento parou de zumbir nas velas do navio, o céu escureceu, e do meio das nuvens desceu uma voz que disse:

— Comandante, tu correste o mundo com o ouro do rei. Foste dono do ouro do rei e o que te deu o tesouro que pesa no fundo do teu navio? Ficaste velho, de tanto correr, e o ouro está aí cada vez mais novo e no mesmo lugar. Vais morrer com ele, vais para o fundo do mar com este ouro da maldição.

Deu-se uma grande tempestade e foi aí que o navio afundou. O comandante começou a aparecer nas noites escuras, em cima das pedras do Cabo, e até se ouviam cantos de marinheiros pela praia. Um pescador sonhou com o tesouro boiando em cima das águas, correu para lá de canoa e o que viu foi uma tábua de navio sacudida pelas ondas. Tempos depois apareceram uns homens de cabeça de ferro, mandados pelos ingleses para mergulhar. Levaram anos na obra. Um deles morreu estourado dentro da cabeça de ferro, botando sangue pelos ouvidos. Até que enfim tiraram o ouro, levaram o tesouro do rei. Mas o comandante nunca mais deixou de aparecer. Há quem continue vendo o homem de cachimbo na boca, em cima da pedra. Deram para chamar aquele canto de Porto do Inglês e mais de um pescador se tem desgraçado por aquelas bandas. Falam que ainda há restos de ouro por baixo. Dizem que enquanto o comandante aparecer, ainda resta ouro no fundo do mar. E os bestas que vão atrás disso acabam se desgraçando.

    A velha Filipa ouvia do seu canto o grito dos barqueiros descendo, ouvia muito bem o rumor dos barcos cortando água. Eram os carregamentos de sal. O sal dera riqueza e dera desgraça à sua terra. Os barqueiros cantavam. De longe viam a velha Filipa sentada no seu canto e tinham medo da cega que tanto fitava a lagoa. O que queria ela na lagoa?

    A Casa Azul, do outro lado, no meio de suas árvores, espiava a Araruama, por cima dos seus alicerces de pedra. Assim, de tarde, a tristeza da hora era grande. A velha Filipa sabia que do outro lado estava a casa amaldiçoada. Deus livrasse os seus da força daquela casa. Agora, descia uma canoa de vela suja. Era Chico Carvoeiro.

    — Bênção, tia Filipa – gritava ele do meio da lagoa.

    — Bênção de Deus – respondia a velha. — Deus te acompanhe, meu filho!

6

COM OS FILHOS EM casa, a vida na Maravilha mudava de feição. Duas moças e um rapaz davam nova existência à casa-grande, movimento de vida, agitação de mocidade. Em dezembro chegavam todos em casa para as férias. Era tempo de colheita e atividade. Os moinhos batiam as suas asas, as águas verdes da Araruama davam o seu sal e o nordeste soprava festivo. Por esse tempo fazia gosto olhar-se para a lagoa. O sol se estendia sobre as águas e as terras, barcas desciam e subiam, os trens de carga apitavam com mais insistência, e no porto do Cabo Frio paravam navios carregando mercadorias. Na Maravilha, os jovens enchiam de alegria o casarão desolado. Dona Mocinha gostava desses momentos e a salineira ria de tão contente. Gostava de ver os filhos satisfeitos e felizes. As meninas tinham agora amizades na cidade. Vinham colegas passar o dia com elas, faziam passeios de bote na lagoa, corriam por baixo das árvores do sítio e aos domingos iam à missa na matriz. Havia sempre muita gente de fora na cidade, por esses tempos de festa. Automóveis do Rio, moças e rapazes em trajes de verão, pelas ruas, banhos de mar concorridos. Aos sábados, a cidade se enchia. Às vezes paravam automóveis na porta da Maravilha. Eram conhecidos do Rio, em passeio, e as meninas ficavam radiantes com a novidade. Luís tinha amigos e colegas que estavam sempre com ele. Tinha a sua canoa de pescar, e com os rapazes, metia-se na lagoa o dia inteiro. Estava mesmo um homem. A mãe olhava para ele embevecida. Era a cara do pai. Com aqueles mesmos cabelos castanhos, o mesmo olhar manso e aquele sorriso franco que agradava à primeira vista. Um belo rapaz. Todos gostavam dele. Os filhos do cabo Candinho de vez em quando apareciam na Maravilha. Luís saía com eles. Foram amigos de infância e continuavam a ser. Joca, o mais velho, não aparecia por causa dos seus trabalhos, mas Luís perguntava sempre por ele. Joca fora uma espécie de chefe, nas brincadeiras. Era mais velho e tinha aptidão e tino para tudo. Agora era o grande centroavante dos Tamoios. Ia bater bola com ele nas tardes de sábado. No colégio ganhara fama de bom atacante. Joca, porém, assombrava. Via-o com a bola, fazendo o diabo, driblar todo o mundo, atravessar o campo de lado a lado, passando por todos. Luís admirava o antigo chefe de brincadeiras. Joca conversava muito. Tinha agora emprego de homem. Luís saía com ele em passeios pela praia e ia vê-lo no cais, no trabalho, carregando sal nas costas, correndo com o peso, cantando, fazendo graças com os outros. Tinha admiração por Joca. Em casa, sua mãe não gostava daquela convivência. Não era por nada, mas o outro levava uma vida de que se começava a falar. Até mesmo a comadre Antônia já se queixava, pois um menino assim como o Joca não devia andar do jeito que andava. Tinham botado o rapaz a perder, com aquela história de futebol. Luís, porém, não dava ouvidos. Joca era amigo e não ia fugir dele por aquilo. Julinho e André pareciam de outra família. Não tinham aquela presença, aquele saber-fazer-as-coisas de Joca. Eram acanhados. Chegavam na Maravilha e ficavam para um canto, como se estivessem com medo. Admiravam o amigo Luís. De vez em quando traziam um presente para ele. E nas pescarias de tainha passavam o dia recebendo ordens do mestre Luís. No seu tempo, Joca mandava em todos, no branco e nos irmãos. Joca era duro nas ordens. Agora saíam com Luís e era este o chefe. Ficavam o dia inteiro de lagoa afora. Lá para as bandas

do mar, não gostavam de se meter. O mar era outra coisa, era outro mundo. O pai os ensinara a manobrar nas águas da Araruama. Agora, homens feitos, com experiência das noites inteiras de pescaria, gostavam de se entregar ao mando do amigo inexperiente, que tão pouco sabia dos segredos da lagoa. Ficavam embevecidos com o branco, de boné na cabeça, dando ordens. Ouviam dona Mocinha pedindo ao filho que tomasse cuidado e confiando neles:
— Olha André, toma cuidado com o Luís. Olha, Julinho, não deixa Luís fazer besteiras.
E saíam com ele, com aquela responsabilidade às costas. Quando Luís se metia na canoa, já era o chefe, o mandão. Teriam de fazer o que ele mandasse.
Dona Mocinha vivia pedindo a Deus para que Laura mudasse um pouco de gênio. Era demasiada aquela separação que a menina mantinha com quase todos. Pouca gente tinha a sorte de ter intimidade com ela. Calada, não era dada como a outra, que enchia uma casa com a sua presença. Pareciam de duas famílias diferentes. Lúcia, sociável, cheia de amigas, trazendo visitas para casa, procurando contato com os de fora e Laura, lendo, muitas vezes passando o dia inteiro sem sair do quarto, bordando, de pouca conversa com a gente de casa. Dona Laura era esquisita, diziam dela os empregados. Enquanto que a outra vivia na cozinha, falando com todos, pedindo para fazerem os seus mandados, dona Laura pouco aparecia por lá. Noca achava que era orgulho demais. Dona Maria explicava: aquilo era gênio, era do temperamento. No fundo era tão boa quanto Lúcia, de coração tão generoso. Laura e a mestra se entendiam bem.
— Felizmente que Laura gosta muito da senhora – dizia dona Mocinha —, senão, com quem iria falar aqui dentro de casa?

Água-mãe • 75

Mas não era tanto assim. Às vezes, quando chegavam as filhas do cabo Candinho, Laura se entregava às amigas de infância. Ficava com elas no quarto, ou saía para um passeio, pela margem da lagoa. Maria das Dores era a sua preferida. Entendiam-se muito bem. Hoje estavam moças e conservavam os mesmos laços de antigamente. A filha do pobre adorava a amiga. Em casa quase tudo o que fazia em labirinto era para dona Laura, ou pensando nela. Quisera chamá-la de dona Laura, mas a outra não permitia:

— Acabe com isto, Maria das Dores. Que história é esta de dona Laura?

Quando chegava a Maravilha, ia logo para a amiga e ficava ao lado dela, como se estivesse com a felicidade, adorando-a, sentindo-a como se fosse a sua senhora. Laura dava-lhe as coisas, vestidos que não usava mais, sapatos velhos. Às vezes, aparecia o cabo com um recado: dona Laura manda pedir para Maria das Dores ir passar lá o dia. Sinhá Antônia ficava radiante com o convite.

— Menina, vai te preparar. A filha da comadre Mocinha quer que tu vás passar o dia lá.

Quase sempre ficava para dormir. Aí, para das Dores, se abria um céu. Ficar toda a noite ao lado de Laura, ouvir as histórias que ela contava, de fitas de cinema e romances. Lúcia também a agradava muito. Nem pareciam ser filhas de rico, tanto agradavam uma pobre como ela. Lourdes era mais amiga de Lúcia. Em casa discutiam e brigavam. As disputas vinham sempre por causa das meninas de dona Mocinha. Maria das Dores achava que Laura era mais bonita e Lourdes achava que não. Lúcia, para ela, parecia uma pintura. Onde que Laura tivesse os olhos e os cabelos de Lúcia? Maria das Dores exibia outras qualidades, outros encantos de sua amiga. E acabavam em voz alta, na discussão. E sinhá Antônia aparecia para ralhar com elas: meninas bestas, onde já se vira maluquice daquela? No fundo, sinhá Antônia gostava dos entusiasmos das filhas. As meninas da comadre tinham crescido, eram moças e não haviam esquecido as suas filhas. Só poderiam puxar à bondade da mãe. Aquela dona Maria quisera arredar as suas meninas da Maravilha. Fora no começo. Depois viu que não podia. Deixou que continuassem como sempre tinham sido. Lúcia era mais da gente do Cabo, das amigas da cidade. Mas, se via Lourdes, fazia festa, dava-lhe coisas. Com pouco estariam todas casando. Sinhá Antônia sabia que Maria de Lourdes dava confiança a um rapaz da estiva, amigo de Joca. Candinho já lhe tinha falado naquilo. Era um bom rapaz, filho do maquinista da refinaria do major Sales. Se fosse para casar, estava direito. O que ela não queria era pouca-vergonha em casa, namoro comprido, festa de vagabundos, como as do seu compadre Lourenço. Queria era respeito. Se fosse para casar, estava direito. Casasse. Diziam que Laurinha tinha namorado de fora e que Lúcia estava bem animada com o filho do juiz, um estudante. Tudo era da mocidade. A comadre Mocinha não tinha homem dentro de casa para ver os filhos e era o mesmo que ter porque com ela tudo andava direito. Com Laurinha não precisava tomar cuidado. Era como se fosse moça de idade. Tinha porém Lúcia, com aquele gênio alegre, gostando de festas, gostando de visitas. O tempo correra com velocidade. Estava velha, com gente grande dentro de casa. A tia Filipa lhe dizia todos os dias:

— Olha, menina, com pouco mais estamos sozinhas aqui em casa. Estas meninas estão em ponto de casamento.

O que seria delas, neste mundo de Deus? Teriam a sorte de pegar um homem assim como Candinho? Para que pensar? O melhor era cuidar do dia presente, fechar os olhos e esperar pelos mandados de Deus. Naquele ano as filhas da comadre Mocinha tinham chegado do colégio, moças feitas e mais bonitas. Vira Laurinha, que se parecia tanto com a mãe, com cara de senhora, vira Lúcia, uma boneca, com aqueles olhos azuis e aqueles cabelos de estampa da Virgem Maria. Era um encanto aquela menina. Vivia de charrete, metia-se nos botes, remava, fazia coisas de rapaz. A outra sempre como fora, quieta. Maria das Dores costumava ir a Maravilha e sempre que voltava era para gabar as qualidades de Laurinha. Candinho lhe tinha falado dos modos de Lúcia. A comadre Mocinha precisava botar os olhos em cima da filha. Qual nada! A comadre sabia o que fazia, sabia a força dos filhos que possuía e teria o cuidado preciso.

Na Maravilha, havia sempre visitas de moças do Cabo. Uma colega das meninas viera do Rio passar dias com elas. Era uma moça linda, do mesmo sistema de Lúcia, de lenço de cor na cabeça, correndo pela estrada, a cavalo. As moças haviam enchido a Maravilha de vida e alegria. A colega do Rio, mais pegada com Lúcia, viera para passar oito dias e já estava ali há mais de mês. Chamava-se Hilda e era de gente do Norte. Todos gostavam dela. Os pais vieram para o Sul com ela já grande. Achavam graça no seu jeito de falar. No colégio era viva, tinha muitas amigas. Viera com Lúcia passar uns dias e conseguira atrair todos de casa. Agora viviam de passeios a cavalo, em charrete e em bote. Em Cabo Frio, apareciam no cinema, na igreja, chamando a atenção. Eram as moças mais elegantes da terra. Dona Maria, a princípio, implicou um pouco com as saliências de Hilda, e por fim já achava graça nos seus repentes. Levava tudo em graça. Laura ria com as coisas de Hilda e às vezes saía com ela a passeio. A visita, porém, era mais de sua irmã. Hilda gostava da Maravilha. Aquilo para ela, que vivia encerrada numa vila de Botafogo, era quase um paraíso. Viera pálida e agora fazia gosto olhar para ela, de rosto queimado e redondo. Lúcia admirava-a, punha-a acima de tudo. Para ela, Hilda era mais que uma amiga. Dona Mocinha gostava de ver a filha agradando, enchendo a outra de gentileza. Hilda também fazia tudo para agradar. Menina boa, de boa gente, de família distinta. Para Lúcia foi ótimo. Tinha com quem sair, já que Laura não gostava dessas coisas. Vinha carta para dona Mocinha, da mãe de Hilda, pedindo notícias, recomendando a filha. Dona Mocinha respondia. Por ela, dona Maria se expandia em longas cartas. E assim, a Maravilha nadava em felicidade. Tudo nos seus lugares, todos vivendo sem peso de remorsos, sem grandes mágoas escondidas. Só dona Maria trazia a sua ferida, mas tão pensada, tão escondida, que não dava nas vistas. Tinha a dor de sua mãe, a grande dor de sua mãe. Todas as outras pessoas da casa-grande viviam para os meninos que tinham voltado dos estudos. Os cata-ventos puxavam água para eles. A doçura da paisagem, o verde das águas e o azul do céu existiam para a mocidade que vinha tomar conta da vida. Do outro lado, a velha Filipa chegava ao fim, com o coração leve, com os seus na paz. Quase oitenta anos. A Araruama sempre fora aquilo. Fizeram um canal grande, mas o vento que soprava nas salinas, as conchas no fundo das águas, o camarão que pescavam continuavam da mesma forma, mandados por Deus. Candinho criara os filhos, dona Mocinha tinha a força do capitão Noronha. Os barcos subiam e desciam com a mesma toada.

  Ali do outro lado, estava a Casa Azul. A figueira-brava cada vez mais estendia os seus galhos. As casuarinas choravam como menino. A espuma branca da lagoa se quebrava nas pedras do cais em ruínas.

7

Escutavam gemidos que vinham lá de dentro. Outros viam um vulto de homem passar de um lado para outro do alpendre. Os cata-ventos velhos davam para puxar água de repente, e por baixo da figueira grande uma moça, nas noites de lua, ficava cismando. Era uma linda moça de cabelos soltos. Os barqueiros tinham visto um vulto branco e muitos deles contavam detalhes. Era uma figura de mulher e trazia uma coisa na mão. Uns diziam que era uma flor; outros tinham visto a moça com uma criança no colo. Mas o homem de preto ficava andando de um lado para outro, sem parar. Os gritos, os soluços altos, repercutiam no silêncio da noite. Passava-se pela estrada às carreiras, para não ouvir esses ruídos do outro mundo. Agora, um pescador contava que parara com a canoa, lá perto, e vira a casa cheia, toda iluminada, com piano tocando e gente a dançar. Ficou sem fôlego, com a canoa sem governo, e foi descendo, levado por uma correnteza esquisita, puxado por uma maré como nunca vira. Tremia, só de falar naquilo. Depois contou tudo. Ele vinha distraído, sem pensar em nada, quando de repente ouviu uma música e viu um clarão de dia. Era na Casa Azul. Olhou bem e tudo lá estava como numa noite de baile. A casa toda iluminada, o alpendre cheio de gente. Perdeu o prumo, afrouxou o leme e quando viu foi a canoa descer como doida. O certo era que tocavam piano na Casa Azul. A notícia correu o mundo, e o pescador Leonardo andou por aí sem coragem de pegar outra vez no serviço. Vira a Casa Azul em festas. Contava-se também que uma mulher, que dera para andarilha, não parava dentro de casa. Diziam que ela estava com o "fogo corredor". Saía de casa todas as noites, a altas horas, e uma vez viram que ela entrava na Casa Azul. Ia para lá todas as noites. O que ia fazer, ninguém sabia, porém, mais de uma vez, a surpreenderam atravessando a estrada, para entrar no casarão deserto. Era a filha de um mestre de barcaça. Casara-se, tivera filhos, e o marido, sem ninguém saber por que motivo, a abandonou um dia e saiu pelo mundo afora. Falava-se de coisa dela com um tio, um velho arremediado da Barra. Tudo porém era somente falaço. O que se sabia agora é que ela dera para frequentar a Casa Azul. Um padeiro do Cabo Frio, numa madrugada, vira a mulher saindo de lá.

Devia haver qualquer coisa lá por dentro. Os soluços altos cortavam o silêncio, como urro de cachorro acuado. O que iria fazer aquela mulher? Em casa não parava um minuto, era andando, andando sempre. Magra, só tinha os ossos, os olhos fundos e aquela inquietude, aquele chamego, aquele andar de alma penada. Era o "fogo corredor", o que dava nas entranhas e queimava, mesmo depois da morte. Era fogo atiçado pelo demônio. Os parentes da mulher diziam que era doidice. Todo o mundo sabia que não era. Vinha do diabo, aquele desespero. Afirmavam que era mentira e que a pobre não vivia na Casa Azul, que parava por lá, como pararia em qualquer lugar, levada pela loucura. Quando ela passava de estrada afora, à pressa, quase a correr, fugiam dela. Tinha parte com o diabo.

Um homem como o cabo Candinho tinha medo de falar da Casa Azul. Lembrava-se dos seus tempos de menino, do temor de sua mãe, de seu pai, passando de canoa ao largo e lhe dizendo sempre:

— Deus me livre da tentação.

Os anos se passaram e ela ali de pé, como se fora nova. Outras casas caíram, arriaram, o cupim comera as suas madeiras. A casa de vivenda da salina Concha Grande, num mês de vento sul, arriou a cumeeira, quase matando gente. O vento comia os ferros das dobradiças, partia as grades, enferrujava até as chaves das portas e a Casa Azul de pé, firme, dando, a quem não conhecesse o lugar, a impressão de que abrigava gente, de que era habitada. O mato crescia em redor, mas nenhuma dessas trepadeiras que se enroscam pelos telhados das casas abandonadas cobria o velho telheiro. Diziam que o demônio fazia ele mesmo a limpeza da casa. Matava as corujas. Diziam que os morcegos chiavam lá por dentro a mandado do diabo. Os mal-assombrados tinham ninho lá dentro. O povo conhecia detalhe por detalhe sobre as aparições. O homem de preto que ficava passeando pelo alpendre, alto, magro, fora muito conhecido nas redondezas, pelos antigos. Lembravam-se dele. Tinha sua história, sabia por todo o mundo. A história do capitão Lucas andava de boca em boca. Diziam que viera de longe, perseguido, por causa de um crime. Botara negócio no Cabo e o negócio foi dando para trás. Pagava as suas contas em dia e a loja minguando. Por lá não passava ninguém para negócio. Uma vez o viram por perto da Casa Azul, e aquilo correu de boca em boca. O capitão Lucas estava de camaradagem com os fantasmas e era capaz de ser um mandado, uma pessoa marcada para desgraçar os outros. E o negócio do homem se afundando. Ficava ele na porta da loja, em pé, vestido de preto e a casa vazia e o povo correndo dele. Dava azar, era pé-frio. Os fregueses não apareciam. As contas se atrasavam. E uma manhã, viram urubu em cima da casa. Havia dois dias que a loja do capitão estava fechada. Arrombaram as portas e encontraram esticado, com a corda no pescoço, o pobre capitão, morto. Enterraram-no como um miserável. Andavam atrás de gente para carregar o caixão e não apareceu ninguém. Por fim tiveram de recorrer aos presos da cadeia. Diziam que esses homens levaram dois dias vomitando e com um calor de febre no corpo. Depois, o capitão ficou aparecendo na Casa Azul. O primeiro que o viu, todo de preto, como se estivesse à porta da loja, foi um pescador de camarão. Numa noite de lua, clara como se fosse de dia, avistou ele o capitão. Tremeu-lhe o corpo, parou com o leme e se não fosse a mansidão da lagoa, teria virado a canoa. E o capitão começou a ser visto. Era hoje figura conhecida de todos aqueles que, sozinhos, passassem de noite por ali. O cabo Candinho nunca o vira. Deus o protegia dessa forma. Às vezes, fazia as suas pescarias, sem os filhos, e nunca tivera a infelicidade de deparar visagens. A mãe Filipa lhe dizia que os fantasmas sabiam escolher gente a quem se mostrar. Ouvia os amigos contando casos, narrando fatos de assombração e acreditava. Não mentiam. Muitos eram homens de palavra e falavam de coisas misteriosas, em passagens de arrepiar cabelos. Tinham visto a moça, de branco, com a flor na mão, debaixo da figueira grande. Ninguém sabia quem era aquela moça. Diziam que era muito bonita, de cabelos arrastando nos pés; sorria, fazia sinais para os que passavam de longe. Devia ser gente dos antigos da Casa Azul. O povo de lá se havia sumido, se acabara. Os que restavam foram para longe. Nem era bom falar naquela gente. A moça de branco era capaz de ser da raça infeliz. A velha Filipa sabia de histórias, mas não queria contar. Os velhos da terra fechavam a boca quanto ao passado sinistro. O cabo Candinho ouvia os amigos falando, contando, e ouvia tudo, sem uma palavra. Nos seus tempos de menino ficara horas seguidas, escutando as histórias dos pescadores. Nas noites de escuro, as coisas cresciam e os fantasmas viviam mais. Sua mãe dizia sempre:

— Escuta, meu filho, foge de lá, foge do pegadio com o demônio. Eles se foram, desgraçaram muita gente, mas o mal ficou pegado nas paredes, nas telhas, nos caibros, nas linhas. O diabo ficou dançando lá por dentro.

Eram estas as palavras de sua mãe. Hoje ela estava cega, mas o juízo era firme.

— Meu filho, eu me alembro ainda. Foi num dia de agosto. À tardinha, o mestre Luís vinha com o seu barco carregado de sal. Vinha de vela solta, manobrando no fácil e, quando se viu, foi uma coisa rodando na lagoa, como um peru tonto, rodando até que se sumiu ali no canal grande. Era que o mestre Luís andava metido com eles. Era homem bom, mas dera para sonhar com botija. Toda noite, contava à sua mulher.

Vinha uma moça lhe dizer: "Mestre Luís, lá no quarto grande da Casa Azul tem dinheiro de ouro escondido".

Ele acordava e dizia para a mulher:

— Minha mulher, a moça me apareceu outra vez, dando os sinais da botija. O dinheiro de ouro está enterrado no quarto grande, na camarinha maior.

E o mestre Luís perdeu o juízo, esburacou a casa, e deu no que deu. Hoje está lá debaixo d'água, chorando como menino novo. A mulher mandou rezar missa, fizeram promessa, foram em penitência, de joelhos, até a igreja do arraial, mas ele ainda hoje está no fundo, penando.

Dinheiro escondido, dinheiro enterrado. Falavam muito do ouro da Casa Azul. Uma vez apareceu no Cabo Frio um homem que se deu logo com todo o mundo. Vinha de longe. Chegara num navio de sal, de volta do Norte. Saltou no Cabo e foi ficando na terra. Era um homem viajado, cheio de vida e contava muita coisa de suas viagens. Fora soldado, fora marinheiro, estivera no estrangeiro embarcado. O povo gostou muito dele. E seu

Mário ficava no cais das barcaças, cercado sempre de gente ouvindo as suas histórias. Dizia-se do Norte, filho do Ceará. Mas o mundo para ele era brincadeira. Estivera até nas terras do bacalhau e morara na América. E seu Mário foi criando fama, estimado. Um dia dera para sair de noite lá para as bandas das salinas. Aquilo deu nas vistas. Tinham falado ao homem do ouro escondido na Casa Azul e seu Mário não pensava mais em outra coisa. E assim, ficou com a história da botija na cabeça. Lembrava-se das histórias de sua terra, das botijas desenterradas nas casas velhas do seu sertão: vinha o sonho, vinham as indicações, o sinal da fortuna e a pessoa escolhida ia mesmo em cima das moedas de ouro. Por isso seu Mário andava daquele jeito. Já nem parecia o mesmo, vivia triste, sem dar conversa. O povo começou a cismar. Que teria acontecido com seu Mário? Um dia apareceu um pescador com a notícia. Na Praia dos Búzios haviam encontrado um homem inchado, todo roído de siris; foram ver e era seu Mário. Correu a notícia: ele se tinha metido com o dinheiro da Casa Azul. Cavara, cavara e deu para ficar triste, até que procurou a morte. Era tão alegre, e correra tantas terras! O demônio, no entanto, quisera seu Mário para as suas festas.

E a história do velho Napoleão? O velho Napoleão parecia tão feliz! A mulher era professora e ele não precisava matar-se para viver. Tinha a casa que fora de seu pai, para morar, e uma mulher com ordenado. O velho Napoleão vadiara a vida inteira. Casara com a professora e para que estragar as mãos e castigar o corpo? Gostava de danças, fora o melhor marcador de quadrilhas do Cabo Frio. Homem divertido, de bom coração. Vivia na roda das moças, nem parecia ter a idade que tinha. Mas sucedeu o que nunca ninguém esperava que sucedesse com o velho Napoleão. Quem poderia pensar que aquele homem, tão fora de ambições, desse para o que deu? O velho Napoleão sonhava com botijas. Era sabido que sonho de botija não se contava a ninguém. Senão a coisa se perdia. O velho ficou em casa, num canto, cismando, sem dar uma palavra. A mulher procurou sondar, e nada. O velho calado, pensando. Depois começou a sair de noite. Ia de estrada afora para a banda das salinas. Encontraram o velho sozinho, sentado debaixo da figueira, olhando para a lagoa. Muitos acreditavam que tivesse perdido o juízo. A mulher pediu jubilação para tratar dele e quando falou em levá-lo para o Rio, o velho se enfureceu dentro de casa. E falou aos gritos: eram todos uns ladrões. Todos queriam roubá-lo, ele tinha os segredos da botija da Casa Azul, ele sabia dos sinais. Sim, agora contava tudo. Tinha recebido em sonho a visita da moça da figueira grande, que lhe dera todos os sinais da botija de ouro. Era o ouro escondido, o ouro roubado do navio do Porto do Inglês. Eram moedas que davam para encher uma barrica. Ele sabia do segredo, dos recantos secretos e queriam roubá-lo. Fossem para o diabo, mas com ele não podiam. E quis pegar a mulher, quebrou os pratos da casa, gritou, urrou como um bicho enfurecido. Espalhou-se a notícia por toda parte. O velho Napoleão se desgraçara para sempre. Fora coisa da Casa Azul. Bem que já o tinham visto rondando por lá, com jeito esquisito. E ele se acabando. Dia e noite falava sozinho, com sombras:

— Foi assim: eu estava de passagem, quando ouvi a voz de uma mulher me chamando. Voltei e era uma moça linda, com porte de princesa, de grande dama. Parecia que eu já tinha visto aquela moça. Tinha mesmo as feições de pessoa conhecida. E foi dizendo: "Napoleão, eu te chamei para te ensinar os segredos da botija da Casa Azul". E lhe dera os sinais: "Mas ninguém deve saber desse segredo, Napoleão".

Outra vez, ele estava numa dança, tinha marcado uma quadrilha e estava cansado. Deixou a sala do baile, que era na casa do comendador Marques, e se recostou no sofá. Quando ouviu, foi uma voz lhe chamando. Uma moça sentou-se ao seu lado. Não a tinha visto na dança. Ficou espantado e ela foi logo lhe dizendo: "Não é por nada não, Napoleão, mas eu gosto de você. Destes rapazes daqui, é você quem dança melhor, quem tem melhor conversa. Por isso eu vou lhe contar uma coisa. Olhe, tome cuidado. Ali na Casa Azul, naquele canto..."

Aí o velho parava e gritava:

— Não conto mais. Todos vocês querem que eu diga o lugar. Está aí.

E se levantava da cadeira, sacudia os braços num gesto brutal.

— Está aí o que eu conto a vocês – e ria com uma violência diabólica.

O velho Napoleão passou assim muitos anos. Foi murchando, ficando pequeno, que até parecia um menino barbado. Pobre do velho Napoleão, fora atrás dos agrados do diabo.

Os padres que passavam pela freguesia criticavam aquelas crendices. Aquilo era fruto da ignorância. Deus não podia permitir semelhantes bobagens. Ouviam as palavras dos vigários, e acreditavam mais nos mal-assombrados do que em Deus. Deus nunca dera sinais do seu corpo, de sua forma, como aquele homem de preto e aquela moça de branco. Podia ser que fosse mentira de uma pessoa, mas eram tantos os que viam, eram tantos os que distinguiam de noite as figuras do outro mundo, que todos acreditavam nelas. Podia ser que os padres tivessem poder maior, para fugir de tudo aquilo. Viviam com a hóstia na carne e bebiam o sangue de Deus,

Água-mãe • 87

mas que os mal-assombrados apareciam, não havia dúvida. O frio que eles sentiam no corpo, o tremor nas pernas, quando passavam pelos sítios das aparições, eram bem a evidência da realidade. Havia uns dez anos, um homem no Rio, quando o sal dera preço elevado, arrendara as salinas da Casa Azul. Trouxe gente de fora, montou os cata-ventos e pôs-se ao serviço com coragem. Passava-se por lá e viam-se os homens no trabalho. Deu febre nos trabalhadores, a sezão chupara o sangue dos pobres. E o ricaço trouxe mais gente. Tinha que botar tudo aquilo em ponto de produzir. Gastou dinheiro, e no fim, quando tudo estava em ponto de começar a render, sucedeu o que todo o mundo esperava. Vinha ele um dia para o Cabo, e na serra do Rio Bonito o automóvel espatifou-se num barranco. Contava-se que o homem ficara em estado de não ser reconhecido. E outra vez, a mataria tomou conta da Casa Azul. Os cata-ventos por muito tempo ficaram batendo asas, gemendo nos eixos, até que a maresia deu conta deles. Sabia-se que aquilo só podia dar em desgraça. Queriam bulir com a força do destino, com os mandados do diabo.

8

E A Casa Azul, de sua elevação, com as suas árvores frondosas, como que ria de tudo. Estava viva, bem viva, apesar de todas as maldições. Tinha a dois passos a lagoa, como uma serva que lhe beijava os pés, e do outro lado o mar roncava furioso, mas vinha também deitar-se nas areias de suas praias. Os homens que passassem de longe, que lhe rogassem todas as pragas que quisessem. Os seus alicerces eram de pedras trazidas nos navios, as suas paredes eram largas, as suas portas de sucupira. O ódio dos homens não lhe abalava a solidez. As tábuas de seus soalhos eram rijas como lajes e não seria o peso das danças do demônio que iria abatê-las. As almas do outro mundo não pesavam. No seu cais de pedra, que dava para a lagoa, batiam as águas verdes da Araruama. Doía-lhe não ver parada ali uma canoa, ancorado um bote, ou uma barcaça grande. Noutros tempos vinha gente, vinham visitas, pescadores, e amarravam nos frades de pedra os seus barcos. E dentro de casa vozes humanas enchiam os aposentos de vida. Tudo se fora, todos a abandonaram como se ela fosse culpada de alguma coisa. Mas restavam-lhe as árvores, a figueira gigante, as casuarinas choronas, a beleza da lagoa, o silêncio do mundo. Era triste viver assim, mas vivia. Tinha força para furar o tempo, vencer os demônios que a perseguiam. Era triste ser uma casa abandonada, um ninho de fantasmas, ser visitada pelas corujas, pelos morcegos, pelos doidos. Sim, os doidos. Eles iam cavar o seu chão, arrancar as suas tábuas, atrás de dinheiro. Eram os loucos. Só os doidos tinham coragem de vencer o medo dos homens e ficar com ela nas horas pesadas da noite. Chegavam ávidos, amedrontados, arrastados por uma força desesperada e cavavam, cavavam. Corria suor do trabalho tremendo, esfalfavam-se, gemiam e a terra rangendo na pancada das pás e das picaretas. Depois, vinha chegando o dia, a luz do dia enfiava-se pelas frestas das janelas, pelos buracos das telhas velhas e o doido se ia, abandonava o trabalho, para voltar na outra noite e voltar sempre, até que se desenganava. Era uma casa que os fantasmas queriam para os seus festins. Diziam que pelas suas salas dançava o demônio com a sua corte. Já que os homens a tinham abandonado, que lhe viessem os fantasmas, os que pagavam por seus pecados, e que eram eternos nas suas penas.

Que enchessem os seus quartos com os seus pecados, e de lá fizessem os homens tremer de pavor. Outrora, pelos seus salões, pares valsavam e o amor se encontrava pelos seus recantos. Gemeram camas nos prazeres do amor, tremeram lábios. Era bom suportar o peso de corpos humanos, sentir os pés, sentir a presença de gente de carne e osso e encontrar mãos que a tratassem e lhe arrancassem as teias de aranha, a poeira, mãos que soubessem alisar, acariciar. Ser uma casa de gente, ser uma casa cheia de gente, ser uma casa cheia de vida era bom. E no entanto, a tinham abandonado impiedosamente. Foram-se de lá, deixaram-na só, no isolamento das salas vazias, dos quartos desertos e da cozinha de fogo morto. E o quente e o cheiro da cozinha fumegando! O cheiro da carne a assar, a fumaça cheirosa da carne assada. Tudo se fora. Agora só os fantasmas iam se abrigar ali. Só eles sabiam que os seus quartos eram grandes e acolhedores. Gemiam morcegos pelos telhados, espichavam-se como se tudo aquilo fosse seu e a coruja velha que dormia no sótão criava filhos todos os anos, enchia a casa inteira de caras tristes e feias. Às vezes, uma pedra acudida de longe quebrava o vidro de suas guilhotinas. Atiravam-lhe pedras; os meninos e gente grande atiravam-lhe pedras com raiva. Todos se enfureciam contra ela. Era triste ser uma casa abandonada assim. Ela bem desejaria que os homens viessem outra vez se abrigar sob o seu teto, dormir debaixo de suas telhas, gozar de sua proteção. E nada. Anos e anos, o tempo fazendo tudo para a destruir. Era o seu destino. Por que se arrastar assim, ter que ser sempre uma casa de onde fugiam os homens, de onde fugiam as mulheres? Do seu canto, via as velas brancas dos barcos de sal e de noite, as lamparinas dos pescadores. Os barqueiros passavam de longe. Seria tão bom que eles passassem como antigamente, viessem com cargas, levassem sal, trouxessem gente, tão bom que eles tocassem no seu cais de pedra e pés de gente pisassem pelos lajedos de seu pátio. Lá no seu alpendre, as moças ficavam espichadas em cadeiras, recebendo a brisa do nordeste, e homens gritavam, davam ordens e as barcaças ancoradas, recebendo carga, enchendo os seus porões com o sal que saía de suas salinas. E vozes humanas, passadas humanas, e cheiro de gente por toda parte, pelos recantos da casa, por debaixo das árvores. Sabia que vinha de longe, dos tempos antigos, que tinha os seus alicerces de cal de conchas, de pedras trazidas em navios. Fora de um senhor poderoso. Podia contar todas as suas histórias, falar do velho senhor que a fundara, que levantara as suas paredes e erguera a sua cumeeira. Do homem sério e rico que mandava em todos. Fora a maior de todas as casas. A história do Cabo se desenrolou nas suas salas. Vira eleições, negócios, casamentos. Ali iam se acabar, ali iam morrer os grandes movimentos da região. O velho senhor fora dono de mundos de terra. Contavam-se as suas riquezas, como as de um príncipe. Velhas pratas enchiam os aparadores, colchas de seda, arreios de couro da Rússia, riqueza, ouro, filhos nos estudos, filhas se casando com os homens mais ricos da terra. Crescera, crescera até onde não podia mais crescer. Ali no seu cais paravam embarcações e de lá saíam barcos abarrotados de mercadorias e parava gente que vinha de longe para as festas, os casamentos, os batizados. O velho mandava em todo o mundo. Geria os negócios de todos. Depois começou a soprar um vento de desgraça, que era mais cortante que um sudoeste de agosto. E a sua história começou a entristecer, a ficar triste, cada vez mais triste. Entristeceram as salas, nunca mais que se abriam para os casamentos e para as grandes festas do ano. Morrera o senhor, vieram os filhos, vieram os genros. Gritava-se pelos corredores, muitas vozes de fora deram para gritar e foi acontecendo tanta coisa e foi se sumindo a grandeza e só morte, gente de preto, caixão de defunto, choro, soluço, dores. Não mais pararam as barcaças carregadas de gente para as festas. Saltava gente de preto para os enterros, a família foi descendo, os filhos foram brigando e de ano a ano sucedia uma desgraça. Num dos quartos, apareceu uma manhã a velha senhora, enforcada, com a língua de fora. A velha senhora dona da casa procurara a morte, levada pelos desgostos. A avó dos tempos da grandeza se sumira e só batiam agora à sua porta desgraças, como visitas que não faltassem. E morria gente. Uma tarde correram todos para a beira da lagoa: um menino se afogara no canal grande. Uma filha se fora, fugida, com um filho de escravo, numa noite de lua. E os filhos gastando dinheiro, no jogo, com mulheres. Um deles voltou para casa, tossindo, de olhos fundos e foi com este que pegou a doença da Casa Azul. A tísica fez desertar a família. Fugiram, foram-se. Morava agora ali um administrador. E sucedera aquilo que dera que falar até nos jornais do Rio. Um filho do homem saíra uma tarde, numa canoa, com os irmãos mais novos, e, sem que ninguém soubesse como, desapareceram. E cinco mortos foram retirados da Araruama. Aí o povo começou a cismar com a Casa Azul. Ela não tinha culpa. Mas para todos, vinham dela as desgraças. Anos e anos passou abandonada e foi triste sentir-se na solidão. O primeiro morcego que, atravessando uma janela aberta, pousara no telhado, roera-lhe como um beijo de morto. Depois foram outros. A primeira coruja que se aninhou no sótão vinha como uma mensagem de morte. Estava no fim. Morria, mas lá um dia chegou gente nova para enxotar os morcegos e as corujas. Outra vez a Casa Azul voltou a impor-se, a ser o que fora. Chegara para lá outro dono, capaz de levar para diante as salinas abandonadas. Apodrecera água nos tanques. A água verde da Araruama era ali um lodo fedorento. Outra vez a Casa Azul foi viva, foi alegre e escutou pelos seus aposentos vozes de gente viva. Outra vez o povo passou a olhá-la sem medo. Pararam barcos no seu cais, no seu cais remoçado. As grandes salas se encheram nas festas, nas reuniões. O novo senhor era homem de trato. Vieram mestres de obras e reformas se introduziram. Veio mais luxo, mais alegria, mais conforto e tudo ia magnificamente. Foram-se os dias de tristeza, as noites com os morcegos e as corujas. Moças tocavam na Casa Azul. Plantavam novas fruteiras no pomar, outras árvores foram crescendo. Vinha gente do Rio. Pescavam na lagoa, iam até o mar. E as salinas cresceram de produção. Mas lá um dia, sucedeu a primeira desgraça. Um rapaz da família, brincando com uma arma de fogo, matou um irmão de dez anos. Saiu o enterro da Casa Azul, numa manhã de sol brilhando na Araruama. Não era nada, aquilo sucederia em qualquer lugar. Serviu no entanto para despertar pressentimentos. De repente começaram a evitá-la outra vez. De lá vinha mesmo malefício. A dor fez empalidecer de novo os brilhos da Casa Azul. A família foi para o Rio e durante meses e meses as suas portas estiveram fechadas. No outro verão voltaram. Abriram-se as janelas, brilhou outra vez a Casa Azul. Nas noites de escuro, as luzes da casa-grande se espalhavam por cima da lagoa, iam até longe, como se fossem luzes de um palácio encantado. Tudo ia muito bem. A dor se fora e ali a vida comandava agora. Espalhou-se a notícia. Um filho do proprietário, que estava estudando nos Estados Unidos e que era toda a esperança da família, caíra de um elevador ao chão, espatifando-se. A mãe adorava esse filho e o pai fazia dele o seu grande orgulho. A

Casa Azul escureceu, fecharam-se as janelas e começou aí a queda da família inteira. Duas moças casaram contra a vontade dos pais e o chefe passou a sofrer do juízo. Via-se o homem no alpendre da casa, de um lado para o outro, sem parar, numa agitação terrível. A dona da casa começou a lutar. Mas não teve força e espalhou-se a notícia de que dera a pobre para beber. Vinham garrafas e mais garrafas de vinho do Porto, do Cabo, para ela. E para não sofrer e para não ver os outros sofrendo, se embriagava todos os dias. Toda de preto, magra, com os cabelos estirados para trás e os olhos brilhando, como duas brasas na escuridão, bebia, afogava a dor. O marido vinha lhe falar em negócios, estava com a fortuna para receber, falava de dinheiro enterrado na casa, teria bastante para comprar a vida do filho, teria bastante ouro para comprar os poderes de Deus. Falava também a pessoas imaginárias, dava ordens, gritava para assalariados inexistentes. Os amigos do Rio escassearam. O único filho que tinha vivia no estrangeiro, na carreira diplomática, e as duas filhas eram duas inimigas. A velha se sumia, trancava-se e o velho falando, falando. Só lhe restava um preto velho, que fazia tudo na casa. Cuidava dos senhores. Recebia do Rio o necessário para que não morressem de fome; os três eram como se fossem renegados, para o povo da vizinhança. Corriam de lá. Viam o negro velho tomando conta da casa, e de longe aquelas três vidas passaram a meter medo. Tinham ligações com o diabo. Viviam de festas com o demônio. Havia noites em que o velho recebia os seus amigos imaginários. A casa inteira se iluminava. Abriam os salões de festas da Casa Azul. Outra vez, todo aquele recanto ficava resplandecendo de luz. Pescadores de camarões tremiam com aquele luzeiro. Eram as festas do diabo. Decorreram assim dez anos. E era aquela a vida da Casa Azul. Depois encontraram o velho pendendo de uma corda, naquele mesmo quarto em que se enforcara a velha do outro proprietário. Agora restavam a velha e o negro. Foi quando vieram buscá-la. Uma filha levou-a para o Rio. Mas o negro não quis sair. Ficaria para tomar conta de tudo. Ele mesmo é que era para o povo o amigo do diabo. Aquele negro sabia os segredos dos pais de santo, e por muito tempo a Casa Azul teve o pobre negro limpando a poeira dos seus móveis, matando morcegos e espantando corujas, tratando do pomar, que tinha mais força do que ele. A mataria era mais forte do que o negro. As ervas-de-passarinho cobriam as fruteiras, e o negro lutando. Quem passasse pela estrada via-o de enxada na mão, curvado, como se tirasse uma tarefa de trabalho forçado. E o mato crescendo e ele lutando, como se tivesse mil braços e mil pernas. Lutou, até que parou de uma vez, para sempre. Ninguém soube como foi. Viram somente que os urubus voavam por cima da Casa Azul. Espalhou-se a notícia. A casa estava toda fechada e os urubus pousavam no telhado. Criaram coragem e foram encontrar o negro morto, estendido no chão. O padre apareceu para fazer o enterro. Não houve quem quisesse pegar no caixão. Mandaram buscar os presos da cadeia e foi o enterro mais triste que saiu da Casa Azul. Depois apareceu gente do Rio, para ver as coisas e fechar a casa. Veio um empregado para tomar conta e não durou um mês. Fecharam a casa, os morcegos voltaram para os seus chiados e as corujas tiveram novamente onde dormir.

    A solidão caiu sobre a Casa Azul, mas ela sorria do mundo e da solidão. Estava ali do alto, olhando a lagoa verde, recebendo os ventos, cobrindo-se com a luz do sol, enraizada na terra, mais forte que as tempestades, mais forte que as suas desgraças.

SEGUNDA PARTE

Os Mafra

1

PAROU UM AUTOMÓVEL NA porta da Casa Azul e desceram dois homens. Mandaram chamar o velho que tomava conta do sítio e abriram a porta dos fundos. A mataria tinha crescido ainda mais, quase que afogava tudo. Do meio dos tufos verdes emergiam, como de um navio afundado, as cornijas vermelhas e o telheiro já com cactos, trepados por cima dele. Os dois homens penetraram na casa depois de demorar em olhá-la de todos os lados:

— É uma admirável construção – disse o mais velho. — Como se construía bem naquele tempo! Olhe a sobriedade destas linhas, o gosto da cantaria.

O outro olhava para tudo:

— Podemos aproveitar muita coisa.

Rodearam a casa, examinaram os alicerces, pegaram uma pedra no chão:

— É granito do Rio. Veja você, todos os enquadramentos feitos para durar.

As casuarinas gemiam, e nesta manhã, a Araruama espelhava, nova em folha.

— A casa está colocada numa situação ideal. Parece que andou arquiteto por aqui.

— Nada, os mestres de obras daquele tempo tinham experiência e agiam pelo instinto, sabiam o que era bom e o que era ruim.

Quando entraram, a luz do dia espantou os morcegos. Escancararam todas as janelas de frente, e a madeira resistente rangia nas dobradiças podres. Olharam a sala enorme, os quartos todos com janela, o corredor dando para a imensa sala de jantar. Tudo muito simples, muito natural. O soalho de tábuas largas estava quase preto e as paredes descascadas. O óleo de mais de cinquenta anos tinha manchas de goteiras. O teto podre deixava ver, ainda, restos de pinturas. O quarto de banho, com seis metros em quadro, conservava ainda a banheira de mármore cor-de-rosa, tudo manchado e sujo como se por ali tivesse passado uma inundação. As torneiras de bronze rebentadas, e para um canto, buracos e mais buracos, como se fossem bocas de subterrâneo. Eram vestígios das botijas desenterradas. Os dois homens mexeram por toda parte. A cozinha de tamanho fora do comum. O fogão de alvenaria, com muitas bocas e, para um canto, um enorme forno, como de padaria. Mas tudo caindo aos pedaços. O que não era de pedra, ali, tinha sofrido a aspereza do tempo, não se podia manter de pé. Os dois homens mediram, tomaram nota, olharam as paredes, as tábuas, pediram uma escada. E conversavam:

— O cupim estragou muito a madeira, mas há muita coisa boa; podemos fazer desta casa uma coisa interessante. Esperava encontrá-la mais em ruínas.

— É que é de pedra – respondeu o outro. — Você não se lembra da casa-grande da fazenda Pau Grande? É muito mais nova do que esta e no entanto faz pena. Está se desmanchando. Tivesse os enquadramentos de pedra e aguentaria muito tempo. Esta parece de ontem, de tão sólida. O mestre de obras que levantou esta casa quis fazer obra para durar, você está vendo. Não quis saber, mandou buscar pedra no Rio e o resultado é este; a casa tem mais de um século, deve ter sofrido muitas modificações e está firme, sem paredes fendidas. É uma casa de verdade.

Depois saíram pelo sítio, meteram-se pela mataria fechada, chegaram quase que à restinga. O pântano esverdeado atolava nas margens.

— É um paul de água doce. São águas que, encontrando a barragem de areia, se ajuntaram aqui.
Andaram mais um pouco e foram descobrir uns restos de pedra enterrada. Cavaram, deram com os restos de um canal. Chamaram então o velho com uma enxada. Com pouco, as obras de saneamento apareceram.
— Veja, os velhos tinham a compreensão das coisas. Eles nada sabiam a respeito de mosquitos e sabiam que água parada trazia doença. Hoje, andam por aí missionários pregando saneamento, milionários empregando milhões de contos para matar mosquitos e a dois passos de uma cidade, abandonam o que já estava feito.
Subiram para a duna grande e o mar imenso, azul, apareceu aos seus olhos. Lá de cima avistaram o cabo enterrando-se de mar adentro, com as pedras gigantes, solenes, nuas, aguentando o arrojo das ondas. Depois voltaram-se, e viram os fundos da Casa Azul, surgindo no meio da mataria. As cornijas vermelhas, as telhas negras e o azul das venezianas do sótão dando àquele silêncio um sinal de vida. Os dois homens demoraram a vista naquelas bandas.
— É uma coisa maravilhosa, esta casa. Se tivesse mais um pavimento, poderia de lá avistar-se o mar. E os alicerces aguentariam.
— Qual nada! – respondeu o outro. — Devemos conservá-la como está. Ela tem em frente a lagoa, e basta de água. No meio destas casuarinas e figueiras, ficará muito bem. Uma casa precisa de um pouco de mistério, de fazer sentir que lá por fora há perigo.
— Deixa de literatura. Estamos aqui para salvar um doente. Precisamos lançar mão de todos os recursos possíveis.

— Que doente, que nada. O que estamos vendo é coisa mais viva do que pensávamos. Devemos é conservá-la. O progresso que se submeta à realidade. Vamos ver a casa outra vez.

E se meteram por baixo do soalho, arejado, com mais de um metro de altura, de terra empedrada.

Ao meio-dia, tomaram o automóvel e se foram para o hotel de Cabo Frio. Ali, já sabiam que eles tinham estado examinando a Casa Azul. Na pequena sala de refeições foram olhados com insistência. Havia uma curiosidade, uma quase ânsia de saber qualquer coisa. Afinal, Clarindo, o hoteleiro, não se conteve:

— Conhecendo a terra, doutor?

O mais moço aceitou o desafio e começaram a conversa. Tinham vindo fazer estudos para a restauração da casa velha. Era um industrial do Rio quem pretendia fazer daquilo uma vivenda de verão.

Entraram em indagações, procurando saber de muita coisa. Com pouco, em torno da mesa, formara-se um grupo de curiosos. Todos se meteram na palestra, dando palpites. Para eles, o que matava o Cabo era a qualidade da água. Havia estudos, tinham aparecido engenheiros, mas aquilo continuava do mesmo jeito. Os ricos da terra viviam nas suas salinas, quando não davam as suas ordens aos administradores, mesmo do Rio. A cidade vivia de uma indústria que só dava para poucos. O mais era a miséria dos pescadores. Espantaram-se da esquisitice do ricaço, que pretendia transformar a Casa Azul. Aquilo lhes parecia uma loucura. Em todo o caso, havia gente para tudo. Os engenheiros falaram em sanear os pauis de perto da cidade. Os outros achavam impossível. Para eles, não seria obra para um particular. Só mesmo coisa de governo. Ali mais perto estava um rapaz do Rio que tinha gasto uma fortuna plantando coqueiros, num sítio à beira do mar. Trouxera a família para passar ali uns tempos, e teve que sair às carreiras com os filhos doentes de febre. Por que não vinham construir uma casa mesmo na cidade? O Cabo precisava mesmo de gente de fora, já que os da terra não faziam nada. Deviam abandonar aquela casa velha. E começaram a falar mal da Casa Azul. Dava azar, ali se tinham arruinado várias famílias. As dunas represavam água doce nas restingas. Era um perigo morar por ali.

Os dois homens ouviram as conversas com toda a atenção, e riram. Estavam ali para estudar um plano, para regularizar a saída das águas dos encharcados. Havia dinheiro para tudo. Todos deviam estar satisfeitos com as obras.

— Doutor – dizia o hoteleiro —, o Cabo Frio precisa é de água. Uma cidade desta, bebendo água de cisterna e a gente tomando banho em água que faz nojo! Por que o senhor não anima esse rico para montar um hotel no Cabo?

Todos concordaram. Era isso mesmo. Quando aparecia alguém que queria gastar por aquelas terras, se esqueciam do Cabo.

Havia quase que um mal-estar na conversa. Era como se os dois rapazes fossem responsáveis pela desgraça da cidade. Havia chegado mais gente para a sala do hotel. Falava-se sobre as obras da Casa Azul. Iam transformar a casa velha num palácio. Os engenheiros, sentados nas cadeiras de vime, conversavam, procuravam saber dos salários e dos preços do material. Só não havia por ali boa pedra. Tudo mais teriam com toda a facilidade. Depois saíram para passear. O sol, lá fora, derramava-se sobre a lagoa, faiscando na água verde. Os barcos, parados no cais, balançavam os mastros, numa cadência de pêndulo. Foram ao convento, reduzido a igreja franciscana, com a boa simplicidade de suas linhas, sem nenhuma espécie de riqueza. O interior pobre, com o cheiro e o chiado dos morcegos, com altares ainda dos velhos tempos, sem o luxo de outras velhas igrejas brasileiras. Mas fazia gosto olhar a dignidade seráfica de tudo. O convento se fora com o tempo. Terra de pescadores, sem os devotos enriquecidos com o ouro e o açúcar, só poderia mostrar-se mesmo assim, na sua pobreza. Mais para cima, perto do mastro do semáforo, ficava a pequena ermida dos pescadores. Do alto, dominava ela o mar e a lagoa. Restos de velas queimadas se espalhavam pelo chão. Ali vinha o povo pobre fazer os seus pedidos, as suas promessas, pagar dívidas aos santos. Nossa Senhora da Guia dava-lhes coragem nas horas de aperto e nos momentos difíceis. A cidade se espalhava pela margem da lagoa, fugindo do mar. Lá o vento era forte, e nas noites de frio, o sudoeste cortava como navalha, sacudindo com fúria as areias da praia. Melhor ficar mesmo junto à mansidão da Araruama quieta. Os padres tinham procurado a eminência para construir a casa de Deus. As ventanias fustigaram, roeram com raiva as pedras e os ferros da fundação. Ruíram as paredes do convento de Nossa Senhora dos Anjos. Agora o que restava de tudo era a igreja, sem grandeza, com os seus três séculos de paz. Os visitantes ali tinham pouco o que ver. Para o outro lado, as ruínas do forte entravam de mar adentro, trepadas nos rochedos, que as águas lavavam nas marés altas. Em outros tempos, os canhões de bronze do rei de Portugal punham a distância os franceses cobiçosos. Hoje, parecia mais um ninho de gaivotas.

Vinha chegando a tarde. E todo o céu, para os lados do poente, cobria-se de cores de cenografia. A cidade ficava mais triste e o sino da matriz tocava as ave-marias, devagar, como que caprichando na dor.

— É o que eu lhe digo, meu caro Marcos, todo esse nosso Brasil é um só. Veja você como este Cabo Frio se parece com o seu Penedo, com a minha Vassouras. E a mesma tristeza, o mesmo ar de bondade no povo. Olhe para as casas, para as ruas, tudo se parece, tudo é da mesma família.

O outro, de tão absorvido, não escutava nada. Andaram uma porção de tempo. Era quase de noite.

Na porta do hotel, uma roda grande comentava as notícias. Diziam que um industrial do Rio viria para o Cabo, com ideias de montar uma grande fábrica de soda cáustica para aproveitar os resíduos das salinas. Havia capitais ingleses metidos no negócio. A reforma da Casa Azul era um simples pretexto. E quando os engenheiros chegaram à porta do hotel, já havia uma opinião firmada sobre a viagem deles. Comentavam-se no café do Clarindo as vantagens da fábrica. Seria a maior da América do Sul. O projeto cogitava de um porto de mar. Seria a grande oportunidade para o Cabo Frio. Outros achavam que não se devia planejar nada a respeito, com sacrifício do porto do Cabo. O governo não permitiria que estrangeiros se metessem naquilo. Quando o automóvel dos engenheiros irrompeu pela rua principal, já não havia nenhuma dúvida sobre aquela viagem. A fábrica estaria em breve funcionando. Grandes benefícios traria para o Cabo, e tudo feito sem intervenção dos ricos da terra. Era assim mesmo. Se eles fossem esperar pelos ricos, o Cabo viveria eternamente na pasmaceira. Vinha uma esperança encher o coração da velha cidade.

2

As obras da Casa Azul estavam quase no fim. A velha casa rejuvenesceu. Um jardineiro do Rio se metera pelo pomar, e no tumulto da vegetação desordenada, fizera um parque magnífico. Lá estavam as mesmas casuarinas, os mesmos cajueiros, as figueiras antigas, as palmeiras-imperiais, as amendoeiras, e tudo aparecia num relevo maior, sem a mataria que afogava os troncos e as ervas daninhas que cobriam os galhos. Havia agora, na frente da casa, um gramado, como num jardim público e sob a figueira gigante o chão estava limpo, havia dois bancos de madeira pesada em torno e uma larga mesa. As obras foram além de todos os cálculos. Fizeram acréscimos, introduziram melhoramentos de toda espécie. Havia agora aquele terraço na entrada, com gradis de ferro. Deram à construção uma aparência mais elegante. No todo, permaneceram as mesmas linhas. As cornijas, com as mesmas cores de antigamente, as guilhotinas, os pilares no mesmo ponto. Por dentro introduziram modificações; os dois quartos de banhos e a cozinha inteiramente novos. Apenas o grande banheiro de mármore dos antigos merecera ficar onde estava. Mas quase que inteiramente arranjado com material novo. Por toda a casa, o que havia era um porte senhoril e digno. Paredes lisas, soalhos de tabuado inteiriço, forro de estuque sem arabescos. Uma grande casa para se morar, para se viver dentro dela, ampla, sem as mesquinharias dos tempos presentes. A cozinha fora reconstruída com a mesma grandeza de outrora. Parecia uma fábrica, de tão espaçosa, com enormes armários, as portas e janelas com as dimensões antigas. Tudo correra sem o menor incidente, todos os trabalhos em ordem, com operariado de fora, pois as dificuldades encontradas por ali para se obter gente da terra foram enormes. Ninguém queria trabalhar na Casa Azul. A firma construtora gastara além do orçamento; em todo o caso, os engenheiros estavam contentes. Realizara-se uma obra que enchia a vista. Houve até uma revista do Rio que publicara fotografias da reconstrução. Falava-se no gosto dos velhos mestres de obras, na inteligência, na sobriedade dos construtores de casarões. E aquela casa vinha dar um exemplo de como se podia conservar a tradição, que era viva. Contra o colonial convencional e quase ridículo que infestava as grandes cidades, aquela dignidade de linhas, aquela magnífica solidez.

 Os operários davam a última demão na pintura. No pátio, uma fonte de pedra deixava correr água de uma larga boca de anjo papudo. No silêncio, o correr manso daquela água enchia de paz o ambiente. A lagoa se estendia, com o sol faiscando nas suas águas verdes. O vento rumorejava baixo nas árvores. Só as casuarinas sentiam mais a carícia da ventania, porque gemiam alto. A Casa Azul vivia de verdade. Foram-se os morcegos e as corujas. Contava o jardineiro que muito trabalho tivera com os velhos inquilinos, que só a muito custo abandonaram as árvores. A velha coruja refugiara-se na figueira grande e de lá chorava como gente, noites inteiras.

 Com a remodelação da Casa Azul, não se conformavam as gentes das proximidades. Era uma loucura. Os barqueiros passavam de longe e os pescadores corriam de lá. Aquilo daria em coisa ruim. Como se tivera coragem de mexer numa coisa daquelas? Viam os trabalhos, os caminhões trazendo material, os operários levantando andaimes, a casa velha voltando à sua grandeza antiga e temiam pelos que estavam bulindo com fogo. Aquilo não acabaria bem. E as obras foram andando. Estavam quase no fim, sem que o menor desastre surgisse.

Na Maravilha, a princípio viram os trabalhos com prevenção. Por fim, verificaram que só poderia ser útil à terra. Era um grande benefício. Só se preocupavam agora em saber quais seriam os vizinhos. Sem dúvida que era gente rica que viria gastar, dar movimento a toda a região. E se conformaram. Dona Maria via tudo com muita alegria. Sempre fora contra aquelas crendices; contra os medos e as histórias de mal-assombrados. O que precisava a Casa Azul era de gente viva, era de sol e ar. E viera tudo isso de uma só vez. A negra Noca não se conformava. Com alma do outro mundo não se devia brincar e era lá que elas iam fazer as suas festas. E agora chegava gente para espantá-las. O povo não se metia. Sacudiram as corujas para fora dos seus ninhos. Coisa horrível! Coruja sabia se vingar. Aquilo tinha cara de gente, coração de gente ruim. Elas cantavam, chamando a morte. Elas sabiam quando a desgraça botava os pés num lugar. Bulir com coruja era o mesmo que bulir com coisa de igreja. E eles tinham matado as corujas. Contava-se que a bicha chorava a noite inteira, no pé da figueira grande. Ficara sozinha, sem os filhos mortos, e vinha chorar como gente viva, borrando de branco o chão da figueira. Onde batia coisa branca de coruja, batia a desgraça. Ali na Maravilha, nos armazéns da salina, morava uma e não havia quem tivesse coragem de se meter no ninho dela. Dona Mocinha mandara mais de uma vez botá-la para fora, e ninguém ia. Que ficasse por lá e que fosse pela noite afora agoniar os outros. Dona Maria dizia a todos que aquilo era ignorância, besteira, loucura. Qual nada! O povo bem que via tudo, bem que sabia das coisas. Deus que livrasse a ela, Noca, de ir de encontro ao que o povo dizia. Deus mandava em tudo, mas o povo sabia de tudo. Dona Maria tinha leitura, tinha os livros, mas havia coisa que não se lia, coisa que não estava nos livros.

Na casa do cabo Candinho a notícia deixou a gente apreensiva. Que iria acontecer por aquelas bandas? A velha Filipa falou nos antigos. Lembrou os casos e depois ficou triste, para um canto. Quisera ter morrido e não saber de uma coisa daquelas. Como se ia bulir com o que se não devia? O cabo ficou silencioso, e nas noites de pescaria, no silêncio dos cercos, ajeitando a rede na lama, pensaria decerto nas obras da Casa Azul, do que poderia aparecer por perto deles. A velha mãe lhe falava tanto daquela casa, lhe enchera a cabeça de tantas histórias tristes, que nunca ele pudera pensar naquela casa com gente morando dentro dela. Estava para acontecer uma desgraça. Vinha uma desgraça por perto. Lembrava-se de 1904. Foi aquele berreiro, aquele rebuliço, por causa da estrela de rabo que queria queimar a terra. Ele, que pouco rezava, rezou naquele tempo. Era o fim do mundo. Agora falavam de fábricas, de riquezas. O povo do Cabo inventara tanta coisa, enchendo os ouvidos da gente de conversa. O fato, porém, era que a Casa Azul estava ali, nova em folha, desafiando tudo. Via-a de longe, de sua canoa. Lá estavam luzes acesas nas barracas dos operários. Em breve haveria luz elétrica. Estavam montando um motor de luz. Todo aquele lado ficaria numa festa. A velha casa seria outra vez senhora, a maior, a mais rica de todas. De seu canto, da sua choupana de chão de terra, não teria inveja dela. Tinha a sua luz de querosene, as suas paredes de barro, e só com as suas fruteiras, com as suas galinhas e o seu pedacinho de sítio, seria maior que os donos da Casa Azul. Sua mãe bem que lhe dizia todos os dias:

— Candinho, mais vale a tua pobreza que todo o ouro enterrado.

Ele vivia, viviam sua mulher e seus filhos e a sua mãe cega, sem que lhe viessem bater na porta para cobrar a roupa que vestiam e a farinha que comiam. Lá estava outra vez de pé, nova, a casa que todos acreditavam que fosse do diabo. Viriam ricos tomar conta das suas salas. No Cabo, diziam que o novo dono tinha dinheiro para comprar um estado, que era o homem mais rico do Rio, que tinha casas em todos os cantos da terra e que viria para ali passar dias, somente. Montaria casa na costa, para fazer grandes pescarias. Tinha um veleiro grande para passeios e para pesca. Com pouco mais, a Casa Azul se encheria de gente. Falara-lhe o mestre Lucas, pescador, em voz baixa:

— Seu Candinho, é o que lhe digo, os homens querem mesmo bulir com o que está determinado lá em cima. Vai haver muita desgraça por aqui. Você não sabe o que é alma arrancada do seu lugar. Lá elas viviam em paz. Lá elas tinham salas, alpendre, pé de mato onde morar. E entra gente viva e aparece homem e mulher de carne e osso, para viver por ali, e a gente é que vai pagar, seu Candinho. Elas se soltam por esta lagoa, elas se soltam por estas terras. Sei lá! Tenho pensado noite e dia nesta malvadeza. Por que não deixaram aquela casa em paz? Que precisão tinha essa gente de se meter por aqui? Sou nascido e criado nesta redondeza. Muita gente não crê. Leva até na brincadeira as coisas daquela casa. Com estes olhos eu já vi, seu Candinho, gente de outro mundo naquela casa. Eu vinha só, com a minha canoa, trazendo um carregamento de cachaça, de contrabando. Vinha sem prestar atenção e a canoa foi descendo. Quando dei por mim, estava pertinho da casa velha. Pois bem, um homem de preto, um homem baixo, mal comparando, assim de seu corpo, estava no alpendre, passeando de um lado para outro. Quase eu virava com a canoa. Finquei o remo na água e só descansei quando me vi longe dali. Contei o caso no Cabo. Na venda do capitão Lourenço estava um homem que tinha visto a mesma coisa: o mesmo homem de preto. E agora vem esta gente. Vão sacudir para fora de lá as almas penadas. Deus queira que eu me engane, mas pode ser que a gente tenha de assistir a muita desgraça.

O cabo Candinho ficava calado. O mestre Lucas sentia mesmo o que estava dizendo, não era um mentiroso, um contador de lorotas. Antônia fazia que não acreditava, mas era de propósito, para tirar aquilo da sua cabeça, para o ver sem medo, com coragem para vencer tudo. Devia ela olhar para o outro lado e sentir o mesmo medo dos outros.

— Qual nada! Quem tem de fazer mal à gente está nesta terra. É gente de carne e osso.

A velha Filipa falava:

— Minha filha, cuidado com a tua língua. Toma cuidado com as palavras que saem de tua boca. Quando falares nestas coisas, bate nos beiços.

3

Toda aquela parte da lagoa criara uma vida intensa. No cais de pedra reconstruído, ancoravam embarcações de recreio: veleiros, lanchas. E a vida animava tudo de cores, de vozes, de movimento. A Casa Azul irradiava-se pela Araruama. Do outro lado, na beira do mar, haviam construído um pavilhão para recolher barcos e apetrechos de pescarias. O parque resplandecia. E a fonte de pedra cantava baixo o dia inteiro. O sol caía por cima de tudo com o seu esplendor de verão. Por toda parte respirava-se fartura. Foram-se os fantasmas, foram-se os vultos de preto, as moças de branco. E nas noites de escuro ouviam-se o bater da lagoa e o gemido do mar, sem susto.

Ali, vivia-se agora de verdade. Fora-se o pântano. A água do mar, nas marés altas, lavava as porcarias da água doce. E gente viva enchia tudo de alegria e de força. Saíam barcos de velas vermelhas, de lagoa afora, uma lancha prateada corria sobre as águas, levantando a cabeça como um peixe bravo, enchendo o silêncio da Araruama com o rumor dos seus motores. Nas noites de escuridão, o reflexo das lâmpadas elétricas iam além, muito longe. Os pescadores de camarão corriam ainda mais daquelas proximidades. O movimento de automóveis era enorme. Ouvia-se rádio a distância, dançavam, gritavam, corriam de estrada afora, em cavalos e bicicletas. Rapazes e moças saíam de barco, de lagoa adentro. Os barqueiros os viam estendidos, quase nus, tomando banho de sol, cantando, como gente de outra espécie. O velho Lourenço não queria outra vida. Entregara-se de corpo e alma aos novos donos da Casa Azul. Botava-se com eles de mar afora, em pescarias e ainda por cima, além dos peixes, ganhava dinheiro, como nenhum outro na redondeza. Mas, aos poucos, a Casa Azul foi vencendo o terror dos pobres. O povo do Cabo falava das festas de lá como de festas de perdição. Ali corria bebida como água e aquela gente espichada em cima dos barcos, quase nua, não podia fazer boa coisa. A fama da Casa Azul se espalhava pelos arredores. Contavam-se os episódios mais curiosos. Ali não havia respeito por coisa alguma. Pai, mãe e filhos viviam na mesma vadiação, fazendo o que não deviam fazer. Quando viam os rapazes e as moças de carro, montando a cavalo ou correndo de bicicleta, viam o pecado, viam o deboche. O vigário, nas práticas da matriz, por mais de uma vez chamara a atenção, para que não fossem atrás daqueles desregramentos. Aquilo era um fim de mundo. A cidade não podia suportar aquela supremacia de uma sociedade de aventureiros. Mas aos poucos se foram habituando. O comércio satisfeito com o movimento que aquilo trazia aos seus negócios e os mais exigentes acabaram por se acostumar com as moças de calças, como rapazes. Nos dias de inverno, nas épocas de frio, a Casa Azul voltava ao seu silêncio e à sua paz. Lá uma vez ou outra aparecia gente para os fins de semana. Agora, porém, um rapaz magro ficava por ali semanas inteiras. Viam-no a pé, pela margem da lagoa, ou então pela praia, sozinho, como se estivesse sempre cogitando em alguma coisa. Não era dos grupos alegres. Nos dias de rebuliço não aparecia. A princípio os pescadores tomaram-no por um maluco. Aos poucos, porém, o rapaz foi se chegando para eles. E foram vendo que o doutor Paulo não era um gira, que ele gostava das suas conversas, e, assim, foram se dando com os seus agrados. Agora quando o viam, paravam para falar.

    Os empregados da Casa Azul eram sempre gente vinda do Rio. Durante o ano inteiro só ficavam aí o jardineiro e o administrador do sítio, dois portugueses de pouca conversa que se refugiavam em casa e no serviço. Tinham família e pouco queriam saber o que existia por fora dos seus domínios. O doutor Paulo era o único que se comunicava com o povo da terra. Às vezes, no verão, passava tempos sem aparecer. Os seus dias preferidos eram os de frio, quando o sudoeste cortava. Nos dias de sol de junho e maio, com o céu azul e a lagoa toda verde, ficara semanas inteiras nos passeios longos. Lia muito e às vezes ficava por baixo da figueira grande, com um livro na mão, até que a noite chegava. Os pescadores que passavam viam-no absorvido, inteiramente entregue à leitura e deviam ter medo dele. O doutor Paulo, porém, na manhã em que saísse pela estrada, a pé, sem chapéu, o seu suéter de lã cinza conquistaria outra vez os amigos. Conhecera o jovem

Luís da Maravilha. Este era já um rapaz cheio de vivacidade, queimado de sol, forte, sem nenhuma preocupação. Ficaram amigos, Paulo levou-o para casa. Dona Mocinha não gostou da amizade. Quando via o filho saindo para lá ficava preocupada. Não quis chamar a sua atenção. Era homem e sabia se governar por si mesmo. No íntimo porém, temeu por ele. A vida por lá era outra. Eram outros os costumes. Mas Luís lhe falou do amigo com tanto entusiasmo, que não se aventurou a comentar. Conhecia o filho como a palma de sua mão. Era sincero, impulsivo, generoso. Se gostava do rapaz era porque descobrira nele qualquer coisa de verdadeiramente bom. No íntimo, o que queria era se consolar do desgosto. Aquela gente não era para ele. Tinha a sua pobreza com orgulho. E por lá corria uma riqueza que lhe fazia medo. Luís, porém, sabia se dirigir. Entregara-lhe quase que inteiramente a direção das salinas. O trabalho era pouco. Em todo o caso, só ela sabia o que era a direção de uma salina. Quem visse de longe a água espelhando nos tabuleiros, os moinhos rodando, as tulhas de sal, não saberia o que aquilo representava de cuidados, de paciência, de desgostos. Criara cabelos brancos, vendera sacos de sal por quase nada. Os comerciantes do Cabo fazendo o diabo com os pequenos salineiros. Lutou, fez a família crescer na fartura. Agora Luís viera para ajudá-la. Por mais que insistisse, não quisera continuar com os estudos. Nem todos deveriam se formar. As filhas estavam em casa, satisfeitas, bem-educadas, boas meninas. Tinha a certeza de que dariam boas donas de casa. A vizinhança nova viera atrapalhar um bocado a sua vida. Afinal de contas, aquela gente era como se fosse de outra espécie. Via-os passar por sua porta, avistava-os de barco, cortando a lagoa em lancha, em grupos alegres e sempre lhe davam a mesma impressão. Eram de um outro povo, tinham vindo de um país estranho. A vida da Maravilha era outra. Podia ser que fosse modéstia sua, falta de entendimento das coisas, mas nunca que se conformasse com uma filha sua, moça, solteira, metida daquele jeito com rapazes, de calças, montando a cavalo como um homem, espichada em barcos quase nua, fumando, sem nenhuma vergonha. Seria melhor que Deus a matasse, a fazer com que assistisse a semelhantes loucuras com a sua gente. Lúcia era uma menina viva, cheia de novidades. Mas uma vez dissera diante dela, para que bem compreendesse, a opinião que formava sobre aquela gente da Casa Azul. Aquilo de moças andarem como doidas, em exibições, não era com ela. Preferia morrer, a suportar uma filha com semelhantes ideias. De Laura não tinha receio. Via-a tranquila no seu canto, lendo seus livros, fazendo os seus bordados e confiava nela. Temia pela sorte de Lúcia. Aquela vizinhança podia perturbá-la. Uma vez, chegara a falar a dona Maria, abrindo-se com a sua velha amiga. Temia que aquela gente viesse perturbar o seu sossego. Lúcia gostava de novidades, era uma menina cheia de sonhos, de revistas de artistas de cinema. Podia ser que perdesse a cabeça com o exemplo que via. Quando as moças da Casa Azul passavam pela Maravilha, ela temia por suas filhas. Lúcia comentava, queria puxar conversas sobre elas. Fugia de tais conversas e, todas as vezes que podia, criticava o procedimento das estranhas. Uma ocasião, a filha se rebelou:

— Ora, mamãe, a senhora não é moderna. Aquilo é muito chique. Em toda a parte se fazem essas coisas.

Sentiu que a filha tivesse defendido aquilo. Mas não recuou:

— Moderno pode ser, mas não deixa de ser assanhamento de gente ruim.
Disse isso com aspereza. A filha sorriu e acabou por lhe dar um beijo. Era uma menina impossível. Ninguém podia com Lúcia, quando ela queria agradar:
— Mamãe não sabe o que é ser grã-fina.
— Nem quero saber, minha filha. Nós somos pobres, vivemos no nosso canto e graças a Deus não posso me queixar. Tenho vocês, que são duas moças ajuizadas. É esta a minha riqueza.
Nos meses de inverno, ficava mais tranquila. A Casa Azul era deserta. Lá um dia, porém, estava bem quieta, quando ouviu um rumor de automóvel. Era gente que chegava para o fim de semana. Tudo viria outra vez. Lá vinham os aperreios. Agora Luís estava de amizade com o rapaz magro. Diziam que era um moço quieto. Só aparecia por ali nos dias de inverno. Em todo o caso ficara apreensiva com a amizade. Sabia lá quem era aquele rapaz? Para ela, não fazia diferença dos outros. Devia ser da mesma categoria. Ciente de outro sangue e de outra alma. Podia ser que estivesse exagerando, podia ser que estivesse fazendo mal juízo, levando tudo para o lado ruim. O amor pelos filhos lhe dava esse direito. Eram seus, foram criados por ela, que fora pai e mãe de seus filhos. E não sabia por que, sentia que qualquer inimigo rondava por perto. Luís vivia agora com a nova amizade. Lembrava-se de quando ele era menino; era assim, de entusiasmos. Nos tempos de Joca do compadre Candinho, até tivera medo. O menino não queria sair de perto do outro e Joca não era amizade para ele. Como era diferente de sua gente, como podia uma criatura sair tão diferente dos seus! Dera para aquela história de futebol e muitas lágrimas fizera correr dos olhos de sua

comadre Antônia. Pobre dela, pobre da mãe que chora por seu filho! Dor de mãe é tão das profundezas! Até ali, os seus não a tinham levado a esses sofrimentos. Eram bons, ternos. Era adorada pelos três filhos. Também tudo lhes dera, sua mocidade se consumira no trabalho, na luta terrível, para que eles não passassem necessidades. Luís, porém, estava daquele jeito, pendido para a Casa Azul. Antes aquela casa tivesse ficado como era, com os morcegos, com as corujas, com as assombrações. Uma coisa esquisita lhe dizia, quando ouvia o bater das picaretas e o tinir dos martelos, na reconstrução, que dali viria uma desgraça para todos. Era tolice pensar em tal coisa e no entanto, noites inteiras sem dormir, pensando naquilo. Lembrava-se de que certa noite, devia ser muito tarde, e não conseguira pregar olhos. As meninas dormiam, todos da casa dormiam, e ela com aquele pensamento atravessado. Abriu a janela e uma lua crescente enchia a lagoa. Lá para as bandas da Casa Azul havia luz acesa. Fechou a janela, com medo. Medo não sabia de quê, mas havia uma coisa que lhe apertava o coração. Foi para o quarto de dona Maria e chorou abraçada à amiga. Não sabia por que chorava, não sabia dizer o que sentia. Ela chorando, ela que fora tão forte, em todos os momentos de sua vida, com o marido morto, com os filhos doentes, com as dificuldades dos negócios. Devia estar doente. Só podia ser doença. No outro dia, até achou graça na sua fraqueza. As filhas não souberam de coisa alguma. Deus a livrasse de que elas chegassem a saber de qualquer coisa. Dona Maria lhe falou de crise, aquilo podia ser mesmo uma crise da idade. Lera ela nos livros que, chegando àquela idade, as mulheres passavam sempre por crises daquelas. Teve vergonha, sentiu-se fraca, sem a energia dos outros tempos, e se arrependeu de ter procurado a professora. Afinal de contas, devia ter sabido suportar a sua dor. Era ou não era o chefe da família? Não pesavam sobre os seus ombros grandes responsabilidades? E tinha sido de uma fraqueza de mocinha. E no entanto, sempre que ouvia aquela lancha roncando na lagoa, estremecia. Sempre que via Lúcia correndo para ver passar os bandos a cavalo, os grupos de bicicletas, ficava apreensiva. Tão quieta que era a sua vida na Maravilha, tão mansa que era a existência pelas terras da sua salina! Felizmente que Lúcia não travara relações com nenhuma das moças de lá.

Havia uma delas que ficava sempre por debaixo da figueira, que não saía com as outras, nos passeios. Diziam que tinha um defeito, que arrastava uma perna seca. Era a mais moça de todas. Noca soubera que tinha sido doença, em criança. Não houvera no estrangeiro médico que desse jeito. Enquanto as outras viviam a cavalo, em bicicleta, em lancha e em barcos de vela, a loura Luisinha ficava à sombra das árvores, com os seus livros. Dona Mocinha, quando soube disso, teve pena. Noca vinha sabendo de tudo o que se passava na Casa Azul, através da mulher do jardineiro que ficara sua amiga. Era uma mulata do Rio, gorda, cheia de filhos e que não suportava aquela vida triste. Saía muitas vezes de casa e ia conversar com a sua amiga da Maravilha. Falava de tudo. Aquele seu marido não se emendava. Deixara o Rio, para se meter por um lugar esquisito daqueles, somente porque ali ganhava mais e queria juntar dinheiro. Coisa de português. Por ela, já teria dado o fora. Criara-se na rua São Clemente, tivera padrinhos ricos, morando numa daquelas casas bonitas cercadas de arvoredos. Parecia que fora castigada. Quando era moça achava que a rua São Clemente era triste, parada, com a casa no meio daquele parque enorme. Preferia sempre a rua Voluntários e viera cair, como por um castigo, naquele deserto. Gostava de Noca e se abria com a nova amiga. Aquela gente da Casa Azul tinha grana de verdade. Dinheiro ali não se contava. Gastava-se sem dó e sem piedade. Como é que se compreendia uma casa daquela, cheia de tanta finura e tanto luxo, ali no mato? Fora assim também em Vassouras. Um dia descobriram uma casa antiga como aquela, compraram fazenda, levaram o mestre de obras, fizeram até campo de aviação, mexeram em tudo. Deram para passar tempos por lá. Ficara na moda. As meninas não saíam de cima dos cavalos. Naquele tempo eram mais moças e Luisinha era quase uma menina. Coitada, com aquela perna murcha ficava olhando para as outras com olhos compridos. Era a cavilação da família. A mãe adorava-a e o pai vivia com ela nos médicos. Fora até ao estrangeiro e tudo dera em nada, ficara assim, de perna murcha. Dinheiro às vezes de nada valia. Estivera também em Vassouras, com seu marido. O jardim de lá ficara uma beleza. Antônio caprichara, não era por ser seu marido, mas quando tomava gosto pelo trabalho, ninguém podia com ele. A casa de lá era um sobrado. Fora uma fazenda de gente antiga. Diziam até que fora de um barão, homem de muito luxo. Havia carros velhos de cavalos, aos pedaços, no porão.

E a mulher do jardineiro contava:

— Pois, em pouco tempo, tudo aquilo ficou um brinco; quem visse a casa de longe não diria que era aquela dos tempos antigos. Tiraram luz elétrica de uma cachoeira e a senhora não imagina as festas que deram. Iam até embaixadores, falaram até que ministros e desembargadores. De minha casa eu ficava olhando o palácio iluminado nos dias de festa. Dona Luísa sabe fazer as coisas. É mulher do mais fino trato. Disseram que o pai dela foi ministro nas cortes da Europa e que ela já dançou até com gente que é hoje rei.

Mas eu só sei é de uma coisa: o marido vive sempre para um lado e ela para o outro. A senhora não imagina como me espanto de uma coisa assim. Uma mulher bonita, de fidalguia, e o marido ora aqui, ora ali. É da gente ficar besta, quando eles estão juntos. Mas, quando se vê os dois em conversas, parece que vivem na maior alegria. Não tenho o que dizer dessa gente. Antônio trabalha para eles desde que me casei. Que casa bonita é a que eles têm na rua São Clemente! Uma beleza de casa. Dizem até que uma embaixada já ofereceu mais de mil contos e eles não aceitaram. Pois bem, quase que não vivem lá. Quando não estão aqui, estão na Europa. Quando chegam da Europa têm logo outra viagem e vivem neste chamego danado, sem parar em parte alguma. É o fogo do dinheiro. Dinheiro quando sobra dá para isto, para virar as cabeças. Todos os dias eu digo a Antônio: "Acaba com esta mania, homem de Deus. Para que toda essa ganância?" Mas o homem fala em fortuna, em comprar casa, em velhice. Português é bom marido, mas tem esse defeito. Só vive para guardar. Dinheiro é para se viver. Dona Luísa é uma boa mulher. Estou com eles há dez anos e não tenho o que dizer. Também pouco vejo essa gente. Dizem que ela dá muito dinheiro aos pobres. Ouvi falar que, de uma vez só, deu cem contos, numa lista da mulher do presidente. É uma mulher linda. Disseram a Antônio que nos seus tempos de moça não havia quem chegasse aos seus pés. Ainda hoje é uma beleza. E só vive com estrangeiras tomando conta da casa. Tem uma francesa que já não faz nada e é como se fosse da família. É a dona Francine. Hoje não dá mais voto, mas finge que ainda manda. Quem toma conta de tudo é uma inglesa, chamada *miss* Margaret. Mulher de tino. Manda da cozinha à sala de visitas e vive mais na casa de São Clemente. Já esteve aqui umas duas vezes, gostou muito, mas tem medo de febre amarela, que se pela. Basta ouvir um zumbido de mosquito para ficar alarmada. Quem fica aqui, gerindo tudo, é uma patrícia de Antônio. Dizem que é de gente importante de Lisboa, de família da nobreza. Veio para o Brasil com o pai, corrido de uma revolução. O velho morreu e ela hoje faz o papel de auxiliar de *miss* Margaret. É uma moça distinta, um bocado feiosa, mas de muita educação. Faz gosto ouvi-la falar. Foi professora de piano das meninas. Esta dona Adelaide trata a todo o mundo com delicadeza. Não vive aos gritos, querendo se mostrar aos patrões. Felizmente, o pessoal que dirige as coisas dos meus patrões é gente de trato. Houve um mordomo, um sujeito polaco, que entrou para a casa de São Clemente e deu para tratar o pessoal da casa e os empregados como se estivesse numa cadeia. Foi um rebuliço do diabo. Uma vez quis até obrigar Antônio a fazer o que ele queria, o que não era da conta dele. Meu marido deu-lhe uns quatro gritos e o bicho acabou saindo, porque o doutor não queria em sua casa gente daquela categoria. O doutor é homem que dá gosto trabalhar com ele. Às vezes dá os seus gritos, mas isto de gritar é de todo patrão. Meu padrinho, que era homem de qualidade, gostava de gritar. É um homem de negócio e o tempo que tem para descansar, passa nas cocheiras, metido com os cavalos de corrida. É de que ele gosta. Às vezes, entra na casa de São Clemente um sujeito qualquer, um pé-rapado. Procura o doutor e fica em conversa. E conversa sobre cavalo. É gente do Jockey Club, que vem mentir; contar lorotas, para dar facada. Dona Luísa diz sempre que para o doutor quem tem valor é gente do Jockey, é gente de cocheira. Pois minha senhora, o doutor já deu duzentos contos por um cavalo. Por aí avalie a paixão que ele tem por isso. Um seu empregado ganha mais de três contos de réis e mora numa casa que é um palácio, na rua Marquês de São Vicente. Os filhos do doutor vivem por aí. Estiveram no estrangeiro. Diz a cozinheira, uma velha da casa, que dona Luísa se queixa muito deles. Não deram para os estudos. Mas para que estudar? Com o dinheiro que têm, estudo é besteira. Basta saber cortar língua com estrangeiro, saber entrar e sair e o mais o dinheiro faz. Dinheiro é que é tudo, dona Noca. As meninas são o que a senhora vê. Pode ficar certa de que não conheço meninas de melhor coração. São duas pérolas. Agora levam a vida que a gente vê. Fazem o que querem. Vão para onde querem. Dona Luísa fala, mas quem pode com elas? O pai lhes faz todas as vontades. Foram criadas assim. Todas as amigas são do mesmo jeito. É gente que não conhece poder de mãe nem de pai. A senhora não vê a dona Martinha? Tem automóvel, tem lancha, tem cavalo e dizem que no estrangeiro tirou até prêmio de corrida no gelo. É uma menina do diabo. Monta a cavalo como homem. Uma vez chegou à casa de São Clemente numa ambulância. Tinha quebrado um braço numa queda de cavalo. A outra, a dona Helena, já deu uma trombada com o automóvel e quase morre. Foi quando voltava de uma festa. Neste dia, disse-me a cozinheira que dona Luísa deu um ataque, quando viu a filha entrando em casa, toda machucada. A mais moça tem aquela doença na perna. Era ainda muito nova quando a moléstia começou. Correram médicos de todas as partes. É uma moça esquisita. Passa o dia lendo, dá para não falar com ninguém, sozinha, num canto da casa. O pai tem adoração por ela. Mas a menina parece que não gosta de pessoa alguma. Não quero dizer nada, mas às vezes fico até pensando que ela não tem bom juízo. Sei lá. Gente assim calada faz medo. Os dois rapazes mais velhos são dois diabos vivos. Só o doutor Paulo é que é mais moderado. Não gosta do que os outros gostam. Não vai onde os outros vão. Deu para os estudos e depois não quis mais. Vive lendo, tem o quarto cheio de livros. Os amigos dele não são os de seus irmãos. É gente diferente. A senhora não reparou? Ele só vem para cá quando não tem ninguém. O pai e a mãe não lhe dão muita atenção. Quando há gente demais em casa, ele não vai para a mesa. E anda daquele jeito, sem o luxo dos irmãos. Os empregados da rua São Clemente gostam mais dos outros. Lourival e Hermes agradam mais. São muito mais dados.

E Noca sabia de tudo o que se passava na Casa Azul. Vinha contar novidades a dona Mocinha, que não queria saber. Uma vez a patroa chegou a lhe dizer:

— Olha, Noca, acaba com essas histórias. Vai cuidar do teu serviço e não conta essas coisas a Lúcia.

Mas era a dona Lúcia quem procurava Noca. Ela não queria contar nada e lá vinha a dona Lúcia perguntando as coisas e querendo saber de tudo. E ficava tonta com as histórias. Queria saber mais, mandava que perguntasse mais coisas, sobre os namoros das moças, quais eram os namorados, se eles vinham à Casa Azul, se os rapazes tinham namoradas. Dona Lúcia procurava saber de tudo. Dona Mocinha não gostava.

— Não pergunte não, menina. Dona Mocinha não quer que eu lhe conte nada.

E contava. Enchia de entusiasmo o coração da menina. Via-a iluminada com as suas histórias e se sentia feliz. Gostava dela, adorava a Lucinha que ela vira nos cueiros, tão diferente de dona Laura, que era metida a velha. Que mal podia haver em lhe contar aquelas histórias? A mulher do jardineiro sabia de tudo.

Água-mãe • 123

4

HAVIA MAIS DE TRÊS anos que a Casa Azul dominava a Araruama. E, aos poucos, vencia os pavores do povo. Tudo não era mais do que medo, mentira e invenção. Para onde tinham ido os fantasmas? Que era feito deles que nunca mais haviam aparecido? Na casa do cabo Candinho a velha Filipa não se deixará vencer. Preferia morrer a ver o seu filho metido por lá. Tudo estava muito bem, tudo podia correr muito bem, mas lá um dia o diabo faria das suas. Lembrava-se do homem que chegara ali e enchera tudo de alegria, de trabalho e acabou do jeito em que acabou. E no entanto a velha Filipa teve que sofrer um grande desgosto. Joca dera para viver por lá. Que menino diferente do pai! Diziam que Joca ia para o Rio de Janeiro. Fora ele quem chegara em casa com a notícia. O doutor Lourival vira o seu jogo e se entusiasmara, tendo até falado em levá-lo para o Rio. Pagavam bem, davam muito dinheiro a jogador de futebol. O cabo não disse uma palavra, mas sinhá Antônia passou o dia chorando. Um dia o cabo falou:

— Para com isso, mulher, se é do gosto deixa ele ir. Precisa quebrar a cabeça para aprender. Eu também não fiz o mesmo? Não me danei de mundo afora? E tinha mulher e filhos. Voltei curado. Deixa Joca. Ele é bem forte, precisa aprender.

Mesmo assim, a dor de sinhá Antônia foi maior do que a que sentira quando o marido a deixou, com filhos novos. De todos, Joca era o de seu coração. Tinha o pressentimento de que o filho iria se perder. A velha Filipa calou-se. Candinho sabia o que dizia. Calou-se, mas no íntimo achava que o neto caminhava para a desgraça. Deixar um emprego como o da estiva, para se meter na vadiação de jogo de bola. Deixar um trabalho de homem, para se soltar com moleques. Não dizia nada, porque quem podia falar naquela casa já tinha falado. Candinho acreditava no filho. Joca tinha esse poder sobre o pai. Este brigava, mas afinal cedia ao filho. Mesmo com ela era assim. Quem podia com aquele menino, que tinha atrações do demônio? Era tão bom, tão agradável com todos de casa, com os irmãos, com as irmãs, com a mãe e com ela. E vinha a gente da Casa Azul puxar Joca para lá. Sim, estava perdido. Sair do Cabo para se entregar a vadiações, se meter em clubes de pagode! Se lhe dissessem: "Joca foi se empregar no comércio", "Joca foi ser embarcadiço", estava certo. Mas aquilo de sair de casa, para ganhar dinheiro com coisas à toa, era demais. A velha cega limpava as redes do cabo Candinho e o seu pensamento ia longe. Ali na porta de casa, sentada no chão com as redes nas mãos duras, o seu pensamento estava no entanto na casa do outro lado. Ouvia bem o rumor da lancha cortando a lagoa. Quando a noite era calma, chegava até ali o som das músicas que tocavam. Vinha de longe aquela música doce, que era mais alguma coisa do que o gemer das casuarinas. Ouvia o barulho dos barcos passando, o leme cortando a água. Lá iam os homens que viviam do seu trabalho, que sabiam o que eram os ventos, as chuvas, as noites frias. No outro lado, roncavam automóveis, lanchas, gente cantava, gente vivia sem trabalho. A menina Mocinha da Maravilha gastara os seus dias ao sol, esperando os ventos, ficara de cabelos brancos para sustentar os filhos. E vinham dizer-lhe que os homens da Casa Azul tinham barcos de pesca, navios para festas, lanchas para passeio. Era uma coisa do diabo. Tinha voltado outra vez, para as bandas da Araruama, o demônio em carne e osso. Candinho que tivesse cuidado. Sabia que os pescadores, que o povo do Cabo, andavam de cama e mesa com os ricos.

O velho Lourenço não queria outra vida. Homem infeliz, aquele Lourenço. Conhecera-o desde menino. Era camarada de Cândido, tinham crescido juntos e afinal não dera para nada. Cândido gostava dele. A família de Lourenço não se dava a respeito. Dizia todos os dias em casa, bem alto para que Candinho ouvisse: "Lourenço não merece consideração". E ficou triste quando Cândido foi batizar um filho do amigo. Mas ele não podia recusar. Agora lhe tinham vindo dizer que Lourenço não saía da Casa Azul e que só vivia do trabalho para aquela gente. As filhas já tinham dado para o que deram. Também com um pai daqueles, que levava o tempo nas bodegas bebendo cachaça, que podiam fazer as pobrezinhas? Não admirava que Lourenço vivesse metido com o povo da Casa Azul. Tinha ficado espantada quando lhe vieram dizer que o velho Matias, um pescador de respeito, homem sério, que conhecera pescando ainda com seu marido, hoje só pescava para a gente da casa-grande. Era o dinheiro, a riqueza. Aquela gente não se lembrava da história do navio de ouro. De que servia todo o ouro do mundo, se Deus não abençoava este ouro? O que poderia acontecer ao seu Joca? As filhas de Cândido esperavam casamento, os outros meninos cresceram no trabalho da pesca e davam para a coisa. Tinham puxado ao pai. E vinha agora Joca lhes dar aquele desgosto. Sabia que o neto gostava de carraspanas, era namorador, cheio de prosa. Isso não faria mal. Ele não tinha obrigação alguma, família para sustentar, mulher para respeitar. Que diabo tivera o seu neto? Joca se danaria por este mundo afora. Ele não teria o calibre do pai, para aguentar até os riscos de uma guerra, aquela paciência de Cândido, de ficar quieto horas e horas, nas noites frias esperando o momento de levantar a rede e de voltar para casa, com a mesma cara, nas noites em que nada trazia. Joca não aguentaria o repuxo. A negra Noca da Maravilha lhe dissera que dona Mocinha também tinha medo da gente rica. E quem não teria medo de um povo daqueles? Deviam fazer muito medo. A senhora da Maravilha tinha suas filhas donzelas, um filho se fazendo homem, e aquela vida pertinho de sua casa não era para servir de exemplo. Noca lhe contara coisas de lá. Um homem dera duzentos contos por um cavalo. Um fim de mundo. Uma filha saía sem a mãe para as festas e voltava de madrugada com rapazes estranhos. Vinham rapazes e moças fazer danças em casa, sem que os pais soubessem de coisa alguma. Um marido vivendo longe da mulher, dias, meses, e tudo como se fosse a coisa mais natural deste mundo. Dona Mocinha tinha razão. Agora Joca se fora entregar. Estava perdido. Cândido dizia que não e falava na volta do filho. Qual nada! Os poderes da Casa Azul eram grandes.

Passava o canoeiro Laurindo e gritava para a velha:

— Bênção! Mãe Filipa.

— Deus te abençoe, meu filho.

Lá ia voltando ele para a mulher que vivia entrevada em cima da cama desde aquele dia de um parto infeliz. Quebrara o resguardo, não respeitara as leis da natureza. Era ele mais feliz agora, do que o seu filho Cândido. Não tinha filho perdido, filho entregue aos inimigos de Deus. Tão feliz que era antigamente seu filho! Tão cheio da santa proteção do Altíssimo, e vinha Joca e se chegava para lá: o seu Joca se botava direitinho para a boca do demônio.

Uma dor furava o seu coração de velha.

E Joca estava mesmo de viagem marcada. A coisa começou num domingo. Os Tamoios jogaram com um time de

Maricá. Fizera naquela tarde o seu jogo preferido, o de passes para as extremas. Comera com vontade toda a defesa, fizera um gol de mestre. Vinha correndo da direita para a esquerda, passara por toda a defesa e brincando, devagar, colocara a bola num canto, como se estivesse numa *snooker*. Gostara da partida. Depois foi chamado pelo doutor Lourival, que estava assistindo ao jogo:

— Você quer ir para o Rio?
— Se quero? É só o senhor mandar.

E a combinação foi feita. O doutor Lourival pediu para ele aparecer na Casa Azul.

No outro dia esteve lá. Ficou esperando embaixo da figueira pelo homem e ele apareceu como se não o conhecesse.

— Ah! é você! O centroavante de ontem! Pode ir amanhã para o Rio. – E deu-lhe quinhentos mil-réis. — Me espera lá. Apresente-se no Fluminense em meu nome.

E saiu. Joca ficou perturbado. No domingo foram aquelas palavras de elogio, todo aquele entusiasmo. E agora um encontro frio, duas palavras secas. Teve vontade de devolver o dinheiro e voltar para a sua estiva. Para que sair de sua terra, abandonar os pais, fugir do seu povo? Era todo o orgulho dos Tamoios, a esperança, a força da linha que comandava. Sem ele, o clube dos Tamoios não teria quem o conduzisse à vitória. Veio andando de lagoa abaixo. Era de manhã e o sol caía a prumo na lagoa. Era aquela a sua terra, criara-se ali, fora menino, fora dono daquela lagoa. Nas noites de frio estivera com seu pai nas pescarias de camarão. Podia ser triste, podia ser pobre, mas era a sua terra e estava agora com pena de verdade de deixá-la. Vinha aquele rapaz rico e falava em levá-lo para o Rio. Ia ser um craque, ser o melhor centroavante do Brasil. Via aqueles negros com retratos enormes nos jornais. Ganhavam fortunas. Sabia que era capaz de fazer mais do que muitos. Uma vez viera ao Cabo Frio um time do Flamengo e ele fora assistir ao jogo. Teve até vontade de meter a camisa e mostrar àqueles bestas o que era jogar futebol. No Rio mostraria o seu valor. O doutor Lourival queria que ele fosse, fizera toda aquela festa e agora nem parecia. Já estava com os quinhentos no bolso. Em casa, haveria berreiro, quando ele desse a notícia. A mãe choraria também. Tinha os irmãos, Julinho e André, e as irmãs menores. Ele é que não podia enjeitar a oportunidade. Tinha certeza de que assombraria. Sabia que era capaz de fazer figura. O pai poderia dar o contra. Nunca o velho, desde que ele deixara a casa, pela estiva, se metera na sua vida. Agora via pertinho a Maravilha. Os cata-ventos faiscavam ao sol. Boa gente. Dona Mocinha não gostava de que Luís andasse com ele. Uma vez fora obrigado a dizer:

— Luís, sua mãe não gosta de ver você comigo.

Mas o menino era tão bom, tão camarada que não se importou. Que mal poderia fazer a Luís? Iria mostrar ao povo do Cabo que seria alguma coisa mais do que estivador. Lembrava-se de Fausto, viajando em navio grande, assombrando na Europa, tratado como rico. Um preto mais conhecido do que muito branco, do que muito doutor de verdade. O povo de sua casa compreenderia isso. Sua mãe pensaria que ele ia se perder, se acabar. Para ela futebol era somente vadiação, coisa de moleque. Não podia ver a mãe chorar. Sentia uma coisa por dentro, um alvoroço. Desde pequeno que era assim. Ela era tão boa, tão dedicada, tão carinhosa! Por isso, devia era sair do Cabo sem falar com ninguém. Fugir, não ir em casa, não falar com pessoa alguma. Quando soubessem, estaria no Rio e aí não havia mais jeito.

Sucedera tudo como ele imaginou. Em casa viu a mãe em pranto, a velha Filipa contrariada, chorando também. Fez o que era possível para não afrouxar. Não pôde. Uma coisa se enterrava no seu coração. Chorou com a mãe. Não ia morrer. Ia procurar a vida. Ia melhorar de situação, ganhar o bastante para tirar todos os seus da miséria.

— Menino – lhe disse a avó. — Toma cuidado. Tu te meteste com gente ruim.

O pai não lhe disse nada. O velho era assim. Era como se estivesse na pescaria, esperando a noite inteira, sem reclamar, firme, sabendo que tudo acabaria dando certo. Só conservara mesmo na mente as palavras da velha Filipa. Por que era ruim, aquela gente da Casa Azul? Era a história antiga, era o medo que os velhos tinham da casa mal-assombrada. Não se queriam acostumar com as coisas modernas. Tudo não passava de mentira, de invenção de barqueiros assombrados. Que homem de preto, que moça de branco, que coisa nenhuma! Em pequeno, lhe tinham enchido a cabeça de tolices: "Menino, não vai pegar passarinho na Casa Azul. Menino, não vai tirar cajus!"

Havia cobras, fantasmas, e tudo o que era ruim, por lá. Não havia nada. Viera aquela gente do Rio e tudo virava um brinco, uma casa de praça, bonita, limpa, cheia de vida. A mãe Filipa era cega. Não via as coisas. Medo da Casa Azul, só mesmo em gente caduca! Lembrou-se de que o pai também acreditava naquilo. Nas pescarias fugia das bandas da casa velha. Podia se dar um lance por lá, e o velho dizendo sempre:

— Para aqueles lados não.

E a mãe Filipa ficava com aquela história de gente ruim. Qual nada! Agora todos iam ver que ele, Joca, poderia fazer muito pelos seus. Compraria presentes para a mãe, para a avó e para as irmãs. Os dois irmãos ficaram satisfeitos com a sua viagem. Sabiam que ele poderia fazer muita coisa nos gramados do Rio. Por mais de uma vez Julinho lhe dissera:

— Joca, eu só queria ver o teu nome no time do Flamengo.

Queria encher de alegria os dois irmãos, coitadinhos, que quase nem viviam, ali naquele buraco, curtindo horrores, para só ter mesmo o que comer. Queria ver as irmãs casadas com bons rapazes, gente de trabalho. Tinha sabido que o Sotero da estiva gostava de uma delas. Daria bom marido. Quando estivesse no Rio mandaria peças para o enxoval de Maria de Lourdes. Teria gosto em ver a irmã querida, bem-vestida, casando-se com gente boa de verdade. Teria alegria de mandar para ela tudo o que fosse necessário. Precisava ir para o Rio de Janeiro. Não podia esperar mais.

No outro dia de manhã, num trem de Maricá, saiu Joca para o Rio. Não quis nem olhar para sua casa, na passagem do trem. Pôs a cabeça para fora do vagão e ainda viu na curva a casa de sua mãe. Seus olhos se encheram de lágrimas e ele ficou assim, com a cabeça para fora do carro, para que os passageiros não vissem que Joca, o grande centroavante, chorava. Em Bacaxá, entrou gente conhecida. Conversou e foi aos poucos cortando a saudade. Um conhecido lhe falou:

— Já leste o jornal? Tem o teu nome.

Na parte esportiva aparecia de fato o seu nome. "Uma descoberta sensacional do Fluminense. Um diretor do aristocrático clube das Laranjeiras descobriu no Cabo Frio uma novidade. Um grande centroavante. Dizem que a direção técnica espera treiná-lo para o próximo Fla-Flu." E vieram elogios, mais palavras. Joca ouviu emocionado a leitura da notícia. Ia caminhando para o sucesso.

5

QUANDO PAULO CHEGAVA à Casa Azul, Luís passava quase todos os dias com ele. A amizade fora crescendo, embora as restrições da mãe. Não havia motivo para aquela atitude. Não era por nada, mas dona Mocinha sentia que aquela gente não era para amizade. Em todo o caso, ele era um homem e sabia o que fazia. E sabia mesmo. Achava que Paulo merecia a sua amizade. Se por acaso ele andasse com Lourival, sua mãe poderia falar, mas com Paulo não, que não vivia metido em farras, que era quieto, fora de todas as malandragens. Rapaz sossegado, até despreocupado demais, vivendo como se fosse pobre, sem os exageros das exibições dos irmãos. Lembrava-se de que quando lhe dera a notícia da saída de Joca, Paulo lhe falara mal da atuação de Lourival. Lourival não devia ter feito aquilo, não devia ter promovido a ida de Joca, separando-o de sua família e de sua gente. Eles não tinham vindo para ali para agir assim.

Em casa, Paulo pouco se metia nas conversas dos irmãos ou nas brincadeiras das irmãs. Chamavam-no de urso: "O urso não vai, o urso não topa, o urso é contra, o urso repara!" Fora assim desde menino. Criara-se em colégios e tinha mais amizades com os colegas, filhos de gente bem diferente daquela que vivia em sua casa. Os filhos dos amigos de seu pai quase que não lhe interessavam. A mãe achava aquilo uma esquisitice sem medida. Paulo era caviloso demais. Fugia das visitas, gostava de estar sempre onde os irmãos não estavam. A princípio sofreu muito, porque a mãe, as governantes, o próprio pai, reagiam contra ele. Tinha que fazer o que os irmãos faziam. Os seus amigos deviam ser os amigos de seus irmãos, gente de sua roda. Resistiu sempre. Lembrava-se de certas companhias que o obrigavam a manter, como de verdadeiros castigos corporais. Queria era sair, encontrar-se com os meninos da rua Voluntários, com os filhos do dono de um armazém, seus colegas de classe, dois gêmeos, Walter e Wilson. Proibiam-no, cercavam-no de cuidados. As suas amizades tinham de ser as de seus irmãos, de suas irmãs. Fugia, inventava doença, fazia mesmo grosserias com os meninos. Até que sua mãe foi cedendo. Os mestres gabavam o seu comportamento, a sua aplicação. Por fim foram deixando de mão e ele pôde ter os amigos que quis. Lembrava-se de um, que fora dos mais chegados. Era o Alonso, filho de um tratador de cavalos de seu pai. Este era de fato um grande. Sabia de tantas coisas, era tão vivo, tão hábil, tão capaz de tudo! E no entanto, morrera na epidemia da gripe. Quando seu pai chegou em casa com a notícia chorou como um desenganado. Foi a primeira grande dor da sua vida. Ficou a noite inteira com Alonso na cabeça, sem poder dormir. Passou o dia triste, tão triste que quiseram até chamar médico. Por muito tempo sonhou com ele, não lhe saía da cabeça o amigo morto. E foi crescendo assim, quase separado dos seus. Sua mãe o compreendia bem. Por mais que ela dissesse que não compreendia aquele gênio de Paulinho, compreendia-o, na verdade. Estivera na Escola de Medicina, até o terceiro ano. Entediara-se mais dos colegas do que dos cursos. Se tivesse encontrado uma amizade forte teria ido até o fim. Mas tudo por lá lhe era tão sem interesse que ele perdeu o entusiasmo e não havia quem o fizesse permanecer num lugar somente por obrigação. Podia ser um grave defeito de caráter, mas confessava-o. Estava muito acima de suas forças suportar imposições. Talvez que a facilidade de vida contribuísse para que ele fosse assim. Nunca precisara de trabalhar, de suportar o trabalho. Disso se envergonhava, às vezes, mas se acostumara com a vida. Os pais tinham demais. Via os irmãos gastando como príncipes nos alfaiates, com as mulheres, com automóveis e nos cassinos e não crescia os olhos para aquilo. Tinha a sua vida e não mudava o seu rumo. O seu caso era motivo de conversas; todos o achavam esquisito, diferente dos irmãos. As moças das relações da família quase não o conheciam. Viam o irmão de Lourival, o irmão de Hermes, como se fosse um doente, um maluco. E o deixavam em paz. As irmãs não contavam com ele para coisa alguma. Com a mais moça, Luisinha, ele se dava muito. Esta sempre lhe mereceu um cuidado especial. Lembrava-se da sua doença como de uma calamidade que tivesse caído sobre a família. No dia em que se constatou a paralisia, viu seu pai chorando, sua mãe como uma desgraçada. Só Luisinha não se preocupara, na cama, com o seu sorriso cândido e a serenidade nos olhos, serenidade que nunca perdera e que tanto o perturbava, às vezes. Ficara sendo o alfenim da casa. Luisinha tinha todos os direitos e por isso foi ficando tão voluntariosa! Quem a visse assim, com aquela ternura, não imaginava que força de vontade, que energia possuía. Todos em casa conheciam o peso das suas decisões. Pendendo para um lado, resolvendo uma coisa, estava tudo resolvido. No entanto, vivia bem com todos. Somente a velha Francine se chocava com ela de vez em quando. Mas era mais impertinência de velha. O pai vivia adivinhando os desejos da filha, e a mãe ficava sempre de seu lado, nos choques com as irmãs. Luisinha às vezes implicava com as irmãs mais velhas. Recolhia-se então ao seu quarto e chorava. E quando a mãe descobria que Luisinha estava chorando, a casa inteira vinha abaixo: era aquilo um absurdo. Era uma crueldade fazer Luisinha chorar.

E ainda agora, Luisinha era como se fosse a mesma menina. Hoje era mais dos livros, dos seus cadernos, de suas músicas do que da sociedade de sua gente.

— Luisinha é a única irmã que Paulo tem nesta casa – dizia sempre dona Luísa —; nunca vi se parecer tanto no gênio. E de fato se davam muito. Paulo conversava muito com ela. Liam quase os mesmos livros e quase sempre as opiniões de ambos coincidiam. Somente Luisinha gostava mais de música do que o irmão. E sofria, porque não tinha com quem ir a concertos. Fora uma salvação, para ela, a chegada de dona Adelaide, que gostava tanto de música. Era verdade que Luisinha sofria demasiadamente, no contato com todo e qualquer público. Era um olhar que a feria, o olhar de um estranho sobre ela. Era como se toda a humanidade estivesse olhando para o seu defeito, para o seu aleijão. Por isso costumava chegar aos concertos muito antes de começar, e era a última pessoa a retirar-se, esperando que a sala se esvaziasse. Sentia-se ridícula, motivo de troça e de pena. Quantas vezes ouvira palavras de comiseração: "Tão bonita e aleijada".

Quando era menina, falavam alto. Não tinham cerimônia de dizer essas coisas. Agora olhavam, e aqueles olhares de compaixão lhe doíam atrozmente. Ficava em casa, encerrada no quarto, com seus livros, a sua vitrola elétrica, os seus concertos de Bach, Beethoven, Chopin e Schumann. E nesses momentos se consolava um bocado da sua desgraça. Gostava de Paulo. Era ele o único irmão que não lhe chegava com uma afronta, um desafio à sua desgraça. As irmãs eram boas. Não podia falar delas, e no entanto lhe davam um certo mal-estar, a certeza de que ela não valia nada, de que todas as delícias da vida eram somente para elas. Era uma fraqueza de sua parte sentir as coisas assim. Sentia tudo isso e sofria, por saber que era mesquinharia. Lia, lia os grandes livros, os grandes autores, almas que como ela tinham também a sua ferida descoberta, a sua dor roendo-lhes as entranhas. E alguns livros lhe davam uma espécie de consolo. Identificava-se com uma humanidade, que era maior na dor, mais roubada do que ela. Não era somente a beleza que ela procurava nos seus livros. Era também o contato de gente que estivesse nas suas condições. Aleijões que lhe oferecessem um certo consolo. Mergulhava nos romances, procurando descobrir um mundo onde pudesse passear tranquila, sem ser alvo da piedade dos outros. Paulo lhe trazia sempre coisas boas, romances que eram um brado de revolta, pedaços de desditas e amarguras. Muitas vezes se lembrava de Deus, e o identificava com os devotos. Não se encontrava na obra de Deus. Era uma marcada, uma ferida pelo destino. Somente os livros dos amargurados, dos truncados, daqueles que viviam em conflito com o destino seriam para ela companhia. Fugia dos parentes, dos irmãos. Fugia das amigas de sua mãe, dos convites, das reuniões, dos jantares de cerimônia. O pai corria às vezes ao seu quarto, pensando que ela estivesse doente. Ficava com ela horas inteiras, esquecendo os seus compromissos. Queria agradá-la, mas tudo que ela imaginasse que fosse dedicação, pena porque era uma aleijada, irritava-a, lhe fazia mal. Pobre pai, que tinha uma filha de perna murcha. Desejara sem dúvida que ela fosse como as outras duas, bela, montando a cavalo, enchendo a casa de alegria, de saúde, de beleza. Não era assim, e por isso, lá vinha ele para o seu quarto, conversar, querer saber de suas tristuras, oferecer-lhe tudo. Lembrava-se de suas viagens à Europa, dos sacrifícios, arrastando-se com aqueles aparelhos de ferro, sempre olhada, examinada, sempre a merecer palavras de piedade. Enquanto foi menina, mocinha, não pudera evitar tudo aquilo. Depois foi reagindo. Na última viagem da família à América, recusara definitivamente acompanhar os seus. Não suportaria mais. Tivessem consciência. Tudo aquilo não faria mais do que magoá-la. O pai ficou triste com a sua recusa, querendo saber a razão, fazendo o possível para que ela confessasse. Inventou uma história de curso que fazia com um professor francês, inventou o que lhe foi possível inventar e não seguiu com a família. A sua grande amiga continuava a ser a velha Bá, mulata que fora criada de sua mãe. Nunca se entendera bem com as estrangeiras que lhe arranjavam. Lembrava-se de uma alemã muito boa, mas cheia de tantos cuidados que a deixava constrangida. Preferia sempre a velha Júlia que era como se fosse de sua gente. Era também a pessoa mais próxima, mais ligada consigo. Com nenhum dos seus, nem mesmo com sua mãe, mantinha ligação tão estreita como com a velha Júlia. Quando iam ao estrangeiro não a levavam. Não ficava bem, dizia-lhe o pai. A velha não se acostumaria com o clima, e quando partiam deixavam-na aos soluços, de tão agarrada que era com ela. Pobre velha. Era sua, só sua. Dentro de casa, era respeitada pela criadagem. Tinha seu quarto próprio, regalias onde quer que estivesse. Só não se sentava à mesa com os brancos, mas a velha Júlia só queria era servir à sua Luisinha. O mais não tinha interesse para ela. Nem mesmo dona Luísa, a quem também vira menina. A sua paixão, o seu orgulho, a sua vida estavam com a aleijadinha, "a sua santinha", como ela a chamava. Viera para a Casa Azul, mas não gostava de ficar ali. Gostava era da casa de São Clemente, cercada de árvores, sossegada, longe de barulho, escutando a cantoria dos pássaros, como se estivesse numa fazenda. Mas Luisinha gostava daquelas bandas e estaria com a menina, onde ela bem quisesse. Não tinha nada no mundo. Todo o seu mundo era ela. Sem que ninguém soubesse, vinha botando todos os seus ordenados na Caixa Econômica, para ela. Sabia que Luisinha não precisava daquilo, que era muito rica, mas ninguém podia saber do dia de amanhã. Deus a livrasse de descobrirem que fazia aquilo. Ficaria na mangação dos outros. Então, de que valeria o dinheiro de uma mulata velha para uma moça que era das mais ricas do Rio? E todos os meses ia deixando em nome de Luisinha o dinheiro de quase todo o seu ordenado. Tinha gosto em fazer isso. Vinha fazendo havia tanto tempo, desde que começara a tomar conta dela, ainda bem menina. Fazia aquilo todos os meses com a maior alegria. Quando entregava ao homem da Caixa os duzentos mil-réis e ele lhe devolvia a caderneta, voltava para casa cheia de vida. Às vezes vinha-lhe à cabeça uma dúvida. Podia estar protegendo uma pobre. Mas que pobre seria esta? Todo o seu amor estava com Luisinha, era para ela que vivia. Nos aniversários da menina aparecia sempre com presentes caros. Todos de casa falavam. Dona Luísa lhe dizia sempre:

— Júlia, acabe com isso. Luisinha não precisa. Guarde o seu dinheiro.

Também o que Luisinha lhe dava, os presentes que lhe trazia da Europa, de volta de suas viagens? Tinha tudo guardado na sua mala, tudo novo em folha, como ela lhe dera. Às vezes Luisinha falava:

— Bá Júlia, por que não manda fazer aquele vestido de seda que lhe dei?

Mandava fazer, mas por seu gosto, a seda ficaria no fundo da mala. Tudo o que lhe vinha da menina era sagrado, era como se fosse as mãos de um anjo. Também Luisinha podia ser arisca com todo o mundo. Menos com ela. Nunca que lhe falasse em tom de zanga. Tinha sempre para a negra uma palavra branda, era sempre paciente com ela. Dona Luísa, quando queria conseguir qualquer coisa da filha, chamava-a e pedia para que lhe falasse. Era o cúmulo! As irmãs de Luisinha reclamavam:

— Então mamãe não tem força para dizer as coisas a Luisinha? Só mesmo nesta casa se vê uma coisa dessas.

Dona Luísa mandava que se calassem.

A menina gostava daquele lugar e daquela casa esquisita. Era triste, só se via água, não havia cinema onde ir e a igreja ficava longe. Ela gostava e era tudo. O doutor Paulo era o único da família que se ligava bem com Luisinha. Era uma menina difícil, tinha os seus gostos e os seus rompantes. O irmão querido tinha porém força sobre ela. Com ele ficava Luisinha conversando por muito tempo. E no entanto não abria a boca, quando aparecia uma das irmãs para trocar ideias:

— Ninguém pode falar com Luisinha, mamãe. É uma coisa horrível! Pensa que só ela é quem sabe as coisas.

E assim fora sempre fugindo de todos. Paulo, porém, se fazia respeitar. Discutiam, discordavam várias vezes. Luisinha não ia muito com as soluções que o irmão encontrava para certos problemas. Havia sempre nele uma intolerância acirrada para o que não fosse conforme aos seus pensamentos. Era um terrível inimigo da vida moderna, do mundo moderno. Para ele, o mundo precisava mergulhar na escuridão para nascer outra vez. Era um mundo podre. Deus teria de começar de novo a sua obra. O barro de que se servira não pudera resistir, estava se desmanchando, de tão ruim. Queria uma autoridade implacável, queria um dedo tirânico, instrumentos de tortura, para submeter os instintos vitais e reduzir liberdades, que eram mais libertinagens. Autoridade. Autoridade para o corpo e para a alma. Paulo falava em reformas. O Brasil era um país onde se aninhavam todas as fraquezas do homem e que precisava ser salvo pela autoridade, por uma autoridade mais profunda, que fosse mesmo uma autoridade tirânica. Falava assim horas seguidas com a irmã, como se ela fosse um auditório, uma multidão. E mal ela esboçava uma restrição, ele retorquia com violência. Autoridade. Não acreditava em Deus. Era um ateu, e no entanto, queria se servir de Deus para os seus planos. Deus entrava nos seus métodos, como um quarto escuro, um instrumento de tortura. Escrevia. Tinha escrito muitos livros, ensaios, romances, tudo esboçado, em planos. Queria influir no seu país, nos homens, e, apenas saía do quarto da irmã, tudo se fechava para ele, voltava-lhe a timidez, sentia-se incapaz de articular uma palavra. Junto aos convivas de sua família, encolhia-se como um caramujo. Todos acreditavam que fosse um doente, um pobre subnormal. Não encontrara ainda o seu campo de ação. Pelo mundo afora, a autoridade vinha se impondo a ferro e a fogo. Irritava-se com os que traziam pedaços de autoridade, como tábuas de salvação. Não era esta a autoridade que ele imaginava para dominar o mundo. Sonhava com outra coisa. Era o homem subjugado, torturado mesmo, para que de todo esse massacre de uma cultura brotasse uma nova ordem. Mas ordem que fosse uma só, corpo e alma agindo numa infinidade absoluta. O que matava o Estado moderno era essa separação do corpo e da alma. Só a mocidade, só os simples poderiam perceber essa revolução. Por isso tanto se ligara com o Luís. Até ali só encontrara companhias sem interesse. Só sua irmã aleijada, só ela estaria preparada para receber o alimento que ele sabia ser o único saudável no mundo. Andava só, procurava descobrir amigos fora do seu ambiente, de sua classe. Fracassara nesse intento. Chegara a frequentar lugares perigosos, salões de bilhar, verdadeiros antros, para ver se descobria o amigo que lhe faltava na vida. Tinha camaradas, muitos lhe pareceram dignos de sua amizade. Aos poucos, porém, verificava que não o compreendiam. Todos eles eram de um mundo que se perdera. Luisinha, com aquele seu ar de anjo, correspondera sempre aos seus intentos, sempre estivera pronta para a sua obra. Agora lhe aparecera aquele rapaz. A princípio não quisera se meter na vida daquela gente humilde. Gostava mais de passar de longe e sentir a grandeza daquela simplicidade. Gente integrada na vida, sem consciência alguma de pecado, gente capaz de sobreviver apesar de toda aquela aparência de morte que exibiam na sua miséria. Apenas gente daquele jeito poderia servir de material para a sua obra de salvação. A inteligência dera ao homem o germe da sua destruição, separando o corpo da alma. Ficava de longe, olhando aquela gente no trabalho, na paz do trabalho, donos de si mesmos, mais íntegros e mais fortes do que os que se sentiam iluminados por meia dúzia de conhecimentos. Passara assim dois anos, voltando sempre para aquela Araruama, mas para se sentir em contato com a vida, com a verdadeira vida. Depois conhecera Luís. Havia nele toda a virgindade daquele povo. Era simples, forte, capaz de ser o amigo que procurava por toda parte. Um homem assim podia ser o seu modelo, o homem perfeito da sua concepção.

E Luís gostava imensamente do amigo. Até então não tivera ainda um grande amigo. Recordava-se de Joca como do seu maior entusiasmo de menino. Joca admirável. Joca dominando tudo com as suas habilidades. Vieram os dias de colégio interno, nenhum amigo, nenhuma amizade firme. Parecia-lhe até que não merecia a confiança dos outros. Deixara os estudos para servir à mãe, que envelhecera no trabalho. E vinha dando conta de suas obrigações. E agora aparecera aquele rapaz da cidade, muito rico e muito simples e com ele lhe chegara um interesse diferente pelas coisas. Sua mãe não gostava da amizade. Sofreu com aquilo, pois até ali nunca fizera coisa alguma contra a sua vontade. Tudo aquilo da velha era medo da Casa Azul. Provinha mais do medo dos antigos. Com pouco mais ela veria que seu amigo Paulo era diferente de todos os outros, e valia mais do que a família inteira.

6

NA CASA DO CABO CANDINHO, as notícias de Joca chegavam sempre pelos outros. A família tomava conhecimento das notícias de Joca através dos conhecidos do Cabo. Sinhá Antônia não se cansava de falar da ingratidão do filho. Fazia dó uma coisa assim. Criava-se um menino daqueles e o pago que ele dava era o esquecimento, a ingratidão. Mãe Filipa consolava-a. Era assim mesmo. Candinho era uma coisa rara no mundo, um filho como aquele seu, só por obra e graça de Nosso Senhor.

E Joca fora de fato o sucesso que se esperava. Os jornais gabavam a sua estreia. Aparecera retrato seu a cores, numa revista que Julinho trouxera para casa. Toda a capa da revista com a figura de Joca, em corpo inteiro. A mãe ficou um tempão olhando. Ficou parada, fitando o rosto do filho:

— Está a cara do pai.

E chamou as filhas para mostrar:

— Joca aqui parece mais gordo.

E pregaram o retrato dele na parede. E naquele dia sinhá Antônia chorou muito.

— Para que esse choro, mulher? – perguntou-lhe o marido. — Deixa o menino por lá. Garanto que ele vai subir muito.

— É mesmo, minha filha – lhe disse a sogra —, Candinho sabe o que diz. Deixa o menino.

Mas as lágrimas da mãe correram:

— Ele bem que podia escrever. Os outros estavam cheios com a glória do irmão. E o ingrato sem mandar uma linha para os seus.

Joca fora de fato uma revelação. No grande jogo fora a sensação dos cronistas. Nunca eles tinham verificado semelhante estreia. Um rapaz de clube de interior, apresentar-se assim, com aquela desenvoltura de craque autêntico. Fizera um gol de mestre. Joca bem se lembrava da jogada. A sua força estava na segurança com que agia, na serenidade com que se mantinha no mais arriscado da luta. Tinha cabeça, nervos ágeis e sãos.

Entrou em campo e quando viu aquela multidão enfurecida, gritando, milhares de cabeças, milhares de braços, gritos, palmas, sentiu um frio pelo corpo. No entanto, a primeira bola que pegou, dominou-a num lance, num daqueles seus lances rápidos de servir a esquerda com precisão absoluta. Encontrou admiração pelo feito. E sentiu-se de repente dono do campo. Viu o argentino, o grande centroavante, tentando-o com as suas manobras. Arrastou a linha; e fez o primeiro gol de maneira imprevista. Todos já tinham a bola como perdida e ele caído, deitado, atirou-a no canto esquerdo. A gritaria saudando o feito foi de ensurdecer. Os companheiros abraçaram-no. Correu para o centro e ouvia das arquibancadas o seu nome, nos gritos do povo. Tivera o retrato em todos os jornais. No outro dia, foi chamado pelo diretor do clube. Tinha contrato garantido, mas ali, jogador era jogador, com obrigações, seria um empregado como qualquer outro. E o Joca dos Tamoios viu-se cercado de uma hora para outra de um mundo desconhecido. Nos cafés onde se sentasse encontrava admiradores e começou a ser apontado na rua. A princípio ficava com vergonha. Os meninos queriam conversar com ele. Era um craque. Os companheiros de clube levavam-no para as festas. Teve de entrar no regime duro dos treinos, nos horários do clube e aos poucos foi crescendo para si mesmo. Já não se espantava do entusiasmo dos fãs que o cercavam. Nos outros jogos continuou a subir. Falava-se nele para os escretes da cidade. Não teve saudades de seu povo. Era como se estivesse distante, como se tivesse atravessado o mar num cargueiro e estivesse perdido. Via-se longe, muito longe do Cabo. Mesmo, não tinha tempo de pensar, de voltar atrás. O pessoal do clube era camarada. O técnico dava-lhe conselho, procurando corrigir os seus defeitos. Eram tão poucos os seus defeitos! Isso era mais do que certo. Na sua posição, não respeitava ninguém.

— Você precisa se poupar mais – dizia-lhe o homem.
— Em futebol a resistência física é muito importante. Você se arroja demais e às vezes sem precisão.

Jogava com toda a alma, não podia compreender como um jogador se encostava, não se entusiasmava com a bola nos pés. Atirava-se, não temia a violência e com a sua agilidade espantosa, fugia das entradas, dos pontapés. Quando aquele beque, num jogo de subúrbio, atirou-se contra ele, recuou para derrubá-lo, e com tamanha sorte que o bruto se estendeu no chão, como um fardo. E foi assim crescendo a sua fama. Aos poucos se foi adaptando ao novo Joca que se formara nos campos do Rio. Dormia no clube, mas a sua vida era cada vez mais agitada. Onde quer que estivesse, era reconhecido e aplaudido. Os garçons não queriam cobrar as despesas que ele fazia e até mesmo nos ônibus, quando ia descer, o motorista lhe dizia sempre:

— Joca, você aqui não paga.

Quando entrava no cinema era reconhecido. Vinham logo meninos para perto dele. Sabia que agradava muito. No clube tinha amigos. Havia porém o antigo centroavante que se sentiu roubado com a sua chegada. Não tinha razão. Ele fora chamado. Não se oferecera. E o homem se enfureceu com Joca. Era um jogador de fama, que fora grande nos campos da Europa e por isso pouco ligava aos que não tinham o seu cartaz. A entrada de Joca, o sucesso rápido, a maravilha de agilidade e de oportunismo, que caracterizava o jogo do novato, irritava-o até ao ódio. No dia em que tivera que ceder a posição, a um menino do Cabo Frio, fora para ele como se tivesse perdido as duas pernas. Viram-no chorando, e por isso concentrou em Joca toda a sua raiva. No entanto, Joca sempre o procurava. Tinha sido a sua admiração, o seu herói. Em casa, no Cabo, conservava o retrato do grande Zezé e nunca pudera imaginar que um dia havia de chegar a tomar o lugar do maior centroavante do Brasil. No clube, todos diziam que o seu caso era único no futebol brasileiro. Em duas semanas, chegara a ser craque. Não havia caso igual. Uma revista escreveu a história de sua vida. Falava de seu pai, herói do Contestado, de sua família de pescadores. Publicaram fotografias suas, de todos os jeitos, dormindo, fazendo a barba, tomando banho, comendo, jogando. Leu muitas vezes a notícia. Então se lembrou de seu povo. Tinha sido o maior dos ingratos. O pai fizera o mesmo quando saíra para soldado. Mas não era direito. Havia sua avó, a velha que sabia de tudo, havia sua mãe, havia seu pai, as irmãs. Teve medo de castigo. Tinha sido um monstro. Pegou na pena e escreveu a primeira carta à sua gente:

Mãe, estou passando bem de saúde e desejo que todos daí estejam gozando perfeita saúde. Mãe, tenho tido saudades da senhora e de todos. Só não escrevi porque mãe sabe que eu não gosto de pegar na pena. Mãe, estou bem-empregado. Estou juntando uma coisinha para mandar ao pessoal daí. Para o ano, vão me aumentar o ordenado. E assim, eu vou mandar ajuda para a senhora e as meninas. Aqui todo o mundo gosta de mim. Diga a Julinho para ler as notícias do Jornal dos Sports, *que tem uma história com toda a gente de casa. Mãe, mande a sua bênção. Do seu filho, JOCA.*

A carta deu em choro, em casa do cabo Candinho. Sinhá Antônia chorou, pediu à filha que lesse muitas vezes o recado do filho. A velha Filipa a consolou a seu jeito:

— Eu não te dizia que Joca acabava escrevendo? Candinho tinha razão.

As irmãs se encheram de alegria e os irmãos falaram da carta ao povo do Cabo. Joca queria que eles fossem para o Rio. Já tinha emprego para os dois. André censurou Julinho pela mentira:

— Julinho, Joca não mandou dizer isso.

— Cala a boca, a gente precisa dizer essas coisas. Senão os cabras ficam pensando que ele não liga à gente. Mas Joca manda buscar.

André não dizia nada. No íntimo perdera um pedaço do seu entusiasmo pelo irmão ausente. Não era como Julinho, de cabeça virada pelo outro. Julinho adorava o irmão mais velho. Nos dias de jogo, ficava perto do rádio e parecia que era ele o autor das proezas de Joca. Identificava-se de tal maneira com a glória do irmão, que, andando pelas ruas do Cabo, era como se fosse o próprio Joca, que por ali passeasse. Todos tinham de reconhecer que Joca era o maior do Brasil. Nas rodas de amigos, criara fama de besta. Diziam mesmo:

— Joca faz os gols e Julinho é quem fica importante.

André reconhecia o erro do irmão. Julinho não ligava. Tudo era inveja daqueles safados do Cabo. Joca ainda viria ali, para mostrar a todos. Era o maior do Brasil. Em casa, a velha Filipa escutou um dia a discussão dos dois. Julinho e André batendo boca por causa do irmão. Um achava que ele devia mandar auxílio para a família se de fato estava ganhando tanto como dizia. Julinho não admitia a menor censura a Joca. Se ele não mandava era porque não podia. E ninguém tinha nada que ver com isso.

— Tem que ver. Quem diz que não tem que ver? É safadeza dele.

Julinho se enfurece:

— Você tem é inveja, como os outros do Cabo.

Foi aí que a velha Filipa entrou:

— Deixem de besteiras, meninos, vocês não têm o que fazer? Deixem Joca em paz. Quando ele tiver o que mandar manda e se não mandar, aqui não vai morrer ninguém de fome por causa disso.

Apareceu sinhá Antônia e falou também:

— Joca tem coração. Só peço a Deus que ele tenha saúde e juízo. O mais a gente perdoa.

André insistiu. Todo filho tinha de ajudar a família. Aquele Pedro, filho do mestre Laurentino, mandava todos os meses ajuda para a mãe. E não ganhava estas coisas.

— Não, nós não estamos precisando do dinheiro de Joca – foi dizendo Lourdes. — Vamos vivendo bem com a ajuda de Deus. Joca é muito bom, se ele não manda é porque não pode.

— Eu não sei – acrescentou Maria das Dores. — Não vejo filho do Cabo mais falado do que ele. Só isso enche a barriga da gente. Papai está tão contente que não esconde. Outro dia chegou aqui com a história do prefeito. O capitão chamou papai para dizer: "Cabo Candinho, seu filho Joca é uma glória do Cabo Frio". E o que é que a gente quer mais? André calou-se. A família inteira se contentava com a glória do irmão. Ele também se enchia com essa glória, rejubilava-se com a vitória de Joca. Mas queria que ele não se esquecesse dos seus. Não era um besta como Julinho, que fazia do irmão um Nosso Senhor.

Uma vez em que sinhá Antônia foi a Maravilha, dona Mocinha lhe falou em Joca. Ficou calada, não disse nada. Mas para que não dizer? Não gostara do que lhe dissera a sua comadre:

— Então, comadre Antônia, Joca ainda não lhe mandou nada?

Respondeu a verdade. Até aquela data não recebera nada.

— Pois comadre, isso é um absurdo; que menino sem coração!

Quis responder, quis dizer à comadre que Joca tinha coração, que não se esqueceria de sua gente. Falou-lhe da carta. Mandara uma carta prometendo muito. E dona Mocinha insistiu:

— Que menino ingrato! Disse-me Luís que Joca está ganhando muito. Quase o mesmo que um juiz de direito.

Calou-se. A comadre tinha razão. Ela porém não se queixaria de Joca. Um dia qualquer, ele chegaria em casa cheio de presentes e toda a casa ficaria alegre, feliz com a sua presença. Não iria querer mal ao filho, porque não lhe mandava auxílio. Todos podiam viver sem o adjutório de

Joca. No princípio, ela se queixava muito do filho. Mas depois daquela carta, o ingrato crescera outra vez para ela. Viria um dia. Sem que ninguém esperasse chegaria, como naqueles tempos da estiva, carregado de presentes, o mesmo Joca de sempre. Para que andar falando, se queixando? Candinho tinha razão. No fim do ano Lourdes se casaria com Sotero. Para ela seria um grande dia. Tinham pouco, mas do pouco que possuíam, estavam tirando alguma coisa para preparar a filha. Maria das Dores casaria também. Não tinha aleijão. Era boa menina. Família era isso mesmo.

7

Passara-se mais de um ano e viria mais um verão à Casa Azul. Cada vez mais ela se ia transformando. Agora, lá para os fundos, na restinga, haviam construído um campo de aviação. Deram para roncar aeroplanos pelo céu azul do Cabo Frio e os barcos com velas vermelhas e azuis coloriam o verde da Araruama. Os barqueiros até achavam graça naquela loucura. As velas brancas dos seus saveiros eram de fato objeto de trabalho; aquelas outras brincavam com o vento, vinham encher a lagoa de gente em vadiação.

Na casa de dona Mocinha um ano fora o bastante para trazer desgostos bem fundos. Vinham de Lúcia, a filha mais moça. Bem que ela desconfiara da vizinhança e tivera receios. Quando olhava para aquela gente nunca ficava tranquila. E lá um dia tudo saíra como havia receado. Lúcia se chegara para uma das moças. Estava em casa, num dia de domingo, e ouviu um automóvel que parava na porta. Foi ver quem chegava, pensando que fosse Luís e quase caiu para trás. Lúcia descera com a moça bonita, de calças curtas, que guiava o carro. Entraram:

— Mamãe, esta é Helena, a nossa vizinha.

Ficou na sala ouvindo a conversa das duas, respondendo como podia às perguntas que Helena lhe fazia. E Lúcia querendo corrigir a situação com a sua vivacidade exagerada. Laura não apareceu. E a moça muito viva, com os olhos claros, tinha uma beleza espantosa. Dona Mocinha olhava para ela sentindo-se na presença de uma coisa estranha. A conversa foi curta. Helena tinha que ir para casa, pois havia gente esperando por ela, para passeio no iate. Pediu a Lúcia para aparecer. Por que não ia com ela? Iria gostar. Haveria muita gente, acabariam dançando, tomariam banho de mar. Lúcia porém não aceitou. Em outra ocasião iria.

A amizade estava feita. Quando a moça saiu, a mãe falou enfurecida a Lúcia:

— Menina, onde está o teu juízo? Não estás vendo que não podes fazer amizade com esta gente?

— Não posso por quê? Eles serão bichos? Vão me arrancar algum pedaço? Mamãe, a senhora tem cada uma!

Dona Mocinha não se entregou:

— Pois eu não quero isto aqui em casa.

E gritou como nunca fizera em sua vida, gritou com toda a sua energia adormecida:

— Não quero isso aqui em minha casa!

Gritou tão alto que Noca correu da cozinha. Dona Maria se aproximou. E a mãe, macia, doce, parecia disposta a tudo. Lúcia calou-se. Os olhos que a olhavam eram todos de reprovação. Dona Maria se chegou para a amiga:

— Acalme-se, dona Mocinha, isso não tem importância.

Lúcia olhou para todos, fixamente, como se fosse dizer uma coisa definitiva. E de súbito voltou as costas e correu chorando para o quarto. Ouviam-se na casa inteira os soluços da moça. Dona Mocinha, sentada na cadeira de balanço da sala de visitas, parecia ter sofrido um choque tremendo. Estava lívida. Laura, a seu lado, procurava consolá-la:

— Mamãe, não é preciso ficar assim.

Trouxe-lhe um copo de água com açúcar.

— A senhora se mata, assim desse jeito. Lúcia é uma criança.

— Minha filha, é justamente por ser ela uma criança, é por isso mesmo. Então esta menina quer fazer o que lhe vem à cabeça? Eu não lhe dizia todos os dias que não a queria metida com aquela gente?

Ouvia os soluços da filha.

— E agora fica assim nesse choro, como se eu lhe tivesse dado uma surra, nesse choro medonho. Pensei que Deus reservasse melhores dias para a minha velhice.

— Não diga isso, mamãe, não vejo motivo para isso. Lúcia se acomodará.

Dona Maria já estava no quarto com Lúcia. A menina chorava como se sofresse uma grande dor:

— Mamãe quer fazer de mim uma criança. Prefiro morrer. Quero morrer.

— Não diga isso, menina boba. Se sua mãe ouvir uma coisa destas, ficará sucumbida. Não diga isso. Que absurdo! Morrer por quê?

E foi agradando, passando as mãos pela cabeça de Lúcia. Com pouco os soluços foram diminuindo e só havia agora um choro fino, que se consumia. Depois a casa ficou num silêncio absoluto, quebrado apenas pelo rumor que chegava do trabalho de Noca na cozinha. Lá fora cantavam os pássaros na amendoeira e os cata-ventos batiam com seus canos, puxando água. Dona Mocinha ficara na sala de visitas.

Aí se ouviu um grito da negra Noca:

— Dona Mocinha está com uma coisa.

Correram todos. Lúcia abraçou-se com a mãe, pálida, estendida no sofá.

— Não foi nada, já passou.

Chegou dona Maria, trazendo alho para fazê-la cheirar. Veio Noca com uma xícara de café. E Lúcia chorando abraçada com ela.

— Não foi nada, minha filha. Senti um frio no corpo. A vista escureceu, mas já passou. Para que todo esse choro?

Noca também chorava. Dona Mocinha, querendo disfarçar, falando sempre:

— Nunca me aconteceu uma coisa dessas. Penso que é do calor. Nunca senti tanto calor.

Roncava furiosamente o motor da lancha na lagoa. Todos ficaram abalados, sem encontrar uma saída. Lúcia chorando, aos soluços, foi dizendo:

— Eu sou a culpada de tudo, mamãe.

— Cala a boca, menina. Culpada de quê? Que tolice!

Mas a filha não se conformava. Dona Mocinha então falou, já senhora de si:

— Esse choro é que me está fazendo mal. Acaba com isso, Lúcia. Não aguento mais.

A filha fez um esforço para não chorar mais e as lágrimas corriam pelas duas faces. Laura levou-a para o quarto e dona Mocinha se ergueu do sofá sem dificuldade, foi até a janela e olhou a lagoa, espelhando ao sol de dezembro. Respirou forte e deu com os olhos em dona Maria. As duas se entenderam muito bem. A amiga chegou-se para ela. Estavam a sós, o retrato do marido na parede, retrato de moço, de olhos grandes e bigodes erguidos.

— É isso, dona Maria, é para isso que se vive.

— Qual nada, dona Mocinha, a senhora exagera. Não vejo motivo para tanto barulho. Lúcia é uma menina. Sabe se comportar. O mais é zelo de mãe, é amor de mãe.

— Não é não, dona Maria, não é. Tenho um pressentimento que não me deixa. Quisera que isso passasse. Mas quando vi Lúcia descer do automóvel com aquela moça, foi como se tivesse aparecido uma desgraça aqui em casa. Deus me perdoe. Nossa Senhora da Graça me proteja. Até aqui tenho vivido com o seu auxílio.

Por outro lado, Luís se entregara inteiramente ao novo amigo. Parecia até um vício. A princípio dona Mocinha sofrera muito. Mas homem era homem. Sabia se defender dos perigos e pelo que lhe diziam o rapaz era bem diferente dos outros. Com ele, Luís não correria os perigos dos passeios de automóvel e das pescarias com bebidas. O que mais desejava era ver o filho fugir de más companhias. O rapaz da Casa Azul era acomodado. Vivia em passeios a pé e gostava de passar tempos ali nos meses de frio. Muitas vezes estivera ele na Maravilha e ela gostara de seus modos, do seu jeito de falar, da maneira de se conduzir. Podia ser que tudo fosse simulação. Luís adorava o novo amigo. Por isso, sentindo aquela amizade tão forte, nunca mais falara ao filho em coisa alguma. O que era de gosto regalava o peito. Luís era homem, não era preciso que a mãe andasse atrás dele como de menino pequeno.

Dona Maria conhecia o doutor Paulo pelos jornais. Sabia que ele escrevia. Lera artigos seus nas revistas católicas e pelo que se depreendia era um homem de princípios rígidos, um homem de luta. Não parecia de modo algum com os seus artigos. Quem o visse, pequenino assim, de olhos baixos, sem força para encarar os outros, sem afetação na conversa, não diria que fosse ele o escritor violento, de afirmações, dando a impressão de uma natureza robusta. Ela se admirava de que o doutor Paulo viesse procurar um rapaz como Luís, sem gosto algum pelas letras, inteiramente avesso a tudo o que fosse leitura. Aquilo era esquisito. Luís era um ótimo rapaz, mas sempre se mostrara inimigo das letras, embora não se pudesse dizer que fosse de inteligência curta. Agora vivia na companhia de um intelectual conhecido, que o procurava, dando a impressão de que era um comparsa das suas ideias. Lúcia e Laura também se espantavam com aquilo. Tudo era para que Luís se ligasse com os outros rapazes, cheios de vida, metidos nos barcos, correndo de automóvel. Os irmãos de Paulo estavam mais de acordo com o seu temperamento. E Luís ligado com o esquisito, o homem que vivia nos livros.

Em casa de Paulo, atribuíram logo aquela amizade a uma compreensão intelectual, uma ligação com um companheiro capaz de o entender. Seria sem dúvida esse Luís uma inteligência à altura da de Paulo. Até que afinal o casmurro encontrara uma alma gêmea. Dona Luísa ficara radiante com a nova amizade do filho. Entristecia por vê-lo isolado, fora do mundo, sem amizade, diferente dos seus outros filhos, sem ânimo para fazer a sua vida. Luisinha ainda podia justificar o seu gênio. Tinha o defeito físico. Mas Paulo dava nas vistas com aquela mania de viver afastado de sua gente. Muitas vezes tivera de justificá-lo junto às amigas. Tudo aquilo era do seu gênio esquisito, eram suas maneiras. Quando o filho começou a aparecer nos jornais, fazendo sucesso, teve uma espécie de alívio. Agora Paulo não era mais um caso, uma espécie de falha na sua família. Teria com que esmagar a curiosidade das amigas. Paulo era um homem de letras, um talento. E por isso era tão diferente dos outros. Os homens de letras sempre tinham aquele jeito de viver. O pai não gostou muito. No Jockey Club era sempre importunado pelos amigos. As ideias do filho lhe davam trabalho. Apareciam admiradores para elogiar os artigos, outros combatê-los. Afinal de contas, Paulo começava a preocupá-lo. Certa ocasião, num almoço, um camarada, velho companheiro de competição turfística, veio com pilhérias:

— Então, seu Mafra, quando começa a dividir a fortuna? Olhe, eu só quero de você o Diamante.

Só atinou com a brincadeira quando outro amigo lhe falou sobre o artigo que o filho publicara no jornal daquele dia. O rapaz viera com um violento ataque ao capitalismo estúpido, à burguesia que traficava com as almas e que fazia do corpo o seu único esplendor. Riu com a pilhéria, mas no fundo sentiu-se ferido pelo próprio filho. Os outros gastavam o seu dinheiro, chegavam até as extravagâncias de Hermes. Deram-lhe algumas contrariedades e no entanto era o quieto, o manso, o caseiro da família que aparecia com aquela mania de escrever. Preferia que fosse como os outros. Agora quando entrava no Jockey, lá vinham os amigos:

— Li hoje o artigo do menino. Admirável!

Apareciam os que não gostavam, os que se sentiam feridos. Um político, velho deputado, que fora amigo de seu pai, procurava-o quase para se queixar:

— Seu filho apareceu hoje com uma violência incrível contra a Câmara.

Diziam essas coisas como se ele tivesse alguma ligação com os artigos do filho. Teve ocasião de repelir uma insinuação

Água-mãe • 155

de um corretor, o Gomes Neto, que chegara um dia para lhe perguntar se era verdade que ele estava financiando um novo partido político, que surgira com programa revolucionário. Foi até grosseiro com o tal corretor:

— Era homem de negócios, era homem de negócios, não tinha nada que ver com política.

Falou irritado. Gomes Neto se desculpou, não dissera aquilo por mal. Falava-se muito naquilo, porque seu filho aparecia como um dos orientadores do partido. Não disse nada. Em casa desabafou com a mulher. Já não suportava mais aquilo. O Paulo estava se excedendo, arranjando complicações para ele. Tinha negócios com o governo, explorava serviços que dependiam do governo e agora seu filho fazendo agitação na imprensa, quase todos os dias, chamando a atenção de todo o mundo. No Jockey só se falava nos seus artigos. Os seus inimigos se aproveitariam decerto. Ao almoço daquele dia, Gomes Neto, corretor do Lineu, andara fazendo insinuações a seu respeito. Sabia que eram coisas de inimigo, de concorrente. E à noite chamou o filho ao escritório e lhe falou sério. Repetiu o que havia conversado com a mulher. Paulo ouviu-o tranquilamente e no fim, quase com aspereza, foi dizendo:

— Não custa nada, papai. Eu saio de casa e faço declarações. E o senhor ficará livre de qualquer risco.

O doutor Mafra se irritou, chegou mesmo a gritar.

Afinal de contas, Paulo verificara que o pai tinha razão. Suspendeu os artigos e deu para viver na casa do Cabo Frio, cada vez mais longe dos seus. Escrevia a Luisinha. Dona Luísa gostava dessa amizade. Luisinha precisava mesmo de quem soubesse tratá-la como era devido, e somente Paulo conseguira lhe despertar interesse por alguma coisa. Lá do Cabo, como se estivesse muito longe, mandava longas cartas à irmã. Luisinha respondia, passava horas preparando as cartas, como se se tratasse de um exercício de colégio. Mandava as suas impressões dos livros que lia, e em geral era da família que falava. Era assim. Pessoalmente não se abria com o irmão sobre a sua gente. Na correspondência, porém, fazia verdadeiros relatórios. Falava sobre as festas das irmãs, sobre as exibições, o luxo das amigas e dos rapazes que enchiam a casa. Fazia críticas severas a Marta e a Helena. A velha Júlia ia levar as cartas ao correio e voltava com o recibo do registro. E Luisinha levava dois dias esperando resposta. As cartas de Paulo eram mais divagações, vinham cheias de notas de observações. Aquilo parecia mais um curso por correspondência. Quando Luís apareceu, Paulo não cansava de falar do novo amigo. A princípio ficou um pouco enciumada. Paulo encontrara enfim um amigo. Até ali fora ela exclusivamente a privilegiada. Surgira outro com força capaz de prender o irmão. Aos poucos, porém, foi verificando que o amigo não lhe roubaria o irmão. Paulo seria dela em todos os tempos. A amizade que ele lhe dedicava não se repartia, era indivisível. O que era seu seria seu eternamente. Ficou, porém, com vontade de conhecer Luís. Paulo contava maravilhas dele. Encontrara um homem com todas as qualidades do verdadeiro homem, com a inocência que fugira da espécie. O homem capaz da verdade sumira-se da terra. Restos sobreviviam ainda, como remanescentes de tribos extintas. Luís era um destes. Para dona Luísa, aquela amizade representava uma conquista. O filho descobria afinal um amigo. Tinha medo da solidão de seu filho. Medo de que aquilo fosse começo de demência. Conhecia tantos casos assim, de rapazes e moças que começavam se isolando, calados, indiferentes aos pais e que afinal acabavam mergulhados na loucura. Temia pelo filho. Agora a coisa estava mudando. O marido se acomodara com a saída de Paulo para o Cabo Frio. O Mafra admirava o filho, fazia tudo pela família, contanto que não viessem perturbar os seus negócios, as suas corridas de cavalo. Era gênio, era seu temperamento e não havia jeito de se mudar um homem. O filho podia ser um gênio, escrever os melhores artigos no mundo, mas se esses artigos perturbassem a vida de Mafra no Jockey, que se sumissem os artigos. Preferia que o filho fosse uma toupeira, assim como o Maneco Sousa Lima, ali do clube, e não o perturbasse. Agora, para dona Luísa, Paulo encontrara o seu refúgio. Aos que em casa perguntavam pelo filho, respondia logo:

— Está no Cabo. Adora aquilo lá.

Sentia-se feliz, satisfeita, dando indicações sobre Paulo, indicações que satisfizessem a curiosidade das amigas. No Jockey, o doutor Mafra explicava a seu jeito o silêncio do filho. Estava numa chácara, trabalhando num livro. E assim, não pareceria aos amigos que o filho tivesse sido obrigado a se calar. Não feria o amor-próprio de Paulo. Mas, melhor que ele ficasse por lá mesmo, e que a sua vida no clube corresse tranquila.

8

Por fim, dona Mocinha se conformou com a amizade de Lúcia com a moça da Casa Azul. Verificou mesmo que fora exagero de sua parte fazer restrições sem razão bem-definida ao ardente desejo da filha. Dona Maria dizia todos os dias que rigores exagerados de educação não davam certo. Só pedia a Deus que Lúcia tivesse juízo. Quanto a isso não se alarmava. Confiava na filha. Isso de moça moderna era mesmo assim, o cinema viera ensinar muita coisa e por mais que condenasse os exageros, as saliências, teria que aceitar o mundo como era. Lúcia vivia muito com Helena e uma vez até dormira na Casa Azul. Dona Mocinha passou a noite pensando na filha. Era demais, cedera demais. Não tivera outro jeito senão ceder. Chegara Helena em sua casa, com tanto agrado, tanta gentileza:

— Dona Mocinha, deixe Lúcia dormir esta noite lá em casa. Vamos fazer hoje uma brincadeira. Ela dorme conosco. Mamãe está em casa.

Quis negar, mas olhou para Lúcia e os olhos desta pediam tanto que ela não teve coragem de recusar. E por isso passou toda a noite sem dormir. E foi o próprio Luís quem lhe chamou a atenção:

— Mamãe, consentiu em que Lúcia ficasse dormindo na Casa Azul? A senhora não devia ter deixado.

E não disse mais nada. Luís nunca se metia com a vida das irmãs. Eram amigos como poucos irmãos seriam, mas não se metia com a vida delas, não reclamava nunca e estava sempre pronto para fazer tudo quanto queriam. E daquela vez viera chamar-lhe a atenção. Se não tivesse consentido, Lúcia morreria de desgosto. E para ela seria uma dor, ver a filha chorando, magoada por sua causa. Era o seu dever, a sua obrigação, velar pela filha, fazer tudo pelo seu bem. E cedera. Desde aquele dia terrível, em que tivera a vertigem, ficara com medo e se sentia fraca, incapaz de resistir. Não sabia explicar. Onde estava a sua energia, os seus impulsos de coragem? A velhice chegava e com ela a covardia de mulher doente. Precisava reagir outra vez. A amizade de sua filha com a gente da Casa Azul enchera a menina de uma felicidade absoluta. Parecia que Lúcia descobrira um palácio encantado. Fraqueza de menina. A primeira vez que voltara de lá, foi como se tivesse vindo da casa de um rei. Estava embriagada, tonta, inteiramente abalada pela felicidade. Dona Maria foi quem chamou a atenção de Lúcia:

— Olha, menina, você está fazendo daquela gente uma opinião exagerada. Não é o dinheiro que faz a grandeza do mundo.

E Lúcia só falava nas grandezas que vira, na riqueza da casa, na elegância das moças e na distinção de tudo. Ficara até envergonhada com a modéstia do seu vestido. Helena lhe emprestara uma roupa de banho e fizeram um passeio de barco com todo o grupo. Não queria que sua mãe soubesse. Ficaria triste:

— Mas que gosto, dona Maria, que gente fina! Parece de cinema.

Foi o dia mais feliz de sua vida. Helena era um anjo, Marta, a irmã mais velha, era muito agradável.

— E dona Luísa. Só queria que a senhora conversasse com ela, que velha fina, dada, cheia de agrados. Perguntou por mamãe. Quer que ela apareça por lá. Quer fazer amizade conosco. Perguntou por tanta coisa. Ela gosta muito de Luís. E me disse que Luís é o único amigo de Paulo. A senhora não pode imaginar quanto ela me agradou. Há lá uma governanta portuguesa muito distinta. Helena me disse que ela é parenta de gente muito boa de Portugal. É quem toma conta da casa, como se fosse a dona.

Lúcia deu para frequentar com assiduidade a Casa Azul. Dona Maria se admirava da tolerância da mãe. Quem vira dona Mocinha fazer o barulho que fizera naquele dia, nunca poderia acreditar que iria deixar Lúcia assim como estava. Fora contra aquele rigor excessivo. Afinal de contas, a mocidade tinha os seus direitos. Mas deixar assim como estava era exagero.

Todos na Casa Azul gostavam muito de Lúcia, principalmente dona Luísa. A pequena conquistara a casa inteira. O próprio doutor Mafra, uma vez ou outra que apareceu por lá, teve oportunidade de gabar a graça da menina. Pensava que era moça do Rio. E quando lhe disseram que era filha da vizinha, mostrou-se muito interessado por ela. Era gente boa, uma senhora de qualidades, era a proprietária da Maravilha. Quando comprara aquela casa, tivera as melhores informações sobre a vizinha. Lúcia sentia o seu prestígio, a simpatia que irradiava. Helena era a sua preferida. Uma vez levou Laura consigo, mas a irmã não despertou o mesmo interesse que ela. Laura tinha aquele gênio, aqueles silêncios inexplicáveis. Era uma moça que sabia conversar, que tinha instrução, mas, quem a visse parada a um canto, escutando somente o que os outros diziam, sem pretender entrar na conversa, pensaria decerto que fosse muda. Dona Luísa conversou com ela. E disse para os de casa que gostava das opiniões de Laura. Parecia-lhe moça de muito juízo. Lúcia, porém, era a sua predileta. Vivia ali com suas filhas e a princípio ficara com cuidado. As suas meninas tinham outro jeito de viver, maneiras de cidade, de sociedade e por isso teve receio de que aquela convivência viesse perturbar uma mocinha do interior, criada em colégio de freiras, cercada de convenções naturais no seu meio. Via Lúcia, tão ágil, tão cheia de vida, fazendo tudo com tamanha naturalidade que a deixou de mão. Helena admirava a nova amiga. Marta também gostava dela, a seu jeito. Marta era um temperamento irrefreável, não queria parar, não queria que os outros parassem. Com ela tudo devia estar em movimento. Todos os seus passeios deviam realizar-se às carreiras. E nas pescarias não tinha paciência de ficar esperando o peixe, soltando a linha, aguardando a hora de fisgar. Tudo para Marta

Água-mãe • 161

se resolvia em dança; a música era, para ela, uma agitação do corpo, uma oportunidade para expandir-se. Vivia assim, em constante alvoroço. Dona Luísa dizia sempre que Marta nascera para cigana, para vida de nômade. Espantava-se de que ela não se tivesse ainda aborrecido do Cabo. Quantas vezes não abandonara a casa de Teresópolis, para ficar em São Clemente e daí voltar no outro dia, para as festas em Petrópolis, guiando a sua barata com uma sofreguidão de louca? Nos colégios dera um trabalho enorme, fora o tormento da família, não parava mais de seis meses em nenhum, fazendo o que bem queria. Fora expulsa de um estabelecimento modelar da Suíça e chegara a agredir uma mestra em Nice, num ginásio americano que fora indicado a seu pai por uma família argentina. Marta sempre fora assim, desde menina, e por isso todos de casa já a conheciam de sobra. Só Paulo implicava com ela e tiveram brigas infernais. A irmã vivia sempre em conflito com ele.

 Mais de uma vez Helena ficara na Maravilha para almoçar com a família de sua amiga. Com o que não se conformava dona Mocinha, era com aquele sistema de calças de homem, usadas por mulher, com aquela sem-cerimônia de moça fumar na frente de todos. Podia ser moderno, ser chique, como lhe dizia Lúcia, mas era feio, desagradável. Quanto ao resto, até ficara gostando da amiga da filha. Dona Maria lhe dissera que ela era moça muito instruída. No entanto, continuava, apesar de tudo, a temer pela filha. Agora, Lúcia sempre queria vestidos novos. Felizmente não aparecera com ideias de fazer aquelas calças curtas. Isso não admitiria absolutamente. Podia chorar como menino novo e não permitiria. Tudo tinha um limite. Tudo chegava a um fim. Lúcia lhe falava do desejo que tinha dona Luísa de fazer amizade com ela. Podia ser cavilação da filha. Em que poderia interessar uma matuta a uma senhora de alta sociedade, mulher de milionário, filha de embaixador? Não era que lhe reconhecesse superioridade alguma. Mas sabia que era de outra gente, de outro mundo. Melhor assim. Ficar em sua casa, senhora de seus atos. Fazia tudo, todos os sacrifícios para ver a filha feliz. Isso era tudo.

Um dia, porém, parou um automóvel à porta. Viu que era dona Luísa que aparecia com a prometida visita. Ficou perturbada, mas deixou que dona Maria recebesse a senhora importante e foi botar o seu melhor vestido. Depois apareceu e toda a cerimônia se foi. Parecia que já se conheciam havia muito. Com as primeiras palavras, se entenderam admiravelmente. Criatura simples, a dona Luísa. Conversaram muito sobre tudo o que era assunto de dona de casa e dona Luísa queria saber da salina, dos trabalhos. Muito falaram sobre a vida da cidade. E dona Luísa, como se fosse uma criatura de suas posses, reclamou a carestia de tudo. Quando ela saiu, quase à hora do almoço, era uma criatura simpatizada pela gente da Maravilha.

— Veja só – dizia dona Mocinha a dona Maria —, como a gente faz um juízo errado das pessoas. Esta senhora deixa a gente confusa.

Todos os dias, dona Mocinha marcava o pagamento da visita. Lúcia a animava:

— Olha, mamãe, o pessoal volta para o Rio e a senhora não paga a visita. Isso é feio.

— Deixa, menina, amanhã eu vou.

E não ia. Ficava consigo mesma, intrigada com aquele medo. Medo de quê? Não eram bichos e a dona da casa até lhe parecera tão agradável. Lá um dia criou coragem. Amanheceu disposta, dizendo a Lúcia:

Água-mãe • 163

— Olha, menina, hoje eu vou pagar a visita.

E mandou preparar a charrete para depois do almoço. Lúcia ficou radiante. Até que afinal a mãe criara coragem de sair de casa. E mandou logo um portador prevenir dona Luísa.

À tarde, foram chegando à Casa Azul. Aquilo, para dona Mocinha, era como se fosse um sonho. Estavam chegando. E tudo lhe parecia muito maior do que pensara: casa enorme, grande demais para os seus olhos. Saltou da charrete e foi como se entrasse num mundo misterioso. Dona Luísa estava ali na Casa Azul. Ela via de longe a velha figueira e tremeu. A *terrasse* cercada de varandas, a fonte cantando no pátio e a casa muito grande. Dona Luísa já estava embaixo para a receber. Fez-lhe muita festa e foi com ela para a sala de visitas. Depois ficaram no alpendre. De lá, dona Mocinha avistava a casa do cabo Candinho e, sem saber por que, lembrou-se da velha Filipa. A velha Filipa, que sabia a história da gente antiga da Casa Azul. Tolice pensar naquilo. Dona Luísa fumava. Chocou-se com aquilo, vendo uma senhora tão distinta fumando à vista de todos. Via-a com a cigarreira na mão, como se fosse a coisa mais natural deste mundo, oferecendo-lhe cigarros e ficou espantada. Debaixo da figueira grande estava a filha mais moça, na leitura. Dona Luísa falou-lhe da filha aleijada, chegou mesmo a entrar na intimidade de coisas de sua casa. A conversa estava demorando muito. Apareceu uma criada bem-vestida, com refresco, e mais tarde chegou Helena com dois rapazes. Lúcia já andara com eles e foram para o outro lado da varanda. Conversaram alto e riam felizes. Era a vida que Lúcia queria. Dona Mocinha reparou muito na roupa da amiga de sua filha. Estava de calças largas e curtas, com as coxas quase de fora. Os rapazes eram do Rio:

— São amigos de minha filha – disse dona Luísa. — Aquele mais alto ainda é nosso parente. Não faz ainda um mês que chegou de Paris.
Roncou um avião em cima da casa.
— É capaz de ser Lourival – disse dona Luísa. — Ele mandou dizer que estaria hoje aqui com um americano.
Meia hora depois apareceram dois rapazes e dona Luísa se ergueu. Era o filho e um hóspede. Apresentou-os a dona Mocinha. Um estrangeiro bonito, alto e louro, falando inglês com dona Luísa. Foram depois para o interior da casa e a conversa continuou:
— É a vida que Lourival quer. Não para. É no estrangeiro, é no Mato Grosso, fazendo caçadas. Passa meses e meses nas matas, metido com os índios. Leva amigos consigo e a senhora não imagina os sustos por que passo. Ouço falar de índios bravos, de expedições sacrificadas e tenho medo do arrojo de Lourival. É um rapaz de muita coragem. Hermes vive para outras coisas, tem mania de automóvel e de corridas. A senhora não avalia os meus sustos com ele. Mete-se em corridas arriscadas. Não tenho descanso com essas coisas. Aqui, felizmente, estou mais tranquila e não me aperreio muito. Uma vez estava de viagem e a bordo o rádio anunciou uma disputa na Itália a que Hermes concorria. Não pode imaginar como sofri.
Dona Mocinha escutava a senhora distinta, a dona de um mundo de riquezas, toda cheia de conforto e de joias, de automóveis e teve, não sabia por que, pena dela. Agora se aproximava o roncar de uma lancha; dona Luísa levantou-se:
— É Marta com a amiga dela. Esta não para. Vive saltando de um lugar para outro. A bordo, quando vamos para a Europa, a senhora não imagina os sustos que ela me arranja. É uma menina impossível.

Com pouco mais chegava Marta com as amigas, todas satisfeitas, alegres, falando alto. Pararam na figueira grande e uma das moças conversava com Luisinha. Subiram as escadas correndo e dona Luísa apresentou a filha à visita:

— É a mãe de Lúcia.

Marta cumprimentou-a com satisfação. Perguntou por Lúcia e quando soube que estava ali em casa, saiu com as amigas para a procurar.

— Dona Mocinha, Lúcia é um encanto. A senhora não avalia como aprecio os seus modos, as suas maneiras. É quieta, gosto mesmo muito dela. A senhora deve orgulhar-se dessa menina.

Recebeu o elogio com uma alegria que se podia ver nos seus olhos, em toda a sua fisionomia:

— Qual nada, dona Luísa, a senhora é que é bondosa.

Ouvia-se a gritaria das moças e dos rapazes. Uma vitrola começou a tocar e a tarde chegava para a Casa Azul. Estava quase de noite. Dona Luísa achava que era cedo. Dona Mocinha podia ficar para jantar. Ali não deviam fazer cerimônia. Não, tinha que ir.

— Pois, dona Mocinha – foi dizendo dona Luísa —, terei muito prazer em que a senhora volte sempre aqui. Minha casa vive cheia, mas quase sempre estou só. A mocidade tem os seus direitos. Os velhos são esquecidos. Mafra vive na cidade e nos seus dias de folga tem o Jockey Club. É doido pelas corridas e se não fosse dona Adelaide, eu não teria com quem conversar.

Dona Mocinha se ofereceu. A casa dela era pobre, mas estava às ordens. Quando quisesse conversar um pouco não tivesse cerimônia.

Dona Luísa quis mandar levá-la de automóvel. Agradeceu muito, mas ia mesmo na charrete. E de volta para a Maravilha, ia calada, olhando a estrada que escurecia com a boca da noite. Lá estavam os cata-ventos da sua salina, rodando, botando água para os tanques. Havia na terra uma grande paz. O cavalo pisava forte na areia da estrada. Iria para sua casa. De lá saíra morto, com todo o corpo, o marido amado. E lá criara os filhos, e fizera sua felicidade. Sofrera com aquelas coisas de Lúcia, mas afinal verificara que não havia razão para tanto. Eram somente cismas, temores de mãe. Lúcia guiava a charrete ao seu lado. Ouvira elogios à filha, da boca de uma senhora de tratamento. Gente da alta roda gabava-lhe Lúcia. Dera boa educação aos filhos. Disso não se arrependeria nunca. Podia ter passado privações, mas aos seus filhos, nunca havia faltado coisa alguma. E agora vinha uma senhora que conhecia o mundo inteiro, elogiar sua filha Lúcia. Estavam chegando. No alpendre apareceram dona Maria e Laura. Passou horas contando a visita. Porém não se referiu a nada do que ouvira sobre Lúcia. Podia magoar Laura. Aquela menina era muito esquisita. Dona Luísa era uma senhora de inteira distinção. Deitada em sua cama, dona Mocinha verificou que até se excedera na sua humildade. Seria por acaso uma menina, para ficar perturbada daquele jeito como se nunca tivesse visto nada? Laura e dona Maria deviam ter reparado. Gostara tanto do passeio que ficara como que embriagada. Gostara tanto do passeio! Saía tão pouco de casa que aquela visita era como se fosse uma grande viagem, como se ela tivesse atravessado mares, corrido um país distante. A gente que vira era de outra nação, de outra terra. Lúcia se mostrara radiante com a sua ida. Quisera que fosse até lá, para ver que não havia nada demais. Tudo era falação da gente do Cabo, danada porque o povo da Casa Azul não dera confiança. A mãe estivera lá e vira de perto. Dona Luísa era uma senhora de qualidade, de coração bom, de vida respitável. Só falavam mesmo da Casa Azul os que tinham inveja, os linguarudos. Laura, calada. Nada dizia. Dona Maria, porém, não se conteve:

— Lúcia, quando tua mãe falava, irritada com a tua amizade com a gente da Casa Azul, fui a primeira a te defender. Uma coisa eu te digo: não é de dona Luísa que se fala e sim da facilidade das filhas. Podem ser as melhores meninas do mundo, mas que são levadas, são mesmo.

— Que nada, dona Maria. São moças modernas, viajadas. O que elas fazem é o que faz toda gente civilizada.

— Se isso é civilização, menina, eu prefiro ser botocuda.

— Dona Maria tem razão, Lúcia – adiantou Laura. — Você é cega por essa gente. Você faz de mamãe o que quer.

— Que é que está dizendo, Laura? Eu levei mamãe para lá? Era disso mesmo que eu desconfiava. Você vive para os cantos com inveja de todo o mundo.

— Inveja de quê? Você é boba! Vou lá ter inveja de riqueza de ninguém? Sou você, que vive chorando, aos pés dessa gente?

Aí apareceu dona Mocinha. Calaram-se.

— Que discussão é essa, Lúcia?

— Não é discussão não, mamãe, nós estávamos conversando.

Laura retirou-se. Dona Maria explicou:

— As meninas estavam um pouco alteradas, por causa do povo da Casa Azul.

— Alteradas, por quê?

— Não foi nada, dona Mocinha. Laura e eu achávamos que as moças se excediam, faziam o que não deviam, e Lúcia zangou-se.

Dona Mocinha não deu palavra. Tinha medo do gênio de Laura. De Lúcia, não. A irmã, porém, quando se firmava num ponto, dificilmente se arredava. Por isso chamou Lúcia ao seu quarto e passou-lhe um carão em regra. Não queria brigas em casa. Eram pobres e deviam ser unidas. Para que brigar sem necessidade? Brigar por causa de estranhos? Lúcia se defendeu. Foi dona Maria quem puxou o assunto e Laura viera, com o seu gênio. Não discutiria mais.

Por outro lado, Luís, quando soube da visita da mãe à Casa Azul, não gostou. Vivia com amizade com um dos filhos de dona Luísa, e no entanto não gostara da visita da mãe. É que não ia muito com aquela gente. Dali, só mesmo o Paulo. Quando o amigo chegava, nos dias em que a Casa Azul estava deserta, não saía de lá. Com os outros não tinha relações. Dona Luísa procurava agradá-lo, mas com as irmãs de Paulo, não tivera quase oportunidade de manter relações. Achava-as todas da mesma espécie. O amigo lhe falava sempre da irmã aleijada. Somente desta Luís guardara uma boa impressão. Estivera com ela alguns instantes apenas e ficara gostando das maneiras da moça e do seu modo de falar. Era simples como o Paulo e não parecia de outro mundo, como as irmãs. Achava um absurdo aquela vida da Casa Azul. E vinha sua mãe e se metia em amizade com essa gente. Aquilo fora coisa de Lúcia. Sua irmã tinha vocação para aquela vida. Não queria que fosse como Laura, fugindo de tudo. Mas assim exibicionista como se mostrava, era demais. Sentia que Lúcia era boa, tinha por ela maior afeição do que pela outra e no entanto se chocava com aquela mania de querer se meter com uma vida que não devia ser a sua. A velha se deixara levar pelas lábias de Lúcia e se metera na Casa Azul.

9

NA CASA DO CABO Candinho, a vitória de Joca ia repercutindo sobre todos. Agora, só se falava nos triunfos de Joca. Até a velha Filipa se deixara envolver pelas notícias. Sinhá Antônia, a princípio tão sentida com a ingratidão do filho, agora vivia cheia, com as cartas que de vez em quando chegavam. Até dinheiro Joca lhe mandara. De uma vez, cem mil-réis, de outra, duzentos. Lourdes se preparava para o casamento. Julinho vivia nadando em felicidade, contando coisas exageradas aos amigos do Cabo. Joca marcara mesada para a família, afirmava ele por toda parte. Joca queria que a família viesse morar na cidade do Cabo, morar em casa de gente rica. E a revista esportiva com o retrato do irmão não saía de suas mãos. O cabo Candinho começou a ser mais considerado pela freguesia. Já não regateavam tanto para comprar o seu camarão. Corriam entre os pescadores as notícias dadas por Julinho. Para eles, o cabo não precisava passar a noite em cima da canoa, pescando. Ele só fazia aquilo porque a sua vida era aquela. O filho lhe mandava uma mesada. Por mais de uma vez o velho teve de desmentir a história e os velhos companheiros não acreditavam. Ele estava era escondendo leite. Ninguém queria o dinheiro do cabo Candinho, e ele negando que o filho lhe mandava mensalidade. Era um unha de fome. Não gastava com a família, não levava as filhas a uma festa e agora negava a verdade. A história se espalhou, andou de boca em boca. Julinho aumentava ainda as coisas. O enxoval da irmã viera do Rio. Joca comprara objetos finos para Lourdes. Na estiva, Sotero, o noivo, era interrogado todos os dias. Tudo era mentira. Ele não sabia de coisa nenhuma. A noiva cuidava em se preparar como pobre que era.

E Joca de vento em popa, subindo sempre. No último campeonato, quase que pegara o centroavante da seleção, em número de gols. Havia cronistas que o tinham em melhor conta do que o outro. Era mais ágil, mais oportunista, embora sem o traquejo do grande Zezé. Joca, porém, ficara na reserva. Os jornais e os fãs do seu clube já não punham em dúvida: era o maior centroavante. No concurso da maior revelação do ano, o seu nome ia na frente, era preferido pelas multidões. Não eram somente os torcedores de seu clube que o cercavam de admiração. Sentia-se amado do povo. E este amor se positivou de verdade quando foi a disputa da Taça Rio Branco em Montevidéu. Não fora convocado para a seleção, por ser muito moço, sem experiência para jogos internacionais. Foi esta a desculpa do técnico e o escrete brasileiro seguiu sem ele para o estrangeiro. Muitos criticaram o critério adotado. Joca era um jogador que não carecia mais de nada para se exibir em qualquer parte do mundo. E foi a primeira partida. Os brasileiros, com um meio de campo prodigioso, ótima parelha de beques, e no entanto, abatidos por contagem mínima. A linha de atacantes nada fizera. Toda a crítica oriental se fixara neste ponto: faltava sangue aos dianteiros brasileiros. O segundo jogo seria oito dias depois. A imprensa brasileira se alarmou com o fracasso da seleção. O centroavante estava machucado. Era a desculpa do preparador. Foi quando toda a opinião nacional se fixou em Joca. Joca devia ir. Faltavam cinco dias para a grande partida. Joca salvaria a seleção do Brasil. A federação assumiu então a responsabilidade e ele seguiu de avião, para reforçar o escrete brasileiro. Para ele tudo aquilo era maravilhoso. O Brasil, todos os brasileiros contavam com ele. Seguiu: nas sete horas de avião, aquilo não lhe saía da cabeça. Na beira da Araruama, estava a sua gente, sabendo que ele era a esperança do Brasil. Lá de cima, viu terras do Brasil, viu o grande mar imenso, parado, sem ondas, como se fosse de óleo. Em Porto Alegre, apareceu uma delegação esportiva para saudá-lo. Fizeram discursos. O Brasil contava com ele e no domingo entrou em campo, debaixo de vaia estrondosa, de gritos de uma multidão hostil. Correu pelo campo, sentindo-se oprimido por milhares de torcedores. Tinha contra si o campeão do mundo. Formaram-se os esquadrões. Cantaram o hino brasileiro e nunca aquelas palavras, aquela música lhe saíram da boca com mais sentido, com mais vigor. A gritaria continuava. Entraram os da terra, sob uma tremenda ovação. O capitão dos uruguaios apertou a mão do capitão brasileiro. Estrondaram palmas de todos os cantos e o jogo começou. Nunca lhe passara pelo corpo um frio daquele. Não soube o que fez da primeira bola. No segundo lance, porém, reagiu. O meio de campo lhe entregara a bola e ele, rápido, esticou um passe para a extrema esquerda. E correu para a área. O meia-direita serviu-o com precisão e ele, com dois adversários pela frente, fugiu de ambos e sem perder um instante, com o pé esquerdo, atirou-a com toda a sua alma, ao gol. E ouviu um "oh!" da multidão e os companheiros o abraçavam loucos de alegria. Fora o primeiro gol da tarde. Daí por diante o jogo foi duro. A defesa uruguaia era de gente capaz, de homens que conheciam a posição como poucos. O seu gol fora obra de acaso. Os ataques ao arco dos brasileiros se amiudavam. A cada momento, a defesa se via em situações críticas. No entanto, o pessoal estava firme e o meio de campo em grande dia. No segundo tempo entraram em campo com ordem de atacar e foi o que fizeram. A ala esquerda organizou o primeiro ataque e foi com a bola até o gol. A pelota se fora pelas laterais. Os locais estavam porém dispostos a evitar a derrota e procuravam por todos os meios o empate. O meio de campo não o largava de mão. Era como se fosse um cachorro de fila, numa marcação terrível. Mas a ocasião chegara para ele. Quando viu a bola nos pés do extrema-direita livre, que corria para o gol, despregou-se da marcação e pôs-se na frente dos beques e como um relâmpago atirou a bola para a esquerda. O extrema-esquerda serviu-o em ótimas condições e, com a bola nos pés, viu o buraco do gol como uma coisa imensa. Atirou-a num canto e viu as redes balançarem. Era a vitória. O jogo estava ganho. Fizera os dois gols. A terceira partida não deu mais trabalho. A volta ao Brasil foi uma consagração. Havia gente no cais, como em dia de festa. Quase que o mataram de apertos e abraços. Os jornais traziam o seu retrato, como o de um grande homem. No Uruguai recebera propostas para contrato. Pela avenida, foram aclamados. Chorou de alegria. Aí se lembrou de Julinho. Era quem ele queria ver no meio daquele povo, a cara besta do irmão, o irmão abraçado com ele. Pela avenida ouvia o seu nome em todas as bocas. Era Joca? Viva Joca!

    Os jornais só falavam nele. Fora assunto das revistas, recebera presentes de todas as espécies: roupas, sapatos, perfumes, até máquina de escrever. O seu quarto no clube estava repleto de tudo isso. Teve que dar retratos para marcas de cigarro. E viu seu rosto alegre, pregado nas paredes, nos muros. Os primeiros dias que seguiram à volta foram cheios de convites. O diretor do clube lhe dera vinte dias de férias. Pensou em ir ao Cabo, em visita ao pessoal, mas era chamado para tantos lugares, que deixou a visita para outra vez. Queriam que fosse a danças, a festas, apareciam delegações dos subúrbios com convites para que ele fosse presidir a festa. E Joca, embriagado com a glória, quase que não tinha um momento para pensar na vida. Não havia descanso para ele. Se estava na rua, se entrava no cinema, todos se voltavam para vê-lo. Era olhado, abraçado por toda parte. Não podia mais ficar só. Vencera o grande concurso do jornal, ganhara um automóvel lindo, uma baratinha de rico. Aprendera a guiar e na polícia tudo lhe facilitaram. Deram-lhe em dois tempos a carta de chofer. Agora, Joca era de todo o Brasil.

No Cabo, era tido como a glória da terra. Aos viajantes, aos turistas, procuravam logo dizer que era aquela a terra de Joca.

Em sua casa, sinhá Antônia gozava a glória do filho. A velha Filipa, no íntimo, temia por ele. Tinha pressentimento. Não falava para não desgostar os seus. Candinho gostava tanto de falar da grandeza do filho, que ela preferia calar. Mas rezava todos os dias, para Nossa Senhora da Guia, rezava como nunca rezara na vida, com todo o fervor de sua alma, para que fossem embora de sua cabeça, do seu coração, os pressentimentos infelizes. Não que ela pudesse com eles. Tinham mais força que ela, que a sua vontade. Mal ouvia Julinho contando as histórias de Joca, trazendo notícias, vinha logo o desgraçado pressentimento magoar-lhe o peito, machucar-lhe o coração. Eram coisas de velha. Joca ia de vento em popa, com todos os ventos soprando nas velas do seu barco. Coisas de velha. Do outro lado, estava a casa maldita, arrastando tudo para o seu lado. Ninguém temia mais os perigos de lá. A cobra criara casca nova e crescera. Um dia, voltaria a matar. Ali dentro de sua casa ela via como todos iam mudando. Julinho trazia notícias e a própria Antônia, a sua nora, de tanto juízo, perdia a cabeça. Compreendia que as meninas estavam mudando, falando já no que não deviam falar. Lourdes se preparava para casar com Sotero e falava em casamento importante, como se pudesse desejar tal coisa. Antônia gastava todo o dinheiro que o filho lhe mandava comprando coisas para Lourdes. Maria das Dores se queixava. A mãe só via a outra, só pensava na outra. Nunca vira aquelas meninas desunidas, brigando. Agora era o que se via. Bate-boca a cada instante. Lourdes falando em enxoval, em casamento e a irmã para um canto desfazendo da outra. Casar com um estivador! Que pensaria da vida Maria das Dores? Como aquela menina mudara de pensar! Se o pai soubesse faria o diabo. Maria das Dores vivia dentro de casa procurando alvoroço. Para ela Joca chegaria um dia em casa e levaria a família inteira para viver bem no Rio de Janeiro. Sonhava com a fortuna do irmão. Então ela encontraria um casamento melhor que o de Lourdes, um rapaz de distinção, que não vivesse de carregar sal às costas. Tinha um irmão que era falado em todo o Brasil. Para ela Joca era o maior homem do mundo. Julinho bem que dizia que o irmão assombraria no Rio. Vinha André e lhe punha defeitos. Joca não tinha defeitos. A mãe Filipa fechava a boca, calava-se. Coitada, era uma velha, não sabia o que dizia. Vivia agourando o neto porque se fora embora. E Maria das Dores enchia-se com as notícias que vinham por Julinho. Havia fotografias de Joca pregadas por quase todas as paredes da casa e na festa dos Tamoios puseram o seu retrato em ponto grande, na parede do salão de festas do clube. Joca não pudera vir para a inauguração, mas viria qualquer dia ao Cabo Frio, para receber as homenagens do seu povo. E ela teria que ir, os grandes teriam de mandar convite para a família de Joca. As moças do Cabo ficariam bobas com o seu irmão. Ele viria de baratinha, vestido como rico e todas teriam que se apaixonar por ele. Joca era o homem mais falado do Rio. Os Tamoios fariam uma festa para seu irmão.

Até sinhá Antônia sonhava com este dia. A festa de Joca, na terra de sua gente. Sonhava vendo o filho cercado do povo, querido de todos, como se fosse o novo prefeito ou deputado chegando para fazer discurso. Viva Joca! E o povo atrás dele. Grande dia seria esse para ela, que era pobre, que tinha um marido pescador de camarão, que nunca pudera vestir de seda uma filha, que nunca fora nada no Cabo Frio. Só podia ter orgulho de seu filho. Sabia que muita gente tinha inveja de seu filho, que era grande, que era falado em todo o Brasil. Muita mulher rica do Cabo, muita salineira orgulhosa, invejaria sua sorte, a sorte de Joca, filho de pobre, e abafava os filhos de todos os ricos da terra.

Toda a família se rejubilava. O cabo não dizia nada. No íntimo, tinha consciência do valor do filho. Nas noites de pescaria, no frio, com o vento cortando-lhe a pele seca, pagava-se de todos os sacrifícios pensando em Joca. Julinho andava meio vadio, dando de pernas no Cabo, chegando em casa fora de horas. Era homem, devia se comportar como gente. O outro era quieto, calado, amigo do trabalho. Até lhe falaram que o major Sales o havia chamado para trabalhar nos armazéns. Ficaria sem ele para os seus lances, as suas noites de cerco. Pelo menos ganharia mais e dinheiro na mão de André não era como dinheiro na mão de Joca. André sabia guardar, parecia homem de juízo. Julinho, agora, com as histórias do irmão, dera para viver na cidade, sem fazer nada, batendo boca no cais, conversando com os vagabundos do Cabo. Filho dele teria que pegar no pesado. Joca, desde menino, se fizera na estiva.

De fato, Julinho não queria outra vida. Era falar em Joca, comprar jornais e revistas do Rio que davam notícia do grande centroavante e encher os ouvidos dos outros com suas histórias. Já abusava de tanta grandeza. No meio dos pescadores, entre os homens da estiva, entre os moleques do Cabo, passava por besta. Dera para discutir, puxar brigas quando lhe faziam restrições às qualidades do irmão. Então caprichavam. Mal viam Julinho, inventavam histórias para bulir com ele. Havia sempre quem revelasse qualquer fato desagradável sobre Joca e, assim, enfureciam o rapaz. Ao cabo Candinho, um amigo chamou a atenção:

— Cabo, abre os olhos, senão teu filho Júlio endoidece. O bicho só vive por aqui falando em Joca, procurando brigar por besteiras.

Em casa o cabo chamou o filho e lhe passou um carão. Não queria vagabundo dentro de casa. Se quisesse encangar grilo que se fosse. Filho dele era para ser gente de verdade. A mãe chorou:

— Coitado de Julinho. É tão bom, tão manso.

Quis tomar as dores pelo filho, mas a sogra se chegou para ela:

— Cala a boca, mulher, Cândido sabe o que está fazendo. Julinho precisa mesmo de regra.

E sinhá Antônia procurou o menino para agradar. Julinho, porém, saiu-se com quatro pedras na mão. Ia embora. Ali não ficaria para viver cheirando lama, aguentando o diabo, de seu pai. Não era escravo, não queria ouvir gritos. E foi para o Cabo.

A velha Filipa falou para a mãe:

— O menino está perdido. Precisas tomar cuidado. Deixa ele com Candinho que Candinho o endireita.

A mãe chorou de pena e a velha continuou:

— É isto, menina, o povo daqui está muito cheio com Joca. Isso que Julinho está fazendo é só por causa dele. Não

Água-mãe • 177

vês como Maria das Dores fala à gente com soberba, como se já fosse dona de fazenda real? Esta casa está virando a cabeça. Toma cuidado, menina. Todo o santo dia eu peço a Nossa Senhora pelo bem de vocês todos.

— Mãe Filipa, a gente tem de ficar contente com um filho como Joca. Ele é tão falado, tão querido de todo o mundo. Como é que a gente dele pode ficar quieta.

— Não é isso o que eu te digo, minha filha, tu podes ficar contente com as bravuras de teu filho, mas bate no peito, reza por ele, a desgraçada daquela casa está ali.

E sinhá Antônia ficou com medo. A velha sabia de tudo. Com os olhos cegos via mais do que ela, que tinha os seus limpos e bons. Ficou com medo de uma desgraça. Deus a protegeria e protegeria Joca e a todos os seus. Havia aquilo de Maria das Dores brigando com a irmã. Era uma menina tão boa, tão branda, e agora estava com aquele gênio, reinando por tudo, desfazendo da pobreza da irmã, do casamento com um homem pobre, como se naquela casa não fossem iguais. O que dera na filha, não sabia explicar. Julinho vivia assim de ponta com o pai, falando em sair de casa. Mas Julinho não podia fazer uma coisa daquelas, era um bobo, não tinha expediente. Seria a desgraça dele. E a filha mais nova, revoltada, para um canto, achando que tudo dentro de casa nada valia. Sofria mais por ela do que por Julinho. Seria doença? Não podia ser. A menina era tão sã, tão forte! A tia Filipa por mais de uma vez lhe dissera:

— Das Dores, fica quieta, que foi que viste? Uma filha de Cândido não deve fazer uma coisa destas.

E Maria das Dores ficava com aquela cara de desprezo. Felizmente a tia Filipa não enxergava. Sua filha estava contra os de sua casa. Aquilo lhe doía profundamente. Se Candinho visse uma má-criação daquelas, era capaz de bater na menina. O marido era manso mas quando ficava com raiva, virava uma fúria. Uma vez até lhe perguntara:

— Por que Maria das Dores não sai com Lourdes?

Dera uma resposta qualquer, uma desculpa que ele aceitou. Um dia a coisa estouraria e poderia acontecer uma desgraça. Maria das Dores nunca fora assim. Só podia ser mesmo doença.

A última carta de Joca deixara a família feliz. O filho falava em comprar casa no Cabo para a sua gente morar. E falava nas irmãs e no futuro da família: "Minha mãe, não pense a senhora que estou esquecido dos daí. Para o ano, quando meu contrato for assinado, vou comprar no Cabo uma boa casa para a senhora e papai morarem."

As mágoas de sinhá Antônia diminuíram e as ambições de Maria das Dores cresceram. Achava que deviam comprar o sobrado da coletoria. Aquilo sim, era casa para gente morar. Comprar casa em rua de pobre era mesmo que morar na beira da lagoa. O cabo Candinho ouviu a filha ler a carta e ficou calado. Depois falou. Gostava de seu sítio, para que mudar de vida? Maria das Dores porém não se conteve:

— Papai quer que a gente viva toda a vida neste deserto.

O velho ergueu os olhos para a filha, pregou-lhe na cara os olhos miúdos.

— Menina, com quem estás aprendendo estas coisas? Pensas que eu vivo sem saber de nada? Aqui nesta casa quem manda sou eu. Acho bom calares a boca, senão te rebento os dentes.

Das Dores se ergueu do tamborete e gritou para o pai:

— Venha quebrar!

Água-mãe • 179

A casa estremeceu. A velha Filipa se pôs de pé, como se quisesse amparar uma coisa que ia caindo. O cabo, quase sem fôlego, de olhos fuzilando, partiu para a filha como uma fera:

— Então, siá cachorra, é assim que tu me respondes?

E as bofetadas caíram sobre ela. Sinhá Antônia quis defender a filha e não teve forças. As cordas de uma rede em conserto cantaram nas costas da moça. Maria das Dores no chão, e o pai enfurecido machucando-a de pancadas, de golpes terríveis. Os seus gritos rompiam o silêncio da noite:

— Basta, meu filho, basta – gritou a velha Filipa. E caiu aos pés do filho: — Pelo amor que me tens, meu filho, basta.

O cabo ficou para um canto, como se tivesse terminado uma carreira, ofegante, e o choro de das Dores arranhava o coração da mãe, estendida no chão, como um bicho:

— Coitadinha de minha filha, coitadinha de minha filha.

E o cabo gritando:

— Agora, eu quero pegar é o safado do Julinho.

10

O LIVRO DE PAULO Mafra alcançara um sucesso sem precedentes. De repente passava ele à categoria de grande escritor, de mestre, de sociólogo. O partido político que agitava o país tomava-lhe algumas de suas ideias, para tema de propaganda exaltada. A crítica partidária dividia-se na apreciação. Havia os que colocavam o jovem entre os maiores de sua geração e os que lhe negavam tudo, fazendo-o instrumento de interesses ocultos. E a vida de Paulo Mafra se complicou. Por mais que quisesse e que pretendesse se isolar, não conseguia; teria de sofrer solicitações, apegos de adeptos. A imprensa do partido punha o seu nome num relevo de chefe. Era o ideólogo que se entregava de corpo e alma à salvação do país. E os adeptos se iam espalhando pelo país inteiro. A luta política se desdobrava por todos os cantos. Os insultos, os aplausos, se revezavam sobre o livro. Para uns, revelara ele ao Brasil um caminho de salvação; para outros não passava de simples repositório de leituras maldigeridas. No íntimo, Paulo Mafra se sentia fracassado. A mediocridade que o cercava era de fazer dó. Todos os fracassados, literatos sem repercussão, todos os sem--sucesso, corriam para as suas ideias, para os seus conceitos. Queriam que ele fosse aos centros políticos em ebulição. A sua presença faria conquistar mais elementos e mais adeptos. Assim, ele se via rodeado do que mais detestava, de gente miúda, vazia, de discursadores, de homens que traziam na cara as marcas da ambição. Não os podia suportar. Aos mais inteligentes foi fazendo compreender que não se daria daquele jeito à exploração que pretendiam fazer com o seu nome. E o seu nome diariamente em foco e o seu livro apontado como uma espécie de evangelho. No *Tirania e autoridade* descobriam intenções, isolavam trechos. O Brasil precisava de um homem que encarnasse todas as qualidades de chefe, do chefe ideado pelo escritor. E este chefe e este homem não dormiria. Tudo aquilo, todas aquelas soluções foram doendo na consciência do jovem. Mais de uma vez, seu pai chegara em casa com notícias. Muitos dos seus amigos adoravam seu filho. O Paulo esquisito, arredio, dera para escritor. Merecia referência de homens como o seu amigo Paulo Santos, jurista de relevo, mestre de gerações e gerações. Pensara que o Paulo não passaria daqueles artigos e ele se saíra com um livro notável capaz de abalar o país inteiro. No Jockey, o prestígio do filho crescera. O rapaz pretendia encontrar um meio de arrastar o país da anarquia e dos perigos do comunismo. Era uma força que vinha ao encontro das classes que produziam, que tinham o que perder. Felicitavam-no:

— Menino de gênio, seu Mafra. Que pena, que força de argumentação! A nação carecia mesmo de um orientador desse quilate.

E, dessa forma, Paulo Mafra verificava que a revolução dos seus planos não passava de simples dique, de mera formação de cobertura. A ordem que ele pretendia destruir era aquela mesma que corria para o seu lado, tomando-o como um esteio. Teve vergonha, compreendeu que havia caído num logro, que não fora capaz de se exprimir com precisão. Pretendera dar corpo a uma nova ordem e o que se percebia do seu esforço era uma caricatura, uma deformação do seu pensamento. Fracassara. Quis sair com artigos contra todos, fazer um escândalo sem precedentes e não teve coragem. Intimidou-se, sentiu como se se tivesse metido numa falcatrua, com a consciência de tudo e sem forças para libertar-se, sem forças para gritar. Era um prisioneiro, um pobre-diabo. Aquela luta consigo mesmo o abatia profundamente. Coisa baixa e indigna era esta humanidade, atacada nas suas profundezas. O seu livro lhe trouxera a certeza de que era fraco como os outros, a certeza de que a sua natureza era de espécie igual a todas. Teve nojo do livro. O seu editor fazia uma publicidade monstruosa. Já andava pela terceira edição e as notícias nos jornais falavam de tradução para o italiano, para o francês, para o alemão. Recebera cartas de chefes de Estado e a Igreja, por muitos de seus prelados, lhe enviava congratulações. Tudo era da mesma espécie, do mesmo barro inferior; uma coisa o tocara de maneira particular: recebera uma carta de Luís, comunicando-lhe que se havia filiado ao partido. Teve medo, aquela notícia o abalou ainda mais. Pensou em lhe mandar uma carta, dizendo que abandonasse o movimento. Nada tinha com tudo aquilo. Era o puro, o intuitivo que se deixara conduzir pela propaganda. Doeu-lhe como uma notícia de filho que se tivesse desgarrado no vício, através do exemplo de um pai corrupto. Ficou assim numa situação de desespero. Em casa todos agora o consideravam como uma grande figura. Vivia cercado de atenções. As visitas faziam questão de vê-lo. Os amigos do pai queriam livros com dedicatória. O Centro dos Industriais mandara distribuir o seu livro entre os operários. Os jornais publicaram a notícia, em destaque, de coluna alta. Uma edição completa do *Tirania e autoridade* fora adquirida pelos magnatas dos tecidos. Ficara assim com a impressão de que se reduzia a um capanga de potentados. E uma amargura seca começou a lhe roer a alma. Fugia de todos. Ficou com vergonha de procurar o seu refúgio do Cabo Frio. Luís havia acreditado nas lábias da propaganda. Uma natureza vigorosa, de homem como devia ser o homem, se contaminara por suas mãos. No seu quarto, não fazia nada. Deixava-se ficar espichado no divã ou na cama e passava noites inteiras em claro, sem gosto e sem vontade de abrir um livro. Em cima da mesa, o montão de cartas para abrir. Certa vez pegou numa delas e era uma longa carta de um rapaz de Goiás que lera o seu livro e queria felicitá-lo pela energia e salubridade de suas ideias. No mesmo dia em que acabara de ler o *Tirania e autoridade*, fora à sede do partido, filiar-se como soldado. O Brasil precisava de salvar-se assim, por uma mocidade consciente do seu valor moral. Dentro da carta, vinha um retrato do jovem. Era mais um que caía no logro. Outras cartas falavam de apoio, de inteira simpatia pela causa. Outras vinham com insultos tremendos. Afirmavam coisas absurdas. Para estes, ele era um aventureiro, a serviço de interesses mesquinhos, um vendido a isto e àquilo. Recebia os insultos com tranquilidade. Faziam-lhe maior bem do que as dedicações dos jovens inexperientes. Para uns passava por um velhaco, para outros, era um santo, um sábio, que conhecia tudo e que dispunha de meios para salvar a nação. Era um escroque e era um taumaturgo. Ao mesmo tempo voltava-se para si mesmo com desprezo. Não acreditava em Deus e falava de Deus. Os crentes confiavam na sua sinceridade, no fervor de sua fé. É verdade que nunca se firmava em fé alguma. Estava fora da Igreja e no entanto todo o mundo o tinha na conta de um católico devotado. Fora culpado de todos esses desencontros. Não tivera capacidade para dizer o que pretendia. Sua irmã Luísa lera o livro, fora ela própria que o ajudara na revisão. Esta o compreendia, fora capaz de apreender o sentido autêntico de suas ideias. A crítica de um desconhecido falara-lhe fundo. Por este comentador, fora visto, sentido, compreendido. Fizera ele uma análise dura das suas ideias. Paulo quisera conhecê-lo. Soubera que era um beneditino, um frade de grande influência em certos meios da juventude. Não fizera um livro para ser compreendido por uma minoria; ao contrário, queria o contato com o povo, com as massas. Falhara inteiramente nesse sentido.

Uma noite, resolveu fazer um dos seus passeios habituais. Costumava, nos seus momentos de angústia, andar sozinho pelos recantos mais populosos da cidade. Sentia-se um desconhecido, no meio de gente que nunca o vira, e que talvez nunca mais o tornasse a ver. E naquela noite sucedeu um incidente desagradável. Estava num café da Lapa. A orquestra tocava um samba em voga. Notou que um grupo olhava para ele com insistência. Fora reconhecido. Do meio dos rapazes saiu um para o cumprimentar. Outros deram vivas ao seu nome. E pela porta do lado, surgira meia dúzia de desconhecidos, aos gritos. De repente, travou-se uma luta tremenda. Deixou o café e no outro dia leu os jornais. Vinha a notícia, explorando tudo. Num café da Lapa, se haviam encontrado grupos da Ação Social com elementos da esquerda.

Estava certo de que, de agora em diante, a sua vida seria um foco de agitação, uma força desencadeada, à toa. Foi para o Cabo Frio. Lá podia ficar fora de tudo, com o seu amigo Luís. E de lá voltou desesperado. Luís estava incendiado, cheio de entusiasmo. Viera dele a perdição do amigo. Procurou aconselhá-lo e ele explodira. Pensava então que era um maricas, um incapaz de fazer alguma coisa pela causa? Teve medo de descobrir todo o mal-entendido, e falar-lhe com calma, de abrir-se com o seu único amigo. E viu que feriria, que mataria uma consciência que se abrasava em fé. Podia ser que todo aquele movimento se elevasse acima de sua mediocridade e que homens como Luís fossem capazes de fazer alguma coisa de grande. Retornou ao Rio mais só, mais certo do deserto que seria a sua vida. Talvez pudesse salvar alguma coisa de seus livros. Talvez que uma série de artigos pudesse esclarecer o que ficara obscuro em muitas de suas páginas. E foi com propósitos assim que procurou o chefe do partido, e saiu desapontado da conferência. Para ele, não havia jeito. O homem pedira que não agitasse nenhuma questão, que ficasse quieto. O livro dera ao movimento a sua alma, a sua consistência. Não seria mal que permanecesse aquela obscuridade. O povo precisava lutar, de procurar por si mesmo o seu caminho. O livro dera um roteiro. Que fosse desbravado esse roteiro. Depois, não seria conveniente que a massa soubesse que os chefes não estavam seguros de suas ideias. *Tirania* e *autoridade* era um manancial. E mostrou-lhe o fichário do partido. Para todo o Brasil, o seu departamento de cultura havia distribuído as suas ideias e lá estavam frases do livro, isoladas como aforismos, trechos escolhidos, sentenças sobre a liberdade, sobre a autoridade, sobre o liberalismo, tudo recolhido em fichas e com indicações precisas. Era o seu livro a retalho, feito em pedaços, para o serviço de doutrina do partido. Enfureceu-se com aquilo, falou áspero com o chefe, porém este não se alterou. Ele era muito moço, disse-lhe, um gênio criador. Realizar era coisa mais complexa, realizar seria para homens que conhecessem os seus semelhantes, para os que soubessem apalpar a alma do povo. Foram chegando auxiliares do chefe, rapazes entusiastas e Paulo Mafra era olhado, admirado, como uma autoridade imensa, um poder de exceção. Não suportou mais aquele espetáculo e despediu-se, ainda mais convencido do seu fracasso. Por onde passava era olhado, ora com olhares de simpatia, ora com hostilidade. Refugiava-se em casa e, ainda assim, era como se estivesse no deserto. Todos os de casa o consideravam. Até as criadas já não mostravam com ele aquela simplicidade de trato. Transformara-se de repente num estranho, dentro de casa. Procurou Petrópolis, a velha casa cercada de árvores, para se refugiar. Ficou sozinho por lá, longe de tudo. Mas em certa ocasião em que saíra, foi surpreendido por um admirador. No outro dia, uma comissão do partido viera pedir para que ele fizesse uma conferência na sede. Sentiu-se perseguido. Naquele mesmo dia desceu para a cidade. Pensou numa viagem ao estrangeiro, para fugir de tudo aquilo. E dizer que seis meses antes havia pensado em agir sobre os homens, criar outro homem, em descobrir no coração do homem restos de grandeza. Era um ingênuo. A gente de casa tomava aquele retraimento ainda mais agressivo como manifestação de orgulho. Dona Luísa tivera de defendê-lo. Paulo sempre fora assim. Marta ficara desapontada porque um seu amigo, secretário de legação da Argentina, pedira-lhe para ser apresentado ao grande Paulo Mafra e o irmão fora grosseiro com ela. Marta desceu do seu quarto para se queixar à mãe. Paulo pensava que era o maior homem do mundo. Nunca tinha visto orgulho maior, pretensão igual. Dona Luísa foi uma vez ao quarto do filho. Raramente fazia aquilo. Só nos tempos de menino, ia ela ali, cumprir os seus deveres de mãe. Com os filhos grandes, estando eles em casa, raramente subia aos seus aposentos. Gostava de, na ausência deles, arrumar, descobrir meias furadas, arranjar as coisas. Mas estando qualquer um em casa, não costumava procurá-los. Por isso, quando a viu, Paulo se espantou. A mãe sentou-se na cama, apanhou os papéis que estavam no chão e foi falando, como se temesse uma reação.

— Meu filho, tuas irmãs se queixam de teus estouvamentos. Martinha chegou chorando, dizendo que foste grosseiro com ela. Isso não é direito, Paulo. Sofro com isto.

A mãe sofria mesmo. Fora procurá-lo para lhe pedir um favor. Não fizera grosseria alguma com Marta, porém, não estava disposto a servir de objeto de admiração. Nunca fora de festas, nunca se dera com os convidados da irmã. Preferia ficar no seu canto, fora de tudo. E a velha sofria. Era mais uma mágoa para ele. Provocava mal-estar dentro de casa. A admiração do pai o incomodava. A notícia que viera da decisão do Centro dos Industriais deixara radiante o velho Mafra. Felizmente, Paulo não se perdera em artigos subversivos de jornal. Seu livro fora julgado pelo doutor Sousa Magalhães, que escrevia aos domingos, no *Jornal do Commercio*, como uma obra de fôlego. Então o doutor Mafra dera para procurar o filho para conversar. Paulo fazia um esforço tremendo para suportar a palestra do pai sempre satisfeito, dando as impressões dos amigos sobre o filho. O doutor Francisco de Melo, da Faculdade de Medicina, mandava recados ao autor de *Tirania e autoridade*. Por mais de uma vez lhe pedira para ser apresentado a Paulo. Mas o doutor Mafra não encontrava o filho que imaginara e desejaria que fosse, deliciando-se com as suas notícias, e falou com a mulher. Paulo lhe parecia muito orgulhoso, muito cheio de si. Não dizia nada, mas até sofrera um pedaço, por causa do filho.

Um jornal o atacara ferozmente. Descera a termos revoltantes. Era um barriga cheia que queria doutrinar a homens famintos. Vinha com referência à família. O autor tinha um pai que gastava milhares de contos com cavalos de raça, a mãe coberta de joias, irmãs que davam festas onde o champanha corria, irmãos que gastavam mais gasolina do que muito estado do Norte. E aparecia querendo salvar o mundo. Era muito bom, muito fácil. O que ele defendia era a riqueza, era o luxo dos seus, era a estabilidade de uma fortuna acumulada com os sacrifícios do povo. O artigo irritava o velho Mafra, fora comentado no Jockey, fora lido pelo Lineu, pelo Maneco. O Aprígio apareceu com um soneto fazendo troça com ele. Paulo não dera importância à insolência do jornal. Mas sofreu porque sua mãe apareceu naquele dia; sabia que sua mãe era uma criatura forte, a melhor pessoa da família. Soubera por Luisinha que a mãe chorava com o tal artigo. Mesmo assim, tudo aquilo lhe fazia menos mal do que os artigos de louvor dos grupos que o exploravam. Estava cercado de todos os lados. Luisinha também sofria. Agitava-se quando lia críticas ao irmão. Sabia que ele era um puro, um grande, e, no entanto, julgavam-no um miserável. Gostava dos elogios do jornal do partido. E Paulo estava cada vez mais aniquilado. Ela sofria pelo irmão. Um dia foi franca com ele; por que não se abria, não lhe falava com toda a sinceridade? Chorou, e então Paulo ficou mais feliz, sentindo-se mais próximo dela. E resolveram passar uns tempos longe de todos, no Cabo. Era em junho. A mãe achou estranha aquela resolução. Só consentiria se Júlia os acompanhasse. Paulo ficou satisfeito. Pelo menos uma criatura ficaria feliz, se sentiria alegre ao seu lado. As irmãs acharam que era esquisitice de Luisinha. O pai mostrou-se indiferente. O Grande Prêmio Brasil o absorvia inteiramente. Tinha um esplêndido animal argentino para a corrida. Era todo o seu entusiasmo, uma esperança de vitória retumbante. E os dois irmãos ficaram no Cabo por muito tempo. Todos os dias Luís ia ver Paulo e procurava sempre conversar sobre o movimento. Paulo fugia do assunto, com jeito, para não desgostar o amigo. Até mesmo inventou doença, para evitar convites para assistir às sessões do partido na cidade. A princípio Luís magoou-se com a recusa. Mas depois se convenceu de que não era orgulho. Não podia compreender a diferença que se operava no amigo. Era como se fosse outro. Nunca mais que o vira como naqueles dias de passeios a pé, falando de tudo com alegria. Era outro homem. Ligara-se mais com Luisinha, e a irmã de Paulo não parecia aquela arisca dos outros tempos. Agora conversava muito com ele. Era linda, com aqueles olhos claros, muito ternos e a voz doce. Se não fosse aquela perna murcha, seria mais bela do que as irmãs. Ficava conversando com ela debaixo da figueira grande. O vento de junho era de cortar. Mas naqueles dias a Araruama parecia mais bela, mais verde. Luisinha falava muito no irmão, na neurastenia que o atacara. Tinham vindo para ali, para ver se ele melhoraria. E Luís foi gostando cada vez mais dela. Vinha visitá-la com uma das irmãs. Lúcia, porém, era mais das outras, das loucas. Trouxera uma vez a mãe que voltara encantada com a filha mais moça de dona Luísa. A menina tinha uma conversa de gente de juízo. Luisinha deliciava-se com a vida que levava então. Nunca fora tão feliz, nunca se sentira tão íntima de outras criaturas.

11

Quase não sabia explicar o que era aquilo. Era muito mais do que amizade, era muito mais do que camaradagem de irmão. Mas a sua vida se enchia e começava a tomar gosto pelas coisas, e vibrar com os dias bonitos, com a luz, com a cor que cobria a Araruama, as árvores e o mar. Vinha-lhe de fora uma satisfação completa de viver. Todas as suas mágoas recolhidas, todos os seus complexos se dissolviam com a vida que levava agora. Sabia que Paulo melhorava. Não lia os jornais. Pusera-se fora do mundo. Agora já o via mais contente, sem aquela expressão de angústia que o abalara, e que trazia no rosto, nos gestos, do próprio timbre de voz. E via o irmão com melhores cores, com mais ânimo, metido nos seus passeios a pé, ao lado de Luís. Ela é que parecia ter criado outra alma, outra espécie de alma ocupava o lugar da sua velha alma, corroída de decepções, de amarguras. Podia ser que fosse uma ilusão, que mais uma vez o destino lhe estivesse preparando uma cilada. Mas não era não. Era outra criatura, na verdade. O mundo criara uma nova feição. A vida não lhe seria mais aquela carga, aqueles olhares de piedade, aquelas palavras de comiseração. A vida já não lhe era aquela marca de aleijão que Deus lhe pregara. Sim, vivia agora embalada ao vogar de ondas mansas.

Amava. Luisinha amava. Nunca pensara que amor fosse assim, nunca imaginara que seria capaz de amar. E amava de verdade. Luís lhe trouxera uma grandeza que não pensava existisse no mundo. Via as irmãs em conversas, no pegadio com rapazes. Via Marta, mudando de um para outro, sem encontrar um pouso para as suas afeições. Vira Helena amando e chorando uma vez por causa de namorado. E pensara que tudo aquilo fosse mais exterioridade, sem ligação com a vida íntima, sem relação com todo o corpo e toda a alma. Era simplesmente brincadeira de moça, exibição, mais que realidade. Achava que todos os homens eram frívolos. Todos os rapazes que a conheciam não a levavam em conta. Era uma aleijada, uma perna murcha. Deviam sorrir do seu defeito. Lera o romance de uma moça que era marcada por uma desgraça como a sua. Era a história de um amor terrível, do desespero de um coração em febre, uma mulher toda de carne, com todos os seus instintos à espera de um homem que a amasse. E Deus que marcara essa criatura com a sua crueldade, deixava que ela se destruísse na dor, no abandono. Era defeituosa, não podia despertar interesse nem amor de ninguém. O romance a deixara ainda mais abafada, ainda mais chumbada ao seu desespero. A destruição do mundo seria uma obra de paz para ambas. Todos os homens olhavam para o seu defeito e sorriam. Logo que os via embevecidos, olhando para ela, sem a conhecerem, vinha-lhe um ímpeto de se mostrar tal como era realmente. Punha-se em pé, andava, fazia qualquer coisa para que não se iludissem. E as decepções que esse seu gesto provocava eram feridas abertas. Podia procurar enganá--los, encobrir o defeito, iludi-los por mais tempo, mas fazer aquilo seria sentir a si mesma. Mostrava-se tal como era, para se castigar. Era um aleijão. Todos a consideravam assim, até mesmo dentro de sua casa. Dividiam a família em duas categorias: as irmãs de um lado e ela do outro. Os que eram sãos e ela, arrastando-se, com a perna metida em aparelhos de ferro, um aleijão que provocava a piedade de todos. Os rapazes de sua idade eram homens que a teriam na conta de inútil. Lembrava-se bem de Chico Pedro, o filho do ministro, que fora seu companheiro de infância. Moravam em São Clemente e ele vinha brincar no jardim de sua casa. Foram amigos. Voltara da Europa e agora era aquele rapaz admirável, um sucesso, o Chico Pedro admirado, cobiçado. Estava sempre em sua casa nas festas das suas irmãs, era companheiro inseparável de seus irmãos. Fugira dele. Não o quisera ver. Por mais de uma vez ele perguntara à sua mãe por Luisinha. Dona Luísa dava uma desculpa qualquer. Não. Não o quisera ver. Escutava do quarto o timbre de sua voz, na conversa no pátio, com as irmãs. Uma vez, através de uma veneziana, o vira abraçado a uma pequena amiga da casa. Todos viviam, todos tinham suas horas de entusiasmo, todos corriam, tinham pernas firmes, andavam sem esforços, seriam capazes de saltar. Era o que ela mais admirava em Marta: aquelas pernas maravilhosas. Marta gostava mesmo de se exibir. Andava com aqueles *shorts* curtíssimos para que todos vissem e admirassem as suas maravilhas. Tinha pernas perfeitas. Fazia ginástica. Ganhava prêmios nas escolas de esgrima. Montava a cavalo como homem. Era o que mais admirava nela: as suas pernas perfeitas. Todos em casa viviam entusiasmados com a beleza de Marta. Tinham um aleijão na família, mas Marta era bastante bonita para encher sua mãe de orgulho. Sim, a sua mãe teria desgosto de vê-la assim monstruosa e nem se pagava desta desgraça admirando a perfeição de Marta, o corpo magnífico de sua filha. Passava a vista nos jornais de moda, de elegâncias, que as irmãs assinavam. Que mulheres admiráveis! Reparava sempre nas pernas, nas formas magníficas que as fotografias deixavam ainda mais belas. Mulheres sem pernas murchas. O pai, no Jockey, devia esconder o seu nome nas conversas com os amigos. Tinha uma filha aleijada. Devia sofrer muito por sua causa. Era homem vaidoso, gostando de tudo muito bem, de tudo na melhor forma. Seus cavalos eram os mais belos animais da cidade e quando algum deles partia uma perna em acidente, era sacrificado. Não havia amor que evitasse o sacrifício. E no entanto tinha em casa uma filha que se arrastava, de perna murcha. Sofreria muito, seu pai. Havia a sua Bá, a mulata velha que só vivia para ela. Era a afeição que sentia mais próxima de si. Aquela não saberia que a sua Luisinha tinha uma perna aleijada. A sua Luisinha era toda perfeita, era o seu anjo, era o seu Deus.

Agora, porém, Luisinha se deixava invadir por uma onda de contentamento. Tudo se transformava, tudo criava outra forma. O mundo inteiro já não existia como um suplício. Ela amava. Podia ser que aquilo fosse para a sua desgraça, para a sua destruição. Porém amava, queria mais a um homem do que a tudo mais. Compreendia que havia amor de verdade. Pensava que fosse somente desfrute de suas irmãs. Amava. Não sabia direito como começara aquilo. Aquele mês de junho de luz clara sobre as coisas, aquele sol se desmanchando sobre as águas, sobre as árvores, todo aquele mundo de paz e silêncio, aos poucos criara em sua alma a atmosfera de tranquilidade. Parecia que dentro do seu coração vinha nascendo um mundo novo. Deixara de soprar aquela ventania que dobrava as árvores e matava de frio os passarinhos. Cantavam todos os pássaros. Havia uma festa no seu mundo interior. Fugira de uma prisão fria, de um cárcere. E não sabia de que jeito começara. Só sabia que amava e que tudo chegara de repente, como nos contos de fada, que tudo aparecera de súbito, e, violentamente, a arrastara à vida. Via que o sol era belo, que as árvores eram lindas, que as águas verdes da lagoa eram festivas. Brilhava para ela um mundo que sempre lhe parecera apagado. Nunca esperara que lhe pudesse acontecer aquilo. Tudo lhe viera magnificamente. Deus, de cruel que fora, lhe parecia agora bondoso, pai amantíssimo das criaturas. Quis dizer a Paulo e não teve coragem. Melhor que ele compreendesse tudo por si mesmo. E Luís? Ele a amaria? Não podia esconder o seu susto, mas se não a amasse, nada haveria. Queria era amá-lo. Nunca um homem lhe deixara impressão de força e de segurança. Sempre que ele lhe falava, parecia que perto dela havia um mundo inteiro, todo o mundo, todas as coisas. Podia ser que seu entusiasmo se dissolvesse. Nunca lhe falara de si, nunca aparecera com uma palavra que traduzisse outro interesse que não amizade, e no entanto, as palavras, os gestos e as maneiras de Luís valiam mais para ela do que tudo o que Paulo lhe dava. Tudo era diferente com Luís. A velha Júlia sorria para ela:

— Dona Luisinha está gostando mesmo deste rapaz?

Gostar era bem o termo. Sim, gostava dele, de tudo o que vinha dele. Podia ser que houvesse outros mais fortes, mais belos, mais cultos. Podia ser. Mas o que Luís representava era melhor, o mais próximo de si, mais seu. Às vezes descobria-se representando um papel ridículo e lhe vinha um momento de angústia que era a amargura mais triste do mundo. Ridículo! Essa palavra lhe doía mais do que todas as outras. Mas não seria ridículo para Luís. Via-o tão puro, tão acima das mesquinharias, que confiava na sua bondade. Não sorriria dela. Todos se riam dela, troçavam da sua desgraça. Só daquele lhe vinha a certeza de que não riria dela. Estaria por acaso dominada por uma ilusão? Teria perdido o seu senso crítico, a sua força de analisar-se? Sabia que Luís não riria, não a levaria no ridículo. Então curava a sua angústia, com a convicção de que havia um homem em quem podia confiar. Imaginava Chico Pedro, olhando, reparando o seu aleijão e vinha-lhe um ódio de morte, um ódio que se propagava sobre tudo. Finalmente aparecera um homem que não teria olhos miseráveis. Seu irmão Paulo era bom, era grande, vivia, porém, com os seus próprios suplícios tão infeliz, tão marcado de desconfianças quanto ela. Não podia descansar nele as suas mágoas, nem dele poderia esperar salvação. Luís não sofria. Era um homem que não sofria porque era simples, puro, sem mácula. Amava-o. Junto a ele não pensava em se encolher em defesa própria, em transformar-se numa fortaleza. Junto dele desejava que ele não se afastasse nunca, que mais se aproximasse, mais se chegasse, ficasse em sua casa, morasse com ela. Paulo tinha por ele uma afeição especial. Nunca vira o irmão ligar-se a amigo nenhum. Luís fora o primeiro e não era intelectual, de quase nada sabia. Depois de publicado aquele livro, Paulo mudara muito. Mesmo para com o amigo, ficara outro. Parecia que o livro viera aumentar no irmão a descrença nos homens. Seria que Luís caíra também na admiração do irmão? O rapaz se enchera de entusiasmo pela propaganda dos partidários de Paulo. Não lhe cabia nenhuma culpa. Paulo que o desviasse do erro cometido. Mas Paulo não tinha forças nem mesmo para fugir de seus erros. Luisinha perdera a confiança cega que tivera no irmão. Seu livro, ela quase o escrevera também, de tão ligada que fora à sua composição, tão íntima fora de suas ideias. Depois verificou que o livro do irmão não era humano. E esta impressão lhe vinha chegando à medida que aumentava o seu conhecimento de Luís. O livro de Paulo lhe dava agora a impressão de ser feito com palavras, com muito conhecimento, muitos livros. Luís era uma natureza, Luís não falava bem, não argumentava, não sabia de nada e era mais real do que tudo o que ela lera até ali. Desejaria que ele nunca mais se fosse. Paulo bem lhe dizia:

— É um puro, é um simples.

Paulo, porém, procurava qualidades, ansiava por encontrar um homem que fosse o homem da sua tese. Agora ela amava. Não podia mais viver sem aquela alegria que tomava conta da sua vida.

Luís nunca fora de namoradas. As amigas das irmãs comentavam o seu gênio:

— Teu irmão devia ter ido para o seminário.

Era retraído. Por mais de uma vez a mãe lhe pedira para acompanhar as irmãs a festas. E para ele era um sacrifício ir a festas, principalmente no Cabo. Não tolerava as manifestações excessivas de Lúcia. Na sua opinião, uma mulher se devia impor pela linha. As irmãs se irritavam com as suas atitudes, com os seus rompantes. Dava para sair de uma festa de repente, mal percebia que uma irmã estava de namoro. Por isso não acompanhara mais Lúcia aos Tamoios. Dona Mocinha desculpava as exigências do filho. Era todo o pai. Agora, porém, começava-se a falar de Luís. No Cabo Frio chegaram até mesmo a insinuar a Laura, que fora em visita à filha do juiz de direito, que Luís estava de namoro com a filha mais nova do doutor Mafra. Era um casamentão para ele. É verdade que a moça era aleijada. Mas isso não queria dizer nada, afirmara o juiz, pois dom Pedro II também casara com uma coxa. Dona Mocinha não disse nada, mas no íntimo teve medo. Sempre lhe vinha aquele medo, aquele pressentimento que procurava esconder. Lúcia chegou um dia a brincar com Luís e ele fechou a cara, retirou-se da mesa indignado. Dona Mocinha falou com a filha:

— Lúcia, já devias saber que Luís não é rapaz para brincadeiras dessa ordem.

— Então, mamãe, a gente tem um bicho dentro de casa? Que menino pau!

Dona Maria achava que se devia respeitar o temperamento de cada um.

De fato, Luís tinha a sua queda pela irmã do amigo. Não sabia se era amizade ou se era amor, mas gostava de estar com Luisinha. A princípio achou-a desconfiada, distante de todo o mundo, pegada com os livros, ilhada, como se não quisesse contato com ninguém. Vinha procurar o amigo mas fugia dela. Depois foi vendo que era exagero e foi sentindo um certo interesse pela moça, tão linda e de feições tão doces. Não era possível que fosse como imaginara: intratável, sem interesse por coisa alguma. Uma tarde, Paulo convidou-o para saírem, num passeio. Foram de bote pela lagoa afora. Soprava um bom vento terral e ficaram uma porção de tempo pela Araruama. Luisinha se mostrava inteiramente feliz. Tinha uma voz macia, uns olhos de tanta doçura. Luís amou-a naquele instante. Fora de fato a primeira sensação de amor que sentira. Paulo falava para os dois. Era como se estivesse libertado de todos os seus tormentos. Estava alegre, achando bonito tudo o que via. E Luís manobrava o barco como nos tempos de camaradagem com Julinho e André. Agora era de novo o capitão. O bote, com o sopro da ventania, dobrava-se como se fosse virar. Luisinha segurava-se, mas confiava em Luís. A tarde foi chegando e toda a Araruama era de uma paz imensa. Do outro lado, estava a casa do cabo Candinho. Luís levou o barco bem por perto. Lá estava, enrolando uma rede de pescaria, a velha Filipa, que lhes contara histórias de príncipes. Paulo e Luisinha, calados, na hora triste, e ele com o leme nas mãos manobrando. Viu que Luisinha era a mulher mais bonita que já conhecera. Ela olhava para ele, sem medo, sem raiva. Pensava que ela fosse como as irmãs, orgulhosa, indiferente aos outros. Olhava para ela, como nunca olhara para mulher alguma. O amor devia começar assim. Conhecera colegas que haviam amado, que sabiam se aproximar das mulheres sem medo. Mas ele tinha medo das mulheres. Era mais vergonha do que medo. Agora estava uma ali, a dois passos e não lhe fazia medo. Não tinha medo nem vergonha.

Num sábado, Marta chegou à Casa Azul com um grupo de amigos. Dois rapazes e duas moças. Encheram logo a casa de foxtrotes, de tangos e de alegria. Vinham para uma pescaria em alto-mar. Um dos convidados era o secretário da embaixada americana, que adorava essas coisas. Quando chegaram, Luís estava em conversa com Luisinha, debaixo da figueira grande. Marta apresentou os amigos à irmã e diante de Luís ficou parada como se estranhasse a sua presença ali:

— É um amigo de meu irmão Paulo.

O rapaz ficou perturbado. E quando eles saíram, quis ir embora. Luisinha pediu-lhe para ficar e com pouco mais a Casa Azul saía do seu silêncio para a alacridade de músicas e de danças. E Marta dava as ordens para a pescaria que seria à noite. Dormiriam no barco grande. Foram procurar o mestre Lourenço. Marta já estava pronta para a pescaria e as amigas conversavam e riam à vontade. Bebiam, fumavam. Paulo apareceu e convidou Luisinha e Luís para saírem ao passeio de costume. Luisinha não aceitou. Para ela era doloroso ser vista por estranhos, andando daquele jeito. Então ficaram

conversando ali mesmo. A tarde de junho estava muito fria e sobre a lagoa soprava um vento aborrecido.
— Este pessoal – disse Luís — não aguenta uma noite inteira com este frio. Lá no alto o vento corta. Marta apareceu no alpendre. Devia estar com algum receio, porque foi dizendo para as amigas:
— O tempo está mudando. Vocês não estão sentindo frio?
O grupo todo queria a pescaria. Depois apareceu o velho Lourenço para receber as ordens. E o pescador falou no mar agitado, no sudoeste, no frio lá de fora. Porém Marta queria satisfazer as visitas. O amigo americano falara em inglês com ela. Viera para a noite de pescaria. O mestre saiu para preparar o barco e chamar dois companheiros. A vitrola enchia a Casa Azul de uma tristeza lânguida. Um tango se espichava com a sua dolência. Bebiam muito. Marta apareceu de copo na mão, convidando Luís e Paulo para tomar qualquer coisa. Chamou Luís para a pescaria. Ele era da terra e podia ser útil ao grupo. O americano estava acostumado a pescar na Terra Nova. Chegara ao Brasil havia três meses. Diziam que era um pescador de coragem. Luís, meio perturbado com a presença de Marta, deu a sua desculpa. Mas depois lhe falou: achava um perigo aquela pescaria à noite. Em noites assim, de vento furioso como aquele, os pescadores do Cabo não iam para fora.
— Mas o pessoal quer – respondeu Marta. — O barco é grande.
Apareceu no alpendre uma moça chamando por ela. Luisinha olhava para as pernas da irmã, nuas, magníficas. Corou, ao sentir-se surpreendida por Luís. Marta retirou-se e Paulo não se conteve:

— Esta menina acaba fazendo uma loucura. Que ideia infeliz de vir para cá com essa gente!

Luisinha não disse nada. E com pouco mais Luís se retirou. Paulo acompanhou-o. Vinha caindo o sol. A lagoa encrespada, sem cor. Descia um veleiro de sal. E um frio cortante ia até os ossos.

— O tempo está horrível – foi dizendo Luís. — E esta gente pensando em fazer asneira. Bebem, perdem o controle e até faz medo.

— Marta é assim – disse Paulo. — É boa menina, mas sempre com novidades, com extravagâncias.

Calaram-se e vieram andando até o Cabo. Na entrada da cidade desceram para a praia. O mar furioso levantava ondas altas, quebrando-se na areia com estrondo. O Cabo entrava de águas adentro, coberto dos restos do sol que se punha.

— Marta vai fazer uma loucura. Ninguém pode com ela. Você, Luís, é um homem feliz. Você não tem uma família rica para suportar. Não pode imaginar o que é sociedade em que vive a minha gente. Só mesmo uma coisa muito séria poderá dar um fim a tudo isto. Veja os meus irmãos e as minhas irmãs. Vivem todos nessa festa constante, indiferentes a tudo que não seja exibição. Uns criminosos! Lá em casa é assim como você vê. Não penso que haja culpados e que os velhos sejam responsáveis. Lá uma responsabilidade que não é somente de indivíduo para indivíduo. É de todos, é da classe, de toda uma classe doente.

Foi-se aproximando um pescador. Era o velho Lourenço, que saíra para chamar os companheiros:

— Seu doutor, dona Marta quer levar o pessoal para fora. O tempo não está bom não. Eu disse, mas dona Marta não quer saber das coisas.

O velho Lourenço não estava tranquilo. Conhecia o mar e com o mar não se podia brincar:

— Vai fazer uma noite de sudoeste desesperado.

Paulo não disse nada e o velho se foi, de calças arregaçadas, de chapéu de palha.

À noite, saíram para a pescaria. Do seu quarto, Luisinha ouvia o rumor dos automóveis saindo. Paulo apareceu e vinha apreensivo:

— Mamãe é quem sofre com estas coisas. Eu sei que ela sofre demais.

Era a primeira vez que Luisinha ouvia o irmão falar assim, naquele tom de conversa sobre a sua gente:

— Marta não tem juízo.

Depois Luisinha achou que aquilo tudo daria em nada e no outro dia estariam de volta para outra loucura em qualquer parte.

Naquela noite, ele não pôde dormir. Era uma noite de completa escuridão, de céu sem estrelas. Paulo levantou-se muitas vezes, ficou de luz acesa. Passeou pelo alpendre e mais tarde voltou ao quarto da irmã. Estava trêmulo. Luisinha procurou animá-lo. Chamou a velha Júlia e mandou fazer café para o irmão. Ficaram até de manhã conversando.

Foi quando, sem ter mais o que dizer, Paulo, de súbito, falou para ela:

— Luisinha, você está gostando de Luís. Ele é o homem melhor que conheço.

Ela estremeceu e não teve coragem de dizer uma palavra.

— É o homem melhor que eu conheço. Não sei se você deve se casar.

Luisinha então reagiu:

— Eu é que sei, Paulo.

Água-mãe • 201

O irmão sentiu que atingira a ferida em cheio.
— Você não precisa se zangar. Luís é muito melhor do que qualquer um de nós, do que a nossa gente. Arrastá-lo para o nosso lado será um crime.
Luisinha não disse uma palavra. Mas o irmão continuou falando com crueldade. Nunca ninguém foi mais cruel do que ele:
— Você tem esse defeito físico.
E parou aí. Luisinha, como louca, pulou da cadeira onde estava. Lágrimas lhe correram dos olhos. E quando falou foi para dizer:
— Saia, Paulo, deixe-me só.
Caiu soluçando sobre os travesseiros. Tinham-lhe atravessado a alma. E fora o seu irmão querido. Chorou. Estava só no mundo. Nem com Paulo contaria mais. Era seu inimigo, era como todos os outros.
No seu quarto, Paulo não se arrependia do que fizera. Enfrentara a irmã. Queria saber até que ponto o seu caráter reagiria. Adorava-a, queria-lhe o maior bem deste mundo. E faria tudo para evitar que ela cometesse uma loucura. Podia ela sofrer muito com aquele amor por Luís. Então fizera tudo aquilo para verificar se Luisinha não estaria brincando, como as irmãs, procurando um homem, para mostrar às outras que também podia encontrar quem a quisesse.
Luís era mais homem, mais sério, mais digno do que todos os que conhecera. Luisinha seria mulher para um homem daqueles? Reconhecia que fora cruel, monstruoso, falando do jeito que falara. A loucura de Marta lhe dera aquela coragem. Vinha pensando há dias em fazer aquilo. E sem esperar, vendo a irmã sozinha, lançou-lhe no rosto a prova decisiva. Queria que sua irmã se mostrasse capaz da prova.

O vento gemia nas casuarinas. Era um gemido como se fosse de gente viva, um soluço contínuo, mas que agradava ao ouvido. A noite envolvia em escuridão a Casa Azul e a lagoa vinha bater nas pedras do cais, com tanta força que se ouvia o rumor das águas, como do mar. Luisinha estaria com a dor gravada no peito. Tinha sido cruel e não se arrependia. Luís não era homem com quem se brincasse. Se amava, era necessário que Luisinha fosse capaz de um amor de verdade, de amor que não fosse aquele amor vulgar que se exibia no mundo, mesquinho, sem grandeza, sem poesia, amor mais baixo que o dos animais. Escrevera um livro pensando que fosse um livro de amor pela humanidade, e, no entanto, não fora compreendido.

Fracassara, tinha convicção de que não daria mais nada. Havia a irmã, havia o amigo e temia perdê-los. E se Luisinha não amasse de verdade, não tivesse consciência do seu amor e procurasse Luís somente para se desforrar dos seus fracassos? Podia ser que Luisinha estivesse arrastando o seu amigo Luís para uma aventura, para a destruição.

12

NO OUTRO DIA DE MANHÃ, Marta apareceu com o seu grupo. Estavam todos extenuados pela noite de frio e de vento. Entretanto, mal chegaram, meteram-se outra vez em barcos pequenos, como se nada tivessem sofrido. À tarde, porém, chegara uma notícia desagradável. Um telegrama falando em Lourival. Tinha sido ferido pelos índios no Araguaia. A Casa Azul ficou deserta. Todos correram de automóvel para o Rio. Marta e Luisinha ficaram aflitas, a negra Júlia deu para chorar e o próprio doutor Paulo só sossegou quando saiu à procura do irmão. Na rua São Clemente havia uma consternação de doença grave em casa. Lourival com um grupo de amigos fora atacado pelos índios e a expedição que ele organizara ficara destruída. Morrera um cinematografista e muitos outros figurantes caíram feridos. Os jornais falavam sobre o fato, em grandes letreiros. A folha do partido, a Ação Social, chamava a atenção para o que diziam ser o gesto glorioso de um adepto. Era um irmão de Paulo Mafra que se expunha aos perigos da selva, derramando seu sangue pela grandeza territorial do país. Enquanto o irmão doutrinava, como o mestre de sua geração, o outro desdobrava o Brasil. Essa notícia decepcionou ainda mais o jovem escritor. Estava irremediavelmente perdido. Teria de ser para o resto da vida uma espécie deplorável de gênio de família. Ou ele assumia uma atitude viril ou continuaria como comparsa de uma comédia estúpida.

    Lourival, porém, entre a vida e a morte, abalava-lhe a vontade de agir. Era o irmão quase que um estranho para ele, mas, perto da morte, sentia de verdade que o amava. Os médicos não confiavam na cura. O doutor Mafra e a mulher ainda não tinham tomado pé naquela situação. Confiavam na mocidade do filho. Dois dos feridos da expedição, que haviam ficado em São Paulo, tinham morrido. No outro dia Lourival começou a agonizar. Quando a mãe sentiu a situação perdida, ficou como tomada de uma surpresa terrível, abafada sem poder compreender a desgraça. As amigas consolavam-na, os médicos tentavam os últimos recursos, mas quando entregaram o rapaz à família, já ele não falava mais. Pai e mãe se encontraram, com a morte rondando o filho, nas últimas. E ele morreu num domingo de junho, numa manhã de festa, com os pássaros cantando no parque e hortênsias azuis enchendo o jardim. No Jockey havia um clássico de sensação, o cavalo *Raio Verde*, do doutor Mafra, era o favorito, contra uma égua argentina do doutor Lineu. Pela manhã vencera o Flamengo, numa regata na lagoa, e à tarde, no campo das Laranjeiras, disputava-se um Fla-Flu. Seria um grande dia para Lourival, uma tarde de emoção para o doutor Mafra. A casa se enchera de amigos, apareceu um representante do presidente da República, para dar pêsames, gente do corpo diplomático, as classes conservadoras, todo o Rio importante. Delegações esportivas encheram o palácio da rua São Clemente. Dona Luísa ficou ao pé do filho morto, toda entregue à sua dor, e o doutor Mafra, sentado, com o rosto entre as mãos, não dava atenção a coisa alguma. Entravam e saíam amigos, gente de cerimônia e para ele não existia nada. Por fim, levaram-no para o seu quarto. Um filho se fora, estupidamente. A tarde estava magnífica. Roncavam automóveis no parque e ele foi ficando mergulhado na penumbra, espichado na cama. Sem poder perceber de onde vinha, foi escutando uma voz distante:

— Os cavalos se enfileiram para o Grande Prêmio. *Raio Verde* inquieto. *Namorado* saiu da linha. Atenção. A égua *Miss Carter* está inquieta. *Timbira* se volta para a cerca. Atenção! Vai ser dado o sinal de partida. Foi levantada a fita. Partiram! *Raio Verde* na frente, acompanhado de *Miss Carter*, por fora. Avança *Miss Carter*, *Raio Verde* na frente. *Namorado* em terceiro. *Timbira* em último lugar. *Miss Carter* disputa com *Namorado*. Avança *Miss Carter*. *Raio Verde* sempre na frente. Passa nas gerais. *Miss Carter* se aproxima de *Raio Verde*. Passa nas especiais com uma distância de dois corpos. *Raio Verde* na frente. *Raio Verde* ganha o páreo por dois corpos.

O doutor Mafra se levantou da cama, em sobressalto. Parecia que estivera sonhando. Lá fora o rádio continuava:

— Brilhante vitória de *Raio Verde*.

E lá embaixo o filho morto, acabado para sempre. Sentiu como se tivesse sido surpreendido cometendo um crime monstruoso. O filho morto e ele de ouvidos abertos ao seu prazer. Era o pior dos pais. Lá embaixo Luísa com a sua dor e ele insensível escutando corridas de cavalo. Viu-se como um miserável. Bateram na porta. Era José, um criado da copa, que ele trouxera das cocheiras para o serviço doméstico:

— Doutor, *Raio Verde* ganhou.

Teve vontade de atirá-lo de janela afora. Fez que não ouviu. Aquele também não sabia que a morte estava dentro de casa. *Raio Verde* ganhara e seu filho mais velho, morto, bem morto, acabado, destruído, em nada. Do seu quarto, ouvia-se a gritaria de um locutor, irradiando uma partida de futebol. Lourival dava a vida pelos esportes. Ultimamente vivia mais em viagens ao sertão, nas caçadas, e veio-lhe de repente uma saudade imensa do filho, do jovem belo que se criara como atleta, que era uma maravilha de homem. Acabara-se. Então o doutor Mafra não pôde mais ficar só. Sentiu uma necessidade de encontrar alguém e desceu as escadas. Na sala grande, cheia de gente, foi passando entre alas de amigos, de caras tristes. Chegou perto do caixão e viu a mulher como se tivesse envelhecido vinte anos, magra, de cabelos brancos, de olhos fundos. Abraçou-se com ela em pranto.

No outro dia saiu o enterro, numa manhã admirável. A Ação Social mandou um grupo de adeptos prestar a última homenagem ao irmão de Paulo Mafra. Formaram militarmente, ao lado do caixão. Lourival era filiado ao partido e diziam que dava grande contribuição em dinheiro.

A morte de Lourival feriu o irmão, mais do que este poderia imaginar. Viviam longe um do outro, separados, cada qual com a sua vida, mas na hora decisiva, era seu irmão. Ficou abalado. Luisinha, Marta e Helena não haviam sofrido mais do que ele. Hermes continuava na Itália.

A família Mafra viu o seu nome nos jornais por muitos dias. A figura de Lourival surgia como a de um novo bandeirante, máscula expressão de um Brasil forte. Rapaz que, podendo desfrutar uma fortuna boêmia, se entregara à pátria, procurando a grandeza do seu país. E nas sessões esportivas, *Raio Verde* merecia os maiores elogios da crítica. Era de fato o craque do ano. Podia ganhar o Grande Prêmio. O doutor Mafra passou uns cinco dias sem ir ao Jockey. Depois foi às cocheiras, olhou o cavalo, esplêndido de força e de energia, sôfrego, e voltou para o escritório, onde recebeu pouca gente. Apareceu-lhe o corretor Moreirinha, falando-lhe de Lourival, da coragem do rapaz, mas vendo o amigo magoado, mudou de assunto. Soubera pelo Santos, um seu colega, da carreira do *Raio Verde*, uma carreira de craque. Desde a saída até a chegada, o cavalo parecera o mesmo. O doutor Mafra já estava com outra cara. De fato, fora naquela manhã ver o cavalo. A morte de Lourival o deixara acabado. Mas não se devia entregar de todo. A vida estava diante dele, e era preciso viver:

— Fui hoje de manhã ver o cavalo. Seu Moreirinha, é uma maravilha. Ganha o Grande Prêmio.

E se inflamou:

— Lineu não contava com o *Raio Verde* assim como estava. Disse-me o meu gerente que o pessoal dele está assombrado com o cavalo. Vou com ele ao Grande Prêmio.

E de repente, como se tivesse sido surpreendido cometendo uma ação má, o doutor Mafra calou-se, ficou outra vez sombrio. Moreirinha compreendeu a situação do amigo:

— É o diabo, doutor, a gente tem que fazer das tripas coração e não se entregar.
E passou a falar sobre negócios, em cotações de bolsa, em títulos. Finalmente Moreirinha se despediu:
— Ah! Doutor Mafra, ia-me esquecendo. Vendo o senhor naquele estado, lembrei-me de apostar pelo senhor no *Raio Verde*. Botei cinquenta contos contra *Miss Carter*.
— Muito obrigado, Moreirinha. Compra uma joia para Luísa. Coitadinha, tem sofrido horrores com a morte do filho.
Paulo Mafra, passados os primeiros dias da morte do irmão, caiu em si. O grupo que se apoderara de seu livro, para o explorar, chegara ao auge. Aquilo não podia continuar. A correspondência que tinha sobre a mesa era enorme. Cartas de todos os pontos do Brasil, cartas de ingênuos, de exaltados, de gente boa, de crédulos no seu livro, em suas ideias. Era horrível. Voltavam-lhe assim as angústias dos dias que antecederam a sua ida à Casa Azul. Luís viera para o enterro de Lourival e ficara com ele uns três dias. Agora só, sem Luisinha, que se separara dele desde aquela noite, sofria mais. O quarto cheio de livros, os seus cadernos de notas, os seus trabalhos iniciados e a sua consciência doendo. E por cima de tudo, sem ânimo para assumir uma atitude decisiva. O seu editor viera prestar contas e Paulo o pusera para fora de casa. O homem se queixara na livraria:
— O doutor Mafra estava meio fora de si. Parecia maluco. Pois fora levar-lhe o dinheiro das três edições do seu livro e ele me recebera como um inimigo. Devia ser a morte do irmão.
Por outro lado, os chefes do partido tentaram mais de uma vez lhe falar e nunca o encontravam em casa.

E Paulo Mafra sofrendo. Em casa, a mãe era um drama vivo, inconsolável, sempre debaixo de uma crise de nervos alarmante. Temiam até pela sua sorte. Os médicos aconselhavam que tivessem paciência. Tudo passaria com o tempo. E as crises se amiudando. O pai voltava aos poucos aos seus amigos, às suas conversas no Jockey e ela inconsolável, sofrendo, chorando a cada instante sem querer consolo de ninguém. Não podia suportar as amigas, queria ficar sozinha e o menor rumor a alarmava. Todos a consideravam como um caso de sanatório; o doutor Mafra, porém, não podia permitir que levassem sua mulher de casa. Somente ali ela poderia ficar boa. Paulo amava a mãe, mais do que deixava perceber. Via-a superior a todos da família, digna, sempre pronta para cumprir os seus deveres, sempre igual. Agora, vendo-a naquele estado, amava-a ainda mais. Era um homem seco, sem flama exterior, no entanto amava com uma intensidade de fogo. Era violento, era capaz de tudo para servir à sua paixão. Naquele momento toda a sua paixão era sua mãe. Os livros não o interessavam e as suas mágoas iam ficando para um canto. Somente sua mãe existia para ele. Luís, Luisinha, tudo se reduzia. Somente sua mãe, alquebrada, ferida, destruindo-se por amor de um filho morto, tinha existência real para ele. Foi com ela ao cemitério, dias depois da missa do sétimo dia. Muitas flores cobriam o túmulo de Lourival. O belo corpo de seu irmão começava a desmanchar-se debaixo da terra. Sua mãe regava aquela terra com lágrimas. Quase não queria sair de cima do túmulo, agarrada às flores, pegada ao mármore azul. Pensavam que ele não sofria. Toda a família o julgava um indiferente, duro, impassível. Luisinha se afastara dele. Fora cruel com a irmã. Luís merecia que ele o defendesse de um engano que lhe poderia ser fatal. A irmã querida derramara lágrimas por sua causa. Não seria um erro, aquele amor por um homem belo, forte, ao passo que ela, deformada, se sentiria sempre inferior, humilhada? Mas se o amava intensamente, que se ligassem de verdade. Gostara de Luís como de um irmão mais moço, um irmão que precisasse de seu auxílio. Luisinha não o torturaria, não iria transformar aquele Luís, tão justo e tão bom? Perdera o seu livro, que fora como a sua carne e o seu sangue. Seu livro apodrecera, como o belo corpo de Lourival. Não tinha mais nada para revelar. O que ele pensava que fosse grande era banal e sórdido. Quisera dar corpo a ideias, corpo vivo a ideias que julgara substanciais. Perdera o seu tempo, perdera a sua vida. E via a mãe se aniquilando, a irmã fugindo dele, o mundo inteiro cada vez mais avassalado.

E como se quisesse fazer qualquer coisa que o libertasse, escreveu para os jornais a nota que fora o escândalo do dia. Nada tinha que ver com a Ação Social. Foi seco e resoluto. Quis correr para a Casa Azul. Mas compreendeu que devia ficar no Rio. Contra ele vieram os insultos, as ameaças. Passou de repente a ser um réprobo. Tinha, porém, a consciência tranquila. Libertara-se.

Dias depois, correu a notícia sensacional. Paulo Mafra havia sido sequestrado. Os adeptos da Ação Social tinham-no conduzido às matas da Tijuca e lhe infligido maus-tratos, numa vingança terrível. Esconderam a notícia de dona Luísa, mas o doutor Mafra fora ameaçado de morte. A família inteira se abalara com a atitude de Paulo. Somente ele suportara tudo tranquilamente. Sentia-se bem agora. Sofrera misérias, porém muito mais duro era suportar responsabilidades que não eram suas.

13

O VERÃO QUE CHEGOU foi mais triste para a Casa Azul. Dona Luísa continuava a sofrer com a morte do filho. No dia em que chegou, correu para o quarto de Lourival e foi uma cena de cortar coração, o seu encontro com as coisas do filho. Passou o dia inteiro mexendo no guarda-roupa, examinando o que lhe pertencera. Depois fechou o quarto e ninguém mais pôs os pés ali. Marta e Helena, a princípio, não trouxeram amigas para os fins de semana, e Hermes, de volta da Itália, viera casado com uma argentina. Ficara na casa de Petrópolis e vivia agora uma grande vida social. O velho Mafra perdera o Grande Prêmio Brasil de agosto. O *Raio Verde* decepcionara. Fora o favorito e falhara lamentavelmente. Os amigos notavam que o Mafra já não era o mesmo. Chegava ao Jockey mais calado. Atribuíram à morte do filho, à doença da mulher. A chegada de Hermes com aquela argentina, que fazia sensação, devia concorrer para a melancolia do grande vivedor. E por fim, a derrota do *Raio Verde*. Evitavam falar-lhe sobre o incidente do filho com a Ação Social. Aquilo marcara o orgulhoso Mafra com muita amargura. Um filho humilhado daquele jeito. Moreirinha lhe trouxera aviso de possíveis agressões contra ele. Cogitavam de uma campanha contra todos os Mafra. Teve que procurar amigos, para evitar possíveis complicações. A ação do filho fora tomada como uma traição miserável e eles precisavam dar uma lição severa.

Na Casa Azul a vida corria com alternativas. A tristeza de dona Luísa variava de expressão. Ora recolhia-se num silêncio doloroso, ora dava para chorar, com medo de tudo, alarmada pelos menores ruídos. Não permitia que as filhas saíssem para pescarias, pedia por tudo para que não se metessem em passeios arriscados de lancha. Podia acontecer outra desgraça. Dias porém, passava mais conformada. Marta estivera uns dias em Petrópolis, com a cunhada chegada de novo. Helena ficara com a mãe. E Luisinha na mesma vida de reclusa. Paulo pouco falando com os de casa. A família Mafra no seu velho sistema de vida. Somente o velho vinha mais a miúdo, e mais triste, sem aquela efusão de outrora. Luís aparecia de vez em quando e ficava com Paulo, em seu quarto, ou então saíam para passeios a pé.

Dona Mocinha fora visitar a amiga e voltara condoída com o seu estado. Nunca vira maior dor, coração mais magoado. Não voltaria mais ali. Parecia-lhe que dona Luísa queria era ficar só, entregue ao seu sofrimento. Lúcia ficava com Helena quase todos os dias.

Havia uma nuvem espessa sobre a casa viva e alegre dos outros dias. Luisinha fugia de Luís e todos notavam que ela vivia agora mais só, cada vez mais arredia de todos. Deixara até de aparecer na sala de jantar, nas horas de refeição. Passava os dias entregue a leituras. Dona Adelaide assumira integralmente a direção da casa. Os criados se aborreciam com os seus detalhes, as suas exigências exageradas. Magra, seca, falava com severidade aos inferiores; estranhavam os seus modos. Ela nunca fora assim. E no entanto, agora vivia reclamando o trabalho de todos. O jardineiro se queixava. Sua mulher contara a Noca que a patrícia do marido virara uma cobra. Estava pensando que era dona de tudo.

Fora-se a alegria da Casa Azul.

O velho Lourenço morrera de uma picada de cobra, na restinga, e dera para aparecer pelas estradas. Correra a notícia das visagens do mestre Lourenço. As filhas já eram mulheres da vida, no Cabo, e agora, um pescador vira o mestre sentado bem na porta da caiçara da lancha grande, com uma rede na mão. Espalhou-se a notícia. O velho dera para aparecer, dos lados da praia.

Na casa do cabo Candinho, tudo ia sempre para pior. O casamento de Lourdes fora adiado, pois Sotero sofrera um desastre. Vinha um dia com um saco de sal à cabeça, quando sentiu uma pontada de lado, bem no pé da barriga. Estendeu-se no chão, com uma dor de matar. O médico falara de hérnia e o homem estava como um inutilizado, sem poder pegar em peso. Aquilo fora um transtorno. De casamento marcado para o mês de festas e aparecer uma desgraça daquelas. Teria de ir a Niterói fazer a operação, senão corria o risco de morrer de repente. Sinhá Antônia entristeceu com a história. Mas o cabo achava que ele ficaria bom. E com a ajuda de Deus, tudo se arranjaria. Lourdes perdera o entusiasmo pelo noivo.

E as notícias de Joca rareavam para sua gente. Sabia-se de sua vida pelos jornais. Era Julinho quem trazia os boatos para casa. Falava-se de sua riqueza e contavam tanta coisa sobre ele. Os comentários sobre a sua tentativa de fuga para São Paulo, a luta de dois clubes para obter o seu concurso, mandado de segurança, complicações na Justiça, tudo isso tonteava o seu povo. No Cabo, essas complicações faziam o seu sucesso. E ele era o ídolo dos rapazes e das moças. Joca apaixonava, irradiava uma simpatia abafante. Havia retratos seus pregados por toda parte. Joca vestido com a camisa tricolor, Joca com a faixa de campeão brasileiro, Joca com as cores do Brasil na disputa da Taça Rio Branco.

A família refletia essa glória de maneira curiosa. Julinho virara tipo de rua, de salão de bilhar. As irmãs sonhavam com outra vida, a mãe se enchia de uma satisfação tola. A velha Filipa continuava com os seus pressentimentos, e o cabo Candinho ia para as pescarias com um peso no coração. A sua gente não andava no bom pisar. Havia qualquer coisa atravessada no caminho do seu povo. A Casa Azul continuava alheia de vida, brincando com os medos, com os terrores de todo o mundo. Ele, porém, nunca deixara de temer. Sua mãe não era mulher para brincar com as coisas. De lá vinham desgraças, de lá sairia o mal, porque, por suas salas, dançara o demônio. Seu filho Joca continuava assombrando. Menino danado. Desde pequeno que era aquela pimenta de ligeireza, mas dentro de sua casa as coisas não andavam bem. Sotero devia casar e caíra doente. Maria das Dores, a sua filha querida, dera para não respeitar mais ninguém. Que teria acontecido com aquela menina? Era mansa e de repente se transformara, vivia levantando a voz para os mais velhos. Naquela noite infeliz passara-lhe as cordas e ainda hoje se arrependia. Fora malvado com a bichinha. André se fora para a estiva e com Julinho ninguém podia mais. Sozinho, a noite inteira sozinho, na pescaria difícil. Os outros pescadores mangavam dele:

— Cabo, tu não precisas disto. Quem tem um filho rico não precisa passar a noite inteira matando camarão.

Pensavam que Joca mandasse dinheiro. Calava-se, não queria que pensassem que seu filho era um ingrato. Afinal de contas, Joca mandaria. Era de seu gênio. Lá um dia todos de casa receberiam os benefícios do filho rico.

A velha Filipa continuava a rezar. Os seus pressentimentos lhe abafavam o coração cansado. Andava trôpega, arrastando os pés inchados, tateando.

Sinhá Antônia perdera o sentido da realidade. Via tudo muito bem. O filho na glória e a casa feliz. Era a sogra que lhe tocava, batia-lhe, para despertá-la do sonho.

— Menina, toma cuidado. Olha para Lourdes, que nem fala no noivo, olha para Julinho, olha para Maria das Dores. Passava pela porta o trem de Maricá. Alguns passageiros já apontavam para a casa. Era ali a casa da família de Joca. Um dia sinhá Antônia falou para o marido:
— Candinho, tu precisas arranjar um jeito de caiar esta casa. Todo o mundo que passa no trem sabe que aqui é a casa do pai de Joca.
O cabo Candinho ficou calado, mas a velha Filipa falou:
— Menina, esta casa sempre foi assim. Para que este assanhamento? Deixa essas besteiras para tuas filhas.
Respondeu qualquer coisa de grosseiro à tia Filipa. E Candinho gritou para ela. A sogra, porém, foi logo ficando de seu lado:
— Fica calmo, Candinho, nunca te vi assim com a tua mulher.
No fundo, sinhá Antônia ressentiu-se com a velha. O marido sempre lhe dava razão. Vivera a vida com ela dentro de casa e nunca discordara de sua sogra. Uma vida inteira, com a velha mandando em tudo. Para que agora mudar de rumo? Mas no fundo tinha as suas mágoas. Depois, não devia brigar com quem amava os seus filhos como se fossem dela. A verdade é que Lourdes e Maria das Dores não eram as mesmas meninas. Cândido fizera aquela desgraça, surrando a mais nova como se fosse um animal. Julinho lhe trazia aqueles jornais, com retratos do filho. E ela voltava novamente a sonhar. Nunca fora de sonhos, de ambições de louca. Agora se abalara de verdade. O filho apareceria um dia em casa, para conduzir todos a uma vida larga e traria para o seu povo a fartura, a segurança. Quando falava nessas coisas a sogra vinha logo e desmanchava os seus sonhos. A tia Filipa não acreditava em

Água-mãe • 215

Joca. Irritava-se com aquela descrença. A velha ficava no seu canto, perto da morte, como se fosse uma coruja agourando. Tinha até medo da sogra. Seria que ela escondia alguma coisa monstruosa? Seria que sabia de tudo, do ruim e do bom? Ficou assim prevenida com a velha. Não era raiva, não era que a julgasse mal, mas tinha medo daquele falar lento, daquela reza de todos os dias, de todas as noites. Ouvia bem o bater dos beiços, o murmúrio das orações. Tudo aquilo lhe parecia estranho. Deus a livrasse de que Candinho descobrisse que ela tinha medo de sua mãe. Se tal acontecesse, veria o marido virar bicho, como naquela noite com Maria das Dores.

Já se começava a falar outra vez em mal-assombrados pela praia. O mestre Lourenço dera para aparecer e quando o povo começava a ver almas do outro mundo, muita coisa estava para acontecer. A gente da Casa Azul botara para longe os fantasmas. Tudo lá era riqueza, era vida. Quando foi da morte do doutor Lourival, falaram, houve quem procurasse descobrir relação com as desgraças antigas. Tudo era natural, era a vontade de Deus. Morrer, morria-se em qualquer parte. Sinhá Antônia punha-se a meditar as coisas. A comadre Mocinha era senhora de tino, de muito mais tino que os homens da terra e vivia na Casa Azul, fazendo visita. Seu filho Luís não saía de lá. Lúcia passava dias com as moças ricas. O povo inventava o que não devia. E Joca se fizera grande por causa do doutor Lourival. O menino era o que era hoje graças à proteção do rico. Nunca, porém, tivera coragem de aparecer na Casa Azul. Que iria fazer por lá? Lourdes fora e lhe contava das riquezas que vira. Dona Luísa comprara uns trabalhos de labirinto e até puxara conversa com Lourdes, perguntando-lhe de onde era e de que vivia. Quando soube que era irmã de Joca entristeceu. Lembrou-se do filho morto, de Lourival que levara Joca para o Rio. Era mãe, e sofria. Todas as mães deviam ser assim: chorar pelos filhos, ver nos filhos a sua vida. Era uma gente boa. Por isso não se importava com o falatório da gente do Cabo, nem ia reparar porque as moças andavam de calças, fazendo o que os homens faziam. Era gente da praça. Falavam que o Luís de dona Mocinha namorava uma das moças. E Luís era rapaz de juízo, de muito caráter.

De fato, dona Mocinha fora vencida pela bondade da gente da Casa Azul e o sofrimento de dona Luísa mais a aproximara de lá. No entanto gostou quando verificou que a história de Luís com Luisinha esfriara de uma vez. Seu filho era homem para uma mulher sadia e vigorosa. Depois, não seria para a vida que levava o pessoal da Casa Azul. E seu casamento não daria o que falar. Talvez vissem interesse no casamento dele. Um rapaz forte e bonito, casado com uma aleijada, somente porque era rica. Queria sua pobreza, sua paz, seu lugar modesto. Lúcia é que sonhava de olhos abertos, pensando no que não devia.

Dona Luísa não conseguira ainda fugir de sua mágoa, todos os seus sentimentos giravam em torno do filho morto. Nem a vida desregrada de Hermes, com uma mulher agitando as festas de Petrópolis com as suas excentricidades a arrastara de sua dor profunda. As rodas elegantes de Petrópolis contavam com a mocidade e a alegria ruidosa da jovem esposa de Hermes Mafra. O palacete da praça Dom Afonso atraía, irradiava, provocava comentários. A argentina fora das grandes rodas de Buenos Aires. Marta se acomodara com ela, a princípio, para depois irritar-se com o tom superior da cunhada que olhava para tudo com desdém. Era absorvente, queria dominar tudo. As notícias que chegavam a dona Luísa, sobre tudo isso, não a abalavam da sua posição. Para ela, só existia de real a morte do filho. Por outro lado, o marido se abatia visivelmente. Ela não notava, mas o médico da família já havia aconselhado repouso ao doutor Mafra. Ela nada via. Em outros tempos, seria a primeira a notar, a providenciar, a exigir regime, cuidados especiais. Helena parecia ligada definitivamente ao engenheiro que reconstruíra a Casa Azul. Era o escritório mais cheio de trabalho, o do doutor Marcos de Sena. Haviam sido amigos de infância e agora se tinham aproximado e, pelo que diziam, seria para breve o pedido de casamento. Luisinha, encerrada consigo mesma, hostil, quase que só se entendia com sua mãe. Vivia do seu quarto para a figueira grande, onde passava horas inteiras com os seus livros. Luís aparecia para conversar com ela, e foi sentindo uma separação, uma distância inexplicável e orgulhosamente se afastou. Irritou-se com essa atitude de uma pessoa que julgara diferente, com outras qualidades. Era como as outras, era da mesma espécie. Sofrera desesperadamente com aquilo, mas não procurou explicação. Apenas Paulo, de passagem, se referia ao gênio misterioso da irmã e não passara disto. Notava também que seu amigo já não era o mesmo e deixou de procurá-lo. Com Paulo, também, devia passar-se qualquer coisa de grave. Um sentimento de inferioridade dominava-o em cheio. Via-se sem saída e sem capacidade de reagir. O seu livro lhe consumira toda a seiva do coração, sacara-lhe a alma; pensava que tivesse produzido qualquer coisa de sólido, de consistente, de básico e o que levantara não passava de um aglomerado de generalizações, de palavras, de palavras somente. Procurava reler o livro que tanto elogio merecera de uma crítica sem equilíbrio e o seu livro lhe escapava, mal lhe sentia as primeiras páginas. Podia ser que fosse uma perturbação do seu senso crítico, devia estar exagerando. Não era. O seu livro não seria mais do que uma exibição de leitura. Era como se tivesse criado um filho aleijado e que a figura desse filho não lhe saísse dos olhos, vendo-o a cada instante com ele a seu lado. Encerrou-se com a sua dor. Poderia ter procurado um refúgio fora de sua gente. Mas não tinha coragem de deixar a mãe naquele estado. Às vezes pensava em fugir, desaparecer pelo mundo, ser um nada, confundir-se com os mais baixos. Não tinha coragem, vivia de seu pai, de sua fortuna, embora já tivesse os seus recursos em prédios, que lhe davam renda certa. O pai, a cada filho que atingia a maioridade, distribuía um pedaço de fortuna; não concorrera nem com uma gota de suor para aquela estabilidade. Assim, era um explorador, um vadio. O que imaginara grande, era pequeno. Tinha-se na conta de um homem capaz de reformar os outros e de sofrer pela humanidade. Tudo vaidade, sonho de criança. Fora embalado neste sonho pela ignorância geral, pela mediocridade, pela ambição de gente vulgar. Chegara quase a se degradar. Salvara-se do perigo, da infâmia, mas continuava a ser o autor, o pensador, o sociólogo que muita gente lera e levara a sério. E quanto mais revia o seu fracasso, mais longe se sentia dos outros, da humanidade. Não era ele só que era pequeno. Não havia grandes no mundo. Luís, o homem puro, o homem que demonstrava a sua teoria, era um rapaz de qualidades, como qualquer outro; no mais, era como seu livro, criação no vazio, palavras e só palavras. Quisera organizar o mundo como se jogasse com brinquedos de criança. Construíra uma daquelas casas com peças que já vinham numeradas e a casa levantada era um simples brinquedo. E imaginara que tivesse construído qualquer coisa de grande. Para ele, Deus não existia em coisa alguma. E fizera de Deus o centro de sua doutrina; a autoridade vinha de Deus, a tirania exercida em nome de Deus. Puro jogo de palavras, lamentável intrujice que pegara inocentes, bocós, malandros.

E neste círculo terrível vivia Paulo Mafra. Círculo de fogo. De quando em vez, vinha-lhe um lampejo de fé em si mesmo. Durava um minuto, um instante. A realidade era a sua mesquinhez. Não falava. Os de casa tomavam aquilo como uma crise. Sempre fora assim. Ao seu quarto, subiam as refeições. E ele se deixava ficar dias e dias, sem pôr a cabeça fora do quarto. Saía para vagar sozinho horas e horas à beira-mar. Lá para as bandas do Cabo, deixava-se ficar nos rochedos, e os pescadores, vendo-o assim, parado num canto, com o olhar vago, começaram a falar. Havia coisa naquele rapaz. O doutor vivia como doido. Ficava por aqueles esquisitos, cismando. Era mania de doido.

Depois da morte do velho Lourenço, não aparecera nenhum pescador que quisesse tomar conta da embarcação grande da Casa Azul. E mesmo, sem o doutor Lourival, as pescarias foram diminuindo. Já não aparecia gente da cidade, para as grandes farras do mar. Diziam que dona Luísa não saía do quarto, que vivia aluada. E falavam do doutor, que andava sem chapéu, pelos rochedos do Cabo. Havia uma filha aleijada que não falava com a gente da casa.

Mas a lagoa fazia ali uma curva que era uma beleza e batia, com as suas águas verdes e mansas, no cais de pedra. Cantava a fonte dia e noite, derramando água pela boca do anjo papudo. As casuarinas gemiam e a figueira velha, enorme, balançava-se ao vento, mais forte do que as tempestades.

14

Todos os dias Julinho chegava com mais novidades. Agora só falava na viagem de Joca à Argentina. O time brasileiro treinava para a grande disputa internacional. Os jornais apareciam cheios de detalhes sobre a situação de cada jogador. O favorito do noticiário era o centroavante do selecionado. O seu cartaz crescia cada vez mais. O Brasil contava com ele para a revanche desejada. Um ano antes tinham sido vergonhosamente derrotados. Agora, com todos os cuidados, com preparação em regra, a nossa gente se aprontava para corresponder à expectativa do público. A figura de Joca inspirava confiança geral. O jovem atacante conquistava uma situação nunca vista no futebol brasileiro. De fato, com a sua sagacidade, com os seus ímpetos no ataque, chegara a uma posição privilegiada. Era o ídolo das multidões. Dias e dias, preparavam os jornais o público, para a partida e era no que se falava, durante toda a semana que precedeu o embarque da delegação para a Argentina. O nome do Brasil seria elevado pela rapaziada do escrete.

No Cabo Frio, o jogo seria irradiado na praça pública. A família de Joca iria ouvir. Julinho convencera a sua gente de que devia ir.

E na tarde de domingo estavam todos, com exceção da velha Filipa, na praça da igreja, à espera de que tivesse início a grande partida. Foi um grande dia na vida de sinhá Antônia. O cabo, meio desconfiado, com a sua roupa de festa, num canto da praça, cercado de admiradores do filho. Só se falava em Joca. Sinhá Antônia com as duas filhas inflamadas de entusiasmo. Eram olhadas, eram vistas. Quando a irradiação foi iniciada, a praça inteira começou a vibrar. A voz do locutor era brilhante. Nunca que aqueles pobres pescadores pudessem imaginar coisa igual. De nada entendiam. Julinho e André, pálidos, mudos, e o povo todo num silêncio quase de quarto de defunto. Parecia que estava para acontecer uma grande coisa. Ouvia-se somente a gritaria do rádio. Os pobres de quase nada entendiam. De quando em quando, percebiam

Água-mãe • 221

o nome de Joca. De repente, do meio do povo irrompeu um ruído como de um estouro de bomba:

— Gol do Brasil!

Abraçaram o cabo Candinho, como se todos estivessem bêbedos. E o locutor com a voz mais firme, mais calorosa.

— Ataca a linha brasileira. A bola está com Neco que passa para Romeu. Romeu atrai o adversário. Vence e adianta para Joca que cruza rapidamente para a esquerda. Pedro avança. Tem pela frente Sastre, estica outra vez para Joca, que atira violentamente ao gol. A bola bate na trave, volta outra vez para Joca, que, sem perder tempo, cabeceia no ângulo direito, para Belo segurar com firmeza.

O nome de Joca aparecia sempre. Sinhá Antônia não entendia de nada, mas vibrava com a multidão. Urravam de alegria. Julinho chegou para ela aos abraços. Joca já fizera dois gols. Era seu filho, seu filho fazendo todo o mundo gritar por ele. A voz do rádio crescia nos seus ouvidos. Soltavam foguetes na praça como em dia de festa. O Brasil vencera. Joca era o homem da vitória. Os Tamoios dariam um baile naquela noite. E vieram pedir para que levasse as suas meninas. Cândido quis recusar. As moças insistiram:

— Mamãe fica com a gente.

Nunca tinham posto os pés em dança de gente rica. Afinal, o cabo cedeu. Voltaria para casa sozinho. Mas, no botequim de Abílio, pediram para ele beber uma cerveja em honra do filho. Bebeu a cerveja. Bebeu tudo o que lhe ofereceram. Joca mandava em todo o mundo. Foi bebendo mais. Ouvia gritos, vivas ao Brasil, diziam que Joca era o maior do Brasil. A mulher e as filhas estariam na casa de José Mário, o chefe da colônia de pescadores. Iriam à festa, ao clube dos ricos da terra. O major Mário Sales estaria lá com a família, as salineiras graduadas, os ricos da terra. Todos queriam oferecer-lhe cerveja. Reparou que seu filho André estava ao seu lado, muito admirado do que ele estava fazendo. Não fazia nada demais. Era tudo por causa de Joca. E foi bebendo. Era de noite. Lá fora, a lagoa refletia as estrelas do céu. Ele, um homem de bem, um homem sério, bebendo, como o defunto Lourenço, o seu compadre. Ele, o cabo Candinho, com a família, com as filhas moças metidas em festa. Não era possível. Apareceu o tenente, delegado de polícia e bebeu com ele também. Era uma honra enorme. Ele, pai de Joca, homem respeitado, bebendo em mesa de botequim. Foi ficando triste. Deu o triste nele. Passou pela porta do botequim a banda de música, tocando um dobrado. Lembrou-se dos seus tempos de praça. Quis levantar-se, e as pernas bambas. Não podia ser bebedeira, pois sabia de tudo o que estava fazendo. O dobrado estrondava. No Contestado ouvira muitas vezes a banda do batalhão tocando. Zunira bala nos seus ouvidos. E nunca tivera medo. Era cabo, era soldado, não tinha medo. Aquela gente toda, o que queria com ele? Só via garrafas, seu filho André tinha os olhos compridos para ele. Não, sua mulher não iria para os Tamoios. Não deixaria as filhas correrem nenhum risco. Levantou-se e saiu de rua afora. Não via ninguém. Sentia que André caminhava ao seu lado. E quando chegou na casa de José Mário, viu a mulher espantada. Era a sua Antônia, que queria ir a um baile. Ninguém ia para baile nenhum. As moças correram para dentro do quarto e o mestre Zé Mário começou a acomodar o cabo Candinho. Filha sua não ia para baile nenhum. As palavras bambas quase que não chegavam ao fim. Não iam a baile nenhum. Juntou gente na porta, apareceram pescadores conhecidos do cabo, espantados com a bebedeira do amigo. Tudo aquilo era por causa do filho. Bicho besta, tomar um pileque, só porque o filho fazia figura. Mas o cabo não permitia que suas filhas fossem ao baile. Sinhá Antônia com medo do marido e André sem saber o que fazer.

— Acho bom a senhora ficar com ele – foi dizendo o mestre Zé Mário. — O cabo Candinho está ruim. Depois o cabo começou a querer brigar. Mataria gente. Em filha dele ninguém tocava. Estavam enganados. Tinha uma carabina para os atrevidos. Era homem de bem, homem sério, estivera no Contestado. Lourdes e Maria das Dores choravam a um canto e sinhá Antônia ao lado do marido aguentando-lhe a fúria. Ficaram assim muito tempo e quando passou a violência, com o sono que chegara pesado, as meninas foram com André, somente para olhar a festa. De madrugada a família voltou para casa.

No outro dia o cabo estava de cama. Não queria botar a cabeça fora de casa, de tão envergonhado que ficara. À noite, na pescaria de camarão, os camaradas troçaram dele e quando soube que as meninas tinham dançado nos Tamoios deu o desespero. Brigou com a mulher, fez um barulho dentro de casa, como nunca fizera. Soubera que Lourdes dançara, que Maria das Dores dançara até com o filho do prefeito. Ele não era o defunto compadre Lourenço. A velha Filipa acalmou as iras do filho:

— Candinho, tu precisas abrandar o coração.

Julinho tinha ido ao Rio para a chegada de Joca, de volta da Argentina.

Havia gente na avenida como num dia de grande festa. O povo querendo arrebatar Joca do automóvel, os guardas tomando conta do herói, para defendê-lo da multidão. Esteve com Joca, que chorou quando se abraçou com ele. Ficou quinze dias com o irmão e tinha até vergonha de contar. O automóvel dele era melhor do que o do doutor Miguel, da Perina. Joca não tinha tempo para atender a tantos convites. Dera quinhentos mil-réis a Julinho e mandou que ele voltasse para casa. Não sabia o que era que tinha Joca, mas não era o mesmo. Não dizia a ninguém, para não dar gosto ao povo do Cabo. Mas Joca não era o mesmo. Pensava que quando o visse, ele fosse logo lhe dizendo:

— Vem morar comigo, Julinho.

Mas não. Pediu para que voltasse para o Cabo. Quando ficou a sós com Joca, o irmão pedira para contar da vida de sua gente. Perguntou por tudo, pela mãe, pela velha Filipa. Queria saber se a mãe falava nele, se o pai falava, também. Julinho voltou contando somente grandezas de Joca. Para que falar do que vira realmente? Joca devia voltar ao Cabo e procurar sua gente. Era um ingrato.

A visita de Joca tinha sido marcada. Os Tamoios, o velho clube de seus começos, lhe preparavam uma grande recepção. As seções esportivas se encheram de referências a este gesto do grande centroavante. O craque seria recebido por seus conterrâneos. As festas estavam marcadas para um domingo. Os Tamoios preparados para uma sessão com uma medalha de ouro que ofereciam ao seu sócio.

E Joca apareceu com amigos do Rio, no domingo marcado. Viera na sua barata cinza, com um belo terno esportivo. Passaria a noite toda no Cabo. O seu automóvel parou na porta do cabo Candinho. Sinhá Antônia quase perdeu a fala, quando viu o filho. O cabo estava na limpeza das redes e a velha Filipa levantou-se do seu tamborete, para abraçar o neto. Choraram de contentes as duas mulheres. Os amigos de Joca ficaram no carro. Sinhá Antônia foi logo chamando-os para que descessem. Poderiam tomar um cafezinho. Não aceitaram porque tinham de voltar à cidade. O glorioso centroavante não conteve as lágrimas. Era aquela a sua casa, pobre, de barro, de chão feio, à beira da Araruama. Os amigos do Rio estavam com cerimônia. Estariam pensando que ele tinha vergonha de sua casa. Não tinha não. Abraçou a mãe, abraçou a velha avó. Deu-lhes os presentes que trouxera, as irmãs se chegaram para ele, radiantes, felizes. Eram feias as suas irmãs, sem trato. Maria das Dores e Lourdes pareciam pobres criadas, sem beleza nenhuma. Teve pena delas, pediu para que fossem às festas dos Tamoios. Aí apareceu o cabo Candinho, de andar vagaroso. Beijou a mão do pai.

— Pede aos moços para descerem, menino – foi dizendo o cabo. — A casa é de pobre mas dá para todos.

E olhou para o filho, com os olhos cansados. Viu o automóvel bonito e Joca vestido como um senhor de trato. Olhou para tudo devagar, e de repente, como que sentiu qualquer coisa de sério. Calou-se. Afundou-se no seu silêncio. Joca quis falar e não soube o que dizer. As irmãs o enchiam de perguntas. André estaria carregando navio no porto e Julinho andaria no Cabo na vadiação. Era aquela a sua casa, aquela a Araruama, que beijava os batentes da cozinha e, nas noites de maré alta, subia, subia muito, até cobrir as pedras onde se sentava a mãe Filipa.

A velha Filipa voltou para o seu lugar. O neto grande estava outra vez na casa de seu filho. Insistiram para que os amigos de Joca descessem. Tinham um cafezinho quente. E todos se sentaram à mesa de pinho, e beberam nas xícaras grossas, o café dos pobres. O cabo só fazia olhar para o filho. E os olhos da mãe marejavam lágrimas de quando em quando. Depois Joca se despediu. Queria que todos fossem à tarde à sessão dos Tamoios. A barata roncou de estrada afora. A velha

Filipa batia os beiços como se estivesse rezando. E o cabo Cândido levantou a voz no silêncio que caíra:
— Este não parece mais nosso filho.
Sinhá Antônia caiu em pranto. O sol faiscava sobre a lagoa. Desciam barcaças para o porto e o cabo voltou para a limpeza da rede estendida por debaixo da casuarina maior.
E a velha Filipa:
— Cala esta boca, menino. Ele ainda volta para esta casa.
No Cabo, a festa de Joca ficou falada. O prefeito fez um discurso entregando-lhe a medalha de ouro e à noite o *jazz-band* de Maricá animou as danças até de manhã.
Julinho ficou no sereno, vendo o irmão dançar com as moças mais distintas. Não viu as irmãs, não viu a mãe, não viu o pai. Joca dançando, cercado dos homens mais importantes do Cabo, bebendo. E a sua barata muito bonita ali na porta. Estava ali a barata de Joca. Juntara gente em redor do carro, examinando-o. Pedrinho, da padaria, chegou para Julinho e falou:
— Então, Julinho, tu não vais dançar? Joca não te chamou?
Ficou sem dizer palavra e saiu para o largo da igreja. Vieram-lhe lágrimas aos olhos, todos do Cabo iam troçar dele, fazer o diabo com ele. A orquestra enchia o pátio com aquele samba que todo mundo cantava: "Sei que é covardia um homem chorar". Não chorava por fraqueza. Chorava de mágoa. Joca abandonara os seus. Iria embora do Cabo. Ali não ficaria para sofrer o debique dos miseráveis. Foi andando de cais afora. Os barqueiros falavam alto, e no porto, carregavam um navio. Podia ser como André. E no entanto se perdera.
Lá para as bandas da ponte havia uma luz acesa. Andou para lá. Era Germano, o doido:

Água-mãe • 227

— És tu, Julinho? Vem para cá. Eu perdi minha mãe. Vem procurar minha mãe comigo. Correu de estrada afora com medo de Germano. Havia um trem de carga parado na estação. Não podia mais ficar no Cabo. Não gostava mais de ninguém. O mundo inteiro era como Joca. O trem apitou, os carros rangeram nos trilhos. Meteu-se no vagão vazio. A manhã vinha saindo e as águas da Araruama se tingiam com a alvorada.

15

Não sabia por que, mas vivia triste. Triste, bem triste, mesmo. Não tinha motivo certo, um fator determinado que apresentasse como razão. É verdade que Luís andava sem falar com ninguém, como se estivesse com qualquer rancor escondido. Contra os de casa não podia ser. Dona Maria lhe dissera que talvez fosse por causa da namorada. O filho parecia ser um homem como fora o pai, de uma palavra só, de sentimentos elevados. Só poderia ter havido uma mudança muito séria na sua vida, por isso estava esquisito. Lúcia vivia na casa dos ricos, na companhia de sua amiga Helena, que com o noivado se acomodara mais. E Laura era a mesma de sempre. Dona Maria lhe contara da correspondência entre Laura e um moço de Niterói, rapaz que conhecera havia muito no Cabo. Não temia pelo futuro de Laura. Via-a tão quieta, tão senhora de si, que não sofria por ela. Lúcia, porém, lhe dava sérios cuidados. A menina não tolerava a sociedade do Cabo Frio. Viciara-se com as amizades das moças da Casa Azul e agora punha tudo em situação de inferioridade. Tinha convites para dançar nos Tamoios e respondia sempre com negativas. Deixara de procurar as amigas velhas. Aquela sua colega que passara dias em sua casa lhe escrevia sempre e muitas vezes nem Lúcia respondia. Tolice dela. Dona Maria censurava esse procedimento, mas Lúcia se tinha deixado dominar pela vida da Casa Azul. Nem era bom falar nisto. Ficava triste, tinha os seus pressentimentos e os guardava consigo, pedindo a Deus que tudo corresse bem. Luís, porém, com aquela cara amarrada, como se alguém dentro de casa lhe tivesse feito alguma coisa. Não teve coragem de lhe falar. Fazia o possível para agradar o filho e ele no mesmo, para o seu canto. Fora decerto coisa de namorada. Nunca vira com bons olhos o casamento do filho com Luisinha. Era gente rica, de outra vida, com outros costumes. Eles viviam como remediados, nos limites de suas posses. Depois, não daria o que falar. Casar com uma moça aleijada? Diriam que era pelo dinheiro. Sabia que não havia ninguém mais puro e mais digno do que seu filho, mas as línguas dos maldizentes não tinham tamanho. Arrasariam seu filho. Falavam que o amigo de Luís dera para andar sozinho, sem chapéu. O pescador Boaventura o vira nas pedras do Cabo, olhando para o mar, e ficara com medo dele:

— Aquilo não é de gente sã, dona Mocinha.

O povo não podia compreender que um homem se isolasse, andasse sozinho, ficasse para um canto na solidão. Era começo de doidice. Paulo era amigo de Luís. Que poderia ter havido entre eles que motivasse aquela separação? De fato, a vida de Paulo Mafra dava nas vistas do povo. É que antigamente, quando ele saía nos passeios, procurava ouvir os pescadores, parava para conversar. Agora saía de rota batida, de praia afora. Sumia-se, ganhava os penhascos e lá ficava horas seguidas, em atitude esquisita. Paulo Mafra sofria. Se lhe perguntassem por que sofria, não saberia explicar. O que se passara com seu livro era fato morto, para ele. Falhara, perdera tudo com o seu fracasso. Mas o livro não o tocava mais. Já havia atravessado aquele nevoeiro, para entrar em outro mais denso, mais escuro. Para ele, os livros já não existiam. O seu correspondente na Europa lhe enviava listas de novidades que o teriam entusiasmado nos outros tempos. Agora estavam os livros nos seus embrulhos, como coisas inúteis. Não lia, não escrevia. Perdera sua irmã. Luisinha, desde aquela noite terrível, se afastara dele, evitava falar-lhe. E agora, Luís. Não sabia mesmo explicar. Era uma criatura que vivia longe de tudo, cada vez mais só, mais vencido por sua angústia. Os de casa lhe eram quase odiosos. Somente sua mãe merecia o seu amor. Amava Lourival morto. Não amava, nunca soubera o que fosse essa palavra. Sentia por sua mãe qualquer coisa que era mais do que amor, mais do que piedade, mais do que dedicação de filho. Via-a como uma árvore que perdera as raízes, no ar, fora da terra, de galhos secos. Sabia que ela era grande e não se dava importância à sua grandeza. O mal vinha dele, que perdera o contato com a humanidade. O seu egoísmo brutal fizera-o de pedra. Não era verdade, sofrera tanto com a morte de Lourival e com a dor de sua mãe! E agora não tolerava nada que se referisse aos seus sentimentos, aos seus arrancos. Luís, que imaginara uma criatura fora do comum dos homens, fora apenas obra de sua imaginação. O que ele era estava muito bem fixado no seu livro: era um livresco, uma convicção agindo no falso, mais de ficção do que de realidade. Saía de casa para consumir a sua angústia. O mar lhe trazia sempre uma sensação de paz. Aquele rumor, aquele movimento o acalmava. Perdera tudo, perdera a paz, o entusiasmo, a violência de pensar. Era um ser fraco. Até a irmã fugira dele. Quando chegava à Casa Azul, sentia-se ainda mais só. Via de longe o palácio que seu pai fizera renascer. Ouvira falar que os pescadores tinham medo daquela casa. Eles sabiam mais do que os que agiam com a inteligência. Teriam razão? Tinham sabedoria que vinha das profundezas do ser, que era mais animal do que a outra e mais certa. Luisinha se afastara inteiramente. Agora nem mais procurava a mãe para uma conversa. Vivia nos seus aposentos, e quando saía do quarto para a figueira grande atravessava a sala como se cruzasse um corredor de hotel.

Dona Luísa voltava a se preocupar com a vida que corria em volta dela. A dor pela morte de Lourival ia cedendo lugar a outras dores menores. Luisinha e Paulo a enchiam de preocupações. Que teriam seus filhos? Sabia que Helena caminhava para um casamento, mas da vida de Hermes, com uma esposa extravagante, lhe chegavam ruídos desagradáveis. Hermes era uma criança, sem fôlego para uma grande luta. Era como Marta, sem capacidade para odiar ninguém. Aquela mulher faria dele o que quisesse. Mafra lhe falara várias vezes sobre as extravagâncias da nora. Vivia no jogo. Ali estivera algumas vezes. Não lhe parecera má criatura. Era muito esnobe, muito ansiosa de brilho, de dar nas vistas. Marta lhe contara episódios estranhos, coisas que não revelavam bom caráter. Em todo caso, ao menos fizera com que Hermes abandonasse aquela mania de corrida de automóvel. Ela não podia mais suportar aquelas corridas na Gávea: o filho dirigindo carros perigosos, arriscando a vida. Agora Hermes se acomodaria. A mulher vivia com a casa cheia. Mafra dava ao filho o bastante para que ele levasse vida de grande. No entanto se queixava dos excessos de Hermes. Eram contas de jogo, contas da mulher, nos cassinos. Mafra não andava com boa saúde. O doutor

Lemos já lhe recomendara repouso. As corridas de cavalo faziam mal ao seu marido. Vira o sofrimento que se apossara dele no último fracasso do Grande Prêmio. Voltava assim dona Luísa a sofrer pelos filhos, pela família. A lembrança de Lourival ia ficando como uma dor crônica, que se suportava pelo hábito. A mãe não sabia o que se passava com Luisinha. Soubera por Júlia do seu interesse pelo amigo de Paulo. Gostou. Via a filha tomando gosto pela vida, fugindo daquela misantropia. E agora voltava à mesma situação. Júlia de nada sabia. A pobre morria pela sua menina. "A menina", era assim que ela se referia a Luisinha. A princípio foi aquele entusiasmo, aquela alegria com o seu Luís. E de repente se acabara tudo. Luisinha sofria mais do que nunca. A advertência de Paulo a tinha arrasado. Mais se passavam os dias, mais ela amava a Luís. Encerrava-se no seu sentimento. Ninguém saberia de sua paixão, de seus desejos. Até Júlia a poderia trair. Seu irmão Paulo talvez procurasse destruir em Luís o interesse que este mostrava por ela. Tivera dias de felicidade e tudo se fora porque Paulo achava que ela não merecia, que era indigna de ser feliz. Sozinha teria que viver. Só. As leituras não lhe traziam mais nenhum consolo. Lia pelo hábito de ler. E muitas vezes surpreendia-se alheia ao que tinha sob os olhos. Deu então para escrever longas cartas a Luís. Escrevia com sofreguidão. Contava o seu amor, como se fosse uma menina de colégio, um amor de exaltação inocente. Relia a carta e recomeçava a analisá-la, a descobrir os trechos fracos, as tolices, a ingenuidade. Fora outra e não ela, quem escrevera aquilo. E relia. Era aquilo mesmo o que diria a Luís. Gostaria de tê-lo perto de si, de poder falar-lhe assim, com aquelas palavras do coração. Sentia tudo aquilo e não podia dizer. Era uma aleijada, uma inútil. Paulo quisera dizer-lhe isso. E Luís pensaria como ele. Escrevia outra carta. Trazia ao amado toda a sua vida, contava-lhe as suas dúvidas, se queixava de todos. Do mundo e de Deus. Tinha-o, ele era o seu amor. Por que não aparecia, por que não lhe chegava e não lhe dizia tudo o que queria ouvir de sua boca: "Luisinha, eu te quero para mim somente. Serás só minha. Eu te amo, eu te adoro." Vinham então na carta as palavras de amor ardente que Luís teria para ela, as palavras que desejaria ouvir de sua boca. Júlia a via escrevendo:

— Para quem a menina está escrevendo?

Sentiu-se descoberta, cobriu-se de vergonha e respondeu com violência à sua boa escrava. Depois teve pena, porque a viu chorando. Fora grosseira e pôs-se a agradar a sua pobre Júlia. E dali por diante começou a escrever as suas cartas de portas fechadas. Trancava-se, fechava a janela. E no silêncio do quarto, como se fosse para um pecado, escrevia. Assim com aquele mistério, temendo os olhares, a curiosidade dos outros, as cartas iam ficando mais íntimas, mais próximas de Luís. Estava a sós com ele e podia falar-lhe baixo, dizer o que sentia de verdade, sem ninguém aparecer e perturbar a sua confissão. Falava baixo para ele, bem ao seu ouvido, dizia tudo e as cartas foram mais sinceras, de mais confidências. E guardava-as no fundo da gaveta da secretária. Ali ninguém poderia penetrar. Luís era o seu amor e ali viveria com ela. Todos em casa dariam a vida para descobrir o seu segredo. E passava horas e horas escrevendo. As cartas falavam agora de coisas íntimas. Não podia ter segredos para Luís. Abria-se com ele. Amava-o violentamente e cartas de amor assim só podiam ser como as suas. Quando deixava o quarto para ficar na cadeira sob a figueira grande, com um livro aberto, levava a última carta que escrevera, para reler, à beira da lagoa. Era como se estivesse no barco, de vela solta, com Luís ao lado. Lia o que escrevera naquele dia. O tom da carta já era de uma vida que pertencia a outro. Luís receberia aquilo como uma mensagem de esposa. A Araruama se estendia diante de seus olhos, verde e feliz. Ela agora também era feliz. Tinha o seu amor, o seu Luís. Aqueles entusiasmos porém pouco duravam. De repente, um vento de realidade punha tudo abaixo. Um frio lhe penetrava a alma, tudo sucumbia inteiramente e, sem que ninguém visse, chorava, chorava muito. Passavam barcos pela lagoa. Quase aos seus pés, espumas brancas vinham cobrir as raízes da figueira. Desprendia-se de tudo um cheiro de vida. Ouvia-se o martelar sonoro dos cata-ventos, e a casa-grande coberta de luz e velas de barcos que desciam tangidos para o porto. Naquele dia não escreveria uma linha a Luís. Tudo era ridículo, de um ridículo de matar. Vivia mentindo para si mesma, fora do mundo, querendo fugir à sua vida, fugir ao seu cárcere. Era ridículo tudo o que fazia. Ficava ali, até que a tarde chegava. Júlia vinha trazer-lhe chá. Via a tarde chegando, a lagoa perdendo as cores e estrelas aparecendo no fundo das águas. Era noite. Ia para o quarto. Bem perto de sua janela, uma casuarina chorava a noite inteira. Gostava daquele lamento em surdina, daquele choro manso. Era a música que embalava as suas insônias desesperadas. E quando estava no auge do desespero, vinha-lhe como que uma vontade perniciosa, um desejo mau de falar com Luís. Perdia todos os receios, toda a noção da realidade e fugia outra vez para a carta, que escrevia, com a noite lá fora, o choro das casuarinas, a lua cobrindo tudo de dolência. Escrevia páginas e páginas. Era como se estivesse no amor intenso. Escrevia para Luís; bem perto dele, como se estivesse num canto de barco e que todo o seu corpo se encontrasse no de Luís. Sentia o calor do corpo do seu amor e lhe escrevia, contava-lhe tudo. Tudo lhe saía da pena para que ele soubesse e gostasse. Parava quase de madrugada, extenuada como se retornasse de uma noite de viagem. Muitas vezes, pela janela, via a madrugada chegando. Era como se alguém a surpreendesse. Baixava as cortinas e ia dormir com a carta que escrevera, com as folhas frias do papel pegadas no seio ofegante. Dormia assim até tarde. Acordava de olheiras, com o corpo amolecido. Ficava então o dia inteiro no quarto, relendo a carta, vezes e vezes, e, de repente, sentia voltar a angústia, o desespero de parecer uma louca, de estar iludida como dantes. Luís ficava então numa imensa distância.

Marta, com a morte de Lourival, perdera o seu entusiasmo pela Casa Azul. Pouco vinha ali, ficar com os seus. Mas, naquela semana, aparecera sozinha, sem o cortejo de sempre e dera para procurar Luisinha. Ia ao quarto da irmã, conversar, sem propósito algum. Entrava, sentava-se numa poltrona, cruzava as pernas, Luisinha via aquelas pernas admiráveis, fascinava--se, sentia-se atraída por elas. Marta queria conversar sobre livros. Dera para ler. Chegara-lhe aquele gosto de repente. E aquilo foi para ela a descoberta de um mundo novo. Um mundo que desconhecia. Queria conversar com Luisinha; a irmã, porém, fugia sempre. Lera o *Fontaine*, de Morgan, e queria falar sobre ele. Em Petrópolis era moda. Todo o mundo falava em Morgan. Ela, porém, gostava mais de Lawrence. Entregava-se mais, descobria-se todo ao leitor. O outro era mais difícil, mais complicado. A mulher de Hermes adorava Morgan. Luisinha, porém, desconfiava daquele interesse pelos livros. Não podia compreender que aquilo fosse sincero. E no entanto, era naquele instante mais terrível e mais angustioso que a irmã a procurava, para que ela a ajudasse. Marta estava em plena euforia pela vida que fora encontrar nos romances.

E Luisinha se encolhia cada vez mais. A outra queria encontrar alguém com quem falar do que ia descobrir. Paulo se fora para o Rio e estava de viagem marcada para a Europa. Lá um dia, chegou para Luisinha uma longa carta do irmão. Não era para lhe dizer nada de novo. Era uma carta como as outras, que lhe escrevera antigamente. Leu tudo aquilo a frio, sem perceber nada do que o irmão dizia. Viera dele o maior ultraje ao seu amor-próprio. Odiava o irmão. Leu a carta e jogou-a fora. Todos eram falsos, sem alma, todos falavam como Marta, para mostrar leituras, para brilhar, exibir qualidades. Paulo era o mesmo que Lourival, que Hermes, que Helena, todos como seu pai. Quando sua mãe arriara com a morte de Lourival, descobriu nela uma falha lamentável de caráter. A preferência por um filho. Amava o morto, mais que a todos os de casa. Talvez que para ela olhasse com pena. Lourival era o seu preferido, aquele que lhe arrancava todas as lágrimas dos olhos. Mãe sem amor pelos outros filhos. E o pai amava mais do que tudo aos seus cavalos. Paulo, que ela julgava um superior, um ser de eleição, era um egoísta, um vaidoso que se convencera de que era maior do que todos, que podia descobrir caminhos, mover o mundo. Os livros que lera serviam-lhe para fazer crescer ainda mais sua vaidade. Odiava-o. Queria viver só, era o seu único desejo, não ver ninguém, viver entre estranhos, fora de toda a família. Só não fizera ainda isso porque lhe faltava a coragem, força para agir. Ninguém era mais fraco, mais difícil, mais sem determinação do que ela. Agora chegava-lhe outra carta de Paulo. Nesta o irmão falava em Luís. Fora estúpido com o rapaz, saíra dali sem lhe dar uma palavra. E procurava falar de Luís com aquele mesmo jeito esquisito de dizer as coisas. E no fim da carta o irmão se baixara numa confissão de desesperado.

Fora cruel para com ela. Porque não a queria casada, entregue a um homem. Queria que ficasse sendo toda a vida a sua irmã querida, a criatura a quem ele pudesse confiar tudo, falar de tudo sem temor. Receava que ela fugisse, ficasse cada vez mais longe dele. Não teria para onde caminhar nos seus dias de dor. Ela seria de outra gente, de Luís, da família de Luís, dos seus filhos. Releu a carta de Paulo, releu várias vezes e sentiu-se um tanto feliz, com aquela confissão. Havia no mundo um ser que precisava dela, que não podia defender-se sem ela. Ela podia amparar uma criatura, ter forças para a sustentar, energias para manter uma vida. Paulo fora cruel, e verificava que o fora por egoísmo. Queria destruir a vida dos outros, para alimento da sua própria vida. Teve ainda mais nojo do irmão. Era um pobre--diabo, um fraco, mais fraco do que ela, mais infeliz do que ela. Rompera o seu encantamento amoroso, não tivera nobreza e coragem para suportar a sua felicidade. Era um ser desprezível o seu irmão. Rasgou a carta, como fizera com a outra. E naquele dia, quando Marta entrou de quarto adentro para conversar, conversou como nunca fizera em sua vida. Sentiu-se segura de si e discorreu sobre os livros que a irmã lera, com uma facilidade e com um brilho espantoso. Para ela Lawrence era um superficial que ligava a alma ao corpo porque lhe faltava a força para agitar os dois elementos isoladamente, e Morgan analisava muito. Era mais de filosofia do que da vida. Marta foi ficando admirada daquela loquacidade. Luisinha falava como se estivesse com um grande público a escutá-la. Com arrogância. Lesse Dostoiévski, lhe dizia, lesse aqueles que haviam mergulhado nas trevas. Estes, sim, eram os verdadeiros mestres, os que tinham o que ensinar. A irmã procurou discordar, mas Luisinha falava, trazia a opinião de Paulo sobre os russos; contradizia, dava as ideias, queria arrasar o irmão.

Marta ficou espantada. Nunca pensara que aquela menina estivesse tão cheia de leituras e foi conversar com a mãe sobre Luisinha. Dona Luísa ficou satisfeita. Luisinha passava a vida pegada com os livros. Depois Paulo e ela conversavam muito. A carta de Paulo, porém, ficara roendo a irmã. O irmão se confessara afinal. Paulo arranjara tudo para a destruir, em seu próprio benefício. Luís poderia ser um estorvo ao domínio que ele exercia sobre ela. Só servia mesmo para ser uma confidente. E o orgulho das primeiras reflexões passava e ela se via outra vez uma inútil, que só dava para auxiliar um fraco, um irmão sem coragem de lutar, de procurar amigos, de enfrentar a vida. A confissão dolorosa de Paulo não venceu o seu ódio, o seu desprezo por ele. Ela era só, continuaria só. E assim passou alguns dias longe de Luís, sem os derrames de suas cartas. Uma tarde, a lagoa brilhava como nunca e soprava um vento bom que mexia nas folhas da figueira gigante, a fonte cantava e o cata-vento fazia um barulho brando, bom de se escutar. Tudo era calmo e doce naquele instante. Ela estava relendo um livro de Emily Brontë. Ergueu a cabeça e sentiu de repente uma certa alegria de viver. Lembrou-se de Luís e veio-lhe uma vontade de correr para o seu quarto. Fechou a porta a chave e cerrou as janelas. E escreveu uma carta de amor como há muito não fazia, uma carta quente, onde se entregava a Luís, falava de Paulo, falava de Marta, contando, sem espécie alguma de vergonha todo o amor que tinha por ele. Queria ser toda dele, era feliz assim. Todo o seu coração vibrava, os sentidos se acendiam, as palavras se desdobravam e a pena corria no papel. Luís saberia de tudo, contava-lhe tudo.

16

A FUGA DE JULINHO deixou a casa do pai em desconsolo. Esperaram dias, escrevendo a Joca para saber dele, e tudo em vão; não havia notícias de Julinho. Sinhá Antônia caiu no desespero. O marido fazia finca-pé para esconder o seu sofrimento, até que um dia chorou. A culpada era a mãe que abandonara o menino e não lhe dera criação. Foi quando a velha Filipa apareceu para discordar do filho. Antônia não podia ser culpada de nada. Julinho sempre tivera aquele gênio, sempre fora da vadiação. A culpa era de Joca, fora a vida de Joca que perdeu o neto. Sinhá Antônia não concordava. Pobre do Joca. Que poderia ele ter feito para perder Julinho? Por que André não se perdera?

O casamento de Lourdes fora mais uma vez adiado. Sotero estava ainda doente, sem querer operar-se. E Maria das Dores de cara fechada, com raiva de todos de casa. Todos de casa contrariavam os seus desejos. Um dia faria o mesmo que Julinho. O pai lhe dera aquela surra. Era um malvado. E Lourdes sofria com o casamento. A princípio pensou em abandonar Sotero, depois foi vendo que a riqueza de Joca não podia mudar a vida delas, e agora, com o noivo doente e com o casamento dependendo de uma operação, se enraivecia também com os de casa. Tudo era por causa dos pais, que não queriam que elas fossem às festas onde pudessem conhecer rapazes. Tinham vivido como freiras. Sinhá Antônia sofria com a ausência do filho mais moço. Uma tarde foi à Casa Azul, para ver se arranjava um jeito. Procurou falar com dona Luísa e ficou gostando dela. Ninguém em casa soubera da sua ida até lá. Só fizera aquilo por causa do filho. E dona Luísa lhe falara com tanta bondade, teve pena dela. Perguntou por muita coisa, interessou-se por Julinho. O que ela podia fazer era escrever a algum amigo do Rio e indagar de Julinho, pela polícia. Quando falou em polícia sinhá Antônia estremeceu. Não, não queria. Podiam prender seu filho, fazer alguma coisa contra ele. Julinho era uma joia, só tinha mesmo aquela mania de querer andar pela rua, conversando com um e com outro. Mas dona Luísa escreveu ao corretor Moreirinha.

Julinho não apareceu mais. A casa do cabo Candinho ficara vazia, sem o filho perdido. O cabo deu para entristecer, para falar ainda menos do que falava e quando os pescadores se referiam ao filho, enchia os olhos de lágrimas. Ficavam com pena do cabo. Um homem forte, arrasado pela ingratidão dos filhos. Em casa não podia falar em Julinho e quando uma ocasião Lourdes levantou a voz para a velha Filipa, quase que a despedaçou com um sopapo: "Essas bichas pensam que fazem o que querem dentro de casa". Arrependeu-se.

Ficava por debaixo da casuarina e reparava nas filhas e tinha pena. Tudo na sua casa parecia ir tão bem e era engano. Em breve se acabaria sua mãe, a mulher naquele sofrer pelos filhos e as filhas tristes e infelizes. Seria tudo por sua culpa? Virava-se para dentro de si, e aumentava o peso de uma agonia que nunca havia sentido, nem nos dias do Contestado, com os fanáticos pela frente, com a bala zunindo nos ouvidos e o pensamento na família. Nunca sofrera assim. Era aquela agonia latejando, aquele peso na consciência. Era culpado de tudo. E aquele filho, Joca, fizera o diabo com a família. Tinha subido, tinha crescido e se esquecera de sua gente. Não dizia nada, para não aperrear a mulher. Era um ingrato, o seu filho Joca. Um sujeito do Cabo lhe falara sobre o casamento de Joca com uma moça branca e rica. A visita do filho ao Cabo fora uma festa de arromba. Ele ficara de longe, como se não existissem pai e mãe.

E o cabo foi se entregando. Tudo em sua casa andava para trás. E ele não sabia explicar. Já que Joca era aquele ingrato, não se falava mais nele. Mas qual! Dera a macaca no seu povo. Via sua filha, das Dores, de tromba, e Lourdes sofrendo por causa de Sotero. A mulher, uma ferida aberta e sua mãe sentada à beira da lagoa, esperando a hora da morte. A Casa Azul ficava ali bem diante dos seus olhos. Olhou para ela, mediu-a bem. Fora-se o seu compadre Lourenço e agora andava de praia afora, fazendo visagens. A lagoa encrespava-se de vento, naquela tarde. Passou a canoa do negro, de vela suja, carregada de carvão. Gritava lá do meio da lagoa:

— Bênção, mãe Filipa.

E a velha respondia, com a voz mais fraca:

— Bênção de Deus!

O cabo reparava no silêncio de tudo. Tudo era muito triste. Nunca sofrera uma tristeza com aquele cortar. Triste mesmo, só ficara no Sul, com o frio danado e a saudade de sua família. Agora via tudo triste, muito triste. Sinhá Antônia levava as galinhas para o poleiro, no pé de laranjeira e um trem apitava na estação. O cabo levantou-se, tinha os olhos banhados de lágrimas. Deus o livrasse de que sua mulher o julgasse um fraco. Pobre do Julinho, perdido no mundo. Olhou para a lagoa, foi procurar a rede estendida, recolheu o seu material de pesca, e falou para a mulher:

— Não vai ser noite de camarão.

— Vai com fé – lhe disse a mãe. — Deus protege os bons.

Casa Azul já espalhava as suas luzes pela lagoa e o cabo foi remando contra a correnteza. A luz que vinha do outro lado fazia uma faixa enorme na água. Lá estava a casa maldita.

Dona Mocinha deu para receber com mais assiduidade a visita de sua comadre Antônia. Vinha queixar-se da vida, falar em Julinho, em Joca, na doença do Sotero. Na Maravilha só se cuidava agora do enxoval da menina Laura, que casaria depois das festas. E Lucinha nunca estava em casa. Fora passar uns dias no Rio de Janeiro com uma das moças da Casa Azul. Dona Mocinha consolava a comadre. Julinho acabaria dando notícias. E Joca sempre fora assim, com aquele gênio. A comadre não devia se entristecer. A mãe, infeliz, defendia o filho. Talvez estivesse atrapalhado. A gente via a coisa de longe e não sabia o que sucedia de verdade.

Dona Mocinha estava mais magra, mais velha. Dona Maria saíra naquele ano, para uma visita a um parente. Todos na Maravilha se surpreenderam com a notícia. Depois a coisa foi descoberta. O marido da professora caíra na miséria, recolhera-se a um hospital de caridade e apelara para a mulher. E dona Maria foi ao Rio, assisti-lo nas últimas. Encontrou o marido à morte. E foi com ele até o fim. Não quis, porém, que se soubesse que fora ao Rio para aquilo, mas a notícia chegou a Maravilha. As cartas que escrevia a dona Mocinha falavam em doença de uma pessoa muito chegada. Tinha um grande coração. Laura se preparava para o casamento. Mas dona Mocinha tinha uma mágoa escondida. Vinha tudo de Lúcia e de Luís. A filha fizera aquela viagem contra a sua vontade. Recusara, fizera o possível para não consentir, mas dona Luísa viera pedir pessoalmente e Helena andava com outros modos, depois do noivado. Se fosse com Marta não deixaria. E Luís dera para viver naquele estado de tristeza, que doía nos outros. Tudo viera do namoro com a coxa. Teve raiva da moça, que judiara com seu filho. Gente assim marcada por Deus devia trazer coisas escondidas. Estragara a vida de Luís. Felizmente ele abandonara aquela história de política. Tudo fora influência do amigo. Não queria seu filho metido em partidos. O avô tudo o que tinha havia perdido nas eleições. Via o filho triste e não tinha jeito a dar. Era duro para uma mãe ver uma coisa daquelas. O que doera mais em dona Mocinha foi uma carta de Lúcia. Só falava em riquezas da casa da rua São Clemente e da bondade de sua amiga Helena. Mandara falar numa festa no Copacabana. Estivera lá com um vestido emprestado pela amiga. Jantara com gente fina, com secretário de legação, com o filho de um ministro. Estava metida com a melhor gente do Rio e no fim vinha com aquela notícia que fizera a mãe estremecer: estava pensando em arranjar um emprego no Rio. O doutor Mafra lhe tinha oferecido um bom lugar numa de suas companhias. Dona Mocinha não disse nada em casa. Sentiu aquilo como um choque violento. Não tinha com quem desabafar. Dona Maria no Rio. Andou tonta pela casa. Laura notara a intranquilidade da mãe. E ela se esforçando para se libertar do peso que caíra sobre o seu coração. Afinal de contas, aquilo era apenas uma sugestão de Lúcia. Ela não permitiria uma coisa daquelas. Pegou na pena e escreveu uma carta sentida à filha. Culpada era ela, que cedera, que não tivera fibra bastante para reagir contra a vontade de Lúcia. Só ela devia ser culpada. Continuou inquieta dentro de casa. Via a filha de longe, sem os seus cuidados, fazendo o que lhe vinha à cabeça. Ficou tão inquieta que não se conteve. E foi falar com dona Luísa. Foi sozinha naquela tarde e muito conversou com a amiga. Falou em Lúcia e na carta que recebera. Então dona Luísa passou a fazer elogios a Lúcia, ao seu comportamento, aos modos, à bondade da menina. E para espanto da outra, lhe deu razão:

— Olhe, dona Mocinha, deixe sua filha fazer o que quer. Se não fosse uma moça como é, eu não lhe daria esse conselho. Mas no caso de Lúcia, a coisa muda de figura. A menina aspira a uma vida melhor. E se encontrou uma oportunidade, a senhora não a contrarie. Mãe é para isso mesmo. As coisas boas acontecem sem que para isso tivéssemos concorrido, mas das coisas más, sempre nos culpam. Lúcia iria levar a vida inteira responsabilizando a senhora. O nosso destino é este mesmo, dona Mocinha.

Reparou que dona Luísa lhe falara com muita sinceridade. Lúcia era uma menina que não podia viver só. Depois passara a outra conversa. Como se falasse de uma coisa muito simples, tocou-lhe no caso de Luís. Quando soube do namoro ficou contente. Luís era o único amigo de Paulo e por isso lhe merecia muito. Paulo não era de muitos amigos.

— Gostei imenso da notícia. Luisinha é uma menina que precisa ser vista, que precisa de amigos. A coisa, porém, parece que se acabou. Vejo-a tão triste e Luís não tem aparecido mais. Já o tinha na conta de um filho.

Dona Mocinha falou pouco sobre o caso. Estranhara também a atitude de Luís, mas não queria se meter nessas coisas. O filho era muito voluntarioso.

Dona Luísa lhe perguntou pela filha mais velha. Tinha um presente de casamento para ela. No outro dia chegou na Maravilha um portador da Casa Azul trazendo um lote completo de linho. Noca contou logo à mulher do jardineiro. E na cidade do Cabo se soube. Luís, porém, brigou com a mãe por causa da viagem de Lúcia e não dizia uma palavra sobre coisa alguma, dentro de casa, como se estivesse inimizado com toda a família. Dona Mocinha ficara desesperada com a atitude do filho. Não lhe custaria nada abrir-se com ela. Censurasse o que não era direito, mas ficar assim era um absurdo. Luís tomava conta da salina, passava o dia no trabalho e em casa não abria a boca. Aquilo doía na mãe. Às vezes fechava-se para chorar. Dona Maria não voltara ainda e ela não tinha com quem desabafar. Que gênio terrível, o de seu filho! Contentava-se com o preparo para o casamento de Laura. Lá um dia chegou dona Maria, toda de preto. Vinha viúva e não fez segredo de sua viagem. A princípio não quisera que soubessem que estivera com o marido. Fora tolice dela. Devia ter dito tudo. Arrependera-se. Viera de preto e gostava mesmo de contar detalhe por detalhe da morte do marido. Ajudara-o no que pudera. Ele se arrependera. Tinha pedido perdão na hora da morte. Sua vida fora um fracasso. Tudo havia perdido. Só pensava no mal que havia feito à mulher. Com essas histórias, dona Maria arrancara lágrimas a Noca. Comoveu o povo da Maravilha e quando soube da ida de Lúcia se espantou. Dona Mocinha ficara ainda mais perturbada. E exagerou:

— Dona Mocinha, como a senhora consentiu numa coisa destas? Mande buscar a menina.

Tinha verdadeira paixão por Lúcia. Era a sua querida. Quando chegou a Maravilha, Lucinha era um nada de gente. Então, o espanto de dona Maria mais agoniou a mãe.

No sábado chegou Lúcia, de automóvel, enchendo a casa de histórias, de vida, de alegria. À tarde, Helena apareceu à sua procura. Iriam passear em barco com o seu noivo e um amigo do Rio. E Lúcia se foi. Dona Maria ficou comentando com a mãe:

— Está com outros modos, dona Mocinha.

A mãe porém sentiu-se com aquela insistência da professora:

— Tenho confiança em minha filha.

Água-mãe • 245

A amiga falou em tom ofendido. Depois calou-se. E dona Maria foi conversar com Laura. Dona Mocinha estava inteiramente enganada em relação a Lúcia. Não devia permitir que uma menina como Lúcia se metesse na vida do Rio e com gente que era de outro nível social, com outros hábitos, outras ideias sobre a vida. Laura não queria dizer nada. Luís já andava brigado com a mãe por causa de Lúcia e Deus a livrasse de se meter nas complicações de sua irmã. Sabia que a mãe era louca por ela. Daria a vida por Lúcia e para que procurar contrariá-la? Dona Maria magoara-se com a resposta da sua velha amiga. E dona Mocinha compreendeu por seu lado que fora grosseira. Mas todos queriam contrariar sua filha. Ninguém mais do que ela sabia que Lúcia não devia fazer aquelas coisas. Sofrera muito, mas a filha tinha juízo e era capaz de se dirigir. Dona Luísa era uma senhora de traquejo, de alta roda e elogiava daquele jeito a sua filha. E para que dona Maria vir com aquilo? Confiava na filha. Podia ser que fosse caduquice sua, coisa de mãe tola. Luís também estava contra Lúcia. Todos eram contra sua filha. Naquela noite Lúcia não veio dormir em casa e na segunda-feira de manhã, partiu outra vez com Helena para o Rio. E ninguém na Maravilha falava mais em Lúcia. Dona Mocinha irritou-se com aquele silêncio. Por que dona Maria não lhe vinha falar? Por que Laura não se abria com ela? Todos calados, todos mudos, em relação à menina. Teria ela cometido algum crime, para provocar aquele silêncio a seu respeito? No dia, porém, em que chegou a carta de Lúcia com uma notícia desagradável, não se conteve. Trancou-se no quarto para que ninguém a visse chorar; chorou muito, chorou alto. E dona Maria e Laura bateram na porta. Abriu e mostrou a carta. Lúcia ficaria no Rio, empregada. Agora a carta da filha não lhe deixava dúvida:

"Mamãe, o doutor Mafra me ofereceu colocação ótima na companhia, um emprego de primeira ordem. Terei de viver por mim mesma. Estou disposta a isso."

Depois Luís procurou a mãe para lhe dizer o diabo. Era aquela a educação que dera a Lúcia, fazendo-lhe todas as vontades. Agora não podia mais com ela. Acusou-a impiedosamente. Ela ouviu o filho sem dizer uma palavra. Então Laura apareceu e falou áspero com o irmão:

— Você não devia falar assim com mamãe. Vive por aí de cara fechada, como se a gente aqui em casa fosse cachorro. Mamãe não tem culpa nenhuma.

— Não lhe chamei aqui – foi dizendo Luís. — Vocês duas fazem de mamãe o que querem.

Laura disse-lhe o que bem quis:

— Menino besta. Parece que tem o rei na barriga.

Por fim dona Mocinha aquietou-os. Luís saiu e ela chorou abraçada com Laura.

Dias depois Lúcia voltou para passar alguns dias em casa, antes de assumir o emprego. Estava radiante. Agora poderia viver a seu gosto. Todos os de casa foram contra a ideia, porém ela se sentia tão bem, tão contente, que deixaram de falar sobre o caso. No dia da partida todos choravam. Até Laura, tão dura para essas coisas, abraçou-se aos soluços com a irmã. A negra Noca berrava, e Lúcia, chorando, nem teve coragem para falar com todos. Não ia morrer, não ia se acabar. Helena, com o automóvel na porta, esperava pela amiga. Dona Mocinha nem podia falar. Lúcia se fora. Luís não apareceu para se despedir e a Maravilha entristeceu por muito tempo.

O povo da Casa Azul se preparava para seguir para o Rio. O verão estava no fim. Marta ficaria por mais alguns dias e Luisinha já se fora. Começava a correr a notícia da separação de Hermes da mulher. De Paulo, sabia-se que preparava uma viagem à Europa. Seu nome desaparecera dos jornais, enquanto o partido, a Ação Social, crescia por todo o país. O sudoeste começava a cortar, de frio, pela Araruama. As salinas estavam paradas e os dias de abril eram mais curtos. Agora Marta dera para viver só; metia-se no seu barco e levava livros para ler. Os de casa estranharam a mudança violenta, mas acreditavam que seria por pouco tempo. Agora sozinha na Casa Azul, era como se estivesse passando as suas primeiras férias. Via-se, olhava-se e teve medo de insistir nessa análise. Dona Adelaide ficara com ela. A portuguesa gostava do isolamento e dona Luísa aconselhou-a a ficar. *Miss* Margaret, na rua São Clemente, daria conta da casa. Marta nunca tivera grande aproximação com a governanta. Via-a gostando de concertos e de livros e passava por ela como pela inglesa. Eram criadas de mais categoria. E no entanto, naqueles dias, foi vendo que dona Adelaide existia de verdade. Conversava com ela e ficava acanhada de se sentir bem inferior. A mulher sabia muita coisa. Não gostava dos passeios de barco, mas nas palestras debaixo da figueira velha, fazia gosto ouvi-la discorrer sobre música, sobre teatro, sobre autores. Não conhecia os novos, mas tudo o que era de clássicos, franceses e ingleses, comentava com segurança. Marta ia deixando que ela falasse e ia aos poucos tomando pé na sua ignorância. Levava uma vida fútil, besta, sem nada de interessante e estava só, sem irmãos, sem amigos que fossem mais do que amigos, longe da mãe, longe do pai. Era uma inútil. Fugia daquele pensamento e procurava ler os livros que trouxera do Rio. Lia-os e, às vezes, a leitura trazia-lhe um certo mal-estar, porque se sentia muito distante de tudo o que lia. Era uma moça de sociedade, amada, procurada por todos, querida dos homens e afinal não era nada. Gastara-se, esgotara-se. Aquela dona Adelaide perdera situação, perdera fortuna, perdera família e trazia consigo elementos de vida, um gosto superior por coisas que valiam muito mais do que a riqueza. Ela, se de uma hora para outra caísse em desgraça, seria uma inútil, uma moça bonita como tantas outras por aí. E aqueles instantes de Marta começaram a ser dolorosos. Fugia deles e procurava se fixar em outros lados. Uma noite, foi ao quarto de dona Adelaide. Estava só e queria conversar. Não se tinha podido conter. Procurara-a por toda parte e não a encontrou. Lá fora havia a lua num céu limpo e a Araruama batendo devagar no cais. Chegou ao alpendre. Cantava a fonte baixinho e as árvores em redor da casa rumorejavam. Então, viu dona Adelaide debaixo da figueira grande, estendida na *chaise-longue* de Luisinha, imóvel, de braços para trás, voltada para a lagoa. Dona Adelaide sonhava. Uma mulher daquela idade, pegada com a lua, virada para outro mundo que era o seu mundo privado. Sentia-se humilhada por nada saber tirar de si, incapaz de fazer uma vida. Quis ir ter com a governante e receou perturbá-la. Foi então à vitrola e fez correr um disco sem escolher. Deixou que a música enchesse o seu vazio. A música encheu a sala e saiu para fora da casa uma melodia de Schubert de que sua mãe tanto gostava. Com pouco mais dona Adelaide apareceu. Reparou que a mulher trazia os olhos vermelhos, como se tivesse chorado e vinha com uma cara de moça. Riu para ela e falou-lhe em música. Juntas, escolheram outros trechos. Encontraram a *Sonata ao luar*, em piano; repetiram algumas vezes. Era já alta noite. Para Marta, foi tudo aquilo uma coisa extraordinária. No outro dia de manhã, dona Adelaide falou em voltar ao Rio. Teria mais o que fazer na rua São Clemente. Marta desconfiou daquela pressa. Imaginou que a governanta se sentiria perturbada com a sua companhia. Devia ser uma criatura incapaz de inspirar confiança. Uma noite, porém, estava no seu quarto, quando ouviu bater na porta. Entrou dona Adelaide, aflita, quase sem poder falar. Finalmente contou. Viera da sala para o alpendre e vira um vulto sentado numa cadeira, um homem de preto, de costas para a sala. Pensou que fosse o jardineiro, que lhe havia pedido para escrever uma carta. Chamou duas vezes por seu João, e como não respondesse, caminhou para perto da cadeira e viu o homem andar, descer as escadas. Teve medo mas chegou ao alpendre e não viu ninguém. Tinha desaparecido. Quase caíra fulminada. Dona Adelaide tremia. Sentou-se na cama de Marta, debaixo de terrível angústia. A moça procurou acalmá-la e sentia também qualquer coisa de esquisito. Apareceram a cozinheira e a copeira. Todos os de casa se reuniram. A cozinheira já ouvira falar que naquela casa aparecia alma do outro mundo. A copeira tremia. Lá fora ouvia-se o vento gemer. As portas da frente estavam abertas e todos com medo de ir fechá-las. Por fim saíram juntas. Quiseram chamar o jardineiro, gritar do alpendre por ele. Dona Adelaide não permitiu. Havia no ar qualquer coisa de misterioso, envolvendo tudo. Marta dizia que não acreditava naquelas coisas mas falava baixo, em voz de segredo e as duas negras sentaram-se no soalho. Por fim, dona Adelaide mandou que se fossem embora. Mas as pobres estavam sem coragem, dormiriam ali mesmo.

    Dona Adelaide tinha visto um homem de preto. A notícia correu pela Araruama afora. A Casa Azul se fechara. O povo de lá tinha corrido com medo do homem de preto.

17

O INVERNO DAQUELE ANO se passara com a Casa Azul vazia. Na Maravilha, a ausência de Lúcia se fazia sentir cada vez mais para a mãe, que não se conformava com a vida que a filha ia levando. O casamento de Laura enchera a casa de alegria, de movimento. Lúcia viera passar uma semana com os seus e dona Mocinha, mesmo com os trabalhos do casamento da filha, não esquecia a outra. Luís não se reconciliara com a irmã. Nem no grande dia do casamento de Laura voltara às boas com Lúcia. Tinha o gênio do avô, dizia a mãe, entristecida com aquilo. Laura se fora e a casa ficara um deserto. Dona Maria, pegada ao seu trabalho, na escola, e a velha só, cada vez mais só. Velhice triste seria a sua. Às vezes, tinha vontade de deixar tudo e correr para sua filha. As cartas que chegavam davam-lhe um contentamento enorme. Lúcia sempre resolvia tudo com os seus agrados. Luís, porém, era seco demais. Conhecia ela filhos que agradavam as mães, que tinham ternura para com os seus, mas Luís era assim, daquele jeito, fazendo até medo, com o seu silêncio, as suas distâncias. Sempre pensara que a sua velhice fosse mais fácil que a mocidade e agora tinha até saudades das suas aperturas, das suas lutas com os filhos pequenos e a salina rendendo uma miséria. Era bem mais feliz, porque mandava nos filhos e tinha força para dirigir os negócios. Chegava aquela luta em casa: a malquerença de Luís com Lúcia. Não dormia, não comia, só em pensar numa coisa daquelas. Soubera por Laura que Lúcia vivia em roda de gente da sociedade. Era o que mais temia. Ouvia falar de tanta loucura, de tantos escândalos que se acabrunhava, somente em pensar que sua filha vivesse com gente daquela natureza.

Uma vez chegou a Maravilha uma revista do Rio com um retrato de Lúcia, numa festa. Achou a filha linda, de vestido de baile, com um sorriso feliz. Sem dúvida fora a convite de sua amiga. Devia estar levando a vida com que sonhara. Guardou a revista. E as cartas chegavam sempre transbordando de felicidade. Tinha desejo de ir ao Rio visitar a filha e tanto pensou naquilo que acabou combinando com dona Maria. E lá um dia tomaram o trem de Maricá e foram fazer uma surpresa a Lúcia. Foi uma alegria imensa para esta, quando as duas chegaram na pensão das Laranjeiras, Lúcia fez-lhes tantas festas! Muito cedo a filha tinha de se levantar para o trabalho. O telefone tocava muito, chamando por ela. Uma noite vieram procurá-la de automóvel. Era para uma festinha em casa de uma amiga. Pouco via Lúcia. Uma tarde foi à casa de dona Luísa na rua São Clemente e foi recebida com a mesma distinção da Casa Azul. Falou com a amiga sobre a filha e teve referências esplêndidas. O doutor Mafra estava radiante com o seu trabalho. Era muito eficiente, muito quieta. Dias depois voltou para a Maravilha ainda mais triste. Na verdade, Lúcia não era mais dela, era de outro mundo, transformara-se, não tinha mais semelhança com a sua gente. Na volta, no trem, se abriu com dona Maria. E a amiga procurou tirar-lhe a filha da cabeça. Era a vida. A vida tinha exigências assim. Fora-se a sua Lúcia. Muito mais infeliz fora a sua comadre Antônia. Maria das Dores fugira de casa. Ninguém soubera explicar. Uma noite, a comadre bateu-lhe na porta, já muito tarde. A filha havia desaparecido de casa. O compadre brigara com a menina na véspera, por uma tolice qualquer e Maria das Dores sumira-se. Viu dona Mocinha o que era uma dor de mãe, com sinhá Antônia soluçando na sala de visitas. Coisa triste, de cortar coração. Fora-se Joca, fora-se Julinho e agora uma filha, uma menina tão boa, tão acomodada. Dias e dias passara sem notícias dela, até que apareceu um pescador, que a vira em Maricá. Estava empregada na casa do juiz de direito. O cabo tomou o trem e foi a Maricá. A menina chorou. Não queria mais voltar. Queixou-se de maus-tratos. Afinal ficou com a família do juiz. E voltou o cabo Candinho para casa. Havia muito que não fazia uma viagem tão longa. Lembrou-se do dia em que saltara do trem, de volta do Sul. O cabo agora era outro. Vivera feliz até há bem pouco tempo e de repente soprava vento ruim de proa e quase que ia dando com a sua canoa no fundo. Vento de desgraça vinha soprando sobre o seu povo. Fora bom filho, fora sempre abençoado por sua mãe. Que mal fizera? Que castigo duro era aquele que Deus atirava em cima dele? A família dera para trás, depois dos filhos criados. Quando entrou sozinho em casa, sem a filha, sinhá Antônia caiu num pranto desesperado. Depois foi se acalmando mais, quando soube que a menina estava em boas mãos. O juiz era homem de responsabilidade. Do seu canto a velha Filipa foi falando:

— É bom que tu te acalmes, minha filha, e que seja tudo por obra e graça de Nosso Senhor Jesus Cristo. Buliram com o demônio, eu sei que buliram com ele. Todos os dias eu dizia nesta casa: "Eu tenho um pressentimento ruim". Meu filho Candinho, estás com medo. Não dormes, pensando. Eu sei. Tu, minha filha, devias esperar por isso. Eu sei. Buliram com o diabo. Muita coisa vai acontecer. Deus podia me matar e não me matou.

— Mãe Filipa, não fale nestas coisas – disse Lourdes.

— É assim mesmo, menina, nem é bom falar.

Sobre a casa caía a tarde de julho, de céu cinzento. A lagoa triste se encrespando com o sudoeste violento. Um trem apitou na estação e a família calou-se. Agora se via do

outro lado a iluminação da Casa Azul como em dia de verão.
O cabo olhou para lá:
— Parece-me que tem gente outra vez.
— Tem gente, a lancha roncou o dia inteiro – disse Lourdes.
Desciam barcos e o vento frio cortava bem fundo.
— Minha mãe, por que a senhora não se agasalha? – disse o cabo.
A velha Filipa ficou em silêncio. Depois voltou-se para a lagoa, como se tivesse fixado um ponto certo e foi dizendo:
— Vem tudo de lá.
O trem passou naquele instante e a voz da velha se perdeu no rumor da máquina. De muito longe vinha um som de música, um canto que a ventania arrastava como se carregasse uma poeira invisível. Era a vitrola da Casa Azul.
Mafra viera com alguns amigos, passar um fim de semana. O doutor Mafra sofrera nova derrota num Grande Prêmio do ano e falavam que seus negócios iam correndo mal. Moreirinha contestava os boatos. Em todo o caso, aquela sobranceria de grande burguês decrescia um pedaço. O seu rival Lineu vencera mais uma vez na sua maior ambição: o Grande Prêmio Brasil. O cavalo daquele ano lhe viera da Argentina. Apostara uma fortuna nele. E fora outro fracasso. As histórias que corriam sobre seu filho Hermes não o abateram tanto. Hermes era um rapaz fraco. Lourival se perdera pela educação. Poderia ter sido um rapaz bem aproveitado. Morrera à toa e o irmão andava servindo de ridículo aos outros, em certas rodas. Moreirinha chamara-lhe a atenção para os desfrutes da nora. Tinha pena do filho. Quando soube que tratavam do desquite ficou satisfeito. Sua mulher nunca fora com aquela estrangeira, sem expressão, voluntariosa, mais uma aventureira do que

uma esposa. Luísa muito sofrera, com a morte de Lourival; as loucuras de Hermes não a abalaram muito. Em todo o caso devia ter sofrido. Os amigos levavam notícias desagradáveis, coisas que ele procurava encobrir da mulher. Hermes era um leviano. Uma vez chamou-o para lhe falar sobre a vida que levava e sentiu-o cínico, insensível ao nome de sua família. E Paulo parecia-lhe um desequilibrado. Desde que se afastara daquele grupo de aventureiros se inimizara com ele, como se fosse culpado de qualquer coisa. Sabia que o filho o odiava. Era cruel acreditar nisso. Um filho tendo-o na conta de um inimigo. Todos pensavam que ele só vivia para os negócios, para os cavalos de corrida. No entanto, a seu modo, sofria, amargurava-se pela família. Ficara distante de todos, muito distante de sua mulher. Se havia culpa era sua, somente sua. Nos poucos momentos que tinha para se recolher, recolhia-se com os seus. Paulo imaginava-o um monstro. Luisinha tolerava-o; Marta, Helena, Hermes sabiam que tinham um pai. E era só. Restava-lhe a mulher, a grande mulher que dera toda a sua vida a um marido, que era de tudo, menos dela. Não a amava, não a tinha como a sua verdadeira mulher. Fora de amantes, fora de tantas mulheres e agora era o resto de homem que era. E perdera o amor dos filhos. Sentia-se humilhado com aquele amor de sua mulher. Esta estivera sempre acima, em plano superior, muito acima dele. Podia ter amado um homem que a amasse. Tudo tivera para isso. A grande beleza, a fortuna imensa – e o seu querido Eugênio Mafra não passava de um impostor, mentindo-lhe a todos os instantes. Pagara muito caro tudo isso. Os filhos ali estavam como um castigo cruel. Paulo supunha-o um ente desprezível. Este filho parecia-lhe uma espécie de látego. Sempre que se encontrava frente a frente com ele, sentia-se inferior, sujeito a ser surpreendido num crime. Deus lhe deixara aquele filho para uma vingança. O olhar de Paulo sobre ele doía-lhe. As suas infidelidades e os seus erros, as suas misérias cresciam para ele, ficavam nuas, quando o filho o fitava daquela maneira agressiva. Temia-o. A princípio pensou que o dominasse; verificou depois que era inútil resistir. Lembrava-se de que o encontrara, certa ocasião, na entrada do parque, quando voltara do Grande Prêmio Brasil. Havia perdido e retornava a casa machucado. E quando desceu do carro, com o seu fraque e com a cartola na mão, lá estava Paulo, que o olhara daquele jeito agressivo. Sentiu-se ridículo, mais infeliz do que com a derrota do seu cavalo. Aquele filho o atormentava. Pensava que a derrota, com a humilhação imposta por seus inimigos, lhe modificasse as maneiras. Pelo contrário, ficou mais hostil. Não sabia explicar o que fizera para merecer aquele desprezo. Evitara comentar com Luísa aquela atitude do filho por que não queria fazê-la sofrer mais. E fora ela própria quem lhe falara. Paulo era também o tormento da mãe. A princípio vivia muito bem com Luisinha. Era ali em casa a única pessoa que merecia a atenção do orgulhoso. Agora nem esta. Não se falavam mais. Preferia que fosse como Hermes, leviano, fácil, mas de grande coração. Assim fechado, como caramujo, fazia mal aos outros.

 Dona Luísa sabia que o marido era um homem frívolo, mais do trabalho que da família: não acreditava nos mexericos das amigas que nos outros tempos lhe iam falar das infidelidades de Eugênio. Era seu marido e merecia a sua confiança. Sabia-o vaidoso, querendo estar sempre no primeiro plano, com o nome nos jornais. Era o seu maior defeito. Ela o amava assim mesmo. Agora via o marido sucumbido. As derrotas no Jockey o iam deixando irritado, violento, exaltado. Vinha para casa ferido, humilhado. Não sabia explicar. Velhice não seria.

Apesar dos seus 55 anos Eugênio dava impressão de mocidade. Talvez fossem as preocupações com a família. As filhas, os filhos, a desordem de tudo. Dona Luísa avaliava a sua gente. Media os valores. Todos eram bons, muito diferentes uns dos outros, como se fossem de vários pais. Não sabia explicar. Atormentava-se com Paulo, com Luisinha. Sofria com as leviandades de Hermes e com as excentricidades de Marta. De que lhe servia tanta riqueza, tanto luxo, tanta fama, se a família não correspondia aos seus desejos? Pobre de Eugênio! Sabia que Paulo não falava com o pai. Sabia que as filhas não o tinham na conta que ele merecia. Algumas amigas lhe falavam nos exageros de Marta. Bebia, dançava, como se fosse uma moça sem distinção. Nunca tivera coragem de falar nessas coisas à filha. Sabia no entanto que ela seria digna. Nunca lhe passou pela cabeça duvidar da pureza de suas filhas. Podiam fazer tudo aquilo, mas confiava nelas. Tudo podia suportar, menos aquele ar de depressão de seu marido. Perdera o *élan*. Já não gritava no telefone, para os tratadores, não vivia em conversa com os rapazes do Jockey que lhe vinham trazer notícias.

No Jockey Club também notavam a mudança de humor do doutor Mafra. Atribuíam à morte do rapaz. Perdera o gosto pela vida, depois do desastre de Lourival.

O casamento de Helena devia realizar-se como um acontecimento mundano. O jovem engenheiro Marcos cada dia mais renome adquiria. Era um grande construtor, com fama de urbanista. O governo o enviara a um congresso na Argentina e de lá vieram notícias de sucesso da nossa representação. Só quem não se manifestava com entusiasmo sobre ele era Helena. Não sabia explicar, mas vinha perdendo a alegria, aquela mocidade festiva de antigamente. Lúcia era quase a sua única amiga. Cortava relações com muitas das suas amizades de outrora. A grande figura das festas de caridade, o braço de tudo o que era agremiação de beneficência, fugira, andava arredia. Andava agora com aquela moça do interior, para todos os lados. E começavam os falatórios, descobriam intenções outras naquela amizade. Ficou um caso de comentários. Aquela amizade de Helena com Lúcia dava nas vistas. Agora Lúcia morava num apartamento de Copacabana e Helena tinha também lá um quarto. Auxiliava a amiga no aluguel. Era uma esquisitice. Tinha palácio e procurava um quarto pequeno para ter as suas coisas. Para Lúcia fora esplêndido. Adorava os domingos na praia. E os boatos cresceram ainda mais. Falava-se daquilo como de um escândalo. O noivo pouco ligava, porque via de perto as relações das duas moças. Mas de tanto falarem, de tanto comentarem, foi se aborrecendo e chegou a conversar com Helena sobre o caso. E a reação dela foi tão violenta que ele se sentiu humilhado. Helena fugira da vida agitada, das exibições, para o remanso de uma amizade e por isso era discutida. Lúcia chorou, quando soube, mas teve a coragem de continuar, de não mudar de vida. Quando apareciam em público, notavam os olhares, os comentários, os murmúrios. A vida ia ficando desagradável para as duas. O noivado chegava ao seu fim. Falavam sobre o casamento com piedade do noivo. E o doutor Marcos se foi sentindo comparsa de uma comédia. Afinal, era homem bastante forte para resistir a todas aquelas misérias. Compreendia certos silêncios, certas referências dos amigos. Lúcia e Helena sempre amigas, sempre juntas. Naquele verão iriam para a fazenda de um tio de Helena, em Campos do Jordão. Lúcia teria dois meses de férias. Era que, antes de se casar, Helena pretendia ficar isolada de tudo. Dissera mesmo ao noivo que queria que Lúcia ficasse morando com ela, depois de casada.

Dona Luísa criara uma afeição especial pela amiga da filha. Era um encanto de moça. O escândalo da mulher de Hermes estourara. Fugira para São Paulo com um médico casado. Como se nada tivesse acontecido, Hermes se inscrevera para a grande corrida de automóveis. Viera mesmo da Europa um carro maravilhoso e os jornais publicavam retratos seus com a máquina. As seções esportivas se enchiam com a publicidade do jovem campeão brasileiro. Fizera sucesso na Itália. Dona Luísa começou a sofrer outra vez pelo filho. Chegava o verão. A vida calma, a paz da lagoa, a alegria das coisas lhe faziam falta. Helena casaria em abril. O calor do Rio começava a incomodar. Eugênio falava em subir para Petrópolis. Não gostava daquela vida, que era a mesma do Rio. Preferia a sua casa do Cabo. Falaram-lhe num acidente ocorrido num jogo de futebol, com o filho de sinhá Antônia.

18

Dona Luísa se refugiara na Casa Azul. O Rio, as amigas, os convites, a vida agitada, tudo isso a irritava profundamente. Queria a paz, o grande silêncio que rodeava a sua casa. Com Helena em Campos do Jordão, as visitas e as festas haviam quase desaparecido. Somente Marta trazia uma vez ou outra amigos do Rio. Fugira do calor do Rio e principalmente de sua casa da rua São Clemente. O corpo de Lourival, estendido na sala, ficara-lhe para sempre gravado na memória. Fora visitar a vizinha da Maravilha e a encontrara abatida com a resolução da filha de passar dois meses tão longe. Não sabia explicar, mas sentia uma mudança em dona Mocinha. O tom de sua voz

Água-mãe • 259

não era o mesmo e pelo jeito de se exprimir, compreendeu que havia mágoa muito grande escondida no seu coração. Procurou consolá-la com as informações de que a vivenda do irmão de Mafra, em São Paulo, era um refúgio para as duas. Elogiou muito as qualidades de Lúcia. E pôde descobrir na mãe sinais de inquietação. Voltou para casa preocupada. Que haveria entre Lúcia e sua mãe? Sem dúvida alguma rixa tola, de mãe para filha. Helena adorava a amiga e aquela amizade bem que servira à sua filha.

O doutor Mafra veio passar um fim de semana e quando voltou ao Rio era outro. Chegara pálido e abatido e dois dias depois dava a todo o mundo a impressão de que estivera repousando um mês inteiro. Voltara-lhe uma certa alegria de viver. Trouxera o amigo Moreirinha e até andaram em pescaria, com um praieiro experimentado. No dia em que voltou para o Rio prometeu à mulher que viria todas as semanas.

Luisinha custara a chegar. Demorara no Rio quase todo o mês de dezembro e Paulo, na fazenda de Vassouras, como sempre, sem dar notícias. E a Casa Azul vivia assim quase deserta, com dona Luísa e a filha mais moça. Tinha desaparecido aquela alegria dos outros tempos. Lourival enchia tudo com a sua vida e deixara um vazio enorme. Luisinha continuava a mesma. Entre ela e a mãe, a distância se acentuava ainda mais. Por mais de uma vez dona Luísa chamara-a para passear a pé pela margem da lagoa. E ela tinha sempre uma desculpa. Luís era o seu ponto fixo, uma recordação constante. Fora para o Rio, pensando corrigir aquela debilidade da sua vontade. Foi em vão. Era ele que vivia na sua cabeça, no seu coração. Nos momentos de lucidez reduzia-se a um nada, cobrindo-se de vergonha. Quisera não ter vindo para o Cabo, com a mãe. Podia ter ido para Vassouras, com Paulo. Mas não queria nem ver o irmão. Se ficasse em Petrópolis, daria nas vistas. A mãe estava só, e ela não podia deixar assim. Devia ter fugido. Podia ter resistido. E outra vez a magia das águas verdes, das árvores, da luz, baixava sobre ela. Andara com Luís por aquela lagoa. Fora de tarde. Os olhos dele caíram sobre ela, devorando-a. Luís manobrava o barco de vela vermelha. Fora o primeiro idílio de sua vida. Depois fugira, o irmão viera com aquela advertência cruel. Luís sumira. Sem dúvida se sentira ridículo, em ter amado uma mulher aleijada. Aquele seu amor era pior que os de romance. Se ela fosse dar corda aos seus desejos, aos seus sonhos, já teria liquidado o mundo inteiro. Odiava o mundo. Escrevia aquelas cartas a Luís, dava-lhe tudo, carne e alma, tinha-o nos braços em horas de ternura. Quando tudo esfriava e ela caía em si, ficava menor do que um verme. E odiava mais ainda o mundo inteiro. Nos meses que passara no Rio fizera o que fora possível para esquecer de tudo. Submeteu-se a humilhações tremendas, dera para sair a pé, para que todos a vissem, maltratando-a com olhares impiedosos. Queria ser reduzida ao que realmente era. E quando voltava para casa, Luís era mais vivo, mais belo, mais sedutor. Chorava noites inteiras. Outras noites, dormia com ele, com uma felicidade diabólica. Sentia-se inteiramente dele. Acordava envergonhada de tanto despudor. E lhe escrevia cartas, cartas, e as palavras que escrevia tinham fogo, tinham sangue, o seu corpo, tudo o que era seu. Momentos depois voltava desta viagem do seu paraíso e caía na terra dura. Pela janela do seu quarto, entrava o cheiro de uma magnólia, doentio, como se fosse um perfume para um crime. E num pé de cajá-manga, cantavam todos os pássaros do parque. Uma orquídea maravilhosa abria-se toda, lá de cima, do tronco úmido, carregado de seiva. Ali na solidão da lagoa, sofria ainda mais. Luís olhava também aquelas águas, vivia ali bem perto, com nojo de ter amado uma aleijada, uma mulher de perna murcha. A sua escrava Júlia chorava por sua causa. Ela sentia sua dor e chorava. Vira a mãe de Luís em visita à Casa Azul. Tivera até vontade de procurá-la, de trocar com ela algumas palavras. Simpatizara com aquela mulher simples. Porém teve medo. Fora ela talvez quem aconselhara o filho a fugir do seu amor. Sem dúvida não queria o filho para casar com uma moça aleijada. E ficou na sua cadeira, embaixo da figueira. Estivera a mãe de Luís até tarde. Daria tudo para saber o que haviam conversado. Mais tarde viu-a sair na charrete.

Nunca mais quisera sair sozinha pelos arredores. Aqueles passeios que fizera com ele, tinha-os todos gravados na memória. Recordava-se de todos, dos menores detalhes, de todas as palavras de Luís. Pegara ele em sua mão, ali, bem defronte daquela amendoeira da estrada. Tinha as mãos quentes, os olhos pretos molhados, a voz doce. Nunca mais que a felicidade existisse assim para ela. Recordava-se daquele aperto de mão, como de um mundo perdido. E tudo se acabara. Fugia de seus livros, de seus autores, de seus poetas. Experimentava ouvir música, mas a música lhe trazia ainda mais angústia, desesperava-a, abrindo-lhe os sentidos para a sua dor. Não queria ouvir música. Deixara no Rio os concertos que foram em outros tempos a sua exaltação. Desejava estar só, muito sozinha com o seu segredo. Paulo sabia decerto do seu sofrimento. Dele viera o ponto de partida, o início cruel. Monstruoso, o irmão que ela adorava. Sabia que ele também teria a sua grande dor, vivia desamparado. Na carta que lhe mandara, confessava-se ainda mais infeliz do que ela. Talvez aquilo fosse coisa de carta, de momento de crise. Depois passaria. Voltaria aos seus livros, retornaria às suas teorias, aos seus planos de louco. O irmão mentia, procurava contentar--se com um universo que ele próprio criara. Não sofria pelo amor, como ela. E por que não procurar Luís? Voltava aí deste pensamento como se corresse de um perigo de morte. Melhor a morte, do que se submeter a isso. Não queria rever Luís, nunca mais.

Marta chegara em casa e ia demorar um pouco. Estivera em São Paulo, numa fazenda de amigos e conhecera por lá um pintor polonês que tomara conta dos seus entusiasmos. Andara ela pelo estado inteiro, com um grupo numeroso. O pintor era um assombro. Falava dele a Luisinha e contava das conversas sobre literatura. Para ele os russos é que eram os verdadeiramente grandes. Procurou lê-los, depois daquele conselho e achava todos doentios, como se fossem mágicos, todos carregando um destino trágico. Ela queria livros que a ajudassem a viver e não livros que ajudassem a morrer. Luisinha agora suportava Marta com mais agrado. De todos os irmãos era ela a mais antipática e agora parecia-lhe bem melhor do que imaginara. O polonês fora para a Argentina e deixara grandes saudades à sua irmã. Luisinha procurava descobrir o que poderiam ter sido as relações de Marta com esse desconhecido. Punha a imaginação a agir. Marta seria o que dava a entender? Ou havia em sua irmã uma vida exterior, sem relação com a sua conduta íntima? Sempre tivera Marta na conta de leviana, destas que amam a vida com tanta facilidade, que desvalorizam a vida. Marta era sempre tão disposta a correr de um lado para outro, de amigos para amigos, que a tomava por uma dessas moças que andavam em sua casa, desprovidas de alma, só vivendo para os pequenos prazeres. Odiava a gente que cercava sua irmã, gente que era como as suas próprias irmãs. Vinha Marta dando para procurá-la. A

Água-mãe • 263

princípio desconfiou. Depois foi sentindo que a irmã seguia por outro caminho. Talvez que tudo passasse. Quando via Marta outra vez, com o seu pijama, ou com os seus *shorts*, com os convidados, perdia a fé na irmã: era a mesma. O que valia para ela era o que valia para os outros. Helena em breve se casaria. Poderia ser uma boa esposa. De Marta não se esperasse isso. Era como Hermes, agitada, procurando novidades, insatisfeita. A mulher de Hermes, que se fora, não lhe deixara má impressão. Podia ser para todos o que diziam que era e, no entanto, nos poucos momentos em que estivera com ela, gostara muito. Era atraente, com uma vivacidade esquisita nos olhos. Toda a sua família se dividia. Cada qual para seu lado, sem que houvesse um centro, um ponto de encontro. Teria de viver só. A mãe, apesar de tão boa, nada conseguira dos filhos. Fazia o que era possível para ajudá--los. Tinha a consciência de que era uma criatura esquisita. E não soubera se corrigir, procurando um jeito de mais se ligar aos seus. Ao mesmo tempo que assim se analisava, Luisinha caminhava para outro lado. Tinha um ódio geral, punha-se em conflito, em luta contra todos, contra sua mãe, seu pai e seus irmãos. Encerrava-se. Não queria ver ninguém. A voz humana doía-lhe nos ouvidos. Procurava o outro mundo e, nestes instantes, vinha-lhe Luís. Fechava-se e escrevia cartas, cartas, pondo a sua alma, os seus sentidos a serviço de um amor desesperado. E era feliz uns instantes. Marta andava à sua procura. Quando a via de *short*, mostrando as pernas, aquelas coxas de carne rosada, suportá-la era um sacrifício. A lagoa, naqueles dias de sol, de céu limpo, tinha tons de verde, de todos os matizes. As águas calmas, ondulando de leve, com o vento brando e tudo parecendo feito para que ela e Luís saíssem, andassem, corressem todos os cantos, vissem tudo.

Podia estar com ele e Paulo não quisera. O irmão era um fraco. Correra da vida, pegara o vício dos livros, enchera-se de orgulho, descobrira um processo de se esconder no que escrevia. Fizera sucesso, amava e acreditava nas palavras, tinha uma força de quem sabia simular como poucos. Não tivera coragem de aguentar os seus pensamentos. Sem ela, era um fraco e depois do fracasso se vingara nela, viera destruir a sua vida. Pensava que ele fosse capaz de descobrir fora de si algum interesse pela vida. E ele, com aquela crueldade da noite terrível, viera-lhe com o seu conselho de assassino. Perdera tudo. Júlia pensava que ela estivesse louca. Via-a de portas fechadas, janelas fechadas, só, nos seus momentos de felicidade e a julgava perdida para sempre. Aquele amor excessivo da velha fazia-lhe mal. Era demais. Às vezes vinha-lhe até nojo da passividade de Júlia e era por essas coisas que se julgava um ser inferior. Nem um amor daquele feitio tinha força para segurá-la.

Só Luís, Luís, distante, fora do alcance de suas mãos, poderia subjugá-la. Por que não o procurava, não lhe mandava uma mensagem? Talvez que ele voltasse. Não queria. Não desejava que ele se aproximasse mais dela. Queria-o mesmo de longe, de bem longe. Uma tarde chamou Júlia e saíram as duas de estrada afora. A lagoa deitava espuma pelas margens e a água batia com amor na areia coberta de conchas. Desciam barcos de velas abertas e um vento macio movia as árvores. Uma tarde de paz, de doce paz. E ela, naquele instante, com uma agitação terrível, tão terrível que não pudera ficar em casa no seu quarto, ou estender-se na *chaise-longue* por debaixo da figueira grande. Era uma dor fina, uma vontade irrefreável de sair, de ser sadia, de ter pernas, de fazer o que Marta fazia. A tarde era linda. Veio andando agarrada ao braço de Júlia.

Parava para ver de perto a beleza da tarde, caindo devagar sobre a lagoa. Ouvia-se bem nítido o bater dos cata-ventos da Maravilha e até mesmo se escutava o falar de gente, nas salinas. Tulhas de sal brilhavam com os restos de sol. Pelos tanques de evaporação, soprava o nordeste. Viam-se bem, nos tabuleiros, cristais luzindo à flor da água. Luisinha foi descendo pelo braço de Júlia. Tudo era bonito demais. Marta tinha umas coxas como se fossem feitas de polpa de fruta. Parou e ficou olhando. Quase aos pés vinha ter a espuma branca que o vento arrastava como capuchos de algodão. Lá para o outro lado, da casa dos pescadores, subiam vozes que chegavam ali como gritos. E o gritar de um barqueiro estrondou no silêncio. Descia para o porto. Luisinha foi ficando mais só, no meio de tantas coisas vivas. Despertou-a o barulho de um automóvel. Era Marta que vinha chegando do Rio, trazendo amigos. Pararam, mas ela não aceitou o convite para subir. Iria mesmo a pé. Era quase noite e Júlia não viu as lágrimas correndo dos olhos de sua senhora.

Agora dera para sair com Júlia. Subiam para a praia e por lá ficavam horas seguidas. O mar dava-lhe mais confiança, apesar de toda a sua agitação. Era mais íntimo dela do que a tranquilidade, a paz maligna da lagoa. Com o mar, entendia-se melhor. Saía de praia afora. Apareciam pescadores que desciam do arraial. Todos lhe tiravam o chapéu. E, coisa curiosa, não olhavam para a sua perna murcha. Horas seguidas passava assim, na praia. Via as tardes morrendo no mar e a tristeza que caía sobre tudo era como se fosse uma tristeza gigante. Não era aquela tristeza feita para ela, a tristeza de gente, que caía sobre a lagoa. Luís era mais daquela lagoa, daquelas águas verdes, águas que tinham mais intimidade com os homens do que as águas do mar, indomáveis, violentas. Foram dias mais tranquilos para ela. Mas duraram pouco. Cansou-se do mar e voltou a dormir com Luís, com as sombras, com os seus desejos. Trancava-se, fugia de Marta, de seus amigos, da alegria da casa em festa. O barco de pesca voltara outra vez a funcionar. O mestre Carmo tomava conta dele e levava Marta e seus amigos, para dias inteiros no mar. Luisinha dava graças a Deus quando eles saíam. E num domingo saíram em farra e até a noite não havia notícias de Marta e do grupo. Houve alarma em casa. Dona Luísa ficou aflita. Estava ventando muito e a noite de escuro metia medo. Mandou gente falar com o major Sales e o homem lhe apareceu em casa, para se mostrar bem preocupado. Dona Luísa não sabia o que fazer. O major já havia mandado um rebocador à procura dos desaparecidos. O dia amanheceu sem notícia nenhuma. O rebocador voltara, desanimado da busca e havia muito vento no mar. Dona Luísa já chorava. Seguira telegrama para o Rio e um avião do Exército, que parara no campo das Perinas, fizera voo de reconhecimento. Passou-se o dia, em vão. Os jornais do Rio já enchiam colunas sobre o fato. Apareceram no Cabo embarcações do Iate Clube e a busca se foi tornando uma coisa angustiosa. Dona Luísa, inteiramente tomada de pânico, parecia ter em casa uma pessoa morta. O doutor Mafra já dava tudo como perdido. Entre os convidados de Marta havia o secretário da embaixada americana. E a noite foi chegando, com a praia coalhada de gente. Pelo porto, pescadores velhos não acreditavam mais em salvamento. O mestre Carmo não tinha entre eles boa fama. Era homem de veneta, muito arrojado. Era capaz de se ter metido em alguma corrente. Porém, quando foi lá para as dez horas da noite, avistaram uma luz perdida. Era um barco grande. Com pouco foi se aproximando. A gente da Casa Azul estava toda no hotel de Carlindo. Correram para prevenir.

Vinha chegando uma traineira rebocando o barco destroçado. Chegaram arrasados. Marta chorando, quando viu sua gente, o secretário estendido no costado, como morto. Bateram chapas para os jornais e o doutor Mafra tomou providências para evitar notícias exageradas. A Casa Azul recebeu-os quase como náufragos revividos. Nos jornais do Rio apareceram notícias que encheram de gozo a gente da alta sociedade. Contava-se tudo. A família inteira aparecia no ridículo de uma fotografia que fez sensação. Naquela noite Luisinha ficara em casa à espera do pessoal. Sofreu pela irmã. Tomou-a como morta e sofreu como da vez de Lourival. Pensava que a odiava e no entanto a amava. Viu a mãe chorando de contentamento, o pai vibrando, a família inteira unida outra vez pelo sofrimento e pela vida.

    Luís tomara parte saliente nos trabalhos de salvamento. Estivera a noite inteira no rebocador.

19

    E AQUELE VERÃO TERMINOU e vieram os meses de inverno. As notícias de Joca eram as piores. O astro ruíra, caindo ao chão aos pedaços. Tudo acontecera no lance banal. A bola estava com ele; passou-a ao meia e correu para dentro da área. Viu então o extrema preparar o centro e saltou para cabecear. E caiu sem sentidos. O beque interviera no mesmo instante e o pegara em cheio, com um pontapé no estômago. A princípio não dera importância. Depois foram ao raios X e constataram um tumor no fígado. Esteve entre a vida e a morte. A operação encheu os noticiários. Deixou o hospital para um mês de repouso em Teresópolis. Voltou ao departamento médico.

Vieram outros médicos, andou em muitos consultórios. Todos concordavam com a sua invalidez. Não seria mais homem para futebol. Não podia acreditar naquilo. Tudo em três meses. O melhor centroavante do Brasil reduzido a uma inutilidade. O ídolo para um canto, com os olhos amarelos, com aquela cara seca de icterícia. Quem o visse não reconheceria o glorioso Joca da baratinha cinza. O clube não o desprezaria. Ficaria com o seu ordenado até o restabelecimento completo. E aconselharam-no a procurar um bom clima. Joca entregou-se à derrota. Transformara-se num caco de homem, num resto. Fugia dos amigos, dos lugares onde mais era visto e adulado. Caiu assim numa prostração de doente incurável. Pensava na família. Pensou nos seus, no seu povo, mas teve vergonha. Agora que não valia nada, era que se lembrava da sua gente. Não, não os procuraria. Tinha o bastante para viver e morrer. O clube o sustentaria, daria enterro. O presidente lhe falara com uma voz de quem dava uma esmola:

— O senhor não passará necessidade. Procure um lugar para residir, nós ficamos pagando os seus ordenados. É assim que o Fluminense faz com os seus bons jogadores.

Saiu do escritório com lágrimas nos olhos. Uma vez ou outra apareciam fãs que queriam saber de sua saúde. O seu caso passara de moda e nem mais referências nos jornais. Agora o ídolo era o novo centroavante de Minas. Era este que dava retratos para as revistas e para os jornais. Joca não era mais nada. Lembrou-se de Fausto, morto de tísica, o grande Fausto que assombrara como ele. Morto de tísica com a família na desgraça. Seria este o seu destino. Ouvira bem o médico falando para outro:

— Este caso sempre termina por afetar o aparelho respiratório.

Estava perdido. Uma tarde estava no seu quarto, quando bateram. Levantou-se para abrir a porta e viu Julinho em carne e osso, o seu irmão querido. Abraçou-se com ele aos soluços. Julinho chorou também. Joca não quis tocar no seu caso. Ficou quieto e deixou que Julinho falasse de sua vida. A história do irmão era mais alegre do que a sua. Julinho lhe contou das suas peripécias, da fuga, das faltas de dinheiro, dos trabalhos que pegara para poder chegar até o Rio. Não quisera procurá--lo, estivera trabalhando no mercado. Fora, porém, cair na casa de um grande em Santa Teresa. Era gente de posição. Lá um dia, porém, houve roubo na casa do homem e deram com ele na cadeia. Sofreu o diabo para confessar o que não furtara. Apanhou. Depois de tudo, descobriram a coisa. Fora mesmo gente da família. O próprio comissário dissera:
— Fizeram o senhor aguentar o diabo e as joias estavam no prego.
Um filho do homem fizera o serviço. Depois empregou--se no Lloyd, feito moço de bordo: já andara até na Europa. Agora mesmo vinha da América, e no Recife soubera do seu caso. Um camarada trouxera de terra uma revista com a história. Joca não deu uma palavra e Julinho continuou:
— Se eu fosse tu, iria para o Cabo.
Não falou mais. Joca estava triste e o outro não quis mais bulir na sua tristeza. Passou a contar as suas complicações no Havre. Uma francesa quisera embarcar com ele. E Joca calado. Saíram os dois para um passeio e logo no bonde apareceu um conhecido para perguntar pela sua saúde. O sujeito queria saber se era verdade que Joca havia abandonado o futebol. Estava muito magro. Tivesse cuidado. Visse o caso do Fausto. Julinho observara a mágoa do irmão. Por onde ele chegava, aparecia sempre gente para lhe falar no seu caso, para dar

conselhos, saber se eram verdadeiras as notícias dos jornais. Julinho foi vendo que Joca sofria como nunca vira ninguém sofrer. Quando voltavam para casa, o irmão ainda estava mais calado. Depois foi falando:

— A minha vida é esta, Julinho, estou me acabando. E por toda parte aparece um infeliz para dizer as mesmas coisas. Que estou acabado, que preciso ter cuidado.

E lágrimas pularam dos seus olhos.

— O melhor é mesmo morrer logo.

Julinho consolou o irmão. Devia ir passar uns dias no Cabo e depois voltaria, e mostraria àquela canalha que sabia o que era futebol. Ficaria bom. Precisava era se tratar. E insistiu para que ele voltasse para o Cabo. No outro dia voltou. Ia sair para o Sul. E muito pediu a Joca para que voltasse ao meio de sua gente. Lá, com o tratamento de sua mãe, ficaria bom.

E Joca pensou muito nisto, até que enfim resolveu voltar para a casa dos pais. Veio no trem de Maricá, com a cabeça cheia e o coração pulando. Havia mais de dois anos saíra para ganhar a glória, e ganhara-a, enchera-se de glória. Tivera tudo com que havia sonhado, as aclamações do povo, as alegrias mais completas. Vira no estrangeiro o seu nome, como uma bandeira arrastando os companheiros para a vitória. O povo o arrebatando no meio dos outros para o carregar pela avenida afora. Herói, grande herói, o maior do Brasil, o maior do mundo. Tudo tivera em tão pouco tempo e vinha voltando despojado de tudo, de corpo moído, em ponto de morte. Fora-se tudo como por encanto, como numa história da mãe Filipa. Não passaria fome, não sofreria necessidades, porque o clube pagava pelo seu resto de vida. Quando foi chegando na Araruama, sorveu o ar que vinha da sua lagoa. Estava linda naquele dia, verde e mansa: devia ser noite de escuro e seu pai iria para o cerco do camarão. Viu a lagoa e se lembrou de sua infância, de sua vida morta. Tudo se fora. O trem agora passava pela porta de sua casa. Não viu ninguém. Lá estava a casuarina grande e a laranjeira de galhos secos onde iam dormir as galinhas. Desceu na estação e foi logo cercado por conhecidos. Pedro Chofer ofereceu-se para o levar em casa. Não aceitou. Era muito perto. Queria ir mesmo a pé. Mas ele queria, queria ter a honra de levar o grande Joca para casa. Todo o mundo reparava na fraqueza do seu corpo, na sua derrota, que não escondia. O carteiro Tota quase não o reconheceu.

— Nem parece Joca — foi dizendo ele, alto para o companheiro. — Está um caco.

Ouviu bem as palavras de Tota. O automóvel parou na porta de sua casa. Apareceu a sua mãe que correu para ele como louca. Pegou-se com o filho e chorou. A mãe Filipa chegou-se, tateando para abraçá-lo, beijá-lo. O pai não tardaria. A casa vazia, sem os irmãos e sem as irmãs. Sinhá Antônia, sem falar nos outros, só queria saber de Joca, ouvir todas as novidades:

— Menino, o que foi que tiveste?

Olhava para o filho:

— Coitadinho, está mesmo precisando de trato.

A mãe Filipa, para um canto, nem podia falar. Ouvia somente, ouvia baixando a cabeça, para que nada perdesse. Chegou-se bem para perto de Joca. A mãe deixaria o seu quarto, para o filho dormir. Ele ficaria lá até que estivesse bom. Lá dava sol. Maria das Dores estava empregada em Maricá. André dormia na cidade e Julinho se fora. Joca deu notícias de Julinho e a mãe quase que bebia as palavras. Julinho escrevera até do estrangeiro e mandava sempre dinheiro para eles.

Depois calou-se, ficou contemplando o filho. Reparou bem no seu rosto amarelo, nos olhos cor de gema de ovo:

— Coitadinho do meu filho.

E aproximou-se de Joca, como se o quisesse embalar. A velha Filipa tossiu:

— Menina, deixa Joca. Vai fazer um cafezinho para ele.

E quando foi à boca da noite, apareceu o cabo. Já tinha sabido da chegada do filho e foi para ele e abraçou-se com ele. Nunca fizera aquilo em sua vida, assim com tanta efusão. O cabo tinha os olhos molhados:

— Antônia, bota Joca no nosso quarto.

E foi procurar os seus sapatos novos, para que Joca os calçasse. Devia estar com os pés doídos das botinas. E mandou que a mulher matasse uma galinha:

— Mata a galinha pedrês para Joca. Faz um caldinho para ele. Olhou para o filho e viu que ele estava muito doente. Direitinho o seu amigo Florentino, que morrera assim amarelo. Sentiu a desgraça do filho. Chegou-se para a porta do fundo e viu a lagoa, com as estrelas do céu dançando nas suas águas. A iluminação da Casa Azul enterrava-se pelo fundo da lagoa. A Casa Azul. O cabo voltou para ficar mais perto do filho. Comeram a galinha pedrês, falaram da vida e depois foram dormir. De sua cama, Joca ouvia a casuarina chorando e o gemer manso da lagoa em maré alta. Mas ouviu que gemia gente perto do seu quarto. Pôs o ouvido na parede e ouviu bem sua mãe chorando baixo, chorando por sua causa, por ele, que era quase um defunto. Depois, com a madrugada, viu o pai chegando da pescaria, voltando de uma noite inteira de trabalho. Ouviu bem o velho falando com sua mãe. Pensavam que o filho estivesse dormindo:

— Antônia, tu estás acordada? Não pude fazer nada na pescaria. Joca não me saía da cabeça. Ele está acabado, minha velha.

A voz do cabo era de mágoa profunda e a mulher cortou um soluço na garganta. E os galos começaram a cantar no pé da laranjeira. O cabo Candinho ia dormir. O filho havia voltado coberto de doença, com as marcas da morte na cara. A lagoa não lhe dera nada naquela noite. A mulher estava chorando e o filho quase morto. Entrava a madrugada pelas frestas da porta. Dormiu.

A doença de Joca cresceu, foi crescendo sempre. O médico do Cabo viera somente para olhar. O que poderia fazer, se os grandes do Rio nada haviam feito? Dona Mocinha da Maravilha viera visitá-lo. Luís também e muito tempo esteve com ele, conversando, vendo o seu Joca, como um resto de homem. Estava magro, de ombros erguidos, de olhar fundo. Todos sabiam o que era aquilo.

— Comadre Antônia, separe os pratos de Joca.

— Para quê, comadre? – foi perguntando sinhá Antônia a dona Mocinha. — Para quê? Aqui em casa a morte não faz mais medo. Estamos velhos. Pobre de Joca.

E caiu num choro agoniado. Dona Mocinha chorou também com a sua comadre. E retornou à sua salina, com a dor daquela mãe no coração.

Ela também tinha filhos, para sofrer por eles. Laura vivia feliz com o marido, em Niterói, mas Lúcia ficava cada vez mais distante de sua gente. Escrevia, mas aquilo era como se fossem cartas de obrigação. Menina ingrata, cheia de vontades. Bem que Luís lhe falava das suas facilidades para com Lúcia. Vivia aquela menina no Rio e nem tinha tempo de dar um salto no Cabo. Fora com a amiga passar dois meses em São

Paulo, estivera metida com gente estranha e dos seus nem se lembrava. Laura escrevia sempre. Uma vez mandara dizer que fora visitar Lúcia no Rio. Lúcia preocupava muito a irmã. Fizera-lhe muitos agrados e no entanto, pela carta de Laura, verificava que a filha era outra, não tinha mais ligação com os seus. Sofria muito. Dona Maria avaliava tudo muito bem. Era amiga, era mais amiga que a irmã. Se não fosse ela, o que seria de sua vida, naquele casarão, com Luís, esquisito, e a saudade das filhas com ela, por toda parte? Bem falta fazia um marido, bem falta lhe fazia o seu. Pensara que os filhos lhe obedeceriam até o fim. Iludira-se. Lúcia fizera o que bem entendera, mas o que a prostrara mais ainda eram as notícias que Noca soubera pela mulher do jardineiro. Helena acabara o casamento com o engenheiro. Não sabia de nada ao certo; sem dúvida Lúcia lhe escreveria contando tudo. E não fora preciso, porque Luís chegou em casa irritado, chamou-a para o quarto e contou-lhe tudo. Soubera ele sem querer. Mas no Cabo todo o mundo já sabia. No Rio, falavam de Lúcia e Helena e o casamento se acabara por causa disso.

— Falavam de que, meu filho?

Luís ficou calado e depois, como quem saía de uma dificuldade, respondeu:

— Minha mãe, a senhora é boa demais para ouvir essas coisas. A senhora não merece saber dessas misérias. Não lhe devia ter contado nada.

— Conte, meu filho, conte. O que é que há com minha filha? Eu quero saber, quero saber de tudo.

Luís ficou embaraçado, procurou fugir, descobrir uma evasiva qualquer. Por fim contou.

— É mentira! – gritou a mãe —, isto é mentira! Que gente miserável! Querem desgraçar minha filha.

E gritou para dentro de casa:

— Dona Maria, venha cá ouvir o que estão dizendo de Lúcia.

A professora apareceu pálida e sobressaltada:

— O que é, dona Mocinha?

— Estão dizendo... – e não pôde terminar. Caiu para um lado, no sofá, num pranto desesperado.

— Que foi, Luís, o que foi que aconteceu? – indagava dona Maria, agoniada. Dona Mocinha foi parando de chorar, aos poucos, e falou para a amiga, contando tudo o que soubera por Luís.

— Dona Mocinha, a senhora se mata por tudo. Não está vendo que isso é absurdo? É somente calúnia dessa gente, dona Mocinha.

Dias depois chegava uma carta de Lúcia anunciando uma viagem à Argentina. Helena ia passar três meses em Buenos Aires e a convidava. Dona Luísa fora pedir para que ela fizesse companhia à filha. A carta deixara dona Mocinha inquieta. Não seria possível. Era tudo mentira, inveja da canalha do Cabo. Viam sua filha na alta-roda e se vingavam assim, com uma história monstruosa. Tudo era inveja. Mostrou a carta a dona Maria. A amiga aprovou. Era ótima oportunidade para Lúcia conhecer um grande país. Fora aquela sempre uma viagem que desejara fazer. Dona Mocinha parou um pouco com a sua luta. Seria bom para a filha, via-a com gente rica, gastando como rica. Era mesmo bom para Lúcia. Não podia duvidar de sua filha. E dormiu tranquila, naquela noite. No outro dia a dúvida voltou. Não devia acreditar. Gente daquela vivia na corrupção. Tinham desgraçado a sua filha. Não, não podia ser. Lúcia sempre lhe pareceu uma menina muito equilibrada, muito chegada a novidades, mas de juízo, digna dos seus. Inveja do povo do Cabo. Ter uma filha na alta-roda, com o nome nos jornais, com retratos nas revistas, sentada em mesas com os maiores do Brasil, tudo isso havia envenenado os invejosos. Às vezes acordava alta noite, imaginando a vida que Lúcia levava no Rio. Agora tinha apartamento, morava sozinha. Helena ia dormir com ela, tinha quarto pegado ao seu. Não era verdade. Luís aparecera com aquela notícia, e naquele dia viu seu filho mais humano, mais perto dela. Aquela viagem à Argentina cada vez mais faria crescerem as notícias sobre Lúcia. Uma manhã acordou tão aflita, tão sem sossego que procurou dona Maria. Teriam de ir ao Rio, procurar falar com Lúcia, saber de sua vida. Era sua filha. Tinha o dever de olhar por ela. E foram ao Rio. O apartamento de Lúcia era mesmo uma beleza. Ficara com a filha durante dois dias. Dormiu no quarto de Helena. A moça apareceu e fez-lhe uma festa tão grande! Quisera logo levá-la para jantar com sua mãe. Parecia tão feliz, tão cheia de alegria! Falou-lhe em Lúcia:

— A senhora não imagina o que sua filha tem sido para mim, dona Mocinha. Que amiga! Mamãe me diz todos os dias: "Lúcia é a amiga a quem você já quis mais, até hoje".

Quando Helena saiu, dona Mocinha conversou largamente com dona Maria, sobre ela. Era uma menina de qualidade. Tudo era mentira, inveja, língua comprida do povo. Nem teve coragem de falar com Lúcia acerca das histórias. Procurou agradá-la. Tinha um dinheirinho na Caixa Econômica e se ela o quisesse para a viagem, podia contar com ele. A filha agradeceu. Não precisava. Estava ganhando muito. E dona Mocinha voltou a Maravilha convencida da grandeza de sua filha.

Lúcia e Helena já estavam em Buenos Aires quando se deu a tentativa de suicídio do doutor Marcos. Foram encontrá--lo quase morto, no seu quarto de banho. Aquilo estourou

como um escândalo. O engenheiro fora levado àquele desespero pelo desgosto do casamento fracassado e Helena era apontada por todos como responsável direta. Estava na Argentina com a tal amiga e por causa dela o rapaz se deixara arrastar ao suicídio. Houve insinuações nos jornais. Falaram muito por alto nas desventuras de amor do jovem construtor. No Cabo, as notícias chegaram até dona Mocinha, ao jeito dos comentários malévolos. Helena acabara o casamento por causa de Lúcia. Outra vez dona Mocinha caiu em prostração, nas angústias, nas dúvidas. A filha servia de comentário de tudo o que era gente ruim, sem piedade, sem sentimento. Mas agora, com a notícia da loucura do doutor Marcos, cresceu na mãe a dúvida terrível. A filha seria mesmo culpada?
 Na casa do cabo Candinho, Joca morria devagar. Agora estavam ali pelas paredes retratos que recebera de fãs, nos seus grandes dias. As medalhas que ganhara, a medalha de campeão brasileiro, da Taça Rio Branco, de jogos, tudo pendurado pelas paredes escuras do seu quarto. Tudo aquilo dava algum brilho ao fim triste do Joca. A mãe vivia aos seus pés, a avó passava os dias perto de sua cama, sentada no chão, contando para ele ouvir, como se fosse menino, as histórias que lhe contava antigamente. Joca, magro, em osso, com os olhos brilhando como duas chamas e a voz rouca, sumida. Tudo faziam para que ele pudesse viver mais. Ele bem que sabia que morreria dentro de pouco tempo. A lagoa brilhava nos dias de sol. Ficava estendido na cadeira de pano, a olhar para aquele verde cada vez mais vivo e mais bonito. Via a Casa Azul. Era de lá que chegavam as desgraças, os maus fados, os sofrimentos. Os fantasmas dormiam por lá.
 — É de lá, meu filho, que sai tudo o que é ruim.

O doutor Lourival, que o levara do Cabo, da estiva, viera de lá. Naquele tempo ganhava pouco, mas vivia contente, era o Joca admirado pelas meninas do Cabo. Depois veio a glória, a grande glória, e foi tudo de água abaixo. Via seu pai à sombra da casuarina grande, consertando as redes de pescar, via os barcos descendo e subindo, de velas abertas e os barqueiros cantando. Veriam Joca, o maior do Brasil, estendido, sem forças para sustentar-se nas pernas. Tossia e a mãe chegava para perto dele, para ajudá-lo. Todo o seu corpo era um resto de gente. Bastava levantar a cabeça, para sentir dores medonhas. A mãe Filipa ao seu lado. Ouvia bem o bater dos seus beiços nas orações. Rezava a todo instante. À tarde aquele negro do carvão passava quase rente à casa e gritava para a avó, pedindo a bênção. Botavam a cadeira para dentro de casa, com medo do vento da tarde, com medo do frio da noite.

Agora a Casa Azul estava outra vez cheia. Era mês de Natal, mês das festas do Cabo. A lancha roncava e a velha Filipa não deixava de dizer:

— Tesconjuro!

Era aquilo mesmo que ela dizia, quando passavam corujas piando por cima da casa. André vinha passar dias com Joca. Quando não havia navio no porto, ficava com o irmão doente. Sempre fora diferente de Julinho, sempre gostara de ficar com o pai, nas pescarias. André lhe dava boas notícias. Uma ocasião, chegara com uma revista que trazia o seu retrato em ponto grande. Leu para ele ouvir a história que contava a revista. O escrete treinava para o campeonato e o retrato aparecia porque não se encontrava no Rio um centroavante como Joca para a seleção. O Brasil perdera com o seu afastamento e os que haviam aparecido não lhe chegavam aos pés.

Água-mãe • 279

20

A MULHER DO JARDINEIRO viu um homem de preto passeando pelo alpendre. A casa vazia, no mês de julho e, de noite, ela saíra para olhar a lua que estava muito bonita. E viu um homem no alpendre, passeando de um lado para outro. Não havia ninguém na casa. Ela ficou espantada. Era um homem baixo, e olhava para a lagoa. Chamou o marido para ver quem era aquele sujeito e quando seu João chegou, o homem desapareceu como por encanto. Ficou fria, quase tivera uma coisa e desde aquela noite começou a pedir ao marido para saírem dali:

— Isso é fogo, mulher – dizia-lhe o marido. — O que tu queres é o Rio.

E ela começou a sofrer de tremedeiras, de medos inexplicáveis. Outra vez estava no quarto, quando ouviu muito bem uma voz lhe chamando. Saiu e ainda viu assim como se fosse uma pessoa na carreira. Gritou pelos filhos que brincavam na porta. Era de dia. Tinha aparecido uma pessoa. Chorou, fez o diabo e o marido teve que pedir dispensa do emprego. Voltaria para o Rio, porque a mulher não podia mais ficar perto da Casa Azul. Espalhou-se a notícia. O português ia embora porque a mulher não podia mais com as almas penadas. O velho Carmo, que tomava conta do barco grande de pescaria, dera para beber como timbu.

E Joca morria. O velho cabo andava triste, sem falar e mal respondia às perguntas dos companheiros. Todos sentiam a dor do cabo Candinho.

Naquele verão a Casa Azul voltara à alegria dos velhos tempos. Vinham convidados do doutor Hermes, em plena atividade de pescaria. Queriam montar fábricas de conservas no Cabo. Seria um grande negócio. Marta, porém, era quem dava mais brilho à temporada. Vivia agora com amigos de São Paulo. Vinham rapazes do Rio, para banhos de mar e passeios de barco pela lagoa. Não se falava mais na tolice do doutor Marcos de Sena. E Helena continuava no passeio à Argentina. Agora tinha ido de avião até o Chile e pensava demorar-se muito mais pelos países do Pacífico. Dona Luísa, porém, se fechava outra vez numa tristeza que causava apreensões. Não havia um motivo certo para aquilo. O doutor Mafra se restabelecera. Andava mais contente com os negócios da firma. Vivia de cara radiante, em plena atividade com os seus cavalos. Tinha agora um ganhador que fizera sucesso na Argentina. Helena lhe escrevera, falando nos sucessos do seu cavalo. Tudo ia bem. É verdade que a mulher caíra naquela depressão, do tempo da morte de Lourival. Mas tudo passaria como da outra vez. Pensava em fazer uma viagem pela América e em levá-la consigo. Luísa gostava imensamente de viajar e ele se tinha descuidado dela, naqueles últimos anos.

Dona Luísa parecia doente de verdade. Ninguém em casa sabia explicar aquele retraimento. Tudo, porém, viera do casamento desfeito de Helena. Para ela, havia motivo muito grave. Helena desfizera o noivado sem razão. Já se havia acostumado a pensar naquela filha casada, com filhos, e de repente os seus planos ruíram. Não podia compreender aquele gesto de Helena. O rapaz amava-a tanto que fizera aquela tolice. Uma amiga viera lhe falar de excentricidades de sua filha e sorrira maliciosamente. A filha não se casara. Era uma coisa banal, desmanchar um casamento. Depois viera a saber de tudo. Falavam da amizade de Helena com Lúcia, envenenavam aquela dedicação de sua filha por uma moça pobre.

Não conheciam Lúcia e queriam desmerecer uma amizade como aquela. O mundo estava perdido. Uma tarde chegou dona Mocinha, para uma visita. Recebeu-a como sempre, mas notou uma diferença na amiga. Devia ter alguma coisa para lhe dizer. E a pobre mulher entrando em assunto, e saindo de assunto, sem ter coragem de lhe falar sobre o que realmente desejava. Afinal, quase na hora da partida, dona Mocinha se aproximou dela e como se fosse revelar um segredo, baixou a voz:

— Dona Luísa, a senhora não avalia como me tenho contrariado com as notícias que apareceram aqui no Cabo sobre Lúcia e sua filha Helena. Tenho sofrido horrores, dona Luísa.

Então dona Mocinha já falava em voz mais alta, mais segura:

— Esta gente do Cabo só fala nisso. É um desespero.

Dona Luísa não deixou que ela terminasse:

— Dona Mocinha, os filhos são para isso mesmo. A gente sofre pelo que eles fazem e pelo que não fazem. Coitada da Helena. Gosta de sua filha como não gostou nunca de uma irmã, e o que espalham é isso que a senhora sabe.

E os seus olhos se marejaram de lágrimas. Dona Mocinha se comoveu também. Olharam-se as duas, sentiram-se mães, em defesa dos filhos agredidos. Sentiram-se muito confiantes nos seus filhos. Dona Mocinha achava que era muito tarde, mas dona Luísa lhe pediu que ficasse para jantar. Ela a mandaria levar de automóvel. E chamou logo o novo jardineiro e mandou que levasse a charrete a Maravilha, com um recado de dona Mocinha, dizendo que ficaria para o jantar. Dona Luísa recebia aquela visita com grande prazer. Era uma que compreendia a sua dor, era uma que com ela sofria, pelos mesmos motivos. A tarde vinha chegando e tudo era calmo naquele recanto da Araruama. Saíram as duas para dar um passeio pelo sítio bem-cuidado, com água encanada para a irrigação do pomar. Fazia gosto ver a beleza do sítio. Tudo bem trabalhado. A horta era um brinco, com o jardineiro novo mexendo na terra. Quando viu dona Luísa, chegou para lhe falar sobre a necessidade de trazer adubos do Rio. A terra era pobre. Dona Mocinha reparou no verdor de tudo e lembrou-se do que fora aquele sítio, cinco anos atrás. E de repente, sem saber explicar, por baixo daquelas amendoeiras que faziam sombras fechadas, sentiu medo. Era quase noite e os morcegos chiavam nas árvores. Teve medo de qualquer coisa, medo daquela escuridão que vinha chegando, da noite que estava em caminho. Era ali o sítio da Casa Azul. Já era noite, por baixo das árvores. Aproximou-se de dona Luísa e foram andando para os lados da lagoa. Era quase noite fechada e o silêncio envolvia tudo. Um barco vinha descendo. Era uma vela branca e enchia a lagoa inteira. Do outro lado era a casa de sua comadre Antônia. A morte dormia toda noite por lá. Joca ia morrendo. Dona Luísa ficava calada. Lúcia, a sua filha Lúcia, estava longe. Muito longe dela e de seu irmão Luís. Haviam roubado a sua filha. Foram chegando na casa, toda iluminada. Os barqueiros falavam dela, assim cheia de luzes, nas noites de festas monstruosas. Encontraram Luisinha ainda embaixo da figueira grande. Dona Luísa parou para falar:

— Por que não sobes, menina? Está um vento frio.

Luisinha sorriu e quase não respondeu. Continuou estendida na cadeira de lona. Lá em cima, em casa, a vitrola tocava uma música triste. Marta e seus amigos haviam chegado. Alguns conversavam pelo alpendre. Eram moças do Rio, gente muito diferente de Lúcia e de Laura. Dona Mocinha cumprimentou com vergonha. As moças riram alto, Marta preparava coquetéis. A música era triste. Dona Luísa levou a amiga ao seu quarto:

— É a vida que esta gente quer: beber, dançar.

Quando voltou à Maravilha, dona Mocinha estava outra vez com Lúcia entregue ao desconhecido. A segurança de dona Luísa não lhe fizera esquecer os perigos que sua filha corria. Era uma menina, uma criança e uma companhia má poderia desgraçá-la para sempre. Não dormiu naquela noite. Era noite de escuro e luzes de pescadores de camarão iluminavam a lagoa com seus fachos vermelhos. Seu compadre estaria lá, com a dor do filho morrendo em casa. Pobre do cabo! A família ia indo tão bem, tão feliz e a felicidade correra de lá. Maria das Dores fugira de casa, Julinho se fora e agora Joca se acabando, na flor da idade. A sua comadre estava acabada. Falaram de Lúcia no Cabo, falaram de Lúcia no Rio. Soubera disso porque pegara uma carta de Laura para dona Maria. Ninguém reparara nesse seu ato. Vira a carta chegar do correio, para dona Maria e ela não estava em casa. Viu a letra de Laura e ficou tentada. Não queria abrir a carta. E antes não o tivesse feito. Laura mandava contar à mestra tudo o que soubera do caso do doutor Marcos. Um jornal publicara até mesmo uma notícia atribuindo o gesto do engenheiro a amores contrariados. Uma moça sua vizinha, que não sabia que ela era irmã de Lúcia, falara numa festa em casa de sua sogra, que os ciúmes do doutor Marcos eram causados por uma moça. Uma senhora que estava presente dissera que aquilo era um fim de mundo. Quando acabou de ler a carta, dona Mocinha estava chorando. Ficou sofrendo porque cometera aquela falta para com dona Maria. Mas fizera-o por causa da filha. A sua amiga compreenderia muito bem. Procurara a mãe de Helena e a encontrara tão confiante na filha! Humilhara-se por não ser também assim com a sua. E mal chegava em casa voltava outra vez a desconfiança; temia de novo por Lúcia. Não podia pregar os olhos. Abrira a janela para olhar a lagoa. Tão feliz que fora a sua Maravilha. O cata-vento batia as asas, arrastando a água-mãe dos tanques. Era a água que já dera tudo, que já dera o sal e que se jogava fora, não servia mais para nada. Estava podre. Podre, já dera tudo. Fechou a janela. Podia passar gente pela estrada, vê-la assim e julgá-la mal. Não dormia, não encontrava uma saída para a vida de Lúcia. A filha não a ouviria mais. De nada valeriam os cuidados de sua mãe.

Andava de viagem com gente rica, tinha tudo que para ela era o mundo, a felicidade e pouco se importava com os conselhos de uma velha ignorante e sem maneiras. Já era quase de madrugada. Ouvia do seu quarto o ressonar de dona Maria. Depois da viuvez como que se curara de suas mágoas. Nunca mais que se entregasse àquelas tristezas, àqueles cismares de antigamente. Com a morte do marido encontrara a paz. Devia ter sofrido muito. Não tanto quanto ela, com a sua filha. Uma filha no mundo, sem poder contar com o auxílio de sua mãe.

A negra Noca adoecera, andava de pés inchados. Tinha também saudades de Lúcia e chorava por causa dela. Aquela menina era uma ingrata. Luís mudara muito desde aquele dia. Vivia agora com cuidado nela, procurando saber de sua saúde. Levara Noca ao Rio, para ouvir um grande médico. A negra voltara maravilhada com as grandezas da cidade. Estivera na casa de Laura e só falava nos agrados que a menina lhe fizera. Que dona de casa! Que menina boa! Só lastimava não estar Lucinha no Rio, para ver se ela era assim como a outra. Dona Mocinha viu chegar a madrugada. Viu o sol e nem um cochilo conseguira. Dona Luísa era uma mulher forte, comparada com ela.

Um novo fato, porém, viera perturbar ainda mais dona Mocinha. Luís andava agora de amizade na Casa Azul. Custou a crer que fosse verdade. Dona Maria lhe dissera que Luís havia saído de barco com gente da Casa Azul. Pensou que fosse com Paulo que tivesse voltado. Um dia parou na porta um carro, com Marta, e Luís ao seu lado. O filho nada lhe disse, mas devia ter notado a sua surpresa. Luís, que falava tanto da gente de lá, estaria agora na mesma vida? Confiava em seu filho. Era rude, até grosseiro com a família, mas devia ter muito juízo, ser um forte, capaz de dirigir-se como um homem. Ficou tranquila.

Noca lhe falara de comentários do povo sobre mal--assombrados. Estava outra vez aparecendo gente no grande canal. Agora era um rapaz bem-vestido, de roupa fina, que ficava parado bem na beira da lagoa, como se estivesse esperando uma embarcação para passear. Parecia-se com o finado doutor Lourival. Quando o vira pela primeira vez, um barqueiro pensou que lhe estivesse fazendo sinal. E parou o bote, remou para o lugar e quando foi se chegando, o rapaz havia desaparecido. Era o finado doutor Lourival da Casa Azul. Esta notícia chegou até dona Luísa. A imaginação do povo criava. Ficou, porém, preocupada. Seria por acaso algum aviso de seu filho? Não era dessas crendices. Em sua família houvera casos que ficaram calados. Uma sua tia que tinha morrido, viajando pela Europa, uma noite, viu o marido sentado perto da sua cama. Sentiu mesmo a mão dele, como se quisesse acordá-la. No outro dia chegou o telegrama; tinha morrido em Barcelona. Lourival talvez quisesse confiar-lhe qualquer coisa. Abalou-se deste modo com a notícia. Não acreditava em espiritismo, mas teve medo. Procurou Marta, para comentar com ela o caso e a filha sorriu. Achou graça nos seus modos:

— Ora, mamãe, cuide dos vivos.

Em todo o caso, entre os barqueiros, não havia dúvida: o homem que estava aparecendo era o filho de dona Luísa. Precisava de missa e vivia penando noites inteiras. O velho Lourenço continuava a ser visto sentado à porta da caiçara do barco grande, todo pensativo. Eram muitos os que tinham corrido dele.

O cabo Candinho ouvira falar da aparição nova, mas não se importou. Dentro de casa, tinha um filho quase morto. A morte dos outros nada lhe dizia. Não tinha medo dos mortos, a morte mandava em sua casa.

O pobre Joca tossia muito. Uma noite, vomitou sangue como se estivesse se acabando. Pobre do Joca! Pobre da sua mulher, que morria também com o filho. Sua mãe morreria em breve, e, assim, a casa ficaria reduzida a nada. O seu companheiro de pescaria, o Laurentino, queixava-se dos filhos que só davam desgostos. Tinha um que bebia, que passava os dias de venda em venda, tinha uma filha que fugira com um cabo de polícia. Mas, mesmo com tudo isso, o filho era tudo para o cabo Candinho. Julinho se fora e ia bem. André dera jeito na vida; Maria das Dores o odiava só por causa dos seus rompantes. Fora ele o culpado de tudo. E Joca se acabava. Fora o homem mais falado do Cabo, fora o homem mais querido da terra, fora mesmo que ter sido um doutor; tivera festa na chegada, gente como procissão atrás dele e retratos nos jornais. Homem de grandeza. Dera-lhe muito orgulho. Enchera o seu coração de soberba, com a glória de Joca. Ele estava morrendo, era o seu filho. Nunca falara mal dele, não se queixava da sorte. Deus que agisse à sua vontade. E ia para a venda do camarão, levava a sua cesta cheia e era como se não ouvisse nada. Vinham pedir notícias de Joca. Os meninos queriam saber de seu herói:

— Cabo, como vai Joca?

— Morrendo, meu filho, se acabando.

Saíam tristes. Os meninos amavam o seu filho, sempre foram amigos de Joca. Era grande, para eles. Às vezes o cabo trancava o peito, para não cometer uma fraqueza. A doença de Joca o matava também.

Havia, porém, quem sofresse mais que a família de Joca, que a mãe de Lúcia, que dona Luísa. Havia quem chegasse ao fim de tudo, ao máximo da angústia. Havia quem desejasse a morte, havia Luisinha, com a nova amizade de Luís com Marta. Estava ela debaixo da figueira grande, quando a irmã chegara com o rapaz:

— Este você já conhece, não é, Luisinha?

Cumprimentou Luís, procurou palavras para compor a sua atitude e, quando os dois saíram para o alpendre, qualquer coisa se havia partido dentro dela. Uma raiva de fera se apossou de Luisinha: quis gritar, quis arrastar-se pelo chão, desaparecer da terra.

Era de tarde, uma tarde macia, sem vento forte, com uma luz mansa sobre as coisas. Procurou levantar-se e não teve forças. A perna murcha era mais murcha ainda. Luís subira com Marta. Era ele, o homem para o qual ela vivia, o centro de sua vida. Deixou que escurecesse, que viesse a noite para poder subir ao seu quarto. Trancou-se e caiu na cama, mordendo o travesseiro aos soluços. O seu desejo era que o mundo inteiro desabasse sobre ela. Procurou fixar a sua cólera nos dois. Marta fizera de propósito. Viera com aquele rapaz que todos sabiam que fora amado por ela e o exibira, afrontando-a de maneira brutal. Era como se lhe dissesse: "Olha, olha, coxa, olha, aleijada, quem está aqui comigo é o Luís de quem gostas. Ele será meu, farei dele o que bem quiser." Ouviu a vitrola tocando e a voz de Marta, a voz de sua irmã que conversava alto. Miserável! E Luís também. Que atitude de monstro! Aparecer em sua casa com a irmã bonita, de pernas perfeitas, de cabelos pretos e pele branca. Ela era um resto de mulher, ela que não o pudera amar, fora humilhada justamente por ele, ele que sempre imaginara acima de todas as criaturas! Ao chamado de Júlia respondeu com um grito de raiva. Dentro de sua maleta estavam as cartas que escrevera a Luís. Pegou no maço; rasgou uma por uma, como se cortasse as carnes de um amor que a tivesse traído. Rasgou-as com ira, com uma precipitação violenta. Agora via-as aos pedaços e quis juntá-las de novo, ligar as palavras desencontradas. Em cima da cama, esforçou-se para juntar tudo. Teve remorsos; era como se tivesse matado uma criatura, um ser amado. Depois voltava-lhe o pavor. Emborcava a cabeça na cama e aprofundava-se na sua dor. Lá fora, estavam os dois: a irmã, linda, com o seu amor. Traída, ultrajada, cuspida. Devia ser muito tarde, porque havia um silêncio grande na casa inteira. O rumor de um automóvel rompeu a paz. Ouviu a voz de Marta, a voz quente da irmã. Teria saído para levar Luís em casa. De tudo era culpada a sua irmã. E Paulo? Viera dele a sua desgraça, nascera da sua vingança, do seu egoísmo, a separação, a fuga do seu amor. Homem sem coração, duro, monstruoso. Estava agora abandonada. Nem a sua imaginação podia viver, podia criar. Tudo destruído. Lembrou-se de Helena, que fugira do casamento. Helena seria mais forte do que ela, mais senhora de si? Marta sempre pretendera aquilo, reduzi-la a nada. Procurara Luís e o trouxera para poder mostrar-lhe que mandava em todos os homens. Era bela, tinha aquela carne de fruta madura, aquela beleza de arrebatar. Preparara tudo com crueldade. Toda a sua família era assim, gente sem coração, gente de coração seco. Ela amava, com ardor e com fúria. E não sabiam, não entendiam o seu amor.

Já era tarde e Marta não voltava. Sem dúvida teria ficado com Luís horas seguidas, teria pegado em suas mãos, teria beijado os seus olhos. Luís era dela. Então se ouviu um grito enorme, um grito de pavor. Estourou na casa silenciosa, como uma queda de raio. Marta gritando, batendo na sua porta. Abriu: viu a irmã pálida, de olhos estranhos sem poder falar. Apareceu dona Adelaide, veio a mãe, correram as criadas. E Marta começou a balbuciar, como se fosse recuperando a palavra, depois de uma síncope. Vira, sentado na sala, numa cadeira de braços, olhando muito para ela, com olhos de sofrimento, o seu irmão Lourival:

— Era ele, mamãe, era ele.

E caiu num choro convulso:

— Era Lourival. Ele mesmo me olhando, me pedindo qualquer coisa.

21

Viam um rapaz bem-vestido, na beira do canal grande, e correra a notícia. Mesmo dentro, na Casa Azul, ele estava aparecendo. Fugira a família do jardineiro, com o pavor das assombrações.

Marta convenceu-se depois de que tudo aquilo fora uma perturbação nervosa. E o tempo foi passando. Nunca que Marta pensasse que poderia amar como estava amando. Era fácil dizer: "Eu gosto de fulano". E este fulano, em breve passaria a não ser coisa alguma em sua vida. Eram fáceis os flertes ligeiros, os pequenos amores que tivera. Tudo era fácil e ela de tudo sabia sair-se bem, quando chegava a hora. Nada até ali a prendera de fato; nenhum homem, de todos os que gostara, fora mais forte, mais importante do que a sua vontade. Sempre achava pretexto para escapulir, para ficar a seu gosto. Os homens iam e voltavam, na sua vida, sem a perturbar. Todos diziam que era uma fria, uma natureza de formação álgida. Podia ser tudo o que quisesse. Tinha 20 anos, e até então não soubera o que fosse um amor sério, fundo. Amava brincando, sem um estremecimento do seu corpo, sem a mínima dor. Agora sabia que fora em toda a sua vida uma frívola. Sem esperar, sem que tivesse procurado, surgira-lhe Luís. E sem poder explicar a si mesma, fora arrebatada por ele. Vira-o na noite do desastre do barco de pesca. Estava no rebocador que encontrara na entrada da barra. Vira-o naquela noite horrorosa e ficou com o rapaz na cabeça. Lembrou-se de o ter visto em sua casa, com Paulo. Diziam que ele gostara de Luisinha. Mas Luisinha não era capaz de amor. Dias depois o encontrara na estrada do Cabo Frio e convidou-o a subir para o seu carro. Era uma coisa esquisita, o que sentiu naquele instante. Perto de Luís era débil, incapaz de ser o que sempre fora. Conversaram, andaram muito tempo pela estrada da Barra de São João. Chegaram até a antiga fazenda dos padres da companhia. Era uma casa admirável, coberta de trepadeiras, uma redução na velha ordem dos antigos. E para além, os campos, a planície imensa, que a obstrução do rio tinha destruído. Foram mais além. Luís lhe indicava os lugares. Atravessaram a mata fechada e foram até o rio São João. A igrejinha branca, trepada na escarpa, em cima de pedras, com o mar em fúria aos seus pés e o rio descendo manso do outro lado. Fora uma viagem como nunca fizera. O rapaz, simples e másculo, a sua voz segura, sem vacilação, o tom firme de sua voz, tudo foi ficando para ela como de outro mundo, de uma outra raça que não era a sua. Os homens de suas relações falavam de modo diferente. Aquilo podia ser amor, podia ser um começo de vida nova. Se fosse dizer a uma amiga qualquer que sentia tudo aquilo, troçariam com ela. Era coisa de Lady Chatterley, convenção de romance. Melhor seria calar, calar para todos, ficar com o seu segredo. Não aceitara o convite do embaixador americano para a grande pescaria que ele organizara no Cabo, com a gente do major Mário Sales. Queria estar só, bem só, para viver a sua nova vida. Fugira do seu mundo, rompera com todas as suas relações, encontrara a vida e assim melhor seria mesmo que se isolasse, que estivesse sozinha consigo. Luís não a amaria. Vira-a umas três vezes e sem dúvida a tinha na conta de leviana, de cabeça tonta. Um homem simples e bom como ele pensaria coisas horríveis a seu respeito. Sofreu então. Sofreu porque não poderia chegar perto dele e falar-lhe, contar-lhe a sua vida, provar que o amava, que o queria mais do que tudo. Uma tarde o encontrou na estrada. Convidou-o para um passeio de barco na manhã seguinte. No outro dia andou com ele quase o dia inteiro, rompendo as águas da Araruama. Foram almoçar na Iguaba Grande, e à tarde vieram descendo a lagoa. Mas durante todo esse tempo não conseguira dizer-lhe uma palavra, que fosse a palavra que desejava que ele ouvisse. Nada. Tinha medo de desabafar, de contar--lhe tudo. Luís era belo, com o sol batendo na cabeça loura, os olhos brilhando, os braços nus, as pernas nuas. Podia ser uma alucinação, mas via-o como um deus, dono do mundo, senhor dela e dos outros. Passaram quase um dia inteiro no mesmo barco, a distância mínima um do outro e ela se sentia como uma colegial atraída, sem coragem, uma tímida. Ficou a noite inteira com a companhia de Luís presente no seu corpo. Quase que não dormiu. Podia haver um homem como os que existiam nos romances, um homem puro e maior do que tudo; podia aparecer de repente numa vida um momento culminante, avassalador como um incêndio. Era o que sentia, era o que se passava com ela. Amava. Era incrível que ficasse assim, daquele jeito, sem força para decidir nada. Era capaz de mudar tudo, da noite para o dia. Nada a prendia, nada a mantinha segura a um lugar e agora estava assim, sem energia para resistir aos seus pensamentos. Naquela noite fora dormir muito tarde, com insônia, coisa que nunca tivera. Pela primeira vez sentia a mão quente de Luís, pela primeira vez o seu corpo tomara contato com o dele. Vibrava, cobria-se de uma felicidade absoluta. As mãos de Luís se demoravam na sua, o calor de sua carne se irradiava pelo seu corpo. Chegara em casa na noite em que o fora levar de automóvel e quando abriu a porta viu Lourival olhando para ela. Foi um choque tremendo o que sofreu. Só conseguira mesmo recuperar o domínio sobre si mesma quando todos os de casa a rodearam. Sem dúvida que fora uma alucinação. Dona Adelaide também passara pela mesma coisa. Não acreditava em almas de outro mundo. Amava e não queria saber de coisa alguma. As amigas chegavam do Rio e a encontravam misteriosa, estranha. Os companheiros de farra espalhavam como blague que Marta atravessava uma fase mística. Espalhara-se a notícia da aparição de Lourival. Marta andava doente. E cada vez mais se fixava, mais se sentia bem, mais desejava Luís. Era um pensar de todas as horas. A lagoa verde, de águas faiscando ao sol, ou a lagoa triste das tardes melancólicas, tudo era como se fosse a mesma coisa, tudo feito para ela e Luís. Todas as árvores, todos os pássaros, todas as flores, todas as belezas da terra eram dela e de Luís. Podia parecer ridícula, doente mesmo. Mas o seu amor devia ser maior do que tudo, devia ser o maior do mundo. Quem amasse assim como ela amava não morreria e faria da vida o que quisesse. Não tinha com quem falar do seu amor. Não podia revelar a outra criatura. A mãe era diferente dela, dona Adelaide não a compreenderia e Luisinha a odiava. O ódio da irmã não se escondia. Luisinha não podia esconder o despeito pela sua decepção. Procurou evitar o mais que pode o contato daquela criatura esmagada. A irmã lhe parecia agora mais hostil. Era assim com todos os de casa, e, no entanto, nunca Marta desejara tanto aproximar-se dela.

Luisinha mergulhava na sua dor. E o ódio contra os seus não podia crescer mais do que crescera. Lembrou-se de voltar para o Rio, de abandonar para sempre aquela lagoa e não teve coragem. Estava assim sem força para tomar a mais insignificante resolução. Dera-lhe uma preguiça desoladora para agir, para descobrir um meio de sair do seu sofrimento. Procurava um canto secreto e via-se rodeada de cobras, de bichos venenosos. E não podia fugir. Estava presa à terra como a árvore, como a pedra. As suas noites eram as de sempre. Ouvia tudo o que se mexia por fora, todos os gemidos das casuarinas, todos os piados dos morcegos, todos os rumores do vento. Lia e não sabia o que lia. Marta e Luís se haviam fixado na sua memória. Para onde se voltava, via-os unidos, de mãos dadas, amando-se. Perdera tudo e somente Paulo fora culpado. Naquela noite chegara trêmulo, ao seu quarto, para destruir-lhe a felicidade e depois viera com aquela carta, confessando a sua miséria. Marta fingia aquele amor para reduzi-la ainda mais, para arrasar a sua existência. Procurava Luís, como já procurara outros. Em breve abandonaria o pobre rapaz, levando-o ao desespero. Era o seu hábito. Aquela beleza era assim impiedosa e cruel. Então Luisinha se consolava. Mas se ela o amasse firmemente e tivesse descoberto em Luís o melhor dos homens, o mais puro de todos? Perdera o apetite. Não descia para as refeições. Vinha Júlia trazer-lhe a comida e rogar, chorar a seus pés para que comesse, se alimentasse.

Em casa, dona Luísa se alarmava com as notícias que Júlia lhe dava de Luisinha. Um dia a mãe lhe apareceu no quarto. Recebeu a visita como a de uma estranha. Era como se estivesse separada de sua mãe há anos. Dona Luísa queria saber ao certo o que tinha a filha, se não seria conveniente vir o doutor Campos. Mas Luisinha fora tão seca, tão indiferente aos seus cuidados, que ela voltou da visita com receio da filha. Temeu por ela. Não era possível tanta distância numa criatura. Falou com Marta e Marta achava que Luisinha sempre fora daquele jeito: dias mais aberta e dias mais fechada. Estaria sem dúvida num dos seus momentos de crise. Luisinha, porém, recebera a visita da mãe como uma afronta. Fora ver de perto a sua desgraça, o seu sofrimento. Amava Marta e devia estar radiante com os novos amores da filha preferida. Todos em casa a punham em plano secundário. Era um aleijão que podia ter desaparecido da família.

Um dia, Paulo chegou à Casa Azul. Dona Luísa achou-o mais magro, Marta evitou-o e Luisinha viu-o chegar como se fosse Hermes ou qualquer outro. O Paulo, o outro Paulo havia morrido para ela. E no entanto, Paulo chegara para tentar a reconciliação. Aquela inimizade de Luisinha era a maior mágoa da sua vida. A amizade da irmã fazia-lhe uma falta impreen-chível. Queria voltar a ela de qualquer maneira. Encontrou, porém, todas as portas fechadas. Luisinha, fora de qualquer disposição de paz, recebeu-o com aquele seu ar de desprezo e de nojo. Devia sofrer desesperadamente a sua irmã. Teria de salvá-la daquela dor. Fora responsável por tudo. Falhara até na amizade com os de sua família. Perdera Luisinha. Para ele, Luís se distanciara léguas e léguas. O mundo inteiro era-lhe inútil. Luisinha dera-lhe o conforto de se encontrar noutra criatura, de rever-se num ente que amava. E agora odiava-o, como ao pior dos inimigos. Queria voltar a ela de qualquer forma. Procurou o seu amigo Luís; não era o mesmo. Em poucos meses mudara como em anos. Soubera de sua amizade com Marta. Luís lhe falara na irmã naturalmente, sem mostrar interesse mais sério. Era outro homem; perdera para ele aquele ar de criatura excepcional que imaginara. Criara um tipo, uma ficção. Luís devia ser como todos os outros. Como tudo o que fora criação sua, ruíra, viera abaixo. Pensara levantar uma obra que viesse trazer ao homem uma forma mais natural de viver e o seu livro serviria de alimento a abutres. E ele fora apenas um instrumento, transformara-se em capanga de uma ordem que lhe repugnava. Imaginara Luís o homem puro, que estaria acima do homem mistificado de lógica, de sabedoria e de ceticismo, um homem que fosse próximo da grandeza primitiva. Fora mais um tique literário, uma parada de imaginação. O que ele era, era só literatura. Devia agir como um homem, escapar do artifício. Marta, porém, pareceu-lhe mudada. Examinava a sua gente como se estivesse arredado dela há muito tempo. O seu mal estava na separação criminosa. Agora Marta andava só, fugindo dos grupos, das exibições. Conversara com ela; era outra. Viera-lhe à fisionomia uma certa gravidade, dava a impressão de trazer uma preocupação séria. Depois da história da aparição de Lourival, sua mãe se consumia, parecia mais velha e doente. O pai, não o via há meses. Às vezes tinha a convicção de que era odiado pelo pai. O velho não o procurava e quando se encontrava com ele notava a separação que havia entre os dois. Não se podia conceber aquilo entre pai e filho. Naquela tarde em que o viu saltando do automóvel, no dia do grande prêmio, descobriu no seu olhar, ódio, uma violência de ira. E, desde aquele dia, evitava encontrar-se com ele. Hermes não tinha consciência de nada. Tivesse o seu carro último modelo, a sua máquina de corrida, a sua vida de sociedade e tudo andaria bem. Helena estranhamente se separava da família. Descobriu uma amizade e refugiava-se nela. Todos os de casa viviam separados. Luisinha concentrando um ódio terrível. Sua mãe, moída de dor, sofrendo por todos. O pai no seu mundo, pouco sabendo dos filhos, pouco sabendo de sua casa. Ele viera para reconquistar a irmã que amava e não sabia como chegar até o seu coração. Luisinha o odiava ainda mais. Conversou com ela, procurou entrar no seu pensamento e fora inútil. Resistira, não dava um minuto de trégua ao seu ódio. Procurava salvar sua irmã daquela desgraça. Era culpado de tudo, ferira-a, nunca que pudesse pressentir que a natureza de Luisinha fosse assim, como uma natureza de rebelada. Era o que mais lhe doía, sentir em Luisinha um ser monstruoso, um ser de escuridão, de instintos selvagens. Andava só, voltou aos seus antigos passeios de praia afora, em busca das pedras do Cabo. Subia o rochedo coberto de uma vegetação de espinhos e onde as águas do mar rugiam nas bocas das furnas. Embaixo, a praia branca cobria-se de sargaços que atraíam os urubus famintos. Trepava nas pedras e ficava ali horas seguidas, envolto na paz daquele silêncio de deserto. O vento uivava, mas o rumor do mar e do vento não quebravam o silêncio pesado. Ali voltava a si mesmo, ali recobrava o domínio sobre as suas dúvidas. Via a tarde chegar e o sol morrer esvaindo-se em sangue. Pensava muitas vezes em Deus. Usara o seu santo nome em vão, quisera impressionar, doutrinar, com esta palavra. Saíra dos livros para a vida e tropeçara em grãos de areia, que lhe pareciam montanhas de dunas. A fraqueza era sua. Luisinha, o seu único amor, lhe fugira, escapara-lhe por culpa sua. Tentara reformar o mundo, quando nem força tivera para remover o ódio de sua irmã. Tomaria uma solução. Teria de salvar a irmã. Nada no mundo desejaria mais do que isso, arrancar do coração de Luisinha aquela presunção, aquele orgulho, aquela ira indomável. E uma tarde em que voltou do seu passeio, procurou-a para lhe falar. Foi ao seu quarto: estava fechado. Luisinha abriu-lhe a porta e recebeu-o como sempre. E então Paulo foi falando, com um enorme esforço para se dominar. Referiu-se ao episódio da noite terrível e falou-lhe em Luís. Sabia que ficara revoltada contra ele, mas o seu impulso era somente adverti-la de um engano. Ficou sem coragem de prosseguir. O silêncio, a indiferença da irmã o abateram. Retornou ao assunto e as palavras eram como se fossem puxadas. Não sabia coordenar o seu pensamento. Luisinha pusera entre eles uma cortina intransponível. Ficara silenciosa e como se não o escutasse, cortou lhe a conversa com uma frase que nada tinha a ver com o que falavam.

 Paulo voltou ao quarto mas não pôde ficar lá. Saiu para o alpendre e esteve um tempo enorme estendido na *chaise--longue*. A noite cobria a Casa Azul de rumores de árvore e de bicho. Não fora capaz de chegar até o coração de Luisinha. A casa estava em silêncio e somente na sala de jantar havia luzes acesas. Ficou quieto. A lagoa gemia com os ventos, que eram fortes, e naquela noite choravam mais alto as casuarinas. Luzes de pescadores apareciam como grandes fachos na escuridão. Ele estava bem só com a sua mágoa. Luisinha continuaria a tê-lo na conta de um miserável. Apareceu dona Adelaide na sala de jantar e quando o descobriu no alpendre, assustou-se. Pensava que estava ninguém ali e viera fechar as portas. Quis conversar e parou, diante do silêncio do doutor Paulo. Deu boa-noite e saiu. Paulo não tinha coragem de abandonar a cadeira, tomara-se de uma indolência de quem carrega o cansaço de um dia inteiro de trabalho. Luisinha cortara-lhe os planos. Ficou asfixiado. Ouviu muito bem um canto de barqueiro, vindo da lagoa. Joca morria no outro lado. Ouvira uma conversa neste sentido. Talvez que ele não carregasse um fardo como o seu. O ódio de Luisinha o mataria. Aquela distância, aquela frieza, aquele olhar eram como se fosse uma condenação à morte. Para que viver mais sem o seu amor? O que era a vida assim como a sua, deserta de amor e de carinho? Queria amar, amava a irmã de um amor capaz de salvá-la do seu deserto. Perdera-a, ela se sumira, odiava-o. Quis voltar e foi bater à sua porta. Devia voltar, chorar aos seus pés como um menino, fazer tudo o que fosse possível para conquistá-la outra vez. Teve medo, agora viera aquele vento forte, terrível. Medo de Luisinha. Nisto ouviu o barulho de um automóvel na porta. Era Marta chegando do Rio. Encontrara-se com Luís em Niterói e viera com ele. A irmã lhe dava essa notícia com um certo prazer. Sem dúvida queria esmagá-lo. Era amiga de Luís. Luís seria seu. A irmã sentou-se perto dele e de uma maneira brusca, sem preâmbulos, falou-lhe:

— Paulo, há dias que estou para te falar. Estou gostando de Luís. Que achas?

Olhou para a irmã de um modo que ela compreendeu o seu espanto. Marta riu e continuou:

— Deves estar espantado, não é? Pois acredita. Desta vez estou mesmo caída.

Paulo não encontrou outra resposta.

— Luís é um ótimo rapaz – disse ele.

Depois Marta foi para dentro de casa e ele ficou abalado com a notícia. Luisinha morreria de dor. Era culpado de tudo. Luís não resistira à beleza de Marta e com isso mataria Luisinha. Levantou-se da cadeira, desceu as escadas do alpendre. Parou perto da fonte que cantava; aquele rumor de água chegava aos seus ouvidos como doce carícia. Mais para longe, os fachos dos pescadores pareciam incendiar a lagoa. Andou um pedaço pela estrada, com o vento batendo-lhe em cheio no rosto. Tinham visto Lourival por aquelas bandas. O irmão morto, chamando, pedindo missa. Teve medo. Nunca se sentira tão só, tão desamparado. O vento frio agitava os galhos da amendoeira da estrada, chiavam os morcegos. Lourival procurava gente para comunicar qualquer coisa, um segredo. O povo acreditava, ele não. Ele não acreditava. Um bacurau cortou em sua frente, em voo baixo, rastejando no capim. Marta vira dentro de casa Lourival, olhando para ela, pedindo, rogando. Quis voltar para casa e sentiu-se envolvido na escuridão da noite. Uma coruja piou na amendoeira. A lagoa batia nas pedras com ondas de mar bravo. Lourival, o seu irmão, penava, estava à espera da ajuda dos homens. Era o que o povo dizia. Via agora a figueira gigante; a luz da sala de jantar banhava os seus galhos. Sentiu um frio cortante pelo corpo e foi tropeçando pelos arbustos, numa arrancada de louco, até chegar ao pátio. Subiu as escadas às carreiras e encontrou a casa num rebuliço, numa agitação de pânico. Sua mãe acordara aos gritos, com uma pessoa na cabeceira da cama. Era Lourival. Ela bem vira que era Lourival.

22

DONA LUÍSA QUIS VOLTAR para o Rio no outro dia. Depois resolveu ficar. Ali o seu filho a tinha procurado; não devia correr de seu filho. Viera lhe pedir alguma coisa, penava, esperava que a mãe viesse em seu auxílio e como fugir dele? Já mandara celebrar missa pelo vigário do Cabo. Não era religiosa, não fazia devoção, vivia arredada dos sacramentos da Igreja. Pecava, precisava no entanto salvar o filho. O seu remorso crescia dia a dia. O doutor Mafra viera ao Cabo e a aconselhara a voltar para o Rio, ou então, a passar o resto da temporada em Petrópolis. Não. Ficaria ali. Seu filho viera vê-la naquela casa e de lá não iria sair com medo dele.

Paulo voltara inteiramente para Luís. Andava com o amigo. Saíam juntos para os passeios antigos. E continuava inquieto. Chegava à conclusão de que Luís estava mesmo preso a Marta. Aquilo mataria Luisinha. Que poderia fazer para evitar aquela desgraça? Luisinha já compreendera tudo e aos poucos estava morrendo. Noites e dias destruindo-se, odiando cada vez mais. Marta poderia salvá-la. Se procurasse Marta e se abrisse com a irmã? Não devia fazer uma coisa dessas. Fracassara com Luisinha, que era tão próxima. Que não aconteceria então com Marta? Ela o levaria ao ridículo. Não teve coragem. O doutor Lemos viera do Rio ver sua mãe e estivera também examinando Luisinha. Dissera mesmo ao doutor Mafra que achava o estado dela um tanto suspeito. Alarmou a gente da casa. Luisinha, porém, depois da visita do médico, dera para sair, para mostrar-se mais satisfeita. Tudo aquilo era simulação. A dor a consumia. A dor a levaria à morte. E ele seria culpado de tudo. Procurou falar a Luís e

Luís desapontou-o. Amava a irmã bonita, confessara-lhe. O pobre havia caído numa armadilha. Não acreditava que Marta amasse a ninguém. Luisinha podia salvar-se. Ele poderia salvar a irmã. Devia procurar Marta quanto antes e lhe expor tudo, falar-lhe com toda a franqueza. E foi o que fez. Fracassou. Marta impressionou-o pela maneira franca e digna com que se portou. Amava Luís; seria capaz de tudo por ele. Chegaram-lhe lágrimas aos olhos, quando se referiu ao caso de Luisinha. Não podia suportar a desgraça de sua irmã, não podia suportar aquele ódio que o arrasava, que o destruía. Marta amava de verdade, amava tanto quanto Luisinha. Fora ele quem trouxera para dentro de casa um germe de morte. Como poderia descobrir uma saída para tudo aquilo? Luisinha o evitava a todo propósito. Emprestara-lhe o último romance de Huxley e no outro dia ela o devolvera, sem ter lido. Fugia dele, odiava-o. Voltou a Marta e demorou-se em conversa com ela. Luisinha o vira quando ia ele chegando de um longo passeio com Marta, pela lagoa. Descia ela para a figueira grande, arrastando-se e baixou os olhos quando os viu. Marta lhe falara muito de Luisinha. Nunca havia pensado que a irmã fosse tão forte em literatura, tão senhora de problemas sérios.

    Paulo se afundava cada vez mais na sua angústia. Luís vivia com Marta em passeios de barco, em conversas demoradas e Luisinha se reduzia a nada.

    De fato, a dor de Luisinha ultrapassara tudo. A chegada de Paulo a exasperava ainda mais e vendo-o com Marta, compreendeu que o irmão se passara também para a outra. Luís vinha quase sempre à Casa Azul. Não podia suportar sem sacrifício aquela presença. A morte seria a sua salvação, o seu consolo. A dor que a dominava não lhe dava um segundo de trégua; era viva, era avassaladora. Nada de fora existia mais para ela. Para onde se voltava via Luís nos braços de Marta, entregue à beleza da irmã. Refugiava-se no quarto e dentro de quatro paredes a presença de Luís era ainda mais atroz. Recordava-se das suas noites de amor, das suas cartas escritas com seu sangue e revoltava-se contra si mesma. Era a única culpada. Tinha nojo do seu ridículo. A sua única vontade era destruir tudo, acabar com todos, acabar-se também. Júlia, com a sua subserviência se tornara abjeta para ela. Tinha asco da pobre criada. Todos os de casa mereciam a mesma coisa. Até sua mãe, com aquela preocupação doentia, aquela obsessão de Lourival, se tornara odiosa. Não lia mais. Os livros não lhe falavam de mais nada. Tudo fora um embuste, onde a haviam metido. Estava lá, debaixo da figueira, e não via a lagoa, e não via o céu, e não via a terra. Tudo estava dentro do seu coração que era frio, gelado de morte. Tudo morrera e ela ficara, para assistir àquela decomposição. Podia ter fugido e não teve coragem de tomar uma resolução definitiva. Ouvira Paulo conversar e o que ele dissera era repetição de mentiras, de sofismas. O irmão começara a sua desgraça. Era pior que os outros. Marta a afrontava com Luís. Bem via nos olhos da irmã a arrogância de quem queria mesmo humilhar.

Via-a com a sua beleza e somente uma vontade a dominava: a vontade de a destruir, de a matar. Refugiava-se com os seus pensamentos cruéis para sofrer mais ainda, para condená-los, como se fossem filhos do seu despeito, da sua incapacidade. Às vezes, numa lógica infernal, media o seu caso palmo a palmo: era uma coxa. Marta e Luís tinham o direito de viver, porque eram belos e perfeitos. Ela os invejava. O seu ódio vinha de uma inveja baixa. Era ela somente a culpada dos seus fracassos, e mais ninguém. Tinha vontade de procurar os de casa e pedir perdão, roçar-lhes os pés, confessar toda a sua miséria. Aqueles instantes eram rápidos como tempo de sonho. O que a dominava inteiramente era o ódio terrível, o ódio contínuo que a absorvia como o amor absorvia Marta. Helena havia voltado de Buenos Aires e Lúcia viera passar uns dias com sua mãe, na Maravilha. Era outra pessoa. Parecia mais velha, mais grave, mais senhora. Perdera aquele ar de menina, o jeito alegre de tratar, a maneira brusca de dizer as coisas. Noca foi a primeira a falar daquela diferença:

— Nem parece a mesma. A menina está com outra cara.

Dona Mocinha conversou com a professora. Lúcia lucrara com a estada no Rio. Estava mais quieta. Dona Maria, porém, gostava mais da menina alegre dos outros tempos. Uma coisa qualquer não ia com ela, naquela nova Lúcia. Não sabia explicar e não quis falar nisso com a mãe. Parecia-lhe que Lúcia fugia, procurando encobrir um segredo, que tinha uma notícia a dar e evitava. Mas dona Mocinha contentou-se com a filha dentro de casa. Todas as dúvidas, todas as suposições se sumiram. A filha dormia outra vez na sua antiga cama, comia na sua mesa, era sua. Foi uma semana de alegria para ela. Laura esperava um filho e Luís perdera aquele ar esquisito. Felizmente já fizera as pazes com a irmã. Ficou radiante quando viu o filho abraçado com Lúcia. Ela lhe trouxera presentes caros; enchera Noca de vestidos e comprara para dona Maria um relógio de pulso. Filha boa, um grande coração. No entanto, notava a tristeza de Lúcia. Não dizia nada para que não desse na vista. Só a alegria que a filha lhe dera, ficando ali uma semana, pagara-a de todas as preocupações. Depois que Lúcia se foi, voltou ao medo de antigamente. Que teria acontecido à sua filha? Melhor era não pensar em coisas ruins e acreditar em Lúcia, ter confiança e deixar para um lado as suas dúvidas infelizes.

Entre os parentes de Helena já se falava naquela amizade com Lúcia com certo azedume. Helena mudara completamente de vida. Fugira da sociedade. Escapulia-se dos convites, não aceitava pedidos para chás, fugia do seu mundo. Era um escândalo. Lúcia vivia no seu emprego, ganhava muito. Helena adorava-a. Aquela amizade lhe enchia a vida. Pouco se importava que fizessem os piores comentários. Todos se queixavam de sua ausência e Lúcia sabia que tudo aquilo era por sua causa. Sim. Sentia os olhos compridos, os cochichos, quando passava com ela, quando entravam numa casa de chá, quando iam a um cassino. Sentia-se até feliz em ser olhada, comentada, discutida. A alta sociedade se preocupava com ela, ficava chocada, por sua causa. A amiga não dava ouvido às reclamações; tinha coragem de impor a sua vontade, de fazer o que quisesse. Agora possuía aquela baratinha de classe, que fazia tanta inveja. Entrava no Country e as elegantes carregavam os olhos sobre ela. Para a sua mesa corriam rapazes. Davam o que falar. Helena absorvia as atenções. Era rica, bonita, senhora de si. Mas no fundo, Lúcia verificava que não passava de uma comparsa. Fazia companhia apenas a uma moça de alta situação. Compensava-se porém destes desgostos com o brilho de sua vida. Vivia metida com gente que sabia dona de posição e de fortuna. Via a mãe feliz, o irmão seu amigo, e voltava para o Rio mais contente. Helena vivia para ela. Mas não se contentava com aquela amizade. A amiga ficava infeliz quando a via triste, absorta ou indiferente. Preocupava-se, procurava maneiras de agradá-la, de suprir tudo o que pudesse lhe faltar. Mas quando saía à rua, quando atravessava Copacabana, quando aparecia no Country e sentia olhares sobre ela, via-se coberta de glória e de alegria, de íntima satisfação. Tudo vinha de Helena e amava ainda muito mais a sua amiga. Havia rapazes que lhe faziam a corte. Todos, porém, tão frios, tão distantes dela, que os aborrecia logo no primeiro encontro. Fora visitar a irmã em Niterói. Laura era boa, apesar de todas as suas esquisitices. Gostara de a ver dona de casa, dirigindo as coisas. Tão parecida com a mãe. Era uma senhora, como se já tivesse vivido mais dez anos após o casamento. A vida de Laura era bem diferente da sua. Ela era feliz, tinha seu marido, a mediocridade de um lar modesto. Mas era feliz. Ao voltar de lá viera com uma coisa na cabeça. Afinal de contas, o que era a sua vida e qual seria o seu destino? Ficaria assim para sempre? Quem tinha razão era sua mãe. Devia ter ficado em casa, no meio dos seus, com a sua vida de moça pobre. No entanto, ao primeiro convite de Helena para uma reunião, para uma festa, arrebatava-se outra vez. Deixava-se embriagar pelas grandezas, pelo luxo, pelo espetáculo. Helena atraía a atenção também para ela. Lúcia caía assim em depressões que duravam dias. Via-se abandonada, sem amigos, isolada, apesar de tantas festas, de tantos grupos finos que frequentava. Helena mandava em sua vida. Queria orientar o seu gosto. Dava-lhe presentes ricos. Enchia-lhe o guarda-roupa de *toilettes* finas. Tinha aquele vestido azul, que lhe dera como presente de aniversário e sentia até vergonha de usá-lo de tão exagerado. Sofria quando começava a se examinar assim. Que não diria sua mãe, de tudo aquilo? Sem dúvida saberia de tudo o que se falava a seu respeito e sofreria com a vergonha. Uma ocasião dera-lhe na cabeça voltar para casa. Cansara-se de tudo. Falou a Helena da resolução tomada e aí pôde ver o sofrimento da amiga, a amargura que se apossou dela. Teve pena, tanta pena que chegou a dizer-lhe que fora apenas uma brincadeira. Ficaria com ela. Helena contava-lhe tudo. Não tinha segredos para ela. A vida de sua família, a vida de seus amigos, tudo lhe contava. O ex-noivo deixara o Rio depois daquela loucura e diziam que estava na Bolívia, trabalhando na construção de uma ponte internacional. Helena não queria casar. Era linda, rica, mas não consentia que lhe falassem em casamento. As suas amigas não toleravam Lúcia. Faziam o que era possível para desgostá-la. Helena, porém, mantinha-a acima de tudo. Só aceitava convites se fossem também para Lúcia. A sociedade inteira se escandalizava, os comentários choviam e aos poucos foram tomando a coisa como um fato consumado. Lúcia foi se sentindo humilhada, querendo reagir. E se entregara àquela atração que sobre ela exercia o mundo que se abria a seus olhos. Ficara da alta-roda. Era dos grupos mais finos do Rio. E só isso lhe enchia a alma de contentamento. Sabia que sua mãe devia estar infeliz, com as histórias que chegariam ao Cabo. Confiaria nela, teria bastante fé em sua filha. Haviam-lhe aparecido admiradores. A princípio gostou de ser assim cortejada. Hermes fez força para atraí-la. Terminou por tomar-se de uma incrível repugnância pelo irmão de Helena. Ele perdera a mulher e andava feliz como se toda aquela triste história nada representasse. Era um cínico. Estivera com ele em festas e fora a cassinos. Helena não gostava. As companhias de Hermes eram péssimas. Acabou fugindo dele. Ainda não aparecera um rapaz que a fizesse vibrar de amor. Estremecia pensando naquilo. Afinal de contas era moça e precisava viver. Nada. Somente Helena era capaz de encher os seus dias vazios. Aquela amizade crescia sempre, tomava o lugar de tudo. Se Helena desaparecesse, morreria, ou fugiria para longe, para uma terra de estranhos. Não queria mais ver ninguém.

    Por seu lado, Helena fazia de Lúcia a sua vida. Era dela, só pensava nela; só queria viver ao seu lado, acabara o noivado por sua causa. Em casa lhe tinham vindo fazer restrições sobre aquela amizade. Nunca pensara que pudesse chegar àquele ponto, àquela situação. Amava Lúcia, que para ela era mais que uma irmã, mais que um namorado. Nunca amara em sua vida. Nunca fora capaz de se deixar empolgar por um homem. Agora sabia que existia de fato qualquer coisa que era mais que amor. Não sabia explicar, sentia que sem Lúcia tudo estaria acabado. Que falassem. Dissessem tudo o que fosse possível. Uma vez seu pai chamara-a, para falar-lhe por alto sobre aquela situação. Fora franca com ele. Era a primeira vez que tratava diretamente com seu pai, de assunto que tanto lhe dizia. Acabara o casamento, fora noiva e pouco ou quase nada tivera que falar com o velho Mafra. Agora, com relação a Lúcia, era como se ele viesse descobrir uma intimidade. Reagiu, até com grosseria. Dissera-lhe inconveniências. Depois ficou com pena do velho. Lúcia, porém, crescia cada vez mais. Uma vez Hermes lhe apareceu com indiretas. Teve de reduzi-lo a nada. Ficava violenta, terrível, quando se tratava de sua amiga. Soubera que Marta andava apaixonada pelo irmão de Lúcia. Falara à amiga, mas ela não acreditava. Luís era um homem fora do mundo, incapaz de se deixar envolver pelo amor. Acabara o caso com Luisinha e aquilo fora para ele um fim de mundo. Marta não poderia dar atenção a Luís. Helena achava que a irmã era um temperamento de romance. Quem a visse de fora não podia imaginar o fundo de sua alma. Marta sempre lhe parecera uma criatura infeliz, querendo mostrar-se uma dona da vida. Podia ser que se tivesse modificado.

 De fato, Marta amava. E amava com mais violência. Paulo a procurava para lhe falar de Luisinha, do amor de Luisinha, e dos seus sofrimentos. Teria que abrir mão de Luís para salvar a outra de uma morte certa. Recusou. Ela também amava com tanta força como Luisinha, tinha direito a viver como Luisinha. Por que entregar então um amor que chegara sem que ela esperasse e que era o primeiro amor de sua vida? Paulo se calara, meio atônito. E ela chorou, chorou muito. Viu que o irmão saíra do seu quarto convencido de sua resolução, de sua sinceridade. Paulo nunca a entendera, julgando-a sempre uma frívola, uma extravagante. Admirava-o, sempre desejava tê-lo como amigo. Mas ele fugia de todo o mundo. Era um egoísta, um orgulhoso. Agora chegara na hora mais feliz de sua vida, para dizer-lhe que renunciasse, que abandonasse Luís, que desse o seu amor a Luisinha, por piedade. Não. Nunca que fizesse isso. Ele vira a violência com que recusara a proposta. Luís lhe aparecia como um sonho. Não podia acreditar que houvesse um homem assim como ele. Marta começou então a fixar-se sobre a sua gente. O amor dera-lhe o poder de ver, o poder de aprofundar-se. Todos tinham falhado. Helena, com aquela vida intrincada, entregue a um entusiasmo esquisito por Lúcia. Paulo fugidio, julgando-se um deus. Luisinha odiando e Hermes na sua vida de vadio. A sua pobre mãe voltava-se outra vez para Lourival e o pai cada vez mais um figurante de toda aquela representação doméstica. Amava. Ela amava e não haveria dor de irmã que a arredasse daquele amor. Descobria-se, afinal de contas. Tinha o direito de amar, de ser mais alguma coisa do que uma moça rica e desejada por todos. Tinha o direito de amar, de escolher o seu amor. Luís era o que valia para ela. Valia mais do que toda a humanidade, não seriam Luisinha e Paulo que a arrastariam dele.

 O mês de março corria ligeiro e com pouco mais teriam de voltar para o Rio. Agora tinha vontade de ficar, de voltar nos dias de inverno. Amava. Via um mundo que nunca conhecera.

Não sabia explicar. Saía com Luís para os passeios de barco. Tinha visto tudo aquilo em companhia de amigos do Rio. Fora a grandes pescarias em alto-mar e tudo o que via agora era diferente. Tudo tinha uma razão de ser, uma importância. Amava a vida. Tinha encontrado um instrumento de medir as coisas. Não podia renunciar a essa realidade. Março de sol, de lagoa verde, de nordeste brando, de luzes claras. Deus ornava o seu amor. Cantavam pássaros pelas árvores, os barqueiros cantavam de noite, as casuarinas eram um acalento de mãe e o gemer da lagoa, macio, tão manso que deixava que a fonte cantasse pela boca dos anjos. Marta amava. Abria a janela do seu quarto para ver a lua boiando nas águas, cobrindo a figueira grande, branca de luz. Via-a e ouvia pedaços do seu amor por toda parte, não daria aquela felicidade a ninguém. Estivera de dia com Luís, nos passeios de barco, sentira o corpo do homem pegado ao seu. E tudo era tão diferente, era tão íntimo, tão casto! Conhecera homens, conhecera rapazes, fora cobiçada por tantos, e só de Luís lhe vinha aquela chama, aquela quentura de carne. Que lhe importava que aquela luz, aquela paz doesse em Luisinha? Marta amava. Tudo mais era como folha seca que o vento podia levar à vontade, tudo mais não vivia, era morto, era inútil.

    Dentro da Casa Azul corações pulsavam de amor e ódio. Luisinha trancava-se para não ver o céu azul, a vida festiva das coisas. Paulo sofria como cúmplice de uma tragédia, que sentia ir surgindo, saída de suas mãos. Dona Luísa entregava-se ao filho morto.

    E o velho Lourenço continuava penando na praia. Tinham-no visto outra vez, de cabeça baixa, esperando pela caridade dos que tivessem dó do seu penar.

23

Joca começou a morrer. Os de casa não tinham ainda a consciência do desenlace que chegava devagar. Morria aos poucos, a morte chegava-lhe com pés de lã. A velha Filipa, porém, sentia que o fim não estava longe. Para ela, o neto era como se já fosse um morto, que bulisse ainda. Uma vida bem frágil animava o corpo quebrado de Joca. Sinhá Antônia ainda tinha esperanças. Podia curar-se. Tantos, assim perto da morte, se haviam curado, voltando a ser fortes. Joca, porém, mais do que ninguém, sabia de sua miséria. Não tinha ilusão e sofria muito mais, vendo a mãe aflita, procurando remédios, falando de esperanças. A avó chegava-se para perto dele e nas horas de solidão ouvia a voz da mãe Filipa, como nos tempos de menino. Parecia que estavam ali todos os netos, pertinho dela, ouvindo a maravilha das fadas, dos príncipes correndo a cavalo, das feiticeiras sofrendo castigos tremendos. A velha Filipa perdera os seus netos. Agora tinha Joca aos seus pés:

"*Eu te conto, menino. Isto foi nos tempos em que Nosso Senhor andava na terra. Ninguém sabia que ele era filho de Deus e ele andava de estrada afora, com Pedro e Paulo, Tomé e Lucas. E Judas também andava com Nosso Senhor. Um dia ele vinha já cansado de tanto andar e viu um palácio na frente. Pedro foi logo dizendo:*

— É ali a morada do homem mais rico desta terra.

Judas também foi dizendo:

— Mestre, eu conheço o homem daquele palácio. Ele tem tanto ouro nas burras que nem pode fechá-las.

E foram chegando na casa bonita, cheia de tanta riqueza que doía os olhos, de ver. Pedro saiu para pedir pousada.

Apareceu um criado todo lorde, todo vestido como grande e falou para ele:

— Meu senhor não está. Foi atrás de um filho que fugiu para as estranjas. Meu senhor dá toda a riqueza que tem para achar o filho que fugiu.

Então Judas disse a Nosso Senhor:

— Mestre, faz um milagre, faz com que o filho do rico volte para o palácio.

Nosso Senhor ficou calado, muito calado e falou depois para o criado do rico:

— Teu amo é mais rico do que mostra. Ele tem mais ouro, ele tem mais prata, ele tem mais pedrarias do que as que estão dentro dos baús.

Pedro perguntou:

— Mestre, como sabes, se não viste os tesouros do palácio?

Nosso Senhor olhou para os discípulos e disse:

— Aquele homem tinha um filho que era o seu amor. E o filho fugiu. Ele tinha o ouro e esqueceu o ouro. Tinha as pedrarias e esqueceu as pedrarias. Só não esqueceu do filho, que era mais do que um tesouro. Saiu atrás dele e vai voltar mais rico do que saiu."

— Mãe Filipa, conta a história da rainha Luísa.

— Não, meu filho, esta é triste.

— E a Moura-Torta?

— Ah! a história da Moura-Torta!

"Era uma vez uma princesa que era mais bonita do que o dia. Tinha os cabelos dourados que caíam até os pés. O rei seu pai mandava muito nos outros reis da terra, podia mais do que o sultão..."

E a história da Moura-Torta caía sobre as chagas de Joca. Sinhá Antônia olhava para o filho estendido, entretido com a avó e pensava na tosse que voltaria mais tarde. A tia Filipa sabia de tudo. O neto estava nas últimas. O cabo Candinho saía para as pescarias sem medo. Joca aguentaria aquela noite. A velha, porém, sabia que a morte rondava. Ouvia aquele fio de voz cansada, aquele arquejar e não se iludia. Era a bicha que não tardaria. Fechava as portas dos fundos para que o vento da tarde não ajudasse a viagem da infeliz. Joca pedia para ver a lagoa. Botavam a cadeira na sombra da amendoeira. Sinhá Antônia ajeitava os travesseiros e o filho entretinha os olhos sobre as águas verdes da Araruama. Olhava bem, com os olhos esbugalhados pela doença. Olhava como se quisesse comer tudo com os olhos. Passavam os barqueiros. As canoas se aproximavam tanto da casa, como se fossem ancorar. Davam bom-dia ou boa-tarde, bem alto. A velha respondia. E o céu claro e bem azul de março, e o calor do dia davam a Joca mais vida, aqueciam-lhe os restos de vida. A mãe Filipa não saía de perto do neto:

— Menino, tu te esqueceste da história de Oliveiro? Tu te lembras de que ele estava quase morto, com feridas no corpo, como renda? O imperador tinha mandado Oliveiro e Roldão para acabar com os turcos que vinham arrasando o mundo de Deus. Era um Exército de muitos mil. E o imperador chamou Oliveiro e Roldão e foi dizendo:

"— *Meus filhos, Deus confia no fio das suas espadas. Andem, os turcos andam matando tudo o que é cristão. O seu Exército vem vindo do Oriente para acabar com os filhos de Nosso Senhor. Oliveiro, meu sobrinho, Roldão, meu par querido, tenho fé nas suas espadas.*

E os dois guerreiros saíram nos seus cavalos que corriam como o pensamento. Oliveiro foi dizendo para o companheiro:

— Roldão, o nosso rei quer que a gente acabe com os Exércitos dos turcos. Nós somos dois contra mais de 10 mil. Vamos rezar para Nossa Senhora. Pararam, desceram dos cavalos e encomendaram a alma a Deus. Mal eles acabavam, ouviram o barulho do Exército que vinha andando. Olharam de longe e era como um formigueiro em véspera de chuva. O mundo estava cheio de turcos. Viram que vinha na sua frente um gigante. Era o tal de Ferrabrás, o homem que podia com o peso de dez homens no braço. Roldão chamou Oliveiro e disse:

— Eu tomo conta do gigante. Toma conta dos soldados. E dito e feito. Os dois guerreiros foram lutar com os turcos. Nunca se viu guerra maior. Caía turco morto por todos os lados. As espadas dos guerreiros cristãos feriam no ar. Roldão já tinha matado o gigante e Oliveiro cercado de mais de dez mil turcos cortava cabeças de turco como se derrubasse capim verde. Quando o gigante caiu, soltou um grito que estrondou como uma queda de sobrado. E o Exército saiu correndo com medo. Oliveiro tinha ficado estendido no chão, com o corpo coberto de feridas. Não tinha nem um lugar onde botar um alfinete. Foi quando Roldão tirou do bolso um frasquinho de bálsamo que o imperador lhe tinha dado e derrubou no corpo de Oliveiro. Por encanto o guerreiro levantou-se, bonzinho, sem nem um arranhão no corpo. E voltaram para o rei. E trouxeram arrastado no rabo dos seus cavalos, o gigante infiel."

— Que bálsamo era este, mãe Filipa?

— Menino, era coisa assim como uma tintura, feita com os caroços da figueira do monte das Oliveiras. O rei tinha trazido da Terra Santa. Curava todas as feridas.

— E Oliveiro ficou bom?

— Bom de verdade. Os poderes de Deus valem muito, meu filho.
— E a história do navio de ouro, mãe Filipa?
— É muito triste, meu filho. Fica quieto, Joca. Não precisas falar. Tu te cansas.
Um dia o cabo chegou da cidade com um registrado endereçado a Joca. Era a sua medalha de campeão de futebol que a Liga remetia. Uma medalha de ouro, com a data do triunfo. "Campeão de mil novecentos e tantos." Joca olhou para o troféu e sorriu, mostrando os dentes amarelos. Sinhá Antônia pendurou a medalha na parede.
E a morte chegando. Joca quase que não podia abrir mais a boca. Era um fio fino, imperceptível o que ele articulava. Só a velha Filipa sabia de tudo. Sinhá Antônia ainda esperava um milagre:
— Ele fica bom, fica bom. Vai ainda ajudar o pai nas pescarias.
Uma tarde todos haviam saído de casa. Sinhá Antônia fora a Maravilha pedir um remédio e o cabo estava na cidade. Joca havia pedido para deixar a cadeira debaixo da amendoeira. Desde a manhã arquejava. O nordeste bulia de leve no lençol. E a velha Filipa ao seu lado, sentada no chão, sem falar. Podia alarmar o neto com a sua voz. Estivera muito tempo assim. Já era de tarde e de fora podia vir vento terral, frio e ofender a Joca. A nora não estava em casa, para ajudar a levar o filho para dentro. Deviam ser mais de cinco horas. Ouvira o trem passando pela porta. Soprava aquele terral infeliz, de doer nos ossos. Joca não aguentaria. O bichinho já devia estar dormindo. Então a velha Filipa sentiu uma coisa estranha. Não sabia o que era, mas lhe chegara de repente aquela agonia. Uma coisa viera, para tocar-lhe, como uma mão

Água-mãe • 315

gelada, no seu corpo, na sua carne seca. Sentiu como se uma mão de defunto lhe apalpasse o braço. Sentiu um tremor no corpo. Joca estava dormindo ao seu lado. Era bom acordar o neto. E teve medo, um medo que nunca tivera. Era medo de verdade. Queria acordar Joca e não podia. Levantou-se dali, chegou tremendo à porta da cozinha. Por que Antônia não chegava? Por que não vinha o seu filho Candinho? Voltou para perto de Joca. Ele dormia. Aproximou-se da cadeira, tocou de leve como se temesse espantar um passarinho. Que havia acontecido a Joca? Não respirava. Aproximou o rosto da cadeira, e não ouvia nada. De repente chegou-lhe a ideia. Baixou a cabeça perto da cabeça de Joca. Ele não respirava. Passou-lhe a mão pelo rosto, tocou na boca aberta, nos olhos abertos. Sentiu a morte, sentiu a morte estampada na cara do neto. Abraçou-se com ele e gritou:

— Joca, Joca!

E nada. Tudo no silêncio. O seu grito ecoava do outro lado. Soluçou, gritou mais. E nada. Tudo parado. Gritou, queria que aparecesse gente que tivesse olhos para ver se de fato Joca estava morto. Chegou para a beira da lagoa. Sentiu nos pés o frio da água. Só o silêncio, o grande silêncio existia por ali. Gritou mais, com toda a força. Agora ouvia voz de gente:

— Bênção, mãe Filipa.

Era o negro do carvão. Gritou para ele. Era afinal voz de gente. O pobre homem aguentou nos braços a velha quase desfalecida. Joca estendido na cadeira, com a cabeça pendida. O sol dava mesmo em cima de seus cabelos. Uma lancha da Casa Azul roncava na lagoa. A velha Filipa, como que despertada por aquele barulho, quis falar. Tinha morrido Joca.

Naquela tarde de março, com a sua casa vazia, com a velha avó ao seu lado, fora-se o maior centroavante do Brasil.

Roncava a lancha do outro lado. Então a velha se espigou, como se tivesse recobrado a vista, fixou-se para o lado da Casa Azul. Ficou olhando. Vinha dali a desgraça.

24

Na Maravilha a dor da comadre Antônia repercutiu bem forte. Na noite da morte de Joca dona Mocinha não dormiu, pensando em Lúcia distante, em Luís. O que acontecia com sua filha era quase que uma morte e sofria como se ela estivesse agora em perigo de vida, com uma doença grave a perseguindo. Soubera de tudo por carta de Laura. Falavam de sua filha, como de uma moça perdida. Bem que sofrera, bem que resistira contra aquela amizade. Viera de lá, fora de lá que saíra o desastre. Lúcia era tão boa. Como pudera ela se deixar envolver pela sedução da outra? Morrera Joca de tísica, depois de tantas glórias. A sua comadre Antônia era uma velha, com anos e anos de padecimento. Viera lhe trazer a notícia da morte do filho; não mandara ninguém. Viera ela mesma, na noite, morta de dor, procurar a sua comadre e chorar aos seus pés como se aquilo fosse o seu único consolo. Quando ela saiu, dona Mocinha ficou pensando em Lúcia. Via a filha ameaçada, correndo perigo. Não podia fechar os olhos. Havia na sua alma um fogo de desespero. Seria possível que Lúcia se tivesse entregue daquele jeito, que se tivesse perdido, como falara Laura? Por que Laura lhe escrevera aquela carta? Por que não escondera da mãe o que diziam de Lúcia? "Minha mãe, aqui só se fala na vida que Lucinha leva com Helena. É uma vergonha para todos nós."

Não mostrou a carta para dona Maria e ficou com aquele segredo doendo; e Joca morrera justamente naquele dia em que lhe chegara a carta de Laura. Não teria coragem de procurar Luís e falar-lhe numa coisa daquelas. Era o fim de tudo. Pobre dela, que estava viva para assistir àquilo; ver o nome de sua filha na boca do povo, como o de uma cínica. Chorou a noite inteira. Amanheceu um dia de sol de festa. Do outro lado via gente no enterro de Joca. Estava calma a lagoa, bem calma, com as suas águas verdes paradas, reluzindo. Lúcia andava no Rio, no deboche. Voltou para dentro de casa para não ver o enterro que descia. Dona Maria apareceu para lhe falar. Nunca vira tanta gente por ali. Viera o povo do Cabo, automóveis e bandas de música. Tocara no silêncio da manhã, um funeral fanhoso. Joca se enterrava como os grandes do Cabo, com a banda Santa Cecília de fumo no braço.

Dona Mocinha passou o dia inteiro se sentindo mal. De tarde, ouviu o automóvel de Marta buzinando na porta. E Luís saiu com a moça. A mãe olhou para o carro que levava o filho e sem saber explicar, como de relance, passou-lhe pela cabeça um pensamento ruim. Luís que era tão sério, tão cheio de censuras, tão rigoroso, andava agora com Marta para todos os cantos. Que seria aquilo? Aquela moça era a que andava metida com homens, passando noites inteiras em pescarias, sozinha com gente estranha. E era com ela que Luís namorava. Dona Maria soubera. Noca ouvira falar. Luís acabara o namoro com a aleijada e pegara forte com a outra, que era uma beleza. Compreendeu que não podia mais confiar em Luís. Mas no fundo, ainda confiava. Aquilo seria coisa de rapaz. Saíra ele ao pai na seriedade. Era forte como o avô. Não seria assim como Lúcia, arrastado como uma folha de mato pelo vento. Os homens de sua família sabiam se manter, ter opinião. Não pagou mais as visitas de dona Luísa. O melhor era fugir de todos, cortar todas as relações com aquela gente. Coitada! Que culpa tinha dona Luísa da loucura dos filhos? Soubera que a vizinha vivia outra vez com o pensamento no filho morto. E até desconfiavam do juízo dela. Era o que sobrava para as mães: dores, sofrimentos. Mas não iria mais à Casa Azul. No íntimo andava com medo, voltaram-lhe aqueles pavores de antigamente. Era de lá que saíam as desgraças. A sua salina marchava muito bem e agora, com o sindicato, vendia-se saco de sal a preço alto. Por este lado, a sua vida continuava regularmente. No entanto, não confiava em nada. Uma fraqueza de agir, de querer e mandar, se apoderara dela. Criara os filhos. Vencera as piores crises, com coragem, com ânimo e agora era como se tivesse adoecido. Tudo lhe parecia difícil, grande demais para ela. Era a velhice. Lúcia lhe arrancara o amor pela vida. Em casa todos notavam a sua mágoa, a queda do seu corpo. Envelhecia. Os cabelos embranqueciam e uma tristeza infeliz não a deixava. Não tinha mais gosto para nada. Recebera até notícia do parto de Laura, do neto que nascera, gordo, que tinha o nome de seu marido e não teve coragem de tomar o trem e ir a Niterói, fazer alguma coisa pela filha. Uma dor terrível não se separava dela, não a deixava parada. Lúcia, sempre Lúcia por todos os cantos. Agora Luís virava a cabeça. O que poderia acontecer a seu filho? Acreditava na sua fibra, mas temia, temia muito. Vinha da gente da Casa Azul um poder muito grande. Luís se deixara arrastar. Marta era linda, era moça traquejada, capaz de tentar os homens. Pegaria seu filho a jeito, soltaria os seus encantos e depois abandonaria o rapaz, estragando-lhe a vida. Luís que sofresse, que se desgraçasse por aí afora. Para ela nada valia um amor a mais ou a menos. Não teve coragem de falar com Luís. Deus a livrasse de ver o filho enfurecido, de cara fechada para todos de casa. Lúcia e Luís atormentavam a mãe infeliz. Noca falou para dona Maria:

— Dona Mocinha está se acabando. A senhora devia levá-la a um doutor.

Dona Maria não podia se conformar. Era a crueldade dos filhos, eram os filhos que arrasavam daquela maneira a sua amiga. Vivia a professora vestida de preto, num luto exagerado pelo marido. Não tivera coragem de falar com a amiga; tinha receio de magoá-la ainda mais. Deixara de tocar no caso de Lúcia. As cartas que Laura lhe escrevia contavam-lhe tudo. Lúcia era tida como amante da filha do milionário. Levava vida de rica, tinha até automóvel. Escondia de dona Mocinha essas notícias horríveis. Mas não sabia por que, dona Mocinha não se deixava enganar. Parecia saber de tudo e morreria de dor se continuasse assim entregue ao sofrimento.

E Luís dera para se encontrar com aquela menina saliente. Um rapaz de bons sentimentos, se deixar levar pela beleza, pelas leviandades de uma moça que não tinha noção de moralidade. Era o fim, a morte de dona Mocinha, era o peso dos filhos. Tudo vinha deles. De Laura, que era boa, dona Mocinha nem se lembrava. Esquecera tudo pela filha que sujava a reputação de sua gente. Pobre Laura! Dera à luz sem um parente por perto. Era que dona Mocinha não reagia mais. Fazia pena vê-la andar de um canto para outro, numa insatisfação de doente, brigando com Noca, sem motivo, isolada, sem lhe dar uma palavra. Pensou a princípio que estivesse brigada com ela. Compreendeu depois que era nervoso, coisa muito séria. Falou com Luís para levar a mãe a um médico. Mas dona Mocinha reagiu, ficou até irritada com a lembrança.

Na Casa Azul, dona Luísa parecia uma sombra, de tão magra e tão esquisita. O doutor Mafra quisera levá-la para o Rio e ela não consentiu. Ficaria ali até o último dia da temporada. Não iria, não fugiria de seu filho. E assim foi ficando, embora o médico da família falasse em viagem de recreio, em tratamento sério. Não sairia dali. E assim foi ficando. A governanta inglesa viera passar uns dias com ela e voltara desapontada. Somente dona Adelaide poderia aguentar aquele retiro. Dona Adelaide era de fato a dona da casa. Marta e Luisinha não se metiam, não davam ordens. A portuguesa, porém, não se conformava em ficar. Desde que vira naquela noite o vulto de preto, intrigara-se com a Casa Azul. Ela bem sabia que coisa aniquilante era a presença de uma sombra assim por perto de uma criatura. Sofreu calada dias e noites, com o vulto de preto tomando conta de seus pensamentos. Essa sensação de frio no coração, de mãos geladas, de pés dormentes a atormentara dias e dias logo após a aparição da Casa Azul. Ainda hoje, quando dona Adelaide se lembrava daquilo, o sangue lhe fugia. A menina Marta nem parecia ter visto a mesma coisa. Era uma natureza muito forte. Dona Adelaide analisava bem os defeitos da família a quem servia. Para ela, que fora de gente de categoria tão elevada, aquelas funções eram humilhantes. Em todo caso, encontrara patrões de primeira ordem. Sabia muito bem que os Mafra atravessavam uma crise desesperada. Via a mãe naquele estado, as filhas sem noção alguma dos seus deveres, um filho, um pobre rapaz, o outro um esquisito e o pai como se não fosse chefe de sua gente. A princípio a governanta acreditara em Luisinha, mas acabou desapontada com a menina, a quem ajudara a viver nos primeiros dias que passara no Brasil. Deixara até de a procurar e havia mais de um mês que não trocava uma palavra com ela. Tinha um gênio

Água-mãe • 321

diabólico, a pobre menina. Dona Luísa estava bem acima de todos os que a cercavam e agora vivia longe de tudo. Não sabia de nada, não se interessava por coisa alguma. Andava lendo livros sobre espiritismo, que uma amiga, a mulher de um ministro, lhe enviara. Lourival lhe dera a graça de aparecer, para lhe falar de alguma coisa. Sabia ao certo que ele voltaria a lhe falar diretamente e anunciaria a sua vontade.

Era Paulo, porém, quem sofria pela família inteira. Era sobre ele que viera desabar o edifício, com todo o peso de suas quatro paredes. Vivera sempre longe, separado dos seus, indiferente à sorte dos seus, como um egoísta, um doente. E lhe viera de repente aquela noção violenta de responsabilidade. Era ele quem podia resolver tudo. Sem ele cairia tudo aos pedaços. Queria agir, queria colocar os seus, cada qual no seu lugar. E não tinha força para isso. Pensava horas inteiras num plano de reconstrução. A família precisava de uma ordem, de uma severa recomposição de vida. Luisinha, porém, era o ponto doloroso das suas meditações. Lembrava-se de que lhe dera livros para ler, romances fortes, de rebeldia, as dores infernais de Dostoiévski. Fora ele quem ensinara a irmã a ter ódio. Culpava-se e nem com isso conseguia aplacar as suas decepções. Fugia de casa para os passeios longos e de lá sentia-se o responsável pelo ódio de Luisinha, pelas irmãs e pelos irmãos, pela mãe e pelo pai. Fugira de sua gente. Nunca se quisera misturar com a família, tendo a impressão de que era superior a todos, julgando-se capaz até mesmo de reformar o mundo. Embebedara-se de orgulho, de uma grandeza artificial. Então não havia nem um ser que fosse seu, uma criatura que sentisse por ele um pouco de amor. Luisinha o odiava. Os outros todos o tinham na conta de orgulhoso, de pedante, de inútil. O pai o desprezava e a pobre mãe de tanto se sentir sozinha, abraçara-se com o mistério, procurando refúgio na saudade de Lourival, entregando-se à vulgaridade do espiritismo. A família se destruía a olhos vistos. Desgraçado dele, que estava ali perto, para ver, sentir e apalpar a ruína. Pensava que fosse superior, que fosse senhor absoluto de sua inteligência, e não era coisa alguma de mais válido do que Hermes ou do que fora Lourival. Marta chegara de repente para lhe mostrar que era uma alma viva, que era mais humana, mais rica de sentidos do que ele. Amava, amava com desespero. Marta lhe parecera leviana, fácil, sem fôlego para descer às profundezas da alma. Enganara-se. Ela se revelara uma criatura vibrante, amando com tal força, com tamanha sinceridade, que o abatera, que o humilhara. Pensava que Marta vivesse para a exibição, para a pequena vida de esnobe e era ela quem dizia com veemência que ele, sim, era um seco, um sem-sangue, sem nervos, sem carne, um ser de palha. Parara em frente de Marta, como diante de um obstáculo imenso. Imaginara poder vencê-la com facilidade e seus planos haviam fracassado por completo. A irmã tinha uma alma para mostrar, um caráter definido. Podia naquele instante medir o seu fracasso. Era o mundo que quisera modelar, era tudo que imaginara uma obra sua, que vinha caindo aos pedaços. E ali chegara a um doloroso impasse, em luta contra inimigos que ameaçavam a sua casa. Não podia nem mesmo orientar meia dúzia de criaturas. *Tirania e autoridade*. Chegara-lhe aquilo como um surto de demagogia, um tema de escolar pretensioso. A vida lhe aparecia como um exercício trágico. Luisinha e Marta amavam o mesmo homem. Haveria uma solução fácil. Marta abriria mão de Luís. Era uma moça linda, disputada, e Luisinha voltaria ao rapaz, saindo daquela angústia que a destruiria em breve. Tudo se fazia na melhor ordem, obedecendo à lógica, à razão.

Era só Marta desistir. Coisa possível para ela, que tão pouco ligava às coisas. E aquela solução que lhe parecera tão natural, se transformara de repente num problema insolúvel, porque Marta amava e queria amar. Não abandonaria o seu amor, não se entregaria aos planos do irmão. E o reformador do mundo se refugiava na sua impotência, acabrunhado, verificando que mesmo até para com os que viviam dentro de sua casa, até mesmo para lidar com os seus, lhe havia faltado a força. Sua irmã viera para confirmar as suas suspeitas. Fora de fato um fracassado, um débil. Admirava a resolução de Marta mas via naquilo a ruína de Luisinha. Nem tinha coragem de pensar na situação moral da irmã. Tinha medo de refletir naquele caso. Fugia até mesmo de o encarar de frente. Deixava a Casa Azul, para se perder nas suas caminhadas pela praia, subia para os rochedos do Cabo e lá se deixava cercar, vencer pela imensidade do panorama, pela grandeza do mar, e as asperezas da terra. Os cactos cobriam as pedras. Uma vegetação hostil se espalhava sem oferecer sombra, cobrindo com a sua verdura o rochedo bruto. Demorava-se horas com a dor de todos os seus condensada no coração. Luisinha, Marta, Helena, Hermes, sua mãe, seu pai e Lourival mortos. Reduzia-os a sombra de gente. Era o seu orgulho, a soberba de quem se julgava uma criatura de Deus. Tudo fora obra de literatice. Não valia nada. Distanciara-se de sua casa para poder dar expansão ao seu orgulho. Era maior do que todos. A família era apenas um grupo de ricos que gastavam, que apareciam na sociedade. Não passavam de esnobes sem interesse algum. E agora, Marta o abafava. Amava. Era ele quem nada valia. Esta sensação de imprestabilidade não abandonava mais Paulo Mafra. Via os pescadores pela praia, gente de pés no chão, coberta de trapos. Media-se com eles. Valiam mais do que ele.

Eram homens que se sentiam ligados à terra, à gente, à vida. Ele era como se vivesse no ar, sem ligação com os de seu sangue. Marta dera-lhe a certeza de que ele nunca poderia realizar coisa alguma. Imaginara a vida como uma ficção, uma fantasia e a vida era assim como Marta, palpitando de realidade. Luisinha o odiava. Quando chegava a este ponto, desesperava. Queria andar, para se distrair dessa direção de seus pensamentos. Batia por toda parte, mas acabava sempre com o ódio terrível, e sem a irmã querida, como ponto final de suas viagens. Perdera tudo. Se lhe restasse Luisinha, teria a solução, o consolo de uma alma onde se pudesse refugiar. Sua casa se transformava numa fornalha de ódios. Ficava parado, preso a um círculo de fogo. Para onde se voltava, não encontrava saída. Prisioneiro, escravo e sem a ilusão da liberdade. Luisinha lhe doía. Devia andar sofrendo mais do que ele. Ele sofria de verdade. Dentro de casa, era como se estivesse numa furna, com leões a olharem para ele, olhos de raiva que o rodeavam. Por isso saía tanto a passeio. Marta, após aquela conversa, devia também odiá-lo. Sem dúvida, Luís o veria como inimigo. Todos o teriam na conta de inimigo. Restava-lhe a mãe. Esta vivia agora tão longe de todos, tão fora da vida, dos seus, entregue ao desespero de contato com um morto, que nem parecia saber se ele existia. Paulo Mafra não podia mais fugir à sua gente. Antes era só armar um plano de evasão e se via livre, sentia-se só, com as suas dúvidas interiores. Agora não podia mais suportar a solidão. Havia perto dele dores que eram mais fortes que as suas e que caíam sobre ele como um suplício. Luisinha. Não tinha força para procurá-la, temia encontrar-se com ela. Nos momentos em que podiam estar juntos, desertava. Um olhar da irmã valia por uma condenação. E ela cada vez mais precisava dele. Por mais que fugisse, por mais que corresse, era Luisinha quem estava com ele, machucando-o, arrasando-o. Não viveria assim muito tempo. Tinha de descobrir um meio de sobreviver àquele martírio. Marta o detestava. Admirava a irmã que julgara tão mal. Era viva, era grande nos seus arrancos de amor. Via-a sair de manhã para o seu encontro com Luís. Depois via o barco de vela vermelha, subindo a lagoa, sumindo-se. Eram eles que se amavam, que sabiam viver. Luisinha estaria no seu quarto torturada. O amor de sua irmã infeliz devia brotar como aqueles arbustos terríveis das pedras do Cabo, que viviam como uma força medonha, carregados de espinhos, verdes e hostis. O coração de sua irmã devia sangrar como as coroas-de-frade pelas suas flores. Amava, amava e todo este amor sem encontrar terra onde enterrar as suas raízes! Fora ele quem destruíra tudo.

Dona Adelaide o procurava para lhe falar sobre sua mãe. A pobre mulher achava que dona Luísa piorava todos os dias e precisava de tratamento. Era inútil querer arredar sua mãe de Lourival. O médico da casa aconselhara que a deixassem assim, até que passasse a crise. Dona Adelaide lhe falara com lágrimas nos olhos, mas foi a velha Júlia quem o deixou ainda mais triste. Viera falar-lhe sobre Luisinha, dizendo que de toda a família ele era o único que podia com a irmã. Ela estava se acabando. Não comia, não dormia. Júlia chorou. Luisinha morreria se continuasse assim. E ela sabia que tudo fora por causa da menina Marta. Fora a irmã quem fizera pouco em Luisinha. Paulo a consolou, dizendo que com pouco mais Luisinha voltaria a ser o que tinha sido. Júlia, porém, não tinha mais esperanças. A conversa da mulata velha viera confirmar as suas suspeitas. Luisinha acabaria louca. Numa ocasião, criou coragem e foi procurá-la, numa manhã em que ela descera da casa-grande para a lagoa. Chegou-se para a irmã e teve medo do olhar sombrio que ela pusera sobre ele. Quis falar-lhe, mas a encontrou ainda mais fechada que da outra vez. Nisto viu Marta, de *short*, aparecendo. Levava um chapéu grande para o sol e tinha as pernas nuas, mostrando o corpo todo, vivendo de verdade. Parou. Luisinha olhou a irmã e voltou o rosto para a lagoa que vibrava de luz. Ele não teve ânimo de ficar perto de Luisinha. Não teve mais coragem de ficar ali. O melhor era sair, procurar o silêncio da praia, a solidão dos rochedos. O que fazia Luisinha viver ainda era o seu ódio.

25

A NOTÍCIA DA CONCORDATA requerida pela Companhia Indústrias Reunidas, da qual o doutor Mafra era controlador, tivera uma repercussão de terremoto, nas praças do Rio e São Paulo. Vinha assim abaixo uma das colunas conservadoras do país. O doutor Mafra deixara de comparecer aos almoços do Jockey Club e sofrera um abalo terrível com o golpe. Não podia compreender como chegara àquela situação de desespero. Inimigos se emboscavam por toda parte. Tinha muito mais inimigos do que imaginara. Podia salvar-se e estava certo de que chegaria ao fim sem ruína. Não dispunha porém de saúde para atravessar a tormenta. Envelhecera dez anos em dias. Em sua casa de São Clemente, sem os filhos, sem a mulher, sofrera como se fosse só no mundo. Agora verificava que era só, que perdera o contato com os seus, que se desligara por completo de sua família. As noites de insônia que atravessava, as horas de angústia amarga, vieram sem que ele tivesse a palavra de uma mulher, sem o consolo de um filho, a alegria de um neto. Era só. A casa enorme, as árvores cobrindo-a de sombras, a paz do recanto silencioso e ele, o grande Mafra, o homem mais forte da praça, abandonado, entregue a si mesmo, destroçado. Sofrera o diabo nos dias que antecederam o escândalo financeiro. Caíra de muito alto. Pensou na morte, num desfecho trágico e teve vergonha do pensamento mesquinho. Surgiam inimigos de todos os lados. E onde encontrar abrigo para se defender, para se resguardar? A família. A casa vazia, os salões ricos, as garagens cheias, os quadros de mestres, os tapetes de muitos contos. Tudo vazio, sem uma voz de mulher, sem um ruído humano, para contrabalançar o seu desespero. A casa vazia. Lembrou-se de correr ao Cabo, e pôr a mulher a par de tudo. Vivia ela tão fora da vida, metida com a sombra do filho morto. Lembrou-se dos filhos. Eram distantes dele, longínquos, como de outro sangue. Estava só, inteiramente só. Era ele o culpado de tudo. Se havia um responsável, era ele o único. Viu a manhã chegar, com as cigarras estalando no parque, o grande parque que seu pai enchera de árvores de sua terra, de ipês-roxos e amarelos e mangueiras imensas. Fora um estranho à sua casa, às suas árvores, à sua vida. Agora era a ruína. E caía em si mesmo para se descobrir. Seu filho Hermes era um inútil. Paulo um inimigo.

As filhas tão separadas dele. Para onde se voltava descobria falhas e sempre falhas. Viera somente dele o fracasso. Podia ter-se arruinado, ter perdido tudo e voltar para casa, encontrar o seu círculo familiar, o seu círculo doméstico. Fugiam dele quando não o detestavam, como seu filho Paulo. Recebera aquela carta, que anunciava Helena e Lúcia como duas viciadas. Não podia compreender aquilo. Amava Helena. Era sua filha preferida. Luisinha tocara-lhe mais, pela sua infelicidade, mas Helena era a filha querida. Rompera o noivado e ele compreendera o seu gesto. Melhor valia a paz do que se ligar para sempre a um homem a quem não amava. Admirava a sua vontade, a sua determinação. E vinha-lhe aquela carta miserável, punha-o a par de uma chaga, de uma como doença grave de sua filha. Nem procurou explicar coisa alguma. Tudo viria decerto de inimigos, que o queriam destruir. Um jornal chegara até mesmo a publicar que um dos seus jóqueis recebera ordem superior, para entregar uma corrida. Era uma acusação clara de desonestidade. Calou-se, compreendendo que chegara a sua hora. Moreirinha só aparecia no escritório para trazer notícias desagradáveis. Reagiria, teria forças para aguentar a tempestade. Perdera, não devia nunca ter-se metido naquele jogo perigoso. Precipitara-se. Porém havia jeito de aguentar o leme desaprumado. Os filhos sofreriam com as medidas de economia. Chegara a crise. Todos compreenderiam.

O velho Mafra não encontrava ninguém com quem desabafar. Era só. E isso fazia crescerem as suas dúvidas e dificuldades. Luísa nunca estivera a par dos seus negócios. É verdade que grande parte de sua fortuna viera da mulher. Ela, porém, se conservara tão distante desses assuntos que sempre estivera alheia a tudo. Não tinha uma criatura a quem confessar as suas mágoas. Helena abandonara a casa de São Clemente para viver num apartamento e os outros filhos estavam ainda mais distantes. Quis falar com a filha sobre a sua situação: viu a filha tão feliz, tão alegre, tão fora do seu caso, que preferiu deixá-la como estava. Saberia pelos jornais, quando estourasse a bomba. Não tinha amigos. Só aquela gente das cocheiras eram de fato seus amigos. Ali todos o amavam. Tinha certeza de que por lá não seria renegado. Havia gente boa no mundo. Quando soubessem de sua desgraça, sofreriam como filhos. Era verdade que não poderia manter as despesas, no nível em que se achavam. Providenciaria para reduzi-las, mas que nada viesse para sacrificar ninguém. Deviam pensar que teria de modificar os seus planos. Talvez que tivesse de vender muitos dos seus cavalos. A casa enorme. Vagara pelos cômodos vazios. A inglesa dava-lhe tudo o que era preciso para a ver digna, como um palácio que era. Não sabia até que ponto chegara o seu fracasso. No entanto conservaria sua casa. Fora ali o palco das representações de seu pai, homem dado às grandes festas, às exibições de sociedade. Criara-se ali, com as árvores que o velho plantara, com os cajás-mangas, os abius, os ipês. Tudo faria para não abandonar a casa do velho comendador Mafra. Que os filhos não retalhassem a propriedade, reduzindo aquele parque esplêndido a vilas, a ruas. Por suas mãos, o palacete não chegaria àquele ponto.

O doutor Mafra se refugiava no seu quarto e imaginava o tamanho de sua queda. Com ele cairia muita gente. O jequitibá arrasaria muito arbusto que a sua sombra protegia.

Paulo, o seu filho de nome feito, o odiava. Agora vendo-o por baixo, em condição humilhante, talvez abrandasse o seu ódio. Sentia mais do que tudo aquela disposição hostil do filho. Não podia encontrar um motivo, uma razão. Seria sem dúvida pela ostentação que fazia de sua riqueza. Era a hora de recolher-se à família e encontrar o amparo, a paz, que perdera lá por fora. Sentia de verdade. Não era a fortuna que lhe escapava; era o amor a qualquer coisa, que era mais essencial do que os seus negócios. Onde estavam os seus? Onde podia encontrar o amor de sua gente? Paulo o odiava. Considerava-o uma criatura desprezível, sem nenhuma qualidade, um rico com os defeitos de sua classe. Se pudesse recomeçar ainda, teria que criar seus filhos para que fossem seus filhos e não seres distantes, estranhos à sua vida, indiferentes às suas dores e alegrias. Luísa se refugiava na escuridão do amor de um filho morto, vivendo para um filho morto, como se procurasse um lugar longínquo onde se esconder. Ele, somente ele era culpado de tudo. Uma vez um amigo chamou-o para o advertir:

— Olha, Mafra, não compres aquela casa do Cabo Frio. Toma cuidado, aquilo dá azar.

Fora seu filho Lourival quem tivera a lembrança: mesmo, ele não acreditava em superstições tolas. Seria que o amigo tivesse razão? Tudo viera de água abaixo, perdera o grande prêmio, com o *Raio Verde* quando tudo fazia parecer que seria seu. Não queria falar, não acreditava, não era um ignorante, um doente, como o seu colega Gusmão, que vivia em cartomante, em sessões de macumba. Tudo, porém, viera de uma vez só. Era tolice imaginar um responsável pelos seus fracassos. Helena vivendo fora de casa, no seu apartamento, tão esquisita com aquela amizade, e a carta anônima, a denúncia monstruosa contra sua filha! Achava até bonito o seu interesse pela amiga pobre. Sempre acreditara no coração de sua filha, sempre a achara muito mais calma, mais humana que Marta. Nada mais normal do que querer proteger uma amiga de poucos recursos. E aquele interesse de Helena por Lúcia era bem natural e bem merecido, pois a menina era uma excelente pessoa, hábil, capaz de trabalho. Helena se pegara com ela, como nunca fizera com uma irmã. Gostava até. Era uma menina séria, do interior, de vida regrada e uma amizade assim só poderia ser útil à sua filha. E aparecia aquela acusação infame. Viam no gesto de sua filha uma miséria. O doutor Mafra voltava à carta anônima, para analisar miudamente a vida de Helena. De fato, ela deixara um palácio, para viver num apartamento em Copacabana. Desfizera um casamento com um rapaz que começava tão brilhantemente a sua carreira e se afastara da sociedade. Rompia as relações com as amigas e os parentes. Que aconteceria com Helena? Que aconteceria à sua filha? Seria vítima dos costumes do tempo? Se havia alguém culpado disso era ele e não a sua mulher. Só ele seria culpado. Pensou em procurar a filha. Mas como fazer isso? Não iria magoá-la, com suas perguntas, com seus conselhos? Helena não merecia essa crueldade. Tudo era mentira, miséria de inimigos que nem a sua casa, nem o seu lar respeitavam. Helena tinha o seu gênio e convinha respeitá-lo. Não devia torturá-la com a insistência dos seus cuidados. Moreirinha só lhe trazia notícias desagradáveis. Era o amigo capaz de morrer por ele. O doutor Leandro, da Faculdade de Medicina, língua perigosa, vivia pelas mesas do Jockey, com os seus comentários maliciosos. O velho aparecera numa conversa, com o caso de Helena, e Moreirinha tivera de reagir com energia, abafando o miserável. A sua filha Helena era alvo de comentários maliciosos; era comentada pela sociedade, que sempre procurava casos dessa natureza, para se divertir. Antes não tivesse sabido daquilo. Deixara de frequentar o Jockey para não se encontrar com os companheiros, para evitar perguntas indiscretas e mordentes. Era odiado. Agora verificava que de fato havia criado muitos inimigos. Quando chegava em casa, nas tardes de verão, com cigarras cantando, com o parque florido, sofria ainda mais a sua solidão. Sentia falta de gente que o cercasse, de filhos, de netos que lhe dessem conforto e paz.

 Ia ruir a grandeza do doutor Mafra. O gigante se deixara abater. Paulo, quando soube da concordata, pelos jornais, não pôde evitar uma certa alegria. Era o fim de uma vida que ele odiava, em sua família, era a queda de um poder que destruíra a sua vida. Ele era filho do doutor Mafra, neto de um outro Mafra; seria sempre um Mafra, e como um Mafra viveria, preso a tudo o que era nocivo à sua existência, aos seus planos. Ninguém acreditava nele. Por isso, todo o seu esforço se aniquilava. Por mais que quisesse se despregar, fugir, era um filho de Mafra, era da ordem dos Mafra. E perdera assim o contato com sua gente, querendo escapar. Perdera o amor que devia conservar pelos seus, apesar de tudo. Aniquilara-se, destruíra-se na vida, sem conseguir ter feito nada, sem ter tido ocasião de ser alguma coisa mais do que era. Agora vinha a ruína e talvez que a ruína fizesse o milagre de humanizar o seu povo. Encontraria agora a família dispersa, longe uns dos outros, como se não fossem do mesmo sangue, mas que procurassem o mais possível esquecer uns aos outros.

Esconderam o mais que puderam a dona Luísa a situação real em que se encontrava seu marido. Um sábado à tarde, porém, chegou o doutor Mafra e pôs a mulher a par de tudo. Dona Luísa recebeu a notícia sem contrariedade, mas teve muita pena do marido e quando ele voltou ao Rio foi que avaliou ainda mais o seu sofrimento. Mafra era vaidoso, cheio de tantas preocupações sociais que aquilo poderia trazer-lhe amargas decepções. Os filhos tinham recurso bastante para sobreviver àquilo. Felizmente o marido pusera todos os haveres que lhe tinham vindo de herança, como uma base para a segurança da família. Bastava aquilo. Mafra, porém, não era homem para se submeter a um segundo plano. Sofreria horrores, se ficasse na penumbra. Preocupava-se por isso. Temia pela sorte de Mafra. Todos viviam dizendo que ela andava longe dos filhos e do esposo, só pensando em Lourival. Podia dar esta impressão. Sabia de tudo. Sabia do sofrimento de Luisinha e do amor de Marta. Espantava-se de ver Helena levar a vida que levava. Todos sobreviveriam. Todos eram moços. Com Mafra, porém, a coisa era diferente. A queda poderia levá-lo à morte. Quis abandonar a Casa Azul e procurar o marido. O seu lugar era junto dele; era onde devia estar. Ficar longe seria dar aos amigos e à sociedade a impressão de que o abandonava no pior momento. Recebeu, porém, aquela visita de dona Mocinha, que a deixara de cama, abatida. Não saberia contar como foi aquilo. Na tarde que se seguiu à saída de Mafra, dona Mocinha chegou para falar com ela. Reparou que a vizinha tinha qualquer coisa de ruim para lhe dizer. Viu-a inquieta, procurando um pretexto, uma ocasião. Até que se saiu com o que ela nunca esperava ouvir de pessoa tão amiga e tão moderada. Viu uma criatura quase que fora de si, ouviu palavras duras. Tentou fazê-la voltar ao equilíbrio e não conseguiu. Dona Mocinha viera disposta a magoá-la. Não compreendia, não podia encontrar uma explicação para o seu gesto de alucinada. Aquela pessoa que tantas atenções recebera de sua parte, aparecera em sua casa alterada. Viera para responsabilizá-la pela desgraça de Lúcia. Não sabia de nada. E quando se mostrou alheia ao que acontecera a Lúcia, viu-a violenta e terrível:

— É isto mesmo, para a senhora não vale nada. Para a senhora é a coisa mais natural deste mundo. Para mim, é pouca vergonha, dona Luísa. Sua filha arrastou a minha para a desgraça, para a perdição.

Foi quando apareceu dona Adelaide. Pediu à governanta para se retirar. Não era nada. Dona Mocinha porém continuou no mesmo tom:

— Levaram Lúcia para aquela vida de gente perdida.

Sentiu então que aquilo era demais e revoltou-se, alterou-se, mesmo. Devia ter compreendido que aquilo era dor de mãe. Dona Mocinha foi mais áspera. Acusou Marta de levar Luís para o mesmo caminho. Era demais. Não devia permitir que viessem maltratar-lhe os filhos. Apareceu Marta, apareceu Paulo e foi um escândalo. Caiu na cadeira, ficou em estado de vertigem e só depois soube de tudo. Dona Mocinha gritara, dissera horrores de sua gente, de sua casa. Ali se havia perdido Lúcia e Luís se perdia. Foi para a cama com o choque. Teve febre, apareceram-lhe dores de cabeça como havia muito não sentia. A dor daquela mãe aflita a prostrava ainda mais. Pensou em Lúcia e compreendeu o horror de dona Mocinha, com a notícia que se espalhava. Sobre ela, caía mais essa calamidade. Era responsável também pela vida de Lúcia. Logo que melhorasse, voltaria com os seus para o Rio. Não deixaria absolutamente que Marta ficasse só. Lembrara-se de que lhe aparecera aquela mulher velha vendendo renda. Tinha uma cara enrugada e triste e teve medo do que a velha lhe disse:

— É o que lhe digo, minha senhora, desta casa ainda não saiu uma felicidade.

Ficou pensando naquela frase dolorosa, no ar de mistério da velha e voltou a si, como se estivesse longe, como se tivesse andado por lugares distantes. Seria a casa? Lourival, o casamento de Helena desfeito, a ruína do marido. Mudou de ideia e começou a pensar em Luisinha. Era triste ver a filha naquele estado. Estava magra, não saía mais para ler debaixo da figueira. Júlia viera reclamar e ela tivera pena da pobre ama. Que se passaria com Luisinha? Soubera daquele interesse que ela sentira pelo amigo de Paulo. Mas tudo passara. Estava mergulhada na saudade de Lourival e se esquecera de sua gente. Foi preciso que Mafra aparecesse com a notícia da concordata, foi preciso que dona Mocinha entrasse furiosa de casa adentro, para que despertasse de sua letargia. Via Luisinha se consumindo, via Marta com aquele rapaz, destruindo-se e magoando um coração de mãe; via Helena dando o que falar e o marido em crise. Todos os seus precisavam dela. Agiria. A família andava desamparada, desarvorada. Hermes, Paulo, as filhas, distantes como se fossem estranhos. Precisavam de mãe. A culpa era sua. Mergulhara na dor, fugira dos vivos. A febre não cedia. Veio o médico do Rio e falou em mudança de ares. Havia porém Marta; Marta já lhe dissera que só iria para o Rio em abril e a cara da velha das rendas dera para ficar na sua lembrança: aqueles olhos rasos, duros como de víbora. Era a casa. Vira ali o seu Lourival, bem à beira de sua cama, e Marta também o vira. Iria abandoná-lo, fugir dele, como de um bicho, de um mal-assombrado? Seu filho não era um mal-assombrado.

Mafra carecia de sua ajuda. No fundo era um fraco. Lembrava-se dos seus fracassos nas corridas de cavalo, de como ele chegava em casa, um verdadeiro trapo. E era ela quem o animava, quem encontrava um jeito para as suas crises. Agora a coisa era muito séria. No entanto, se deixava ficar ali, e ele sofrendo só, no Rio, os seus piores dias. Teria de voltar, acontecesse o que acontecesse. Marta era uma insensata em não querer verificar que o lugar de todos eles era no Rio, ao lado do marido, num período tão duro. Viera dona Mocinha e acusara a família inteira, atirando-lhe as culpas. Não podia dormir, com o choro daquelas árvores. Agora, as casuarinas como que caprichavam em gemer, em se lastimar. Não dormia. Ela era culpada de tudo. Não soubera ligar os filhos uns aos outros e os deixara crescer como se fossem estranhos. Não pudera com a vida. Fora mais fraca do que Helena, do que Luisinha, fora a pior das mães.

26

A Casa Azul não parecia abrigar tantas desventuras. Ao sol de março, ao soprar do nordeste, debaixo de um céu azul, com a lagoa verde aos seus pés, era feliz, alegre, desafiando o terror dos vivos e dos mortos. A fonte cantava, a figueira grande balançava-se ao vento, as árvores limpas, sem as ervas daninhas, cercavam-na de paz e de sombras amigas. Quem a visse da lagoa ou da estrada, gostaria de senti-la de mais perto, de tão acolhedora e aprazível.

O povo andava aterrorizado com a Casa Azul. A concordata do doutor Mafra viera mesmo a propósito. Começaram assim os outros que haviam morado ali. Todos o haviam advertido, todos lhe haviam chamado a atenção. O destino daquela casa era assim misterioso. Quiseram contrariar o destino, vencer com o dinheiro a força das coisas. O doutor Mafra pedira a concordata e terminaria pedindo esmola. Quando viera para ali era o homem mais rico do Rio.

A velha casa remoçada, com o alpendre cercado de grades de ferro, com os alicerces firmes, as paredes sólidas, as salas cheias de móveis ricos, devia sorrir de tudo, do medo do povo, da fama sinistra. Voltariam os fantasmas, voltariam as corujas e os morcegos. O primeiro beijo de morcego era frio; a primeira coruja que aparecia para fazer ninho era a ruína que chegava de fato. Agora não, havia criados. Havia jardineiro, gente que só vivia para ela. Para longe se foram os fantasmas. A velha casa de histórias tristes enchia o recanto da praia com o seu aspecto soberbo de senhora. Estava viva, resistiria a tudo. Viveria ainda. As velhas casuarinas dos tempos antigos gemiam noite e dia.

O velho cais de pedra era agora mais sólido. Nele podiam bater as ondas, nas marés furiosas. Marta recebera a notícia da concordata sem nenhum susto, quase com indiferença. Vivia agora de maneira tão intensa, que o que vinha de fora, de estranho, não a interessava. Era só e exclusivamente do seu amor, maior do que ela, maior do que tudo. Deixara de falar com Paulo e procurava o menos possível aparecer aos de casa. Soubera que a mãe pensava em voltar logo nos primeiros dias de abril. Nem queria falar naquilo. Sentia-se tão forte, tão firme, que imaginava continuar assim para sempre, com aquela inconsciência de não cuidar de nada, de não saber de nada. Tinha medo de que Paulo viesse destruir os seus planos, se metesse a modificar o que era seu. Luís lhe falava sempre com muito respeito sobre seu irmão. Não sabia explicar. Paulo era tão oposto a Luís, tão de outra formação, de outra espécie, e mantinha aquela influência sobre ele. Por isso temia que Paulo viesse perturbar a sua vida, arrastando Luís para o outro lado. Via, porém, que Luís era muito forte e capaz de querer; e ao mesmo tempo, confiava na sua determinação. Sentia-se amada por ele e era isto que lhe dava confiança, segurança de poder reagir contra os planos de Paulo. O irmão era seu inimigo; vivera toda a vida pegado a Luisinha. Eram dois doentes. Nunca poderiam compreender a vitalidade da irmã sadia, que só queria viver, saltar, tomar sol, ser da terra. Agora Paulo e Luisinha lutariam juntos para a destruir; estariam decerto em combinação para arrastar Luís de sua influência. Queriam isolá-la, inutilizá-la. Mas não deixaria; iria até ao crime, para o evitar. Paulo era capaz de tudo. Aquele seu isolamento, aquela sua soberba, aquele seu desprezo pelos irmãos e pela família não eram normais. Seria um doente que tinha inveja de todos os sadios como ela. Viam-na feliz, cheia de vida capaz de amar e teriam inveja, procurariam destruir-lhe a felicidade. Luís seria a primeira vítima. Paulo tinha influência sobre ele e podia arranjar um jeito qualquer de separá-los. Assim Marta ficou apreensiva, atormentada. Vira a mãe de Luís fazer aquele escândalo dentro de sua casa. Nada falou a Luís. Paulo envenenara a velha; Paulo e Luisinha haviam criado aquela situação de perigo. Não se entregaria. Lutaria contra todos. Faria horrores para se defender. Observava agora a cara sinistra da irmã e os seus modos cada vez mais estranhos. Era conspiração feita para arrancar-lhe Luís e acabar com o seu amor. Evitava falar com Paulo, conquanto o irmão a procurasse para conversar. Soubera da notícia da concordata do pai e não se alterara. Em certo sentido seria melhor. Luís ficara livre de sentir escrúpulos tolos de casar com moça rica. Se ficasse pobre seria melhor. Queria era viver só com Luís fora de sua gente, longe de todos os seus. Hermes e Helena não a preocupavam. Luisinha e Paulo sim. Andavam na ânsia de fazer muito contra ela. Aparecera-lhe uma velha pedindo esmola e estivera muito tempo falando com sua mãe. Ela estava no alpendre quando a mulher passou. Olhou para ela, opôs-lhe em cima os olhos horríveis e parou um instante. Fixou-lhe os olhos e falou-lhe com voz trêmula, voz que não lhe pareceu de gente:

— Coitadinha, tão bonita.

E não falou mais nada. Descera os degraus do alpendre e se foi, como que rastejando, de estrada afora. Coitadinha! Por quê? Ficou com aquilo na cabeça. Falou com Luís sobre a mulher. Era muito conhecida de todos. A velha Senhora, de São Pedro da Aldeia. Diziam que fazia macumba. Durante muito tempo teve medo. Depois passou. Agora era Paulo, era Luisinha que se juntavam para atormentar, para fazer qualquer coisa contra ela. Amava, amava desesperadamente e estava triste, vivia atormentada. Não podia explicar aquilo. Luís era seu, todo seu, falava-lhe com tanta franqueza, com tamanha força d'alma que não era possível mentir, ou fugir dela. Não havia força de Paulo que pudesse com o amor de ambos. Seria que o amor trazia mesmo aquela angústia que vinha sofrendo? Seria que amar era padecer assim? Mas quando se encontrava com Luís, e saíam de lagoa afora, a vida criava outra forma; viver e amar era grande, mesmo. Não queria nem contar, porque parecia que contando pudesse perder pedaços do seu amor. Era melhor calar, calar para que ninguém soubesse de nada. Amava, era tudo. Esquecera-se de toda a sua vida anterior, mas tinha medo de se ver de uma hora para outra despojada de sua grandeza. Por que não ficar de uma vez para sempre com Luís? Nunca lhe falara em tal coisa; nunca que tivesse coragem de falar nisso. Ao lado de Luís era como se tivesse a própria vida; era só a vida dele; tudo era dele, tudo vinha dele. Entregava-se, deixava que ele fizesse com ela como fazia com o barco, manobrando-a à sua vontade. Em casa se sentia longe de Luís. Tinha certos arrancos, de repente se sentia perdida, com a certeza de que Luís não a queria mais. Como terminaria aquilo? Para que perguntar, para que procurar espinhos, dores? O que queria era não chegar ao fim de seu amor. Não o conhecia todo, Luís era misterioso em suas relações. Havia sempre nele uma coisa escondida. Daria tudo, tudo o que fosse possível, para saber de suas intimidades. Luís, porém, se encerrava, trancava-se, fugia. Era aí que ela ia descobrir o começo de sua destruição. Era nesta ausência de Luís, nesse seu modo de permanecer senhor de si, dominador, sem fraqueza. Como a poderia amar, fazê-lo entregar-se de corpo e alma a ela, que tudo lhe dera, não sabia. Não sabia. Perto dele ficava sem coragem, sem planos; longe dele se enchia de inquietações terríveis.

Lúcia soubera da visita de sua mãe a dona Luísa e lhe mandara uma carta impiedosa de reprimenda e de advertência. Dona Mocinha leu a carta chorando. Então dona Maria escreveu uma resposta e foi ler para a mãe ouvir. Dizia à filha o que uma mãe de coração ferido poderia dizer:

— Não vale a pena, dona Maria, assim mesmo, mãe é para isso mesmo.

E ficou mais triste. Agora Luís vivia com a outra de manhã à noite. Perdera toda aquela severidade. Nem parecia o mesmo. Todo mundo já falava em casamento. Aquela moça tomava conta de sua vida. Dona Mocinha sabia dos fatos pelos outros; esperava tudo de seu filho, menos aquela desatenção, aquele desprezo ostensivo. Laura mandava notícia do filho, que ia muito bem. Em junho viria passar um mês na Maravilha. Lúcia e Luís a tinham sem dúvida na conta de morta. E se não fosse dona Maria, dona Mocinha viveria só no mundo, sem ter uma criatura com que trocar duas palavras. Desde a morte de Joca que a comadre Antônia desaparecera. A dor dera com ela no chão. Falavam em doença da velha Filipa, e num filho de Lourdes que nascera com boca de lebre. A família dos seus amigos do outro lado se arrastava como a sua. Era coisa da Casa Azul. Nunca quisera acreditar e pagara caro. Perdera a felicidade por não ter temido como devia. Os antigos sabiam. Lúcia fora embora, levada pela gente da Casa Azul. Agora Lúcia era uma moça falada, uma moça de nome sujo, para a cambada do Cabo. Tudo viera de lá. Fora aviltada. Pobre de Joca! A sua comadre tinha a família na paz que Deus lhe dera, e terminara assim sem os filhos, com a desarmonia dentro de casa.

Temia pela sorte de Luís. Seu filho decerto corria para um perigo muito grande. Rezava, rezava muito para que Lúcia e Luís voltassem ao bom caminho. A velha Filipa não andava mais. Vieram-lhe dores nas pernas, inchação e falta de ar:

— Eu sei o que é isto, minha filha. Eu bem sei.

Estirada na cama, sem sair do seu quarto, falava só. Era na reza, no bater de beiços. Quando as dores cresciam, gemia mais alto do que a casuarina grande:

— Candinho, meu filho, aguenta tua mãe na hora da morte. É de lá, vem de lá, meu filho, onde o diabo dança nas salas. O diabo vive por lá.

Outras vezes tinha momentos de alucinação: via criaturas mortas há muito tempo e conversava longas horas dizendo coisas desencontradas. Passava-lhe pela cabeça a vida inteira que vivera:

— Ludgero, és tu, meu marido? Olha a rede que se rasga na cerca. Toma cuidado com Candinho.

Depois soluçava:

— Minha Nossa Senhora da Guia, que tendes olhos para ver até o fim do mundo, que tendes braços para agarrar todos os náufragos, mostrai a Ludgero o perigo do mar. Minha Nossa Senhora, tende pena dos pescadores, dos pobres de redes furadas, das canoas sem vela. Minha Nossa Senhora do alto da pedra, que avistais mais longe do que o farol, que enxergais mais depressa do que as estrelas do céu!

E a velha morria; a voz fanhosa se perdia:

— Olha, menino, a filha do rei vinha para a beira do rio tomar banho, de manhãzinha.

O cabo Candinho amava a mãe mais do que aos filhos. Vendo-a assim, tudo se acabava para ele, tudo findava para o guerreiro do Contestado, para o duro pescador das noites de frio.

— Mãe...

— Toma cuidado, Candinho, não vás parar com a tua canoa nas águas daquele lado. Foge do diabo, meu filho.

E fazia do cabo, menino:

— Sai do sol, Candinho. Vem dormir, Candinho. Ludgero, manda Candinho se deitar!

Era a morte que chegava outra vez para a casa de sinhá Antônia. A neta nascera com o beiço partido. Julinho não escrevia. André trabalhava na estiva; e dera para beber, o filho que era a salvação da casa. O que seria de Maria das Dores, que não dava notícia? Viera de lá. E Joca que saíra de casa a mandado de gente da Casa Azul. Agora odiava aquela gente, odiava-a como a malfeitores, como a monstros:

— Candinho, bem que tua mãe me dizia todos os dias. É de lá que vêm todas as desgraças.

O cabo abanava a cabeça e olhava para a mãe gemendo no quarto. Acabara-se a sua vida. Tinham brincado com o diabo. A Casa Azul, do outro lado, aparecia majestosa, firme, no esplendor do dia de abril. À noite, a iluminação elétrica se espalhava pela lagoa e eles, na pescaria de camarão, bem de longe, viam a réstia de luz. Tremiam, tinham a certeza de que grandes desgraças estavam para acontecer. Viram o moço bem-vestido, olhando a lagoa, viam o velho Lourenço de cabeça baixa, à beira do mar. Todos sentiam que se aproximava a hora de um acontecimento. A mulher do novo jardineiro aparecera com ataque, vendo coisas estranhas, sentindo quentura no corpo. E dera para gritar às tardes, dizendo que vira um homem e que o homem queria levá-la para o outro lado. Espalharam que era a visita do diabo. E o português

Água-mãe • 343

deu para chorar, foi a dona Luísa pedir para levar a mulher à cidade. O que, porém, chamara mais a atenção foi o desespero que se apossou de dona Adelaide. Um dia amanheceu ela como se estivesse com agonia de morte. Sentiu-se mal, muito doente. Não queria morrer ali. Dona Luísa procurou aquietá-la e dona Adelaide lhe falou com toda a franqueza. Não podia mais suportar. Precisava desabafar com alguém. E passou mais de uma hora conversando com dona Luísa. Não se soube sobre o que conversaram. No sábado apareceu outra vez o doutor Mafra e ficou resolvido que até o dia 15 de abril voltariam todos para o Rio. Morrera num desastre de avião, na Bahia, o ex-noivo de Helena e Hermes se inscrevera para disputar uma corrida de automóvel na Argentina. Dona Luísa não suportava mais a vida esquisita de Luisinha. Aquilo chegara ao extremo. Nem mesmo Paulo tinha mais acesso à intimidade da filha. Que poderia fazer para a arrastar daquela solidão? Não poderia fazer mais nada. Era aí que se reconhecia inútil, e uma mãe fracassada. Helena abandonara a casa para morar em apartamento e dava motivo àquele desabafo de dona Mocinha, senhora de tão boas qualidades. E aparecia agora o caso de dona Adelaide. Não podia falar. Não se poderia imaginar o que dona Adelaide lhe contara naquele dia. Logo que chegasse ao Rio teria de levá-la a um médico. Pobre senhora!

 Voltava à cabeça de dona Luísa a velha sombria de olhos duros. Estariam mesmo ligadas àquela casa as desventuras dos últimos tempos? Quando saiu do quarto de dona Adelaide viu Luisinha descendo para o alpendre e sem saber explicar teve medo da filha. Não queria nem mesmo que ninguém suspeitasse de semelhante coisa. Quando olhou para ela, descobriu na filha um sinal de loucura, de desespero, de vingança terrível. Teve medo. Voltou para o quarto com a história de dona Adelaide, mas o que se fixara em sua mente era o olhar de Luisinha. Que haveria de profundo, de tão cruel, com sua filha? Por que Lourival a abandonara só, sem auxílio de ninguém? Por que viver assim sem amigos? Teve vontade de procurar Paulo para falar de Luisinha. E Marta? Onde andaria sua filha? Hermes e Helena? E o marido entregue ao seu desastre, no Rio? Seria daquela casa? Pela primeira vez teve a certeza de que uma calamidade se aproximava. Lourival viera para a prevenir de tudo. Então apareceu-lhe uma vontade de reunir todos, de chamar a todos para junto dela, de protegê-los, de se atravessar na frente do perigo, de salvar a sua gente. Viera-lhe a ideia de um perigo iminente. Que faria então? Onde procurar um meio de evitar a desgraça que caminhava para dentro de sua casa? O olhar seco e triste da mulher era vivo, era como um foco que a encadeava. Tudo vinha daquela casa. Dona Adelaide chorava nos seus braços, contando-lhe a sua vida e Luisinha lhe aparecia quase como um monstro, com aquela ferocidade com que a fitava. Era de fato culpada de todos os erros de sua família. Hermes abandonara o pai em dificuldade e fora à Argentina correr em automóvel. Helena. Seria possível que a sua filha fosse mesmo responsável pelo que afirmara dona Mocinha? Fugia de crer numa coisa daquelas. Por que não saía imediatamente daquela casa, voltando para o Rio? Luisinha! Que cara terrível, que olhar de mágoa! Marta, Paulo. Naquele quarto parecia cercada de suplícios.

    Era de tarde e aquelas árvores começavam a gemer como gente viva. Viera para ali para sofrer, para se martirizar. Podia sair e dar um passeio. Ficara com medo de dona Adelaide. O sofrimento daquela mulher lhe infundia terror. Fora-se o jardineiro com a família. Fugiram da Casa Azul. Agora compreendia tudo. Lourival, o noivo de Helena, a concordata do marido, os fracassos da família, tudo vinha daquela casa. Dona Adelaide lhe falara das histórias terríveis de que soubera, passadas por ali. Abria a janela e a placidez da lagoa se perdia de vista no verde das águas. Via luz do sol caindo pela terra, por sobre as árvores, manchando de sombras os arredores. De sua janela, via tudo como uma paz do céu e era um inferno que andava no seu coração. Era o desespero, uma dor de matar, que a sufocava naquela hora. Não tinha uma criatura com quem desabafar. Ao longe descia o barco de Marta, de velas vermelhas. A luz do sol se punha bem por cima dele. Era Marta que andava com Luís nos seus passeios de sempre. Amaria de verdade a sua filha? Não sabia. Seus filhos não amavam. Seu marido nunca a amara. Agora a vitrola rompia com um disco, dentro de casa. Seria Paulo? Era música de piano, uma sonata, um pedaço de amor, do amor que faltava à sua gente. Faltava amor ao seu povo. Marta amaria agora? Não sabia explicar aquela atitude da filha, rompendo com todos os seus laços de amizade, ficando só ali, há mais de dois meses, entregue àquele entusiasmo. Seria amor? Ficou inquieta por estar sozinha, naquele quarto. Saiu para a sala e era dona Adelaide quem ouvia música. Estava tão embevecida, de cabeça baixa, que nem a viu aproximar-se. Desviou-se para o alpendre, para não distraí-la. Lá embaixo estava Luisinha estendida na *chaise-longue*.

    A noite chegava rapidamente. Passavam barcos pela lagoa e já vinham chegando estrelas no céu. De longe, os barqueiros viam a Casa Azul mergulhando na noite. Luzes rompiam de lá. A grande casa dominava o seu recanto, rodeada de árvores, de cima dos seus alicerces de pedra. E os galhos da figueira grande se afogavam nas sombras pesadas. Dona Luísa sentia outra vez apertar-se-lhe o coração. Chegou Paulo para conversar. Esse filho nunca tinha o que lhe dizer. Depois saiu ele para o seu quarto. Dona Adelaide já havia fechado a vitrola e a casa inteira como morta, sem o mais ligeiro rumor de vida. A ventania da noite fustigava as árvores. Luisinha subia para o seu quarto. Dona Luísa estava só, na sala de visitas. E não sabia explicar a razão do que estava sentindo. Era medo. Não havia motivo para aquilo. Mas aquele silêncio que a envolvia, aquela paz sombria lhe causavam terror. Quis reagir, fazer um esforço, desviar a atenção para outra coisa. Não conseguiu. Pensou em Lourival, nas aparições de seu filho. Fora visto por Marta, ali mesmo naquela cadeira em que ela estava sentada. Teve medo do filho; estremeceu da cabeça aos pés, com um frio que lhe corria pelo corpo. Já ia gritar, quando surgiu Marta, subindo a escada às carreiras. Era a vida que aparecia. Levantou-se e, para espanto da filha, se abraçou com ela chorando:

— Que aconteceu, mamãe? Recebeu notícias de papai? Que há?

Tinha um nó na garganta; não podia falar. Marta levou-a para o quarto e deu-lhe uma dose de calmante. Lá fora choravam as casuarinas como se tivessem mortos para lamentar. E a lagoa batia nas pedras do cais, com tanta força, que se escutava de longe. Ventos do sul viraram com violência.

A Casa Azul, tranquila, era mais forte que os ventos do sul.

27

NAQUELA NOITE LUÍSA CAÍRA com febre. E o médico do Rio, chamado à pressa, recomendara que repousasse uns dois dias, para depois seguir para o Rio. Apareceram chuvas na entrada de abril. Dias enevoados, com a lagoa triste e cinzenta. Ventos carregados de chuva, molhando tudo. Agora, porém, levantara outra vez o tempo bom. Paulo, intranquilo, previa um desfecho trágico para sua irmã Luisinha, nem a doença da mãe fizera com que ela saísse do quarto para saber como ia passando dona Luísa. Em duas ocasiões que tivera de conversar com ela, respondera-lhe com rispidez. E o que era mais triste, Marta também fugia dele, não lhe dando a menor atenção. Mas Marta vivia; Marta estava nos seus grandes dias. O que deveria fazer para tirar Luisinha daquele subterrâneo? Pensava, sofria desesperadamente com a ideia de que era responsável pela situação que criara. Lembrara-se de procurar Luís. Era seu amigo. Porém, este amava Marta e Marta o amava. Teria o direito de destruir outra vida? No sábado em que viera ao Cabo, o pai o chamara para conversar. Teve pena de seu pai, vendo-o no estado de abatimento em que se encontrava. O velho, porém, queria conversar sobre negócios. Era a primeira vez que isso acontecia. Tinha sua mesada, o juro de suas debêntures que os bancos lhe pagavam; e era tudo o que sabia de negócios. Naquele dia o velho queria falar-lhe, e falou como se lhe quisesse dar uma explicação de um jeito que o deixara humilhado. Pedira a concordata para evitar uma falência desastrosa. Fora a única solução. Tudo porém corria bem. Os credores ingleses e bancos haviam sido generosos. Esperava não dar prejuízo a ninguém. Parou um instante e continuou:

— Com relação a vocês, tudo continua no mesmo. Não toquei num tostão da herança de sua mãe. Quero que saibam que não arrisquei um vintém da fortuna que seu avô materno deixou.

E olhou para Paulo com uma ponta de orgulho. O filho saiu daquela entrevista ainda mais infeliz. O pai o tinha na conta de um adversário, de um credor exigente. Não confiava nele; não o queria para compartilhar dos seus riscos. Não pusera fora um tostão, do que viera do sogro. Não seriam pobres por culpa sua. A família não iria para o fracasso. *Tirania e autoridade*. Era o seu livro, as suas ideias para reformar o mundo, para reformar o homem. Naquele momento tudo lhe parecia como se tivesse sido um brinquedo de menino. Em vez de grandes batalhas com soldados de chumbo, agitara palavras, movera frases. Estava ali a dois passos dele sua irmã Luisinha, que conhecera tão bem, a quem tivera na conta de única amiga e era incapaz de induzi-la a viver, a fugir de uma ideia suicida. Tão fraco como ele, sem nenhum poder sobre os outros, poucos existiam no mundo. Soubera da visita da mãe de Luís e das palavras terríveis da pobre mulher. Sobre toda a família caíam aquelas palavras duras. Helena arrastara Lúcia para uma vida monstruosa e seu pai vinha para adverti-lo com palavras secas, de que não o havia arruinado, que a fortuna da família continuava segura. Talvez o julgasse um miserável, um sem-coragem de suportar a miséria. Uma tarde, quando saíra em seus passeios, encontrara aquela mulher que vendia rendas. Parou para lhe falar e viu naqueles olhos miúdos e mesquinhos um fuzilar de ódio e de morte. Perguntara-lhe por sua mãe. E falara com voz fanhosa:

— É daquela casa.

Viu o diabo da mulher sair de estrada afora, com o baú na cabeça e ficou com medo de saber por quê. Era uma voz tão estranha, um olhar tão esquisito, que se imaginou perseguido conduzido a um abismo. Caminhou para a praia, para o mar que lhe dava sempre uma sensação de liberdade, de horizontes largos. Fugia sempre, fugia dos perigos, das situações difíceis. Por que não agiria, por que não tomava a direção, não faria mudar o correr das coisas? Fugia. Fugia de sua gente, até o ponto de se transformar num estranho e agora mergulhava na dor, nas aflições, sem poder descobrir jeito de salvar uma criatura que lhe era tão próxima. O mar levava-o. Aquele vento nos seus cabelos, aquela imensidão de águas agitadas, davam-lhe mais tranquilidade. Fugia de sua gente. Luisinha estaria àquela hora à beira da loucura ou da morte. E ele fugindo. Sua mãe, impotente para conter a filha marcada, era uma sombra dentro de casa. Era ele o único que poderia descobrir uma saída para a sua Luisinha. E deixara tudo e corria para o mar, para se refugiar na grandeza do mar. O sol de abril queimava, naquela manhã de céu lindo. Subiu para o penhasco. Via o farol encravado na pedra, e as gaivotas voando sobre o rochedo, cortando o céu, baixando sobre as águas, em voos rápidos de caça. Um mundo todo deserto, à sua vista. Nem um sinal de gente, nem uma imagem que lhe desse a sensação de gente próxima. Mesmo o farol parecia um presídio abandonado. Quis voltar e atacar de perto o caso de Luisinha. Era ele o único capaz de descobrir um meio de salvar a irmã. Mas se foi deixando ficar, e muito ao longe, reparou num vulto que vinha de praia a praia. Seria sem dúvida algum pescador em demanda da povoação. Era um ponto mínimo, devia estar a mais de légua. Foi ficando entregue à paz da solidão. Era absurdo; devia voltar para casa e procurar Luisinha. As gaivotas quase que lhe roçavam a cabeça. Agora, bem perto dele, uma pousara sobre uma pedra. Tinha asas brancas com manchas negras e olhos agudos, olhos para ver em profundidade. Aquela presença de vida animal perturbou-o. Desceu do seu retiro e foi andando para a praia.

O vulto se chegava mais para perto. E era a mulher que encontrara na estrada, a velha das rendas:

— Menino, dá uma esmola à velha.

Paulo parou: a mulher lhe pareceu uma bruxa.

— Menino, tu és gente da Casa Azul, não é?

E olhou para o rapaz com rispidez; os olhos miúdos pareciam duas brasas.

— Eu digo todo o dia: vem chegando a hora de se acabar tudo. Mestre Lourenço está aparecendo e mestre Luís está chorando outra vez. Foram bulir com ele. O bicho não esquece. O bicho não engana ninguém.

E deu uma risada sinistra, e se foi.

Paulo não teve ânimo de continuar. Ficou lívido com as palavras doendo-lhe nos ouvidos. Sentiu uma onda fria nos pés e subiu mais para a praia. A velha se sumira na direção do povoado. A hora estava chegando. Aquela voz parecia de mistério, de canto sinistro. Teve que descer outra vez. O mar rugia na praia. Luisinha estaria morrendo? Luisinha estaria no seu maior perigo? Foi descendo para o Cabo. Agora vinham chegando pescadores de grandes chapéus de palha, que se descobriam à sua passagem. As gaivotas cruzavam o mar e piavam, piavam forte. Apressou o passo, com o pavor de encontrar em casa uma desgraça. Nos seus ouvidos a voz da mulher uivava como um cão furioso. E quando foi atravessando a restinga ouviu o barulho de um automóvel. Escondeu-se debaixo de uma touceira de bálsamo. Era Marta ao lado de Luís; iam quase abraçados. Viu depois o automóvel atravessar a ponte. Iriam para os grandes passeios. Em casa estaria Luisinha. Ao chegar encontrou a notícia de que Hermes sofrera um acidente na corrida da Argentina. Não fora nada de grave, mas teria de passar dias numa casa de saúde. A mãe estava aflita e no entanto, para ele pouca importância tinha Hermes, em sua vida. E a notícia pareceu-lhe como de um desconhecido. Ouviu o choro da mãe, consolada pela governanta. Luisinha também estava em companhia da velha. Sua mãe suportava em cheio mais aquele golpe. Ao seu lado, Luisinha dava a impressão de uma espectadora, de tão longe de tudo. Notou que a sua fisionomia era mais grave, porém sem a habitual agressividade. Estava triste, triste, sem aquele ar de fúria escondida. Estaria sem dúvida num período de transição da moléstia. Quis chegar para perto dela e abraçá-la, chamá-la à vida. Estremecera da cabeça aos pés. Ficou impaciente o resto do dia.

Marta chegara tarde; o automóvel havia enguiçado na estrada. E procurou a irmã para conversar. Desta vez Marta o recebeu com naturalidade; estava feliz. Falaram de Hermes, do estado da mãe. Deviam voltar para o Rio o mais breve possível. Com pouco mudaria o tempo. A irmã passou a outro assunto e transformou-se por completo. Fechou-se outra vez para ele. Paulo se sentia só, absolutamente só. Que lhe haviam dado os livros? Não tinha onde pousar. Nem um rochedo, nem uma pedra fria onde se sentir seguro dos ventos, como as gaivotas. Estava cansado. Não pregou olho naquela noite. Levantou-se alta madrugada e ouviu o choro de sua mãe. Viu luz no quarto de Luisinha. Marta dormindo e a casa inteira com a dor de sua mãe, bem desperta. Chegou-se para o alpendre e ouviu o piar de uma coruja na figueira grande. A ave pousara num dos galhos, bem segura, bem firme. A fonte cantava baixo, um fio de voz ao pé das casuarinas agitadas. Muito ao longe, fachos de pescadores incendiavam a lagoa. Vento frio, soprando da terra. Foi para um canto do alpendre. Estava cercado de dores. A coruja, espantada, moveu-se da figueira para a biqueira da casa. Faziam-lhe medo as corujas. Como voltar à sua família?

Como descobrir um lugar para assentar a sua vida? O pai o chamara para o tratar como a um inimigo que o tivesse esmagado. Vinha chegando a hora. Aparecera-lhe aquela velha de olhos de brasa. Lourival. Lembrou-se do morto; quis fugir à lembrança. O irmão morto coberto de flores, estendido na sala. Não acreditava em fantasmas, em mistérios do outro mundo. Levantou-se da cadeira onde estava e foi-se chegando para dentro de casa. Lourival se fora, perdera-se pela inconsciência de viver, pelo esnobismo. A sala enorme, no escuro. Ali Marta vira o irmão sentado, pedindo uma coisa. Parou. Corria um vento frio lá fora. Naquele instante a casa inteira tinha uma quietude de morte. Nem se ouvia o choro de sua mãe. Parou. E como um raio, passou-lhe pelos olhos, fuzilando, um vulto que corria para o corredor. Quis caminhar; os pés não o ajudaram. Quis gritar; não teve voz. Quando se libertou da presença terrível foi para correr para o quarto da mãe, aos gritos desesperados. A casa toda acordou, e como na noite de dona Adelaide, na noite de Marta, na noite de dona Luísa, ninguém dormiu mais. Apenas Luisinha não apareceu. Paulo sentiu-se ridículo. O medo o levara ao ridículo. Não sabia o que vira. Não sabia explicar o que se passara. Fora tudo medo.

No outro dia amanheceu como se tivesse levado uma surra, com todo o corpo moído e sem vontade de sair da cama. Haviam chegado melhores notícias de Hermes e Helena viera com Lúcia para passar o resto da semana. Riram da aparição e levaram em brincadeira o susto do intelectual. Com a chegada da filha dona Luísa melhorou. Havia assunto para conversas.

Lúcia chegou na Maravilha, e foi uma festa para a mãe. Tudo estava esquecido. Foram dois dias de alegria e de felicidade para dona Mocinha. Mas quando Helena apareceu fechou a cara, encolheu-se e ficou outra vez infeliz. Vinha para sua casa, vinha arrancar-lhe a sua Lúcia. Não pôde esconder o seu mal-estar. Lúcia terminou furiosa com ela. Não voltaria mais a Maravilha. Não permitiria que a rabugice da mãe interrompesse a sua amizade. Dona Maria compreendeu que aquilo era a morte para a sua amiga. Todos na Maravilha se calaram; deixaram que dona Mocinha sofresse quieta. Nunca se vira filha mais desalmada.

28

AGORA, NA CASA AZUL, esperavam pelo acontecimento que vinha chegando. Dona Luísa não tinha mais coragem para se sobrepor ao seu medo. Teria de sair dali quanto antes. E sem se saber explicar ao certo por que, a viagem fora adiada por mais uma semana. Passara-lhe a febre e as notícias de Hermes eram boas. O marido aparecera outra vez e se mostrava mais confiante na solução do caso. Surgira aquela história com Paulo. Ficou espantada. Paulo era tão alheio, tão distante de todos de casa e naquela noite batera na sua porta aos gritos, de olhos esbugalhados, com cara de pânico. Luisinha melhorara um pouco. Dava até a impressão de que ia saindo do seu nevoeiro. E no entanto, dona Luísa sentia que qualquer coisa caminhava para ela. Rezava, procurava refúgio nas confidências a dona Adelaide. E nada podia vencer as suas suposições. Não seria de Helena que viesse o perigo. Helena como que se destruíra para ela. Era uma filha que morrera em parte. Não tinha palavras para explicar direito aquilo. Mas havia na filha uma região que secara. Sentia em Helena um cinismo que não suportava, que lhe repugnava. Viria de onde, esse acontecimento terrível? Sabia que vinha, sabia que não poderia evitá-lo.

Paulo, que era o mais afastado de todos, parecia-lhe agora o mais próximo. Não lhe dissera nada, não lhe falara; sabia, porém, que seu filho sofria por todos eles. Sabia que Luisinha andava brigada com ele. Júlia lhe contara que a menina não queria nem ouvir falar no nome do irmão. Via o filho isolado, só, e no entanto acreditava nele. Aquele sabia o que era dor, o que era destruição. Depois da confissão que lhe fizera, dona Adelaide perdera muito para ela. Era doloroso confessar, mas sentia-a uma criatura frágil, sem forças para a ajudar. Vira Paulo em pânico, batera-lhe à porta. Era o filho que esperava; era este que lhe chegava, fraco, carecendo do seu auxílio. O olhar feroz da mulher das rendas não o abandonava. Procurava saber quem era; e nunca mais lhe haviam trazido notícias dela. A cara sinistra e o tom de voz eram de quem carregava mensagem de desgraça.

    A casa inteira estava tomada de pavor. A aparição ao doutor Paulo deixara a gente da cozinha, os empregados, em verdadeiro estado de nervos. Deviam fugir imediatamente. Fora-se o jardineiro novo e, sem se saber como, pegara fogo a caiçara onde guardavam o barco grande. Um prejuízo enorme. Por lá aparecia o velho Lourenço de cabeça baixa. A embarcação sofrera muito com o fogo.

    Paulo ficara reduzido a nada, com o incidente da noite. Caíra numa cilada dos seus nervos. Estava também precisando de tratamento sério. *Tirania e autoridade.* Queria um homem que fosse senhor de seu corpo e de sua alma, submetido a uma força que o conduzisse, que dominasse os seus instintos, que dirigisse todos os seus planos de vida. Essa força seria uma emanação de Deus. E esse chefe manobraria tudo, como numa casa de máquinas. Um homem, um ser, com a consciência de sua pessoa deliberadamente submetido, entregue aos desígnios de um chefe, que era de todas as classes, de todos os sangues. Um poder que confinasse com o de Deus. Tudo palavras. Pura exibição de literato. Havia Luisinha e não podia com ela. Onde encontrar a vida que lhe escapava? A irmã que o odiava, que o tinha na conta de um agente de morte e de destruição? Queria voltar a Luisinha. E dois dias após aquela noite, foi procurar a irmã que se encontrava naquele momento embaixo da figueira grande. Chegou trêmulo para lhe falar, trêmulo para lhe dizer algumas palavras, como se estivesse depondo diante de um juiz severo. Falou muito com Luisinha. Quase que não sabia o sentido das suas palavras. Falou demais. A princípio, a irmã parecia não compreender e aos poucos foi sentindo as suas frases. Tinha os olhos molhados de lágrimas. Luisinha voltava outra vez ao irmão. Vinha voltando para aquele que era o amigo, o seu amigo, o grande Paulo. Mas de repente, como que resistindo a uma tentação, fechou a cara, tornou à sua ira. Paulo continuava a falar. Por fim, foi ela quem disse tudo: não acreditava em ninguém; não acreditava em Paulo, na mãe, no pai, em ninguém. Não precisava de nenhum deles para viver. Viveria só. Viveria sempre assim.

 E a sua voz foi crescendo de tom. Foi ficando mais humana. E outra vez lhe vieram lágrimas aos olhos.

 Paulo se chegou para perto da irmã e ela fugiu ao seu contato. Não queria saber de nada. Chorava. O irmão a viu outra vez abatida e teve confiança. Sentiu-a outra vez fraca. Mais fraca do que ele. Luisinha seria sua, não teria mais aquela agressividade que o atormentara. Era humana, chorava. Não seria a louca que ele temia. Parou um instante a conversa. Ouviram o roncar da lancha e viram Marta saltar no cais, toda de azul, com um magnífico pijama azul. Fez que não os viu e subiu para casa correndo, feliz, cheia de uma alegria que não podia esconder. Luisinha mordeu os lábios. A lagoa brilhava ao sol, a ventania ondulava de manso as águas verdes e todo o céu era azul, sem um pedaço de nuvem. Ouvia-se de longe o bater metálico do cata-vento. Passava um barco de três velas, carregado de sal. Repinicava uma viola. Luisinha fazia que olhava para a lagoa. E Paulo convidou-a para um passeio. Negou-se. A sua voz já era outra. Marta voltou, tomou a lancha e saiu. Luisinha não quis virar-se para Paulo. Mas dos seus olhos corriam lágrimas. De dentro de casa vinha a *Sonata ao luar*, que dona Adelaide tanto gostava de ouvir. Havia ali demasiada paz. Luisinha levantou-se. Foi caminhando para o alpendre, encostando-se ao corrimão, como um animal ferido. Cresceu a agonia de Paulo. A lancha de Marta abafava o som da *Sonata ao luar*. E agora era o canto da fonte, o bater sonoro da água correndo que lhe chegava aos ouvidos, na tarde que morria. *Tirania e autoridade*, uma força que fosse como uma força de Deus, um poder sobre os homens e as coisas, mas que elevasse os homens e as coisas. Não tinha talento nem para mover uma palha. E o homem era mais pesado que uma palha. Luisinha subira a escada como um verme; quisera ele que caísse sobre a sua casa um corisco do céu, que queimasse tudo, mas que fizesse renascer o coração de sua gente. Brotariam sob as cinzas vidas de criaturas humanas. Toda a sua família se perdera. Ele fora o mais errado de todos, porque sabia que era errado, sabia dos seus erros. Só sabia repetir. Repetia, repetia sempre. Nunca criara nada, nem o amor, não se deixava inflamar de amor. Os barcos passavam outra vez e enchiam a lagoa de movimento. O roncar da lancha de Marta espantava aquele silêncio bom. Parara a vitrola de dona Adelaide. Só a fonte cantava. A lagoa em vazante não batia nas pedras do cais e a voz da fonte enchia o silêncio. Paulo Mafra lembrou-se da mãe e foi como se voltasse ao princípio das coisas. A mãe. Batera-lhe à porta, trêmulo, frio, destruído. E ela o tivera nos braços quentes e o agasalhara no seu colo. Era a mãe que ele pusera de lado, como um traste perdido. *Tirania e autoridade*. O orgulho querendo ditar normas de vida. O orgulho agindo em vão, no vazio, no inútil. E a mãe abandonada, o seio materno reduzido a nada. Ele precisava fazer qualquer coisa. Precisava transformar a vida do seu povo, arrastar a família ao seio materno. Seria em vão? Helena. E a lembrança da irmã apareceu-lhe como a lembrança de um crime. Hermes, Marta, Luisinha, o pai. Todos separados, todos longe uns dos outros, de sangue, de alma e de naturezas diversas. A mãe. Era para ela que deviam correr, tirar dela o que precisavam. Surpreendeu-se nessas divagações e teve vergonha. Só fazia vida assim parado, sem movimento. Luisinha chorava em sua presença. Tinha agora a irmã ao seu lado. Não seria tão fraco assim. Vira Luisinha chorando. Ela, que ele pensara ser uma natureza de pedra. E com isso se animava. As luzes da casa estavam acesas. Marta aparecera outra vez, magnífica, radiante. Levantou-se para subir ao alpendre e apareceu-lhe Luís. Não esperava vê-lo ali. Luís queria falar-lhe. Levou-o para o seu quarto. O amigo queria preveni-lo de que ia pedir Marta em casamento. Queria preveni-lo antes de que qualquer pessoa soubesse. Era o seu único amigo. Ficou calado um instante, com a notícia e depois falou.

Marta o amava. Ele a amava. Deviam ser felizes. E calou-se. Luís também para um canto sem dizer nada. Saíram para o alpendre e apareceu Marta e os três conversaram juntos até a hora do jantar. Dona Luísa não apareceu à mesa. E o jantar foi servido sem animação. Com dona Adelaide, com a sua severidade presidindo, como numa cerimônia. Depois Luís e Marta foram para a figueira grande e Paulo e dona Adelaide

conversaram sobre música. E foram ouvir um concerto de Beethoven. Agora a lagoa batia forte no cais e as casuarinas gemiam mais alto. A Casa Azul rodeada de seus mistérios. A vitrola dava-lhes um Beethoven ardente, másculo, com quedas de tímido diante do amor. Depois reagindo, com uma impetuosidade de louco. Dona Adelaide se entregava à música como a um homem. E Paulo não escutava nada, pensando em Marta e Luís e Luisinha. Seria a morte de sua irmã, aquele casamento de Marta. Nisto, ouviram um grito que vinha do quarto de dona Luísa. Encontraram-na quase sem sentidos.
— Meu filho! – foi tudo quanto disse. E abraçou-se com Paulo. — A cara da mulher, meu filho. Eu a vi aqui, olhando para mim. Era ela, era a cara da mulher.

Entrou depois numa agitação impressionante. Apareceram Marta, Luís, Luisinha e os criados. Aos poucos, porém, foi ela recuperando a calma e deu então para chorar. Saíram do quarto. Ficara somente Paulo, com quem ela queria falar. A ventania da noite rugia forte. E dona Luísa, agora mais calma, foi falando para o filho:

— Paulo, eu sei que estamos perdidos. Uma coisa me diz que estamos perdidos.

O filho procurou tirar-lhe aquela impressão.

— Não precisa falar, meu filho. Eu sei que vem muita coisa contra nós.

As casuarinas gritavam e ouviam-se as vozes que vinham da sala de visitas, onde se reunia o pessoal. Pesava sobre a Casa Azul uma carga de medo. Todos se sentiam ameaçados. Luís já havia saído e dona Adelaide falou para Marta:

— Não sei como sua mãe ainda continua por aqui.

Marta, sombria, escutava sem falar. As criadas, em pé, não tinham coragem de se recolher. E a velha coruja que dera para dormir na figueira velha piava por cima da casa. A noite escura alimentava o terror. Depois Paulo pediu a dona Adelaide para ficar com sua mãe. Marta queria dormir no quarto de dona Luísa. As criadas não saíram dali. Pensou em Luisinha e foi bater à sua porta. Júlia abriu-a e ele encontrou a irmã num choro convulso. Quando o viu, cobriu o rosto e não quis conversar com ele. Demorou-se com ela muito tempo, até que Luisinha o olhou de frente, com aqueles olhos terríveis e foi veemente. Não queria vê-lo, não queria ver ninguém daquela casa. Fosse embora do seu quarto. Todos só pensavam em fazer pouco nela e ele, precisamente. Iria embora; não queria ver mais gente de sua família. Paulo falou-lhe e ela não escutou. Depois a voz de Luisinha ficou seca, dura, como se ela nunca tivesse falado e quase aos gritos, mandou que saísse do seu quarto. Seus olhos fuzilavam numa cólera de morte. Olhou para a irmã com piedade e foi saindo. As negras estavam na sala de visitas. Dona Adelaide procurou-o. Achava que Marta estava num estado de nervos bem perigoso. Não falava, não respondia às perguntas. Entrou no quarto de sua mãe e teve medo de Marta. Chegou-se para perto dela e quando lhe foi dirigindo a palavra, a irmã o olhou com ar de pânico.

— Que é que você tem, Marta?

E ela abraçou-se com ele.

— Paulo, me leve para o seu quarto. Não posso ver mamãe. Não posso ver essas coisas. Eu quero Luís, Paulo.

E as lágrimas caíram dos seus olhos em torrente. Saiu com Marta, passeou com ela, abraçados pelo alpendre. A lagoa cheia batia no cais, açoitada pela ventania. O terral fustigava a figueira grande e o choro das casuarinas era de quarto de

defunto. Ficaram andando uma porção de tempo, sem trocar uma palavra.
Agora Marta se abria para ele. E vinha saindo uma lua feia, murcha, sem vida.
— Paulo, eu quero me casar com Luís.
— Ele já me falou.
— Eu sei que você é contra, mas eu quero.
O irmão procurou convencê-la do contrário. Seriam felizes. Isso mesmo já havia dito a Luís.
— Paulo, Luisinha me odeia por isso. Eu não posso viver com este ódio, Paulo. Eu sinto que isso me mata. É minha irmã. É infeliz por minha causa.
E chorou outra vez. Sentaram-se nas cadeiras do alpendre. A luz da lua já se espalhava pela lagoa, já cobria a figueira de claridade mortiça. A velha coruja voava da árvore para o telhado da casa-grande e ouvia-se o chiado dos morcegos, nas amendoeiras do pomar. Ficaram calados. Lá dentro, a mãe sofria, partia-se de dor. A irmã mais moça consumia-se no ódio, no desespero, e eles dois se encontravam, descobriram-se um para o outro:
— Nada, Marta, você tem todo o direito; você ama, você quer viver e deve viver. Luisinha se conformará. É assim.
Ficaram calados. A noite se adiantava e com pouco seria madrugada. Marta não queria voltar para o seu quarto e Paulo levou-a para o dele. Deitou-a em sua cama, como a uma criança e ficou sentado na *chaise-longue*, olhando-a enternecido. A irmã pedia a sua proteção. Via-a ali, abrigada à sua sombra, confiando nele. Não seria aquele inútil que imaginara. Baixou as cortinas para que a luz não perturbasse o sono dela, de sua irmã Marta que dormia em sua cama. A família se chegava, uns para os outros. A lua viera com sinais de tempestade.

As casuarinas aumentavam de pranto, com a ventania que crescia. Sobre a Casa Azul baixavam os rumores da noite. *Tirania e autoridade*. Crescera nele a confiança, podia realizar alguma coisa. Seria capaz de dirigir e de orientar. Marta, que era tão indiferente à sua vida, viera pedir-lhe proteção. Sua mãe chamava por ele na hora de pânico. Surpreendeu-se assim em pleno autoelogio e teve vergonha de si mesmo. O ressonar de Marta era calmo. Quis ir para a sala, deitar-se no sofá, mas teve medo. Medo. Não sairia de perto de sua irmã. O vento crescia de impetuosidade e uma chuva grossa e rápida caiu sobre a casa. Procurou ver se dormia. Mas o sono não lhe chegava. Naquele dia vira chorar Marta, Luisinha e sua mãe. Luisinha virara-lhe o rosto e tivera palavras terríveis para ele. Escapara-lhe outra vez. Fugia-lhe. De nada lhe valia a submissão de Marta, a confiança de sua mãe, pois Luisinha, que ele vira branda, de voz mansa, se insurgia outra vez, com tal agressividade que o aterrara. Pobre Luisinha! Num choro convulso, com a alma ferida até o âmago. Marta dormia tranquila, depois de confessar-se, e procurar a sua proteção. Mas a outra estaria naquele instante, com a sua insônia, com aquela dor infernal roendo-lhe a vida. A mãe soluçara, a mãe gritara com medo de uma coisa estranha. Aí Paulo se lembrou da noite em que correra para o regaço de sua mãe. Encontrara-a naquele instante terna e agasalhadora. Agora era ela quem caía nos seus braços, com medo de uma cara de mulher, com medo da morte. Era a morte que perseguia sua mãe. Lourival ficara com ela, como uma lembrança constante. Era a morte que comandava, que estava a seu lado. Parara a ventania, aquietaram-se as casuarinas e a madrugada vinha surgindo. Ele via a luz do dia pelas venezianas. Não podia ficar ali. Foi saindo para a sala, com destino ao alpendre e se encontrou com dona Adelaide que lhe falou:

— Doutor, não posso mais ficar por aqui.

Tinha os olhos vermelhos e um ar de alucinada.

— Esta casa me mata, doutor.

Saiu com a governanta para o alpendre e a madrugada se abria sobre a lagoa. A luz vermelha molhava-se nas águas que o vento ondulava de leve. A fonte cantava baixo e barcos desciam para o porto. Tudo coberto de renovação e de vida. A noite que passara fora de mistérios para a Casa Azul. Agora o sol chegava para esquentar as árvores molhadas pela chuva e brilhar sobre as telhas vermelhas. Àquela hora reinava a paz por todos os cantos. Luisinha, mesmo, teria amortecido a sua dor e sua mãe estaria livre da cara sinistra da velha. Dona Adelaide ao seu lado, sentada na *chaise-longue*, parecia destruída de cansaço. Do outro lado, das casas dos pescadores, subia fumaça para o céu. Vinham chegando os rumores do dia. O sol se derramava sobre tudo. Já se ouviam gritos de gente, cantos de barqueiros. A vida chegava. Dona Adelaide levantou-se num impulso:

— Doutor, eu não fico mais aqui.

Por debaixo da figueira velha, fezes brancas de coruja sujavam o chão. E a Casa Azul resplandecia nova em folha.

29

Naquele dia Marta saíra de barco com Luís. Em casa, preparavam a viagem para o Rio. Dona Luísa, extenuada, como se tivesse voltado de longa doença, orientava tudo, porque dona Adelaide seguira de manhã. Não houve quem a contivesse. A mulher parecia atuada. Pediu o automóvel e botou-se para a estação. Dona Luísa a perdoasse, mas não dormiria mais naquela casa. Paulo ficara no seu quarto descansando. Arriava as cortinas, para ver se conseguia dormir, mas era inútil. Não havia sono para ele. As ideias lhe passavam pela cabeça num alvoroço constante. Pensava em Luisinha; então parava, estacava, sem descobrir uma solução. Era o fim da irmã. Dissera a Marta que se casasse. Não podia dizer outra coisa. Marta vivia, queria viver. Como destruí-la, procurando impedir a expansão na sua vitalidade? Teria que lutar por Luisinha. Teria de reavê-la, arrastá-la para a sua influência, dócil, mansa, sem aquela cara, aquele olhar de ódio. Para isso viveria de agora por diante.

No seu quarto, Luisinha recordava-se das palavras duras que dissera ao irmão e, como há muito não acontecia, pensava em Paulo. Era o seu antigo amigo, o seu único amigo. Perdera--o e perdera tudo. Mandara-lhe aquela carta e reduzira-se para ela a um trapo. Não confiava mais na força de Paulo. Sentia-se mais forte do que ele. Todos eram assim. Todos eram assim para com ela, cruéis. Não fora cruel com ele. Apenas, tivera um gesto de reação. Agora, porém, sem saber como, começava a pensar em Paulo. Foi naquela manhã. Sofrera tanto a noite inteira. Botara-o para fora do quarto e de repente lhe vinha a vontade de perdoar, de encontrar uma criatura para se entregar, para se fazer entender. O dia estava radioso. De sua janela via a lagoa verde, de uma mansidão de calmaria. Ouvia os pássaros cantando nas casuarinas mudas, sem a ventania. Cantavam o dia inteiro aqueles canários. Foi assim sentindo uma certa alegria em rever as coisas, em rever as árvores, a lagoa. Parecia-lhe que viera de longe, de uma longa viagem, que retomava. Via as coisas. Paulo tinha sofrido demais com o seu gesto da noite passada. Júlia lhe aparecera naquela manhã

como uma morta. E teve pena da sua pobre Bá. Riu para ela e reparou na cara feliz que lhe fez:
— A menina quer que lhe traga comida no quarto? Iria para a mesa. Faria assim feliz a sua pobre escrava. Podia fazer alguma coisa no mundo. Olhou outra vez a lagoa e Paulo voltava-lhe à cabeça. Que seria de seu irmão, só, sem uma pessoa a quem se ligasse? Tivera ódio ao irmão. Seria normal aquilo, não teria sido tudo uma obsessão? Saiu do quarto e foi para a sombra da figueira, com o coração aliviado de um peso de chumbo. Podia viver; Paulo podia continuar a ser o que já fora para ela. Espichou-se na *chaise-longue* e sentiu a vida com gosto. Renascia. Renascia de verdade. Fechou os olhos para sentir ainda mais aquela ternura das coisas. O sol de abril era quente e o céu azul dava um colorido de conto de fada às árvores e às águas. A luz realizava milagres de cor. O mundo era novo para ela. Podia ainda ser feliz. Podia viver outra vez, sem o peso terrível dos seus sofrimentos. Saíra como por encanto de uma masmorra. Vira o irmão humilhado, no seu quarto. Botara-o para fora, como a um cachorro. Por cima de sua cabeça cantavam pássaros de todos os jeitos. Havia um alvoroço de felicidade em tudo. Agora ouvia a voz de sua mãe dando ordens. Voltava à infância, aos tempos do jardim da rua São Clemente. Era aquela mesma voz doce que estava ouvindo agora. "Luisinha!" E o seu mundo de criança se abria, como se ela estivesse olhando por um Cosmorama. As árvores do jardim, o sol, as pedras, a fonte cantando, as duas garças tristes e o jardineiro de bigode comprido e a governanta alemã, áspera, e acima de tudo, a voz de sua mãe: "Luisinha... Helena... Paulo... Lourival... Hermes... Marta..." tudo passando, naquela manhã de tanta luz, de tantos pássaros cantando. Depois era a perna, o aparelho de ferro, a doença,

a tristeza na casa, o pai acabrunhado e a mãe chorando. Passou por aquilo de relance e voltou outra vez ao jardim maravilhoso, que era o seu paraíso. Lá estavam as garças muito brancas, e as sombras dos ipês e as acácias deixando cair no chão as flores douradas. Vinham brincar com ela meninas de perto. As viagens à Europa, os médicos, a tortura da doença. Luisinha fechava mais os olhos, como se não quisesse ver aquilo que a memória recompunha com tanta crueldade. Abria os olhos para a lagoa, parada, tonta com aquela luz que a abafava e viu o barco de vela vermelha subindo para o canal grande. E foi como uma chibatada que a abatesse. De súbito se fechou, como se uma escuridão cobrisse tudo. De novo a dor monstruosa. Ficou sem saber o que fizesse. Quis levantar-se e foi andando, tocada por uma coisa estranha. Os dois estariam no amor. Aquilo era mesmo feito de propósito, para castigá-la. Caiu na cama aos soluços. Quando Júlia voltou, a fim de chamá-la para o almoço, encontrou a fera outra vez assanhada, de olhos terríveis, não lhe deu uma palavra e ficou até a noite estendida na cama.

Marta não aparecera para o almoço e não chegara para o jantar. Paulo estivera nos seus passeios e voltara tarde. Quando entrou em casa encontrou a mãe aflita, a casa outra vez arrebatada por um mistério. Era a noite que trazia aquele estado de nervos. Marta não aparecera para jantar. Dona Luísa mandara saber dela na Maravilha e de lá não viera notícia. Estava com medo. A filha saíra num barco pequeno. Não podia haver perigo. E a noite se adiantando, sem notícias. Que poderia ter acontecido? A lagoa minada com os fachos dos pescadores, no trabalho. Dona Luísa não parava, não havia jeito de aquietar-se. Passara-se a noite e nada de Marta. Paulo não queria demonstrar, mas também estava impaciente, inquieto.

Não havia perigo. O barco era forte e Luís sabia manobrar como ninguém. Marta não devia ter feito uma coisa daquelas. Devia ter-se lembrado de que havia em casa uma mãe doente. E as horas se passando sem notícias. Dona Luísa chorando, a pedir que fossem chamar gente para procurar a filha. A casa outra vez entregue ao mistério da noite anterior. A escuridão fechava-os. Paulo procurava aquietar a mãe desesperada. Chegara a madrugada e nada de Marta. Agora havia pescadores, que já tinham atendido ao chamado de dona Luísa. O mestre Leopoldo do Cabo não via razão para temores. Por ali nunca acontecia desastre sério. A morte do mestre Luís fora coisa rara. Capaz de terem ficado em Araruama, de ter havido algum desarranjo no barco. Já era meio-dia e não apareciam sinais de Luís e de Marta. Na Maravilha, dona Mocinha se alarmara também. Já havia gente por sua conta, à procura de Luís. Foi de automóvel a São Pedro da Aldeia, a Iguaba Grande, a Araruama, sem trazer notícia. Dona Luísa correu para a Maravilha. Parou o automóvel na porta e dona Mocinha viu na sua frente uma mãe desgraçada. Pensou logo que houvesse notícia infeliz. Dona Luísa fora para lá porque estava só. Já havia telegrafado ao marido. Choraram as duas. Não podia mais ficar naquela casa. Paulo saíra de lancha à procura da irmã. O cabo Candinho, a mandado de dona Mocinha, com outros pescadores, já estava na busca, desde a madrugada.

 Era de tarde e não apareciam notícias. As duas mães tomadas de pânico. O doutor Mafra apareceu de automóvel, alarmado. Estava velho, abatido. Recebera a notícia e correra em quatro horas do Rio até ali. Quis levar a mulher para casa, mas ela recusou. Não voltaria mais para aquela casa. Mais tarde chegaram Lúcia e Helena. Vinha descendo a noite e a lagoa se enfurecia, com o sudoeste violento. Dona Luísa e dona Mocinha choravam a um canto. O doutor Mafra fora para a Casa Azul e nada de notícia. Alta noite apareceu um pescador de Iguaba Grande, dizendo que vira um barco de vela vermelha para os lados da restinga. Dona Mocinha começou a gritar:

— Meu filho está morto.

Gritou até ficar desfalecida. Dona Luísa chorava baixo, quase sem força para sofrer.

Paulo voltara. Estava sucumbido. Quando viu a mãe, tremeu. Luisinha viera para ficar com dona Luísa. Helena não saía de perto da cama. Lúcia pegara-se com dona Mocinha como se fora uma criança. Então Paulo se aproximou e não teve coragem de falar à irmã. Precisava ser um homem; precisava comandar a sua gente. Deixara o pai em casa num abatimento de cortar o coração. Era ele o homem, era ele o chefe. Fez força e saiu para dirigir. Todos deviam depender dele.

Na casa do cabo a velha Filipa perguntava à nora o que teria acontecido, que seu filho não voltava:

— Ah! menina, chegou a hora. Ele vem vindo para acabar com tudo. Buliram com ele, minha filha.

A velha quase que não podia mais falar. A voz se cortava de quando em quando. Sinhá Antônia queria procurar a comadre e não podia deixar a velha Filipa sozinha, com medo que ela morresse sem vela na mão, não devia deixar a comadre assim naquele aperreio. Foi pedir a uma conhecida para ficar em casa e correu para a Maravilha. Coitada da sua comadre!

Não havia mais dúvida. Luís e Marta teriam morrido como o velho Luís, sem ninguém saber explicar. À noitinha chegou a notícia. A certeza da morte arrasou as duas famílias. Era preciso encontrar os corpos. Na manhã seguinte, uma turma de pescadores trabalhava para descobrir os afogados. Foi o cabo Candinho quem, num mergulho, tocou com corpo de gente debaixo d'água. Amarraram cordas; Paulo dirigia tudo com absoluta frieza. Viu Luís sair do fundo da lagoa; viu Marta de rosto amarelecido pela morte. O cabo Candinho chorou, quando viu Luís. Ficaram tristes os pescadores que até há bem pouco tempo trabalhavam como se fosse pescaria. Estendidos na lancha estavam Marta e Luís, a irmã e o amigo. Paulo ficara distante deles. Era como se fossem de outro tempo, de outra época. Com ele vinham o cabo Candinho e mais dois pescadores. Paulo olhou para Luís e teve a impressão de que não conduzia um morto. Não sentia a morte ali a seus pés. Os corpos não apresentavam deformação e o cabo falava para os companheiros.

— São os defuntos mais inteiros que já tiramos de dentro d'água. Os siris não deram neles.

— Comadre Mocinha vai ter esse consolo.

O sol iluminava a lagoa, iluminava a terra, iluminava a Casa Azul que aparecia agora de longe, como dona de tudo. O cabo olhou para o lado da casa e continuou a falar:

— Minha mãe me dizia todos os dias: "Meu filho, toma cuidado com ela, toma tenência na tua vida. É de lá, vem de lá a desgraça."

E olhando para os corpos:

— E é mesmo. Os ricos vieram para cá e desgraçaram a vida da gente. Vieram bulir com ele. A comadre Mocinha está lá se acabando, a minha gente se acabou.

A Casa Azul aparece em frente, com o cais bonito, onde a lagoa batia. Foram se aproximando. Paulo cobrira os corpos com a sua capa. E o cabo Candinho falando:

— Doutor, eu prometi levar o menino à minha comadre. Mas eu não paro ali não.

E apontou para a Casa Azul. A lancha foi descendo e no cais não havia gente. Estariam todos na Maravilha esperando. A lancha roncava nos ouvidos como um toque a finados. Pegaram o canal grande e quase rastejavam na terra. Foram passando pelas salinas; tulhas de sal branquejavam o escuro da terra. Desciam para a lagoa os restos da água-mãe; velhas águas podres, sem préstimo. Fedia. Voltavam elas outras vezes à lagoa. Era a água que já dera tudo, a água morta, a água-mãe das salinas.

A lancha atraía gente às margens, para ver os defuntos. Mulheres, homens, meninos, queriam ver de perto os mortos. Queriam ver bem a morte. Subiam barcos sem carga para carregamento e os barqueiros se descobriam, tiravam o chapéu de palha. Todos tinham conhecido o doutor Luís da Maravilha. Roncava a lancha no silêncio da manhã. Paulo manobrava sereno, como chefe de todos. Sentia-se senhor do mundo. Daria jeito à sua gente. A morte seria o seu instrumento, a sua forma de oleiro. Seria o chefe de todos, escutariam a sua voz como a de um mestre. Era tudo que ambicionava: saber mandar, saber dirigir. Ali estava Marta, sua irmã. Luís, o seu amigo. Perto da morte ele queria viver, queria descobrir uma saída para os fracassos da sua gente.

O cabo foi dizendo:

— E dizer que tudo aqui andava tão direitinho!

Os companheiros, de cabeça baixa, escutavam o velho:

— Joca se foi. Era muito amigo deste menino. Se criaram juntos.

O cabo via agora a sua casa do outro lado, onde a velha Filipa morria. Ela tinha escutado dos antigos. O mestre

Luís andava chorando como menino novo, debaixo do canal grande. E parou de falar. O rumor da lancha, na água, abafava a sua voz:

— Doutor, tome o canal. Cuidado, senão a lancha encalha.

Foram descendo. A Casa Azul ia ficando para trás; a figueira gigante enchia o seu canto de um verde escuro. E aparecia a Maravilha. De longe viam que havia muita gente no cais da salina. Coitada de dona Mocinha! Era o único filho, e perdeu-o. Deus quis.

Paulo sentiu-se capaz de enfrentar a dor da sua gente. Seria bastante forte para resistir a tudo. Olhou para dentro da lancha. Lá estavam os dois mortos. As formas de Marta, belas, sem deformação nenhuma. Teve medo e olhou para a frente. O povo esperava no cais. Foram chegando. Devia ter energia bastante para se dominar. Era o seu momento. E subjugaria as suas fraquezas. Pôs-se acima de sua timidez. Seria agora o que imaginara ser, *Tirania e autoridade*, uma força que fosse do corpo à alma, que atravessasse todas as regiões do ser. Pensou em construir e construiria. A família teria o seu chefe. Foi manobrando a lancha para aproximá-la do cais. Estava frio, dominado. Fez a manobra com o cais cheio de gente. Atiraram cordas, para amarrar a lancha e as duas mães correram para os corpos dos filhos.

Marta e Luís foram conduzidos para a sala de visitas da Maravilha. Havia uma multidão esperando os defuntos. Na confusão da chegada não havia quem se entendesse. Ele teria de acalmar a todos. Marta devia voltar para a Casa Azul. Viu seu pai como um cadáver, sem espécie alguma de ação. Ele devia começar a agir. Viu Luisinha que botou para ele olhos submissos. Precisava agir. Levaram Marta para o interior da casa. Luisinha olhou para a irmã destruída e sentiu-se responsável por sua morte. Era culpada, tinha desejado a morte da irmã. Odiara-a tanto! Aquela morte lhe dava uma sensação de alívio. Era culpada. Mas como que se lavava do remorso de um crime, confessando-se, julgando-se responsável. Olhou para Marta. Mulheres da casa tiravam-lhe o *short*. Viu a irmã nua, o corpo maravilhoso, esplêndido, ainda belo. Olhou as pernas, as coxas roliças e quase que desmaiou. Tinha à vista o objeto do crime monstruoso.

Com a chegada do corpo da filha, dona Luísa recobrara o sangue-frio e era ela mesma quem procurava compor a morta. Viera um vestido de Marta, para que a vestissem com ele. Na sala, dona Mocinha estava caída por cima do corpo de Luís, sem que ninguém pudesse levá-la dali. Lúcia e dona Maria tentavam arrastá-la inutilmente. Nem parecia aquela mulher dominadora, do enterro do marido.

— Meu filhinho, tu te afogaste.

E beijava o cadáver. Sinhá Antônia chorava aos pés de Luís, sentada no chão. A sua comadre se despedaçava.

Paulo escutava tudo, alarmado, sem saber o que fizesse. Teria de agir. Marta seria conduzida para o Rio, para o enterro, no São João Batista. Já havia chegado o médico, para preparar o cadáver. Como agir naquele tumulto, naquela desorganização completa? Era o seu momento. Não queria olhar para a mãe. Fugira de Luisinha, de Helena, de seu pai. A casa se enchia cada vez mais. O major Mário Sales viera para auxiliar dona Mocinha.

Era o homem de confiança da família. Já preparava o enterro. Procurou Paulo para lhe falar:

— Doutor, o médico precisa agir, enquanto é tempo.

Paulo precisava decidir. Queria sair de sua timidez, ter um arranco, vencer e ordenar. Agora ouvia o grito de sua mãe, como na noite do assombramento. Ela não voltaria para aquela casa. Teria de providenciar, fazer com que se preparasse o cadáver de Marta, para a viagem. Fugiu para fora da casa. Havia gente de todas as classes: pescadores, salineiros, povo do Cabo. Falavam de Luís. Iria fazer muita falta à sua mãe. E não sabiam explicar como se dera o desastre. Não podiam compreender como aquele barco tivesse afundado assim na lagoa sem perigo. Procurava reagir, ter força para falar com a mãe. Ouvia a gritaria de choro e aquilo lhe doía na alma. Quisera se fazer de forte e era um fraco, bem pequeno como os outros. Ouvira o cabo Candinho falando debaixo da amendoeira. Os pescadores o escutavam atentos. Aquele cabo sabia mandar. Ele é que precisava tomar uma decisão. Seu pai fora conduzido para casa, depois de uma síncope. Ele era agora o pai. Entrava e saía gente. Cheirava o incenso, queimavam essência, para disfarçar o mau cheiro dos corpos. Não era possível continuar assim naquela indecisão. E foi entrando para o quarto onde estava Marta. Viu Luisinha como que transfigurada, chorando, ajoelhada. A mãe de cabeça arriada, soluçando baixo. Helena passava a mão pelos cabelos molhados da irmã. Só eles choravam por Marta. O quarto estava quase vazio. A sala cheia, com dona Mocinha, cercada de amigos. Ali estava a sua gente. Teria que dar a notícia terrível à sua mãe. Teria de levar Marta para o Rio. Criou coragem. Queria falar, mas falhava no momento. Então fez o esforço maior. Aproximou-se da mãe, pôs a mão na cabeça e chamou-a em voz alta. Dona Luísa não ouviu. Chamou outra vez. Abalou-a e ela olhou para o filho. Era um resto de mulher, o que ele via. Parecia a água-mãe, descendo para a lagoa.

Cronologia

1901
A 3 de junho nasce no engenho Corredor, propriedade de seu avô materno, em Pilar, Paraíba. Filho de João do Rego Cavalcanti e Amélia Lins Cavalcanti.

1902
Falecimento de sua mãe, nove meses após seu nascimento. Com o afastamento do pai, passa a viver sob os cuidados de sua tia Maria Lins.

1904
Visita o Recife pela primeira vez, ficando na companhia de seus primos e de seu tio João Lins.

1909
É matriculado no Internato Nossa Senhora do Carmo, em Itabaiana, Paraíba.

1912
Muda-se para a capital paraibana, ingressando no Colégio Diocesano Pio X, administrado pelos irmãos maristas.

1915
Muda-se para o Recife, passando pelo Instituto Carneiro Leão e pelo Colégio Osvaldo Cruz. Conclui o secundário no Ginásio Pernambucano, prestigioso estabelecimento escolar recifense, que teve em seu corpo de alunos outros escritores de primeira cepa como Ariano Suassuna, Clarice Lispector e Joaquim Cardozo.

1916
Lê o romance *O Ateneu*, de Raul Pompeia, livro que o marcaria imensamente.

1918
Aos 17 anos, lê *Dom Casmurro*, de Machado de Assis, escritor por quem devotaria grande admiração.

1919
Inicia colaboração para o *Diário do Estado da Paraíba*. Matricula-se na Faculdade de Direito do Recife. Neste período de estudante na capital pernambucana, conhece e torna-se amigo de escritores de destaque como José Américo de Almeida, Osório Borba, Luís Delgado e Aníbal Fernandes.

1922
Funda, no Recife, o semanário *Dom Casmurro*.

1923
Conhece o sociólogo Gilberto Freyre, que havia regressado ao Brasil e com quem travaria uma fraterna amizade ao longo de sua vida. Publica crônicas no *Jornal do Recife*. Conclui o curso de Direito.

1924
Casa-se com Filomena Massa, com quem tem três filhas: Maria Elizabeth, Maria da Glória e Maria Christina.

1925
É nomeado promotor público em Manhuaçu, pequeno município situado na Zona da Mata Mineira. Não permanece muito tempo no cargo e na cidade.

1926
Estabelece-se em Maceió, Alagoas, onde passa a trabalhar como fiscal de bancos. Neste período, trava contato com escritores importantes como Aurélio Buarque de Holanda, Graciliano Ramos, Jorge de Lima, Rachel de Queiroz e Valdemar Cavalcanti.

1928
Como correspondente de Alagoas, inicia colaboração para o jornal *A Província* numa nova fase do jornal pernambucano, dirigido então por Gilberto Freyre.

1932

Publica *Menino de engenho* pela Andersen Editores. O livro recebe avaliações elogiosas de críticos, dentre eles João Ribeiro. Em 1965, o romance ganharia uma adaptação para o cinema, produzida por Glauber Rocha e dirigida por Walter Lima Júnior.

1933

Publica *Doidinho*.
A Fundação Graça Aranha concede prêmio ao autor pela publicação de *Menino de engenho*.

1934

Publica *Banguê* pela Livraria José Olympio Editora que, a partir de então, passa a ser a casa a editar a maioria de seus livros.
Toma parte no Congresso Afro-brasileiro realizado em novembro no Recife, organizado por Gilberto Freyre.

1935

Publica *O moleque Ricardo*.
Muda-se para o Rio de Janeiro, após ser nomeado para o cargo de fiscal do imposto de consumo.

1936
Publica *Usina*.
Sai o livro infantil *Histórias da velha Totônia*, com ilustrações do pintor paraibano Tomás Santa Rosa, artista que seria responsável pela capa de vários de seus livros publicados pela José Olympio. O livro é dedicado às três filhas do escritor.

1937
Publica *Pureza*.

1938
Publica *Pedra Bonita*.

1939
Publica *Riacho Doce*.
Torna-se sócio do Clube de Regatas Flamengo, agremiação cujo time de futebol acompanharia com ardorosa paixão.

1940
Inicia colaboração no Suplemento Letras e Artes do jornal *A Manhã*, caderno dirigido à época por Cassiano Ricardo.
A Livraria José Olympio Editora publica o livro *A vida de Eleonora Duse*, de E. A. Rheinhardt, traduzido pelo escritor.

Cronologia • 379

1941
Publica *Água-mãe*, seu primeiro romance a não ter o Nordeste como pano de fundo, tendo como cenário Cabo Frio, cidade litorânea do Rio de Janeiro. O livro é premiado no mesmo ano pela Sociedade Felipe de Oliveira.

1942
Publica *Gordos e magros*, antologia de ensaios e artigos, pela Casa do Estudante do Brasil.

1943
Em fevereiro, é publicado *Fogo morto*, livro que seria apontado por muitos como seu melhor romance, com prefácio de Otto Maria Carpeaux.
Inicia colaboração diária para o jornal *O Globo* e para *O Jornal*, de Assis Chateaubriand. Para este periódico, concentra-se na escrita da série de crônicas "Homens, seres e coisas", muitas das quais seriam publicadas em livro de mesmo título, em 1952.
Elege-se secretário-geral da Confederação Brasileira de Desportos (CBD).

1944
Parte em viagem ao exterior, integrando missão cultural no Ministério das Relações Exteriores do Brasil, visitando o Uruguai e a Argentina.

1945
Inicia colaboração para o *Jornal dos Sports*.
Publica o livro *Poesia e vida*, reunindo crônicas e ensaios.

1946
A Casa do Estudante do Brasil publica *Conferências no Prata: tendências do romance brasileiro, Raul Pompeia e Machado de Assis*.

1947
Publica *Eurídice*, pelo qual recebe o prêmio Fábio Prado, concedido pela União Brasileira de Escritores.

1950
A convite do governo francês, viaja a Paris.
Assume interinamente a presidência da Confederação Brasileira de Desportos (CBD).

1951
Nova viagem à Europa, integrando a delegação de futebol do Flamengo, cujo time disputa partidas na Suécia, Dinamarca, França e Portugal.

1952
Pela editora do jornal *A Noite* publica *Bota de sete léguas*, livro de viagens.

Na revista *O Cruzeiro*, publica semanalmente capítulos de um folhetim intitulado *Cangaceiros*, os quais acabam integrando um livro de mesmo nome, publicado no ano seguinte, com ilustrações de Candido Portinari.

1953
Na França, sai a tradução de *Menino de engenho* (*L'enfant de la plantation*), com prefácio de Blaise Cendrars.

1954
Publica o livro de ensaios *A casa e o homem*.

1955
Publica *Roteiro de Israel*, livro de crônicas feitas por ocasião de sua viagem ao Oriente Médio para o jornal *O Globo*.
Candidata-se a uma vaga na Academia Brasileira de Letras e vence a eleição destinada à sucessão de Ataulfo de Paiva, ocorrida em 15 de setembro.

1956
Publica *Meus verdes anos*, livro de memórias.
Em 15 de dezembro, toma posse na Academia Brasileira de Letras, passando a ocupar a cadeira nº 25. É recebido pelo acadêmico Austregésilo de Athayde.

1957
    Publica *Gregos e troianos*, livro que reúne suas impressões sobre viagens que fez à Grécia e outras nações europeias. Falece em 12 de setembro no Rio de Janeiro, vítima de hepatopatia. É sepultado no mausoléu da Academia Brasileira de Letras, no cemitério São João Batista, situado na capital carioca.

Conheça outras obras de
José Lins do Rego

Primeiro romance de José Lins do Rego, *Menino de engenho* traz uma narrativa cativante composta pelas aventuras e desventuras da meninice de Carlos, garoto nascido num engenho de açúcar. No livro, o leitor se envolverá com as alegrias, inquietações e angústias do garoto diante de sensações e situações por ele vivenciadas pela primeira vez.

Doidinho, continuação de *Menino de engenho*, traz Carlinhos em um mundo completamente diferente do engenho Santa Rosa. Carlinhos agora é Carlos de Melo, está saindo da infância e entrando na pré-adolescência, enquanto vive num colégio interno sob o olhar de um diretor cruel e autoritário. Enquanto lida com o despertar de sua sexualidade, sente falta da antiga vida no engenho e encontra refúgio nos livros.

Em *Banguê*, José Lins do Rego constrói um enredo no qual seu protagonista procede uma espécie de recuo no tempo. Após se tornar bacharel em Direito no Recife, o jovem Carlos regressa ao engenho Santa Rosa, propriedade que sofrera um abalo com a morte de seu avô, o coronel José Paulino. Acompanhamos os dilemas psicológicos de Carlos, que luta a duras penas para colocar o engenho nos mesmos trilhos de sucesso que seu avô alcançara.

Em *Usina*, o protagonista é Ricardo, apresentado em *Menino de engenho* e retomado no romance *O moleque Ricardo*. Após cumprir prisão em Fernando de Noronha, Ricardo volta ao engenho Santa Rosa e encontra o mundo que conhecia completamente transformado pela industrialização. Do ponto de vista econômico e social, a obra retrata o fim do ciclo da tradição rural nordestina dos engenhos, o momento da chegada das máquinas e a decadência dessa economia para toda a região.

Fogo morto é considerado por muitos críticos a obra-prima de José Lins do Rego. O livro é dividido em três partes, cada uma delas dedicada a um personagem. A primeira dedica-se às agruras de José Amaro, mestre seleiro que habita as terras pertencentes ao seu Lula, protagonista da parte seguinte da obra e homem que se revela autoritário no comando do engenho Santa Fé. O terceiro e último segmento concentra-se na trajetória do capitão Vitorino, cavaleiro que peregrina pelas estradas ostentando uma riqueza que está longe de corresponder à realidade.

Este box do "ciclo da cana-de-açúcar" é o retrato de um período da história brasileira, o dos engenhos açucareiros do Nordeste. Os livros que o compõem revelam os bastidores do universo rural, embora apresentem um caráter universal. *Menino de engenho, Doidinho, Banguê, Usina* e *Fogo morto* nasceram do anseio do autor de "escrever umas memórias (...) de todos os meninos criados (...) nos engenhos nordestinos", mas movido por uma força maior ele transcendeu o impulso inicial para criar uma "realidade mais profunda".

Conheça as próximas publicações de José Lins do Rego

Cangaceiros
Eurídice
Histórias da velha Totônia
José Lins do Rego crônicas para jovens
O macaco mágico
Meus verdes anos
O príncipe pequeno
Pureza
O sargento verde

Impresso por :

gráfica e editora
Tel.:11 2769-9056